非物质文化遗产保护理论与方法

乌丙安 著

非物质文化遗产保护理论与方法丛书

文化藝術出版社
Culture and Art Publishing House

图书在版编目（CIP）数据

非物质文化遗产保护理论与方法/乌丙安著. —北京：
文化艺术出版社，2015.12
ISBN 978-7-5039-5919-6
Ⅰ.非… Ⅱ.乌… Ⅲ.①文化遗产—保护—中国—
文集 Ⅳ.①K203-53

中国版本图书馆CIP数据核字（2015）第196320号

非物质文化遗产保护理论与方法

著　　者　乌丙安
责任编辑　丁有有　周进生
装帧设计　李　鹏
出版发行　文化艺术出版社
地　　址　北京市东城区东四八条52号　（100700）
网　　址　www.whyscbs.com
电子邮箱　whysbooks@263.net
电　　话　（010）84057666（总编室）　84057667（办公室）
　　　　　（010）84057691—84057699（发行部）
传　　真　（010）84057660（总编室）　84057670（办公室）
　　　　　（010）84057690（发行部）
经　　销　新华书店
印　　刷　国英印务有限公司
版　　次　2016年6月第1版
印　　次　2020年10月第2次印刷
开　　本　710毫米×1000毫米　1/16
印　　张　20.75
字　　数　220千字
书　　号　ISBN 978-7-5039-5919-6
定　　价　46.00 元

目录

今年春来早

——为中国非物质文化遗产保护成果叫好

2006年的中国早春气候，虽说是让所谓的“反厄尔尼诺”现象搅闹得春寒料峭。但是，人们却感觉到中国文化的春天带着它暖洋洋的春光和满园春色来得更早！这股保护非物质文化遗产的文化春风是从2006年元旦前夕强劲地刮起来的。大家记得，2005年12月31日下午，501项国家级非物质文化遗产代表作名录正式在政府网站上公示了，这一举动顿时成为焦点，引起了全国上下的热心关注，成为新年伊始的热门话题，掀起了全民参与保护非物质文化遗产的新热潮。这股热潮持续不断，一直涌动到春节年俗的年味儿里，形成了高潮。紧接着早春二月的元宵节来到，在北京天安门广场东侧的国家博物馆举行的“中国非物质文化遗产保护成果展”开幕了。数以万计的参观者人海如潮、与日倍增，保护非物质文化遗产的强劲春风再一次掀起了高涨的文化热浪。这正是：满园春色关不住，百花齐放出墙来。

今年春来早，亿万人民都在为中国非物质文化遗产的保护成果叫好，这是人民对近年来全国非物质文化遗产保护工作的最高奖赏。要知道，这个前所未有的、巨大的文化保护工程，仅仅在一年多时间内的全面实施中就取得了上述喜人的成果，确实是难能可贵的。

在这里，对于我国浩如烟海的非物质文化遗产，需专家和学者对其进行反复比对，认定梳理，评估鉴定以及科学筛选。这是一件专业性很强的，并且复杂且细致的工作，值得说说。

首先我们应该知道，我国到底有多少非物质文化遗产？如果向有关专家提问，通常的回答是：浩如烟海，数不胜数。如果问民间老工匠、老艺人，老祖宗传下来的手艺绝活有多少？回答也是：天上有多少星星，人间就有多少手艺绝活。有的老艺人回答：祖宗留下的手艺绝活有如牛毛之多，我学会的手艺只有一只牛耳朵。这些回答是正确的，因为几千年传下来的无形文化遗产，蕴藏在56个民族数以亿计的祖祖辈辈人们的生活中，是无法用简单的两三位数字计算的，这是我国独特的人文资源和基本国情。参照国际、国内相关学科近半个世纪所总结的田野调查分类统计方法，对我国各类非物质文化遗产做出约略的统计是完全可行的。

近年来，我根据对20世纪30年代中国各县的地方志书资料的调查，我国各民族民间岁时节日共有约1250个，其中，苗族各支系不重复的节日加在一起就有105个，居各族节日数量之首。城乡民间庙会共有约215000个，其中华北一村五六个庙会的中心村不在少数。节日、庙会活动中有民间社火表演的乡社组织就有15万之多。全国民间小剧种、小曲种都分别在400种以上，乡村社戏的戏台、戏楼约有75000座，大小戏班不计其数，大小木版年画刻印作坊也在千座以上。民间剪纸、刺绣、染织、香包、玩具几乎出自家家户户，真是多如牛毛。至于民俗文化活动的遗产项目就更难以计数了。从民间农、林、牧、渔、猎，到工匠、商贸；从衣、食、住、行到婚、丧、嫁、娶；从生、老、病、死再到敬天、祭祖；从千家万户的文化活动，到一人一事的文化细节；从民间口头文学，到民间音乐、舞蹈、美术、戏曲、曲艺、杂技、手工技艺、体育竞技等各个门类，都有风格特点不尽相同的样式和表现形态，每个门类几乎都拥有或数百或过千的遗产代表作传之于后世。排除在历史变革因素影响下失传或消亡的非物质文化遗产种类，加上56个民族文化遗产代表作的代表性比例系数，再加上地方特色差异与技艺流派风格差异的全面性系数，参照外国评选遗产名录的经验，初步估算中国非物质文化遗产代表作至少还遗存有25000千个单项。也只有这样的代表作数量才和目前中国非物质文化遗产的历史文化资源基本相符，才和中华民族的优秀传统文化底蕴比较相称。这就是我们在非物质文化遗产保护的实施中，必不可少的摸清家底的基本估计。

有了这样的估计，我们的保护工作就会采取有步骤、有阶段、分级别、分批量进行筛选的做法，先易后难，优中选优。在首批申报国家级非物质文化遗产代表作名录的1315项省级推荐名单中，最终只推出了501项做出公示。这是一个反复筛选后确定下来的，较为保守的，少而精的代表作名录。按照估算，本来可以推出800—1000个项目才比较适当，原来全国申报的数量就比较适中。现在，非物质文化遗产保护的积极性正在不断升温，许多省份的申报单位还在积极争取补报，或对未被评上的项目申请复议，这是值得鼓励的事。

我们期待，在今天取得的阶段性成果之上，再接再厉，预计经过今年全面普查的开展，经过全国几十万人的普查工作队伍的努力和艰苦工作，全国上下的全力支持，今冬收获季节，一定会有更喜人的收成。

让我们期待：明年的文化春天比今年来得更早！

（原载《中国文化报》2006年2月28日。本文有删节）

非物质文化遗产保护：由来与发展

中国政府自2003年年初启动的民族民间文化保护工程和接下来转换的全国性非物质文化遗产保护工作，是近三十多年来联合国教科文组织发起的全球性的人类文化遗产保护工程的重要组成部分。今天当我们全面解读非物质文化遗产理论和实践的时候，就不得不首先了解这个国际性的人类文化遗产保护之庞大工程的来龙去脉。因为，这毕竟是了解非物质文化遗产保护的前提。

"非物质文化遗产"的概念及其保护工作，不是凭空臆造出来的，而是经过了三十多年的现代人类文明发展，通过深刻的反思和科学的总结创建出的跨世纪的新概念和新举措之一。它跨越了现代文明的高速发展期，连续大力推进了具有里程碑式的三大文化举措，才取得了今天的世界性文化遗产保护的巨大成就。

一、《世界遗产公约》："世界遗产"保护的提出

第一个里程碑是1972年《世界遗产公约》的缔结，提出了"世界遗产"的概念，启动了世界遗产保护的工程。

1972年10月17日至11月21日，在巴黎举行的联合国教科文组织第17届会议，关注到全世界文化遗产和自然遗产越来越受到破坏和威胁的

问题。一方面，因年久腐变失修所致，另一方面，则因为急剧变化中的社会和经济条件使破坏情况更加恶化，造成了难以弥补的损害和破坏。任何文化遗产或自然遗产的损坏或丢失都会造成全世界遗产枯竭的有害后果，"国家级保护"这类遗产保护的工作也并不完善，并且这项工作需要大量的财力和智力投入，而且被列为保护对象的遗产所在国，绝大多数是发展中国家和地区，它们并不具备充足的经济、科学和技术力量。联合国教科文组织下决心通过保护世界遗产和建议有关国家订立国际公约来推动和维护这项重大工程的建立和实施。会议认为，这些珍稀且无法替代的遗产，不论它是属于哪国人民的，都具有突出的重要性，因而十分需要作为全人类世界遗产的一部分加以保护。

（一）《世界遗产公约》提出以下两点重要的考虑。

一是考虑到这类遗产所受到威胁的规模和严重性，整个国际社会有责任通过提供集体性援助来参与保护那些具有突出价值的文化和自然遗产，这种援助必将对有关国家采取的保护做出有效补充。

二是考虑到有必要通过公约或新规定的形式，为集体保护具有重大的普遍价值的文化遗产和自然遗产建立一个永久性的有效制度。在联合国教科文组织第16届会议上曾决定过就此问题应制定一项国际公约，于是在1972年11月16日通过了关于保护世界文化遗产和自然遗产的条约——《世界遗产公约》。其目的是对具有特殊意义的文化遗产和自然遗产进行识别和保护。它的保护被确立为一种国际社会的共同责任。

今天该公约已经通过了36年，它至今仍具有重大的现实意义，因为抢救和保护的形势依然十分严峻。

（二）《世界遗产公约》阐释了"世界遗产"的准确定义，还说明了"世界遗产"所包括的"文化遗产"和"自然遗产"两大内容及其不同的概念解说。同时还明确制定了对文化遗产和自然遗产的若干鉴别标准。有关世界遗产及其中的文化遗产的详细阐述，本书将在后文详细解说。这里仅就有关自然遗产的部分略加说明。

在《世界遗产公约》中规定，凡符合下列规定之一者可列为自然遗产：

1. 从美学或科学的角度看，有突出、普遍价值的地质和生物结构或这类结构群组成的自然面貌。

2. 从科学或保护的角度看，有突出、普遍价值的地质和地理结构及划定的濒危动植物生态区。

3. 从科学、保护或自然美的角度看，具有突出、普遍价值的天然名胜或明确划定的自然地带。

对自然遗产的鉴别有如下标准限定：凡是列入《世界遗产名录》的自然遗产项目必须符合下列一项或几项标准，方可获得批准。

1. 构成代表地球演化史中重要阶段的突出例证。

2. 构成代表进行中的重要地质过程、生物演化过程及人类与自然环境相互关系的突出例证。

3. 独特、稀有或绝妙的自然现象、地貌或具有罕见自然美的地带。

4. 尚存的珍稀或濒危动植物物种的栖息地。

（三）值得关注的还有《世界遗产公约》关于“文化景观”这一概念的提出。文化景观是代表《世界遗产公约》第一条所表述的“自然与人类的共同作品”。1992年12月在美国圣菲召开的联合国教科文组织世界遗产委员会第16届会议时，提出这个概念并纳入《世界遗产名录》中。从此，世界遗产便分为自然遗产、文化遗产、自然遗产与文化遗产混合体（即双重遗产，我国的泰山、黄山、峨眉山—乐山大佛均属此）和文化景观。文化景观的选择应根据四点：它突出的、普遍的价值；它明确划定的文化区域的代表性；它体现该区域具有独特文化因素的能力；它体现持久的保持景观的自然价值。保护文化景观有助于保护生物多样性。

一般来说，文化景观有以下三种类型。

1. 人类有意设计和建筑的景观。包括出于美学原因建造的园林和公园景观，它们经常（但并不总是）与宗教或其他纪念性建筑物或建筑群有联系。

2. 有机进化的景观。它们产生于最初始社会的经济、政治以及宗教需要，并通过与周围自然环境相联系或相适应而发展到目前的形式。

它又包括两种次类别：一是残遗物（或化石）景观，代表一种过去某段时间已经完结的进化过程，不管是突发的或是渐进的。它们之所以具有突出的、普遍的价值，在于这些实物上依然保留着其显著的特点。二是持续性景观，它将当今的社会与传统生活方式相联系，并在自身演变过程中，保持着一种积极的社会作用，同时又展示了历史的变迁与发展。

3. 关联性文化景观。这类景观被列入《世界遗产名录》，以与自然因素，强烈的宗教、艺术或文化相联系为特征，而不是以文化物证为特征。

目前，被列入《世界遗产名录》的文化景观还不多，庐山风景名胜区是我国“世界遗产”中唯一的文化景观。被列入《世界遗产名录》的古迹遗址、自然景观一旦受到某种严重威胁，经过世界遗产委员会调查和审议，即可列入《处于危险之中的世界遗产名录》，以待采取紧急抢救措施。

（四）文化和自然遗产的国家保护和国际保护这一历史性要求赋予了签约国的国家责任和国际责任。

1. 缔约国的主要国家责任为：本国领土内文化和自然遗产的确定、保护、保存、展出和传承。本国将为此而竭尽全力、最大限度地利用本国资源，必要时应尽可能利用所能获得的财政、艺术、科学及技术方面的国际援助。

为保护本国的文化和自然遗产，各缔约国应根据本国具体情况做到以下五点。

①通过使文化和自然遗产发挥一定作用并把遗产保护纳入全面规划的总政策。

② 建立一个或几个保护文化和自然遗产的机构，配备人员和工作所需的手段。

③进行科技研究，制定出能够抵抗威胁本国自然遗产危险的有效方法。

④采取为确定、保护和恢复这类遗产所需的法律、科技、行政和财政措施。

⑤建立有关保护文化和自然遗产的国家或地区培训中心，鼓励这方面的研究。

2.缔约国的国际责任：

①缔约国应充分尊重文化和自然遗产的所在国主权，并在不使国家立法规定的财产权受到损害的同时，承认这类遗产是世界遗产的一部分，为此，整个国际社会有责任合作予以保护。

②缔约国应根据本公约规定，就有关国家的要求帮助该国确定和保护文化和自然遗产。

③各缔约国不得故意采取直接或间接损害其他缔约国领土内的文化和自然遗产的措施。

④世界遗产的国际保护应被理解为建立一个支持缔约国保护遗产的国际合作的援助系统。

这个公约为人类口头和非物质遗产的保护奠定了坚实的基础。

二、《保护民间创作建议案》：民间文化保护的提出

第二个里程碑是1989年《保护民间创作建议案》的出台，提出了“民间创作”（或“民间文化”）的概念，启动了民间创作保护工程。

1989年10月17日至11月16日，在巴黎举行的联合国教科文组织大会第25届会议，有以下几点考虑：考虑到民间文化是人类的共同遗产，是促进各国人民和各社会集团更加接近以及确认其文化特性的强有力手段；考虑到民间创作在社会、经济、文化和政治方面的重要意义，它在一个民族历史中的作用及在现代文化中的地位，强调民间创作作为文化遗产和现代文化的组成部分所具有的特殊性和重要意义；考虑到民间文化传统形式的极端不稳定性，特别是口头文化的不稳定性和有可能消失的危险。就此，会议认为各国政府在保护民间文化方面应起决定性作用，并应尽快采取行动。为此，在联合国教科文组织第24届会议上曾决定按《组织法》的规定，就保护民间创作的问题形成了一份给会员国的建议案，

于1989年11月15日通过。

大会建议各会员国根据各国的宪法规定，通过所需要的立法措施或其他步骤，执行保护民间创作的各项规定，以便在其领土上实施该建议所规定的原则和措施。大会建议各会员国将建议案通知负责保护民间文化的主管部门，提请他们予以重视，同时建议各会员国鼓励和各有关国际组织进行接触。

（一）“民间创作”的定义。建议案认为：“民间创作（或传统的民间文化）是指来自某一文化社区的全部创作，这些创作以传统为依据、由某一群体或一些个体所表达并被认为是符合社区期望的作为其文化和社会特性的表达形式；准则和价值通过模仿或其他方式口头相传。它的形式包括：语言、文学、音乐、舞蹈、游戏、神话、礼仪、习惯、手工艺、建筑术及其他艺术。”

（二）民间创作的分类。民间创作作为文化表现形式应受到表现其特性的群体（家庭、行业、国家、地区、宗教、种族等）保护。为此，各会员国应编制国家从事民间创作的机构目录，以便将其纳入世界地区的此类机构一览表，鉴于必须协调各机构使用的分类体系，建立鉴别和登记（搜集、检索、记录）体系，鼓励建立民间创作标准化分类法，即：

1. 编制民间创作分类总表，以指导全世界这方面的工作。

2. 编制民间创作细目汇编。

3. 对民间创作进行地区分类，特别是通过实地试行项目来进行。

（三）民间创作的保存。保存涉及的是民间文化传统的资料，保存的目的是使民间文化的研究者和传播者能够使用资料。如果说生动的民间文化由于它不断发展的特点不能始终受到直接保护，那么固定的民间创作则应该得到有效保护。为此，应要求各会员国建立民间创作的国家档案机构，收集并贮存民间创作资料，供人们使用；建立博物馆或在现有博物馆中增设民间文化部分，以展出传统的民间展品；优先考虑保存种种表现传统民间文化的艺术形式，因为它们是这些文化传统之见证；对收集人员、档案人员、资料人员以及其他专门人员进行从物质保存到工作方面保存民间创作的培训；为制作所有民间创作资料的档案和工作副本及供各地区机构使用的副本提供手段，以此确保有关的文化团体能够接触所收集的资料。

（四）民间创作的保护。主要是对民间文化传统及其传播者的保护，因为各族人民有权享有自己的文化，但是也因为人民与这种文化的结合力常常由于现代流行文化的传媒传播影响而削弱，因此，必须采取措施，在拥有民间文化传统的群体内部和外部，保障民间文化传统的地位，并保证从经济上给予支持。应要求各会员国进行民间文化的教学与研究，并将其纳入校内外的教学计划，应特别加强对民间文化的重视，不仅考虑到农村社区文化，也应注意城市各社团、行业、机构等，从而更好地了解世界各种民间文化。在跨学科基础上建立各有关团体均有代表参加的全国民间文化委员会或类似的机构；向研究、传播或拥有民间创作材料的个人和机构提供道义和经济上的支持。

（五）民间创作的传播。应当使广大民众了解民间文化的重要性。使人们意识到民间文化的价值和保护民间创作的重要性，在广泛传播的过程中，为了保护传统的完整性，必须避免任何歪曲。为了有助于公平合理地传播，应要求各会员国鼓励组织民间文化方面的全国性、地区性或国际性的活动，如庆典、联欢节、电影放映、大型展览、研究班、专题研讨会、讲习班、培训班、会议等，并支持传播和出版这些活动的音像、文字材料和其他成果；通过提供资金，通过在新闻、出版、电视、广播和其他国家及地区的传播机构设立民间文化研究者的职位，通过确保对传播机构收集的民间创作材料进行传播，通过设立民间文化节目单位等方式，鼓励这些单位在其节目中为民间文化传播留出更多位置；鼓励各地区、各市政当局、各协会和从事民间创作的其他团体设立全日制民间文化研究者职位，负责促进和协调本地区民间创作活动；资助现有教育材料（如根据最近实地收集的资料摄制的录像片）制作机构并建立新的机构，鼓励在学校和民间文化博物馆中，或在国家和国际民俗展览会和联欢节上使用这些材料；在国家和国际范围内为从事民间文化的人士、团体和机构之间的会晤与交流提供便利条件。

（六）民间创作的维护。民间创作作为个人或集体的精神创作活动，应当得到维护，这种维护应和精神产品的维护相类似。这一保护十分必要，通过这种手段可以在本国和外国进一步传播这种遗产，同时不损害有关个人或集体的合法利益。除去民间创作维护中的"知识产权"方面，应在有关民间创作的资料中心和档案机构里，使其他几类权利得到维护。比如，承认并维护民间创作的知识产权就是当务之急。同时还包含其他权益，如保护传统信息提供者的权益（保护隐私和秘密）；维护收集者的利益；采取措施，使收集的材料不致被滥用。

（七）国际合作。考虑到加强文化合作与交流的必要，特别是通过使用共同的人力、物力，实现以重新活跃民间创作为宗旨的民间创作发展计划，和由一个会员国的专家在另一个会员国完成研究工作，来加强文化合作与交流。应要求各会员国与民间文化相关的国际性和地区性协会、机构及组织相应合作。主要通过下述方式进行：交流信息和出版物；培训专业人员；提供旅费补助，派出科技人员；促进有关现代民间文化资料方面拓展的项目；就指定专题，特别是就民间创作资料和表达形式的分类与编纂，以及现代研究方法与技术，组织专业人员会晤，组织学习班和工作组；在民间创作的研究、写作、表演、录制或传播方面密切合作；确保在本国领土上进行研究工作的各会员国有权从其他会员国那里得到各类文件、录像、影片和其他材料的副本；采取各种必要措施，保护民间创作免遭各种人为的和自然的破坏，其中包括武装冲突、领土侵占或各种其他性质的国家动乱。

实践证明，启动民间文化全面保护工程，正是人类口头和非物质遗产保护的实质性步骤。

三、《人类口头和非物质遗产代表作条例》：人类口头和非物质遗产保护的提出

第三个里程碑是1998年《人类口头和非物质遗产代表作条例》的颁布，正式提出了“人类口头和非物质遗产”并列的概念，启动了申报人类口头和非物质遗产代表作名录的工程。

1972年，《世界遗产公约》由联合国教科文组织公布后，对人类整体有特殊意义的文物古迹、风景名胜及自然风光和文化景观被列入了《世界遗产名录》。但是，这个公约却不适用于非物质遗产。因此，一部分会员国提出制定有关民间传统文化非物质遗产各个方面的国际标准文件，在1989年11月联合国教科文组织第25届大会上通过了《保护民间创作建议案》(又译为《关于保护传统文化与民俗的建议》)。这种国际标准文件要求各会员国采取法律手段和一切必要措施，对那些容易受到世界全球化影响的遗产进行必要的鉴别、维护、传播、保护和宣传，并向人们指出，有大量口头遗产正面临消失的危险。因此，急需告诫有关当局及这些遗产的拥有者，使他们知道这些遗产的重要价值，并知道怎样去保护它。《建议》在最后的一章关于促进国际合作的条文中指出，会员国要对那些民众或社团中具有象征性精神价值的“非物质遗产”给予更大的关注。秘书处根据建议的精神不断提出活动方案，如非物质遗产的动员行动、清查行动、抢救行动、宣传和维护行动等。执委会在第142次会议上通过了决议，并为建立“人间活宝”(又译作“人类生动宝库”)系统制定了工作指南，同时，总干事要求各会员国建立本国的“人间活宝”系统，进行抢救“国宝”级民间艺人的活动。

(一)《人类口头和非物质遗产代表作条例》的公布。正是基于上述同样的思想，强力推出的文化遗产保护措施。联合国教科文组织1997年11月第29次全体会议上通过了一项关于建立一个国际鉴别的决议，这个决议称为“联合国教科文组织宣布人类口头遗产优秀作品”。联合国教科文组织执委会第154次会议指出，由于“口头遗产”和“非物质遗产”是不可

分的，因此在以后的鉴别中，在“口头遗产”的后面加上“非物质”的限定。1998年联合国教科文组织公布了《人类口头和非物质遗产代表作条例》，正式推出了这个概念，将“非物质”和“人类口头”并列提出。它的另一译名是“无形文化遗产”。联合国教科文组织执委会在155次会议上，制定了关于由联合国教科文组织宣布为人类口头及非物质遗产代表作的评审规则中关于国际鉴别的目的，和“口头及非物质遗产”的定义。

会议在宣布人类口头和非物质遗产的鉴别目的中，号召各国政府和非政府组织及地方社区采取行动，对那些被认为是民间集体保管和记忆的口头及非物质遗产进行鉴别、保护和利用。只有这样，才能保证这些文化特性永存不灭。联合国教科文组织的宣布也是为了鼓励个人、团体、机构和组织根据联合国教科文组织的宗旨，积极配合其有关纲领和1989年《保护民间创作建议案》对有关的“口头及非物质遗产”进行管理、保存、保护和利用。

在宣布“人类口头和非物质遗产”的定义中，再一次重申了《保护民间创作建议案》中的原有定义的全部内容。也可以说，“人类口头和非物质遗产”的定义其实就是民间创作的定义（有关这一部分的解说将在概念界定部分着重阐述，此处从略）。从此以后，全世界范围的非物质文化遗产保护工作进入了一个全新的时代。

2001年5月18日，首批人类口头和非物质遗产代表作公布，成为第三个里程碑的一个耀眼的亮点，在全世界产生了轰动的效应。在首批19个代表作中，我国的昆曲名列第四。

首批19个代表作的分布如下：

亚洲地区：

中国：昆曲（4）、印度：库提亚达姆梵剧（10）、乌兹别克斯坦：博桑地区文化空间（19）、日本：能乐（12）、韩国：宗庙皇家祭祖仪式及神殿音乐（16）、菲律宾：伊夫高人的哈德哈德圣歌（15）。

欧洲地区：

格鲁吉亚：格鲁吉亚复调演唱法（8）、立陶宛：十字架工艺及其在立陶宛的象征（13）、西班牙：埃尔克的神秘剧（18）、意大利：西西里傀儡戏（11）、俄罗斯：塞梅斯基口头文化及文化空间（17）。

南美洲地区：

伯利兹城：加瑞弗那语言、舞蹈和音乐（1）（洪都拉斯、尼加拉瓜支持）、厄瓜多尔和秘鲁：萨培拉人的口头遗产与文化形式（7）、玻利维亚：奥如诺狂欢节（3）、多米尼加：维拉·麦拉康果斯圣灵手足之情的文化空间（6）。

非洲地区：

贝宁：杰莱德口头遗产（2）、象牙海岸：塔克巴纳人的横吹喇叭音乐（5）、摩洛哥：Djamaa el-Fna 广场文化空间（14）、几内亚：尼亚加索“苏苏—巴拉”文化空间（9）。

在这19个代表作中，有5个戏曲类、4个音乐舞蹈类、2个口头遗产类、1个礼仪类、1个节日类、1个工艺类、5个文化空间类。从比例来看，戏曲和文化空间占有重要位置。在非物质遗产中出现了“文化空间”的重要概念。

2003年11月，联合国教科文组织又公布了第2批人类口头和非物质遗产代表作，共有28项，我国的古琴艺术名列其中。其他还有口语和说唱、史诗表演5项；歌舞表演12项；节日3项；偶戏（人偶、影偶）2项；工艺1项；医术1项；绘画1项；文化空间2项。再一次显示了保护人类口头和非物质遗产的国际性活动成效。这也在很大程度上鼓舞了我国对非物质文化遗产保护活动的热情，有力地推动了我国各民族非物质文化遗产抢救与保护工作的发展进程。

2005年11月25日，联合国教科文组织官方公布，经过为期4天的评选，从70份申报材料中选择了43个项目，列入第3批人类口头和非物质文化遗产代表作名单。其中包括中国新疆维吾尔族大型综合艺术木卡姆，以及中国和蒙古国联合申报的“蒙古族长调民歌”。我们通过上述三次公布的世界级非物质文化遗产代表作，更加深了对非物质文化遗产保护工作意义、目的的认识和理解，进而把我国非物质文化遗产的保护与研究工作提升到了一个全新的阶段。

（二）“文化空间”概念的提出。联合国教科文组织在1998年10—11月第155次大会上用额外的基金创立了一个奖金，用来鼓励人类口头和非物质遗产的“文化空间或文化表达形式”方面的发展。联合国教科文组织北京办事处的文化官员爱德蒙·木卡拉的解说很恰当。他说：“文化空间指的是某个民间传统文化活动集中的地区，或某种特定的文化事件所选的时间。”“在这里必须清醒认识到文化空间和某个地点的区别。从文化遗产的角度看，地点是指可以找到人类智慧创造出来的物质存留，像有纪念物或遗址之类的地方。文化空间是一个人类学的概念，它指的是传统的或民间的文化表达方式有规律性地进行的地方或一系列地方。”

（三）“文化多样性”保护的提出。文化遗产不限于文化遗址、纪念馆和文化艺术作品。还有一些更重要的无形的组成部分，那就是口头说唱、风俗、语言、音乐、舞蹈、表演艺术以及其他技艺。特别是少数民族及土著社会仍沿袭着他们自身的传统文化。这种无形的、自然自在的遗产非常脆弱，如果我们想要维护文化的多样性并加强文化的多重性，那么保护这些遗产就是一件紧迫的事情。2000年5月4日，联合国教科文组织总干事松浦晃一郎在日内瓦“瑞士国际政治论坛”上的报告中，着重强调了保护世界多元文化的重要意义。他说：“全球化趋势可能成为世界各民族密切联系的一个有利因素。但是不应因此而导致世界文化的一体化发展，不应该使一种或几种文化去支配其他文化，也不应该导致文化肢解或同一性的重合……我主张要把人类文化多样性的保护和开发摆在一切工作的首位。正如雅维耶·佩莱·德·奎埃拉（Juvier Pérez de Cué llar）领导的委员会在1996年呈递给联合国教科文组织的一份名为“我们多样性的创造”的报告中所说的那样，这是一项与保护生物种类和地球环境同样重要的工作。因此，这项工作既是一项科学的工作，又是一项和平、发展与人权相关的基础工作。我认为世界各民族要在真诚对话的基础上达到对世界文化多样性的了解和认识，这样才能做到去学习别国的文化，愿意更好地去理解它，并且知道怎样与别国文化交往与交流。这种共识，虽然存在差异，但它有利于消除造成冲突和战争的相互间的封闭和不了解；有利于加强民主、正义和多元文化的基本价值观……联合国教科文组织在保护世界遗产的工作中进行了出色的工作，树立了很高的威望。从尼罗河洪水中抢救努比亚神庙永远的成为了它历史上光辉的一页。文化多元化的保护不能靠单纯地对历史文物的保护来实现，还必须提倡对非物质文化遗产保护和开发。这是文化创造性带来的考验，也是活跃性文化带来的动力。建立具体的评选和鉴别规则，能使这些往往被忽视并面临消失危险的文化财富得到保护和世代相传。我对这个任务给予最大的关注。从明年开始，关于非物质文化遗产的属性表述将由一个国际评审委员会公布于世，这是一项人类口头的和非物质的文化遗产的杰作。这将促使联合国教科文组织制定出符合世界文化遗产公约的国际标准文件。同时，联合国教科文组织确定，要坚决支持语言多样性的发展，鼓励对儿童从最小年龄开始进行多语种教育，使人们都能够成为真正的世界公民，并保留创新精神的多样性。”

（四）“文化记忆”概念的提出。联合国教科文组织在保护人类口头和非物质遗产的进程中特别强调过“世界文化记忆”的概念。认为记忆对创造力来说是极其重要的，对个人和民族也都极为重要。各民族在他们的遗产中发现了自然和文化的遗产，有形和无形的遗产，这是找到他们自身和找到灵感源泉的钥匙……因为自然灾害、战争动乱、现代化、全球化、城市化不断地危害着世界文化遗产，目前这个国际责任就更加重大……保存与传扬这些有历史性的见证，无论是有形文化遗产还是无形文化遗产，我们的目的都是唤醒人们的记忆。因为失去了文化记忆，人类就将失去创造，这也是我们对子孙后代所肩负的责任。

（原载《民间文艺之友》2004年第1期，第32—38页。本文有删节）

非物质文化遗产保护的科学管理及操作规程

当前，在中国全面启动的非物质文化遗产保护工程，已经进入具体的实施阶段，39个保护项目的试点已经由国家批准立项进入执行任务和具体操作的工作程序。由于整个工作从一开始就出现了各省区参差不齐的不平衡状态，因此，在不断提高各地对保护非物质文化遗产意义认识的同时，具体指导所有试点项目的保护工作就显得十分重要。其中，管理的严格化和科学化，以及操作规程的标准化成为推动工作有效进展的当务之急，重中之重。

怎样实行严格的科学管理？如何推行标准化的操作规程？需要从三个方面入手做好准备：一是需要认真借鉴国际上非物质文化遗产保护的成功经验；二是需要密切结合中国国情，特别是结合中国非物质文化遗产的生存状态的各种实际，总结以往文化保护的经验教训；三是需要有相应的、比较完整的、有针对性的专业科学理论和作业方法。有了这样的充分准备，才能建立起一整套实施保护工作的科学机制，并使这些机制能够持续有效地发展。

因此，在这项工作进行试点的最初阶段，充分了解并准确认定我国各民族非物质文化遗产保护的所有项目至关重要，因为这是解决“我们要保护什么”这个问题的关键。同时还要充分掌握保护工作必需的专业操作规程，因为这是解决“我们该怎样保护”这个问题必不可少的方法和手段。二者缺一不可。

一、对非物质文化遗产实施保护的科学管理

对非物质文化遗产及其保护项目的科学认定及审定管理，是科学管理的首要任务。对这项管理任务，本文将着重进行分析，以便更加贴近中国当前的保护工作。

对非物质文化遗产实施保护，这是一个十分笼统的总体目标，它需要确定何种类别的何种具体文化项目作为保护对象。因此，试点项目的确定本身就是进入文化保护程序的第一项科学管理工作，对保护项目的认定和审定也就成为这项管理工作的主要任务。特别是在我国目前各级文化主管部门和文化界、学术界对“非物质文化遗产”的定义、范围还处于似懂非懂、模糊不清、把握不准、各种不同的界定和学术争议严重的状态下，这项管理只能加强，不可草率应对。

这项工作主要分两个步骤：第一步是主持保护项目的单位对项目的分类认定必须实行严格的科学论证；第二步是主管单位及其委托的专家评审组织，对立项单位方案文本中的认定和论证的审定必须严格把关。尤其是对文化空间或文化表现形式所做的分类鉴别和认定，必须要求准确。

目前，中国文化保护实施单位最感困惑的就是项目认定，存在以下几方面的问题。

第一，从民俗旅游开发的角度认定文化保护项目。有许多民间艺术形式，还没有经过合格有效地保护就草率地进行了改编和包装，举行大规模展示和表演，被人为地强行推入旅游市场，并把这样的做法叫作“真正的保护和利用”。

第二，用保护物质遗产的标准认定非物质遗产项目。在认定某些口头遗产或表演艺术形式的遗产时，有的使用了评定物质文化遗产的标准，把相关的或牵强附会的建筑物、遗址的恢复和兴建作为抢救和保护的目标，甚至做了土建计划和预算，但是对所要保护的非物质遗产本身却没

有做出可行的保护计划。

第三，把文化表现形式仅仅理解为艺术表现形式，敢于认定民间艺术形式的保护项目，不敢也不善于认定其他文化表现形式的项目，特别是对于和民间信仰或宗教有关联的传统文化表现形式，在认定上模糊不清，把握不定，甚至有时不承认它们的代表作是需要保护的遗产。比如庙会、迎神赛会、萨满跳神、跳傩、巫术（包括巫医）及各民族重要祭祀仪式，等等。

第四，对“文化空间”概念，目前还处于不大理解、不得要领或难以认定的状态，人们往往把“文化空间”分解为几种艺术表现形式分别认定，甚至把本来是文化空间的形式也叫作“××艺术”，使非物质遗产文化空间完整统一的形态遭到割裂，文化整体性受到损害。例如，中国的西北“花儿艺术”和“花儿会”文化空间；青海同仁“热贡艺术”和“热贡”文化空间；贵州黔东南苗族歌舞和“闹冲”、“爬坡会”文化空间；蒙古族歌舞、摔跤、赛马和“敖包祭”文化空间。

其中，有一例可以做证，说明认定项目必须进行严格科学管理的重要性。“梁山伯与祝英台”口头遗产，最早发源于历史上一个特定空间的人物和事件的传闻，迅速在一至两个以上地点落地生根，由民众传说成人物传记体的爱情故事情节母题，再传开去，扩展成许多大同小异的口述版本。以后经过民间艺人的再创作，经过文人诗作、笔记、史志等文本记述的再传播，形成历史上遍布全国的民间四大传说之一的口头遗产。

“梁祝”如今已经成为宜兴、宁波乃至全国对《梁山伯和祝英台》口头传承遗产的缩写和简称，它已经是这项特定的口头遗产的代码和符号。江苏宜兴“梁祝”口头遗产的保护群体，以当地流传的丰富口传遗产、翔实的史料线索和城乡社区人文景观遗迹的印证，测查和认定了“梁祝”口头遗产在宜兴地区传承一千六百余年的综合活动轨迹和特点。初步查清了“梁祝”口头遗产在宜兴拥有的实实在在的家底，评估了它在文化史、艺术史、社会生活史以及思想史等诸多方面的价值。从文化人类学的高度鉴别，不难认定“梁祝”口头遗产代表着人类社会的一种崇尚自由的文明。它表现了中国民众对爱情的审美理想，这是人类文明进步的结晶。它既是中国民众口传的精神文化财富，同时也可供全人类各族群体的成员分享，成为全人类的宝贵遗产。“梁祝”口头遗产在中国早已经构成了一个很大的传说文化圈，在这个圈中，“梁祝”口头遗产的分布状况是极其不平衡的，在大部分地区，包括许多少数民族地区，“梁祝”口头传承都带有借入或移入的性质。在那些地区，几乎没有出现将“梁祝”故事的基本母题直接落实到地方风物和文化遗址上进行本土化的传承历史过程。从田野调查作业的方法论出发，可以认定这些地区绝大多数属于“梁祝”口头遗产传播的边缘地带，这里的“梁祝”口头遗产显然是在“梁祝”口头遗产传承的中心地带辐射影响下形成的。按照民间文化圈测查的数量标准衡量，某种文化事象越是辐射传播分布的地点多，就越能证明这种文化事象在其中心地带的文化生命力和影响力越强，同时也越能证明这种文化事象的多种文化元素在其中心地带存在的密集性，并在质量标准上会显示该文化事象最本质的特征和最充分的文化内涵。经过细致入微的调查研究，宜兴“梁祝”口头遗产的抢救发掘证明，这里一千多年来一直是“梁祝”口头传承的中心地带之一。

绝大多数中心地带传承的口头传说有一个显著的特征，那就是传说的人物、事件与当地历史、地理的紧密黏附性。口头传说与本地历史、地理的黏附性，它也可以被理解为是传说内容和表达形式的基本特征。这个特征就是要为人们提供一个传说印证的“可信性”。提供印证的“可信性”特征是传说远比其他样式的口传故事在民俗生活中居于优势的首要特征。这种印证在任何时候都不是指历史档案与信史资料，指的是口传民俗艺术的可信依据。讲本地传说的人，通常在讲述传说的同时，总是辅之以实地、实物的展示与解说，或找出可信的证据促使人们像相信历史一样相信其口头传说的真实性。宜兴“梁祝”的口头传承就具备这种特点。宜兴“梁祝”传说早在古代就和魏晋南北朝的历史黏附在一起，传说的主人公在传承中总是以女主人公祝英台为中心，所以，当地遗留下来了许多关联着祝英台的地方风物遗迹。例如，祝英台故宅地址、祝英台读书处、祝英台琴剑冢、英台井、英台陵墓以及故事中十八相送沿途的景物遗存；此外，还有梁家庄、马家庄遗址的指认传说佐证等，都是传说黏附于地方风物的“可信”印证。所有这些印证，都有久远的口头传承历史，并不是任何现代人的人为制造。这一点是“梁祝”口头遗产被传承认定的重要依据。在认定“梁祝”为非物质文化遗产的口头传承形式时，有必要强调和指出的是，所有与“梁祝”传说密切相关的景物遗存“可信物”，对于口头遗产这宗最基本的重大非物质文化遗产来说，并不需要用文献资料考证史实本身的价值和意义；相反，它的价值正在于“梁祝”口头遗产发展成为较为典型的“梁祝”文化，在宜兴这块文化中心地带使“梁祝”文化的活动形态得到了充分表现。这种令人“可信”的“似是而非”的“梁祝”文化表现形式，正是“梁祝”口头遗产重要的有机组成部分，任何史料的辨伪求真考证，都会有损于这宗口头遗产在精神层面的生命力，从而弱化它珍贵的口头传说艺术魅力。

但令人遗憾的是，在从事文化考古的文物研究界，有的学者却很重视把梁山伯、祝英台作为历史人物来认定，于是导致对祝英台故宅、祝英台陵墓、祝英台井、梁家庄遗址和马家庄遗址进行文物考古、文化遗址的认定，动用的是认定物质遗产的基本手段。对于保护“梁祝”口头传说这宗重大非物质文化遗产来说，这种文物发掘和遗址认定及其史料考证是徒劳的、无意义的和完全不必要的。另有一些旅游开发热的文化人，也极力主张保护“梁祝”文化，但是他们认为必须把祝英台故宅遗址、祝英台读书处、祝英台琴剑冢、英台井、英台陵墓以及故事中十八相送沿途的景物、梁家庄、马家庄遗址等传说佐证都兴建起来，作为旅游景点设置，供游人观赏。在这里有一个最基本的文化遗产分类认定问题。因此，我们必须强调，作为口头文学遗产的“梁祝”，在它的非物质文化的属性里，并不需要求证梁山伯和祝英台是否在某个历史阶段或地段实有其人其事，重要的在于这个口头传说中的两个主人公及其故事传承是否具备人类文明的代表性和重大艺术价值，是否值得我们对它加以认真保护。重要的在于史料笔记中的各种记载都是“梁祝”口头遗产传承流变的最好线索和证据。文物考古发掘也好，旅游景点开发也好，和“梁祝”口头遗产的非物质遗产保护工作绝不是一回事，相反，这样做的结果只会给非物质文化遗产保护造成不小的损害。

和以上的事例相似相近的例证还有不少，主要原因在于，首先，人们对“非物质文化遗产”的定义、范围模糊不清；其次，一方面存在各种思潮和观念的严重干扰；另一方面还有经济建设的利益驱动等，都使文化保护工作的正常进展遭到阻碍。为此，加强遗产认定的管理，加强科学认定的专业培训，严格审定把关，刻不容缓。

关于“非物质文化遗产”的定义，在1998年颁布的《人类口头和非物质遗产代表作条例》中明确指出，它来自1989年11月15日在巴黎出台的《保护民间创作建议案》(又译为《关于保护传统文化与民俗的建议》)。它的原文是“指来自某一文化社区的全部创作，这些创作以传统为依据、由某一群体或一些个体所表达并被认为是符合社区期望的作为其文化和社会特性的表达形式；准则和价值通过模仿或其他方式口头相传。它的形式包括：语言、口头文学、音乐、舞蹈、游戏、竞技、神话、礼仪、风俗习惯、手工艺、建筑术及其他艺术。除此之外，还包括传统形式的传播和信息”。由此可见，“非物质文化遗产”(或译为“无形文化财产”)的定义其实就是我国现在提出的“民族民间文化遗产”的定义。

2001年11月，联合国第31届成员国大会通过决定，采用了“非物质文化遗产”的新定义。原译文是：“人们学习的过程及在学习过程中学到的和自创的知识、技术和创造力，还有他们在这一过程中创造的产品以及它们持续发展所必需的资源、空间和其他社会及自然结构；这些过程会使现存的社区具有一种与先辈们相连续的意识，对文化认定很重要，对人类文化多样性和创造性保护也有着重要意义。”

同时，会议还宣布了非物质文化遗产的两种表现形式：一种是有循规的文化表现形式，如音乐和戏剧表演，宗教仪式或各类节庆仪式；另一种是一个文化空间，定义为一个可集中举行流行和传统文化活动的场所，也可以定义为一段通常定期举行特定活动的时间，这一事件和自然空间是因空间中传统文化表现形式的存在而存在的。

以上就是到现在为止已确定的“非物质文化遗产”在其内容和形式两方面的定义，作为国际共同执行的认定非物质遗产的基本依据。

根据非物质文化遗产类别样式或表达形式的多样性，以及国际学术界通常的分类法标准，再结合我国文化遗产代表作的表达形式的特点，中国民族民间文化保护工程的正式文件大体上把本国的民族民间文化遗产分为以下若干类别。

1. 口头遗产（语言类：濒危民族语言、地区方言、隐语行话、谚语；口头文学类：谜语、民谣、神话、史诗、故事、传说、口述史）。

2. 民间艺术（音乐类；舞蹈类；美术类；戏曲类；曲艺类；杂技类）。

3. 工艺技艺（建筑技艺类；烹调技艺类；服饰工艺类；工匠技艺类；民间医术类）。

4. 风俗习惯（节庆类；礼仪类；行业习俗类；游艺竞技类）。其中，“文化空间类”的概念十分重要和特殊，它主要是民间风俗习惯类的文化时空形态的规定性概念。联合国教科文组织在1998年10—11月第155次大会上用额外的基金创立了一个奖金，用来激活人类口头和非物质遗产的“文化空间或文化表达形式”。2001年宣布的“文化空间与文化表现形式”的划分标准，现在看来对于认定文化空间的工作，是可以操作且既简明又实用的。联合国教科文组织北京办事处的文化官员爱德蒙·木卡拉的解说很恰当。他说：“文化空间指的是某个民间传统文化活动集中的地区，或某种特定的文化事件所选的时间。”“在这里必须清醒认识到文化空间和某个地点的区别。从文化遗产的角度看，地点是指可以找到人类智慧创造出来的物质存留，像有纪念物或遗址之类的地方。文化空间是一个人类学的概念，它指的是传统的或民间的文化表达方式有规律性地进行的某个地方或一系列地方。”多年来，人类学、民俗学大量的田野作业调查材料证明，这种表现形式的类别在我国各民族非物质文化遗产中占有很大的比例，像各民族都普遍流行的多种节庆、庙会、歌墟等约定俗成的大型定时、定点的传统活动，都属于文化空间，在民间文化生活中显得特别重要。

联合国教科文组织还建议和鼓励各国建立非物质遗产的标准分类法。

①必须协调各机构使用分类体系，建立鉴别和登记（搜集、检索、记录）体系；鼓励建立民间文化标准化分类法，即编制非物质文化遗产分类总表，以指导全世界这方面的工作；编制非物质遗产细目汇编，并进行地区分类，特别是鼓励通个地区试点项目来进行。这就要求必须加快认定工作的进程，使本国的非物质文化遗产的标准分类法形成体系，以便早日编制出中国非物质遗产名录汇编。

②对已经立项的遗产保护工作实施较为严格的目标管理，是科学管理的有效方法。所有审定合格的立项，必须包括若干目标及其具体的计划指标，各级管理者及其机构只能依据审定通过的阶段性目标、长期目标或各个子项目的具体指标进行有针对性的指导、检测、督促、协调、鉴别、裁定和验收，等等。经费使用及预决算的管理，严格纳入国家财会制度，实行有效监督。

在目标管理中，管理部门及其管理者应当事先确定两种类型的目标：一种是用规定性的计划指标做要求的任务目标，这是硬性的目标，必须完成。比如非物质遗产都必须普查所有传承人及其传承方式、特点，并对传承人实施全面保护，这就是一项严格的硬性任务，它需要主持工作人用硬性指标来完成。另一种是用灵活性的计划指标做要求的任务目标，这是弹性的目标，要求在工作中根据实际情况灵活掌握其节奏和进度，增减其任务量，或变动其工作程序和方式等。

③对专业技术标准的管理，特别是运用现代科技手段实施保存、维护和保护的技术标准，必须明文制定具体的规则或技术规范，严格管理。在中国，目前从事遗产保护工作的人员，大多数在基层习惯于用传统的方式进行调查作业，即使是使用录音、摄影、摄像的技术手段，大多数已经是落后的或早已经被淘汰的了。更主要的是，即使用专项经费配备了现代最新的设备及手段，也缺乏对这方面的专门培训。运用现代科技手段实施保存、维护和保护的技术标准，必须及时制定标准的技术手册，按

照标准的规定严格管理。对保护工作中使用的图纸、照片、底片、幻灯片、录音带、录像带及录音机、照相机、摄像机等都要确定出规格、型号和使用要求，编制出详细的综合目录，以便于保护项目专业人员自己掌握，或与专业技术人员合作掌握所有的技术标准。

在遗产保护的技术手段方面必须“讲究”，不能也不应该“将就”，不能“少花钱也办事、不花钱也办事”，更不能“因陋就简”。因为遗产保护的紧迫性，濒危遗产的不可再生性都决定了这次保护的全面彻底性，所有的采录和保存都必须保证达到一次完成、永久保存的标准。任何工程的“将就”和“因陋就简”，都会被落后手段的粗制滥造酿成后患和遗憾，因为濒危遗产保护工程有其特殊性，使用任何不合规格的技术手段保存遗产资料，都会使文化保护最终变为一句漂亮的空话。今天的文化保护是功在当代、利在千秋的伟大文化工程，在技术手段的要求方面只能“百年大计，质量第一”。加强与高技术手段的标准要求和财政资金投入相配套的管理制度，是文化遗产保护、保存工作的重要环节，不可忽视。

④对从事保护工程的各类专家队伍的管理，对各级管理者的管理，应实行相对的分工责任制，建立相应的激励机制，制定相关守则或工作细则进行责任管理。

目前，中国文化保护工程的管理是在现行政府体制下进行行政管理的，并适当作了一系列的协调性管理。但是，当保护工作开始付诸实施，许多地区和项目就会出现千头万绪的繁忙状态，就需要尽快建立一系列的有效机制，形成责任制。很明显，只有政府上下级关系及中央和地方关系的各级责任制显然是不够的。必须建立起专业分工的责任制。目前从事专业咨询服务的专家委员会还暂时停留在松散的状态中，它的专家成员几乎全是以个体受聘的方式临时性参与咨询服务的，所以，他们的责任感是很有限的。在全国各地展开保护工作后，专业工作的任务量不断加大，专家的工作量必然也随之增大。政府管理部门如何依法科学管理专家的工作，就成为当务之急。专家委员会和专业组专家的扩大必然带来专家责任制建立和完善的需求。各类项目应当经由各类专家跟踪咨询和指导，建立相应的专家责任制，履行管理机构管理专家，专家接受委托代行，对专业项目的管理职责，形成有效的责权体系。其他工程所分担的工作，都有明确的分工责任制的保证，只有这样，才能够保质保量地按期完成各项指标。没有明确的责任，所有工作都将难以取得有效的成功。

二、非物质文化遗产保护工作的操作规程

（一）保护工程必须在《非物质文化遗产保护法》和相关政策实施细则的框架内进行，这是最基本的工作要求。无法可依，就无法抵御人为造成的破坏，也无法挤进各级行政和议事的日程。

（二）在确定资金来源和使用标准的前提下，发掘参加保护工程的人力资源，进行保护工作从业人员的队伍建设和专业培训，是保护工作有效推进的保证。但是，人员培训应当分项进行，有管理人员的培训，更要有专业工作者的业务培训，其中包括专业理论的、操作方法的、技术手段的多种科目。所有保护工作都毫无例外地必须依靠各行专家和专业工作者主持各类项目的技术工作。

（三）各民族民间、社区间对非物质文化遗产进行符合标准的全面普查、鉴别、认定、筛选是必不可少的工作程序。它是保护工作的前提条件和作业依据。

（四）所有工作用的文本（包括调查报告、立项申报材料、图表、实施方案、任务书、计划书、评估材料、鉴定书、总结材料、预决算报表等），都必须有规定要点或标题的分项栏目，以备填写相关的重要信息。目前，许多项目文本的简单化、粗线条形成通病，其原因主要是基层文化主管单位和文化工作者对非物质遗产的专业特点很不了解，对遗产的传承规律和表现形式较为陌生。为此，文本的写作必须以专项遗产的学术研讨为基础，才有可能编写成合格的合乎实际的可行的科学文本。编制项目方案文本要有以下分项内容：本项目的文化源流、历史沿革、类别认定、分布区划、文化特征分析（包括文化表达形式分析、各子项目特点分

析）、价值评估、现状分析、传承系谱等具体的论述及相关量化数据、保护措施和手段、阶段进度和预期成果、附加内行专家的若干学术评定或推荐材料等。各种文本都要由责任人签署，都要经过论证、审定、监督执行、成果验收等必不可少的程序。

（五）及时编写、出版指导作业的《非物质文化遗产保护实用手册》，手册中应当以操作规程的工作细则为主要内容。手册只能是本学科领域合乎标准的通行通用的可操作的工具书，在基本知识理论方法上不可以有任何存在明显歧义和有争论的内容，以防造成工作上的混乱。

所有这些管理机制和操作规范，都应当随着保护工作的进展及时建立和付诸实施。当前，中国的保护工作已经进入试点工作，接下来就要进入全面普查和建立中国非物质文化遗产名录的新阶段。

2004年11月16日

（原载《非物质文化遗产保护国际学术研讨会（2004）论文集》，王文章主编，文化艺术出版社2005年12月版，第10—20页。本文有删节）

“非物质文化遗产”的概念界定与分类认定

本文旨在阐释“非物质文化遗产”这个概念的含义，及其表述的界定和分类认定的方式。本文力求紧密结合当前中国非物质文化遗产保护工作形势，解决非物质文化遗产保护的若干理论与实践的相关关键问题。首先，是尽可能从历史文献中查找“非物质文化遗产”概念界定的科学依据，从而认清这个概念的产生、由来与发展；其次，从“非物质文化遗产”这个概念的语词表述上解析其概念界定的语义学、相关术语比对及其与物质文化遗产关系的三个关键问题；最后，从中国国家级非物质文化遗产代表作名录的项目申报工作实践中，根据分类认定的过程，澄清一系列似是而非、模糊不清、把握不准的理论概念与实践问题，进一步阐释“非物质文化遗产”的概念和界定。

一、“非物质文化遗产”概念界定的历史文件依据

“非物质文化遗产”这个词语和概念，并不见诸传统学术词语中，它来源于20世纪末至21世纪初的几年间联合国教科文组织倡导的保护世界文化遗产工作的部署和会议文件。它的出现以及对它实施的全球性重大保护工程，并不是毫无根据、凭空臆造出来的，而是经过了近几十年的现代人类文明的发展，通过深刻的反思和科学的总结，最后才创建出来的

跨世纪的文化新概念和保护人类文化遗产的国际性新举措。它至少历经了三十多年的漫长岁月，跨越了三个阶段，才有了今天的世界性通用的专用词语，并在对它的保护上，取得了一定的成就。要想了解这个词语及其保护工作的来龙去脉，需要我们重新回顾这个概念的产生和发展历程。

（一）《世界遗产公约》为“非物质文化遗产”概念的确立奠定了坚实的基础。在1972年缔结的《世界遗产公约》中，提出了“世界遗产”的概念，同时启动了遗产保护的工程。

1.“世界遗产”的概念。“世界遗产”（World Heritage）已经是当今世界人们耳熟能详的一个国际术语。联合国教科文组织在1972年启动保护世界遗产工程，其主要导因是：20世纪60年代，埃及在尼罗河上游修建了耗资巨大的现代化工程——阿斯旺水坝。水坝建成，两座世界闻名的千年神庙古迹便不复存在了。其中之一的阿布·辛贝尔神庙，是在位六十余年的古埃及法老拉美西斯二世建造的。实际上人们今天所能看到的神庙是在原址以上60米的位置移位搬迁复原的。因为阿斯旺水坝的修建淹没了原来的神庙遗址。神庙本身是一项埃及法老的珍贵遗产，世界奇迹。有四尊巨大的拉美西斯二世雕像，具有很强的文化震撼力。庙内有描绘拉美西斯二世征战四方的传神壁画，刻画了几千年前古埃及法老王朝兴盛时期的文治武功。人类用神庙换来了水利效益，却留给子孙后代永远的遗憾。另一座费莱神庙是古埃及最强大的生育女神伊西斯（Isis）的神庙，原来保存得非常完整，但当时为了修建阿斯旺水坝而将费莱岛淹没，游客们只能坐着玻璃底的小船参观水底的神庙。随后联合国和美国一起帮助埃及把这座神庙整体迁移到现在的阿吉奇亚岛（Agilqiyyah Island）上，1980年3月完成了全部迁移工作。为表示感谢，埃及政府送给了美国一座神庙，现在保存在美国大都会博物馆里。除此之外，那些因两次世界大战、地区争端和内乱的战火毁灭的古迹，那些因大型工程、城市化进程、房地产和旅游开发而被拆除的名胜古迹，更从反面成为促成这一保护人类遗产工程的巨大动力。

当时制定《世界遗产公约》的最初宗旨是为了加强世界各国就遗产保护工作间的联系，《世界遗产公约》就“自然”和“文化”两个方面，将世界遗产分为“自然遗产”和“文化遗产”两个部分。承认条约的签字国，必须投入行动保护他们各自的全部民族遗产，并将他们的一部分遗产列入《世界遗产名录》。同时，他们承认列入《世界遗产名录》的遗产不附带主权属性，而是作为全球性遗产，由世界国际大家庭来负责保护。于是使这一部分遗产具备了世界遗产和全人类遗产的属性。

到目前为止，有数以千计的世界遗产进入了联合国的名录，还有上万个准遗产等待申报批准。但是，国际性的战争冲突，一些国家和地区的内乱，民族、宗教纠纷，旅游狂热和毫无节制的城市化运动，都是威胁人类遗产保护的因素。《世界遗产公约》的一项任务正是动员有关国家的人民对遗产进行维护。今天该公约已经通过了36年，然而这项任务仍具有重大的现实意义，因为现在的形势依然十分严峻。

2.“文化遗产”的概念。《世界遗产公约》规定，属于下列各类内容之一者可列为文化遗产。

文物：从历史、艺术或科学的角度看，具有突出、普遍价值的建筑物、雕刻和绘画；具有考古意义的成分或结构，铭文、洞穴、住区及各类文物的综合体。

建筑群：从历史、艺术或科学的角度看，因其建筑的形式、同一性及其在景观中的地位，具有突出、普遍价值的单独或相互联系的建筑群。

遗址：从历史、美学、人种学或人类学的角度看，具有突出、普遍价值的人造工程或人与自然的共同杰作以及考古遗址地带。

从以上文物、建筑群和遗址三大类遗产的分类上可以清楚地认定，这里所说的文化遗产显然都是指物质文化遗产。

再看对（物质）文化遗产的鉴别：《公约》规定，凡提名列入《世界遗产名录》的文化遗产项目，必须符合下列一项或几项标准方可获得批准。

① 代表一种独特的艺术成就，一种创造性的天才杰作。

② 能在一定时期内或世界某一文化区域内，对建筑艺术、纪念物艺

术、城镇规划或景观设计方面的发展产生过大影响。

③ 能为一种已消逝的文明或文化传统提供一种独特的、特殊的见证。

④ 可作为一种建筑、建筑群或景观的杰出范例，展示出人类历史上一个（或几个）重要阶段。

⑤ 可作为传统的人类居住地或使用地的杰出范例，代表一种（或几种）文化，尤其在不可逆转之变化的影响下变得易于损坏，与具特殊普遍意义的事件或现行传统、思想、信仰、文学艺术作品有直接实质性的联系（只有在某些特殊情况下或该项标准与其他标准一起作用时，此款才能成为列入《世界遗产名录》的标准）。

在以上鉴别标准中，很明显地纳入了对遗产的“非物质”文化（或艺术）的评价标准。在“独特的艺术成就”、“创造性的天才杰作”、“建筑艺术”、“文明与文化传统的特殊见证”、“与思想信仰或文化艺术有联系”等表述中，指的正是那些文物、遗址、建筑群所承载的“非物质”文化的价值评估。从这个意义上说，《世界遗产公约》为“非物质文化遗产”概念的确立奠定了最早的坚实基础。

3.《保护民间创作建议案》提出了“民间创作”（或“民间文化”）的概念，从理论与实践两方面推进了“非物质文化遗产”概念的雏形确立。

第二阶段是1989年《保护民间创作建议案》（以下简称《建议案》）的出台，提出了“民间创作”（或“民间文化”）的概念，启动了民间创作保护工程。

《建议案》在最后的一章关于促进国际合作的条文中指出，会员国要对那些民众或社团具有象征性精神价值的“非物质遗产”给予更大的关注。此后，联合国教科文组织秘书处根据建议的精神不断提出了活动方案，如非物质遗产的动员行动、清查行动、抢救行动、宣传和维护行动等。执委会在第142次会议上通过了决议，并为建立“人间活宝”（又被译作“人类生动宝库”）系统制定了工作指南，同时总干事还要求各会员国建立本国的“人间活宝”系统，进行抢救“国宝”级民间艺人的活动（附带说明：现任联合国教科文组织总干事松浦晃一郎积极推广了此项保护系统，是1950年以来日本国全面实施文化保护的成功经验）。

《建议案》中阐明了“民间创作”的定义。建议认为：“民间创作（或传统的民间文化）是指来自某一文化社区的全部创作，这些创作以传统为依据、由某一群体或一些个体所表达并被认为是符合社区期望的作为其文化和社会特性的表达形式。其准则和价值通过模仿或其他方式口头相传。它的形式包括：语言、文学、音乐、舞蹈、游戏、神话、礼仪、习惯、手工艺、建筑术及其他艺术。”这个定义在后来经过了大约九年的贯彻和实践后，几乎原封不动地被延续下来，成为“非物质遗产”的定义。

4. 正式提出了“人类口头和非物质遗产”并列的概念，启动了申报人类口头和非物质遗产代表作名录的工程。

第三阶段是1998年《人类口头和非物质遗产代表作条例》的颁布。

1989年11月召开的联合国教科文组织第25届大会通过了《保护民间创作建议案》,《建议案》推行了近十年之久，但成效并不十分显著。

基于这种情况，联合国教科文组织在1997年11月第29次全体会议上，通过了关于设立一个国际鉴别的决议，这个决议称为“联合国教科文组织宣布人类口头遗产优秀作品”。联合国教科文组织执委会第154次会议指出，由于“口头遗产”和“非物质遗产”是不可分的，因此在以后的鉴别中，在“口头遗产”的后面应加上“非物质”的限定。前文曾经提示过，1998年联合国教科文组织公布了“人类口头和非物质遗产代表作条例”，方才正式提出了这个最后被通用的概念，并和人类口头并列提出。它的另一译名是“无形文化遗产”。联合国教科文组织执委会在第155次会议上根据由联合国教科文组织为人类口头及非物质遗产代表作制定的评审规则，会议在说明了关于国际鉴别目的的同时，宣布了“口头及非物质遗产”的定义，定义的原译文引证如下。

非物质遗产（Intangible Heritage）：人类口头和非物质遗产的定义在《条例》中明确指出来自《保护民间创作建议案》，是“指来自某一文化社区的全部创作，这些创作以传统为依据，由某一群体或一些个体所表达并被认为是符合社区期望的作为其文化和社会特性的表达形式；准则和价值通过模仿或其他方式口头相传。它的形式包括：语言、口头文学、音乐、舞蹈、游戏、竞技、神话、礼仪、风俗习惯、手工艺、建筑术及其他艺术。除此之外，还包括传统形式的传播和信息”。由此可见，人类口头和非物质遗产的定义其实就是原来民间创作的定义。

从“口头及非物质遗产”的定义可以看出，文化遗产从任其自生自灭或小范围的自发性保护，到全球性的协作保护，再从对“有形”的文化遗产保护发展到对“无形”的文化遗产保护，可以看出，人类对自身文化财富的认识正在一步步地加深，对历代祖先的文化创造越来越给予重视；从文化发展空间的横向来说，现代人类已经改变了由一种文明替代另一种文明的简单的线性认识，转变为不同文化、不同民族之间的相互理解和尊重。可以说 World Heritage 与 The Oral & Intangible Heritage 相加之和，形成了人类对宝贵遗产的全面尊重，也标志着人类认识自己的一个崭新阶段。

2001年5月18日，首批人类口头和非物质遗产代表作的公布，成为第三个发展阶段的一个耀眼的亮点，在全世界产生了轰动效应。在首批19个代表作中，中国的昆曲艺术名列第4。首批19个代表作的分布是：亚洲地区6项，欧洲地区5项，南美洲地区3项，非洲地区5项；在这19个代表作中，有5个文化空间类、5个戏曲类（包括中国的昆曲艺术）、4个音乐、舞蹈类、2个口头遗产类、1个礼仪类、1个节日类、1个工艺类代表作。从比例来看，戏曲和文化空间占有重要位置。在非物质遗产中出现了“文化空间”的重要概念。

2002年“人类口头和非物质遗产”的中文译名进入我国的学术论坛。2003年10月17日，联合国教科文组织通过了《保护非物质文化遗产公约》，2004年8月中国成为第6个签约国，加入了签署该公约的政府间委员会。2005年3月31日，中国国务院颁布了《关于加强我国非物质文化遗产保护工作的意见》，同时还制定了相应的保护办法。从此，“非物质文化遗产”这一外来词语和概念正式进入中国官方语言，并迅速被学术界所启用，甚至成为目前中国文化语境中最为流行的时尚新词之一。

在这里，很有必要阐释非物质文化遗产“代表作”的概念。它在英语文本中的词语 Masterpieces，包含杰作、名作、代表作和名家的制作、杰出的技艺、杰出的事情或工作等意思，作为和非物质文化遗产组合在一起的专用名词，它显然不是指日常生活意义上所说的精美制品、杰出作品或著名作品的“物质”概念，而是精巧的技艺，精深的思想，精美的构思，以及杰出的价值等“非物质”的内涵。这个词语的译文显然很容易把人们的视线引导到对物品的“物质”概念上去，或者说，译文本身就缺乏足够的准确性，因而给工作实践造成许多不应有的误导和困惑。很值得注意。

二、“非物质文化遗产”概念界定的三个关键问题

不管“非物质文化遗产”（the Intangible Cultural Heritage）一词目前在中国文化界、学术界怎样使用和流通，它在中国汉语文化语境中都纯属另类。据笔者近五年来在参加全国性非物质文化遗产保护工作中对28个省、直辖市、自治区的学术界、文化界所做的初步抽样调查结果来看，可以认定大约有85%的学者和90%的各级文化工作者对“非物质文化遗产”的字面含义及其概念表示“不懂”，“难以理解”或“模糊不清”，只有10%~15%左右的中青年学者和中青年专业文化工作者从外文词语上做出了一些近似的中文解释，但也处于似懂非懂的状态。再加上到目前为止，我国所有正式文件中关于“非物质文化遗产”的定义解释依然停留在联合国教科文组织的官方文件表述中直接翻译文字的层面。因此，在努力做到我国和国际接轨的同时，怎样才能使“非物质文化遗产”的科学概念更加贴近中国传统文化观念形态，怎样才能在中国文化语境中取得全民的认同和共识，怎样使“非物质文化遗产”的概念通俗易懂，成为家喻户晓、人人皆知的共同话语，应当说是当务之急和重中之重的事。

首先，“非物质文化遗产”概念在中国非物质文化遗产保护工程中被认同的关键有三点，也可以说，目前的当务之急是必须解决以下三个基

本认识问题，才能够清楚、明白而有效地做好这项工作。

第一个关键在于对“非物质”一词概念的不理解。如何把“非物质”一词最符合实际、最清楚明白的含义说清、讲透，如何在遗产保护工作中被运用和操作，才是解决问题的真正关键。

“非物质”的英文词语是Intangible，译成中文主要有以下五个含义：一是“无形的”，二是“触摸不到的”，三是“不可捉摸的”，四是“难以确定的”，五是“模糊的”。当把这个Intangible和Cultural Heritage（文化遗产）连接在一起的时候，就可能形成以下五个词语含义：“无形文化遗产”、“触摸不到的文化遗产”、“不可捉摸的文化遗产”、“难以确定的文化遗产”和“模糊的文化遗产”。从语义学判定，后三组词语显然是不能成立的，而前两组词语是可以成立的，并且词义是极其接近的，是“触摸不到的无形文化遗产”。进一步推敲，“触摸不到的文化遗产”显然就表明那是一种“非物质”的遗产。

但是，“非物质的”就是“无形的”吗？在调查中，大多数生活在中国文化语境中的文化工作者和相当多的人文学者都会对此提出质疑。因为，在中国的汉语文化语境中，“触摸不到的”是“非物质的”，但是并不是看不见的“无形的”。所以对“无形的”文化遗产不予认同。他们的举证是：昆曲和古琴分明是看得见摸得着的文化遗产，怎么可以说是“无形的”遗产呢？

事实上，从20世纪50年代开始，日本国就已经开始对本国民族的民间文化遗产进行了依法保护，在保护法中就明确地称呼这种文化遗产为“无形文化财”，使用的日本当用汉字就是“無形文化財（むけいぶんかざい）”几个字，和“有形文化财”相对应。到了20世纪60年代初，韩国依法实施了对民族和民间的文化遗产进行保护的工作，也同样使用了“无形文化财”一词。正是由于在联合国教科文组织工作的日、韩专家和官员，将两国采用的“无形的”概念和词语引入联合国官方语主中，联合国教科文组织才使用了Intangible这个“无形的”概念和术语。我国引进了这个术语，并把它译成“非物质的”，应该被理解为这种文化遗产既是看不见的也是摸不着的，因为它不是“物质的”遗产。

对“非物质”的认知可以在实践中获得。比如，老艺人做出了精美的木雕装饰艺术作品，任何人都是可以看得见摸得着的。但是，那位老艺人身怀绝技的手艺，从他口传心授的传承，到艺术构思和操作的手法技巧，雕刻过程中的行业规矩，信仰、禁忌等，往往都是人们难以看到和难以触摸到的。这就是“无形的”、“非物质的”文化遗产，他那些精雕细刻的作品是物质的，但是它们确实是展示了老艺人绝技、绝艺的载体，它们很可能成为宝贵文物，而老艺人身上的全部技艺正是“非物质文化遗产”，亟待加以抢救和保护。只保护了那些精美的雕塑作品并不等于保护了非物质文化遗产，也许只能算作一种必不可少的保存，因为一旦老艺人离去，他身上所怀有的技艺、所承载的非物质遗产就会消亡。那些技艺也就随之人亡技绝，人亡歌息，造成技术或艺术传承的断层，造成传统文化宝贵资源的巨大损失。因此，必须牢牢把握“非物质文化遗产”的“非物质”这个准确的概念，才会瞄准保护“非物质文化遗产”的准确对象，才有可能最终达到保护的目的。把握住“非物质”的准确概念及其内涵，不仅应该做到，而且必须做到。

第二个关键是需要找到中国专业学科和中国文化工作中与“非物质文化遗产”相似、相近而又耳熟能详的名词术语，作为对“非物质文化遗产”的直接解读是十分必要的，也是最容易被接受的。

在这里举出几个词语可以用来解释“非物质文化遗产”的实际含义。

（一）“精神文化遗产”可以算作一个中国文化语境容易接受的词语。在中国大陆文化界，长期以来进行意识形态化的科学社会主义教育，几乎都懂得社会文化有两种相对应的生产：一种叫作“物质文化生产”，产出的是“物质文化产品”；另一种叫作“精神文化生产”，产出的是“精神文化产品”。如今，既然有了“物质文化遗产”，当然相应地就会有“精神文化遗产”。按照通常的理解，“非物质的”文化自然就是“精神的”文化，正像对“物质文明”和“精神文明”的对应理解一样，既清楚又通俗，耳熟能详，一目了然。例如，天坛无疑是我国物质文化遗产的代表作，而天坛的建筑艺术、设计构思、祭祀功能、祈年礼俗等则是宝贵的古代精神文化遗产。在中国文化语境中，非物质的就是精神的，反之，非精神的也就是物质的，顺理成章。中国汉语思维的习惯模式，从来就有对应词语的表述特征，特别是在表述重要的关键性名词术语时，习惯性地使用对比和对应的词语，不习惯使用肯定词与否定词的附加指代。比如，“光明”对应词是“黑暗”，绝不会对应说“非光明”或“不光明”。同样，“物质”和“非物质”的对应，在中国语境中，远不如“物质”和“精神”的对应更容易得到认同（事实上，东方汉语文化传承久远的国家，也都有这种惯用语的对应，日本、韩国使用“有形文化财”、“无形文化财”的对应也是这种特点）。所以，把剪纸艺术、木版年画艺术、皮影戏、民间吹打乐、南音、蒙古长调、鄂尔多斯婚礼歌、壮族哭嫁歌、维吾尔族十二木卡姆、川剧、藏戏、二人转、端午节、娲皇宫庙会、大理白族绕三灵、西北花儿会、贵州苗绣、南京云锦艺术等，都可以叫作“精神文化遗产”。这些文化遗产其实都是这个引进来的“非物质文化遗产”概念范围里所包含的遗产。

但是，在中国文化语境中，“精神文化遗产”的内涵和外延远比现在所引进的“非物质文化遗产”大得多。精神文化的遗产不仅拥有文化行为、方式、事象和活动，同时还包括很多观念形态方面的文化元素。比如说，文化传统中的道德观念，孝、悌、忠、信、礼、义、廉、耻，都属于很重要的精神文化遗产，这些思想观念只有当它们通过特定的世世代代传承的表现形式或形态展现出来时，才可以被叫作今天所说的“非物质文化遗产”。比如，有代表性的祭祖礼俗仪式，为长辈亲人做的葬礼仪式，拜寿诞礼仪，过传统的敬老节日等，都包含“孝”和“礼”的观念。所以这些礼仪、节日习俗文化的传承，就成为“非物质文化遗产”要保护的对象。有的学者曾经提出，建设精神文明有必要对传统的“孝道”、“廉洁”、“知耻”等传统文化中的道德观念进行保护。这是积极的建议，但是，应该懂得道德观念形态的“精神文化遗产”只能通过继承优秀传统的多种思想教育方式加以弘扬，不适于通过对“非物质文化遗产”表现形式、形态的保护方式进行操作。在这里，精神文明建设与非物质文化遗产保护是有明显区别的文化工程。从这个意义上说，“精神文化遗产”的概念难以取代“非物质文化遗产”这个特定的概念。

（二）“民族民间文化遗产”已经是被我国文化界接受并应用着的词语。我们有理由说：已被我们使用的“民族民间文化遗产”词语及其概念，就等于“非物质文化遗产”这个词语和概念。这样说也是有充分根据的。其根据首先来自联合国教科文组织第25届大会通过的官方文件《保护民间创作建议案》为“民间创作”所下的定义，后来在1998年颁布的《人类口头和非物质遗产代表作条例》中，也明确指出了“非物质遗产”的定义。这两段定义的文字几乎就是完全相同的。既然如此，我们就有足够的理由把“民间创作”和“非物质遗产”画上等号。同时，“民间创作”这个词语，本来就可以翻译为“民间文化”，我们为了把这个概念扩展成为“全民族”的广义概念，把它叫作“民族民间文化遗产”，这样就使我国56个民族遍及全民的文化遗产（当然不包括文物类遗产）都得到概括。这样看来，我们所说的“民族民间文化遗产”也就是现在所说的“非物质文化遗产”，这也是顺理成章的。与此同时，在我国早已经通行的“民俗文化遗产”一词，其概念和“民间文化遗产”几乎是同义语。“传统文化遗产”一词是人们泛指自古以来流传下来的精神文化事象，也包括文化传承的遗产在内。这些概念都可以在很大程度上作为完善“非物质文化遗产”概念可参照的有价值的常用词语。

第三个关键是在文化保护工作的操作实践中，如何才能科学地说明“非物质文化”和与其密切相关的“物质文化”之间的联系，从而确认“非物质文化”所指的具体对象。例如，剪纸作品是物质文化，它完全可以进入文化艺术市场作为艺术产品进行商业贸易。但是，剪纸艺人的艺术传承和创作构思，剪纸的技巧工艺则是无形的和多种风格样式的非物质文化。同样，古琴乐器本身是物质文化，而古琴的制作工艺、弹奏古琴的手法和技巧，口传心授的乐曲调式、传统记谱方式方法、演奏形式或仪式以及其他古琴艺术的传承等综合在一起形成文化的链接，这才够得上是无形的、多种多样的非物质文化。云锦是独特的丝织品，当然是和其他手工制品一样都是物质文化产品，但是织造云锦的所有工艺流程和手工艺人的织锦技艺才是非物质文化，等等。

三、“非物质文化遗产”保护项目分类认定工作中的四个关键问题

第一个关键问题是在申报项目时必须严格符合“国家级非物质文化遗产代表作”的定义和范围，凡是不符合这些定义和范围的其他文化项目都不在申报之列，这是一条极其严格的规定，同时也是认定保护项目的关键。

在选项认定上绝不能鱼目混珠，把与“非物质文化遗产”定义和范围不着边际的文化活动或文化设施也当作保护非物质遗产的项目申报上来。目前，在这一个关键问题上还存在着认识不清的诸多问题。据笔者在28个省区遗产保护工作中的调查，主要问题大体上有以下16种。

（一）“文化生态保护区”、“文化之乡”，能否申报非物质文化遗产代表作？

“文化生态保护区”和“某某文化之乡”都是特定的某个文化地区的概念，不是某种文化表现形态的概念。这个保护区内保护着各种各样的文化表现形态，比如有歌舞艺术形式、戏曲艺术形式、有民间祭祀仪式、有传统的体育竞赛活动，有民俗节日、歌墟、庙会等大型文化活动，等等。这些表现形式，都可以分别叫作非物质文化遗产项目，但是这个文化保护区整体不属于我们所说的文化表现形式保护项目。它应该进入文化部门另外的文化管理或表彰命名的其他相关系列。因此，国家级代表作名录的项目不包括把一个县区、一个乡镇、一个村落整体文化生态区域作为申报项目。由于我国“‘十一五’规划纲要”中预定要在此期间全国建成十个“文化生态保护区”，所以国家文化部在2007年另行启动了全国各省区申报“文化生态保护区”的机制，到2008年6月已经有闽南文化生态保护实验区和徽州文化生态保护实验区得到批准，目前还有四川、青海、

云南、湖南、浙江等多个省区已开始积极调研论证，正在准备申报中。这是地域辽阔的整体文化保护的大型项目，非物质文化遗产在其中虽然只占一部分，但也是其中的重要项目。

（二）乡镇里的古寨、古戏楼、古民居建筑群是否可以申报非物质遗产？

乡里的古寨、古民居、古戏楼是物质文化遗产，如果合乎国家文物保护名录的条件，就可以申报物质文化遗产项目。但是，如果这些古民居的建筑艺术和技术，在当地还有传人、匠人，只要有价值、有代表性，也可以作为项目来申报这些民居的建筑艺术和技术；同时只要这些戏楼现在还有当地的民间戏曲在进行演出，并为民众所欢迎，这些戏楼就可以作为该戏曲艺术的相关设施或器物，作为传统戏曲艺术项目的附属物一同申报。如果只剩一个濒临倒塌的古老戏台，就无法列入非物质文化遗产的保护项目，应建议地方政府在城建工程中作为当地景观进行修复和利用。但这就不属于非物质文化遗产保护的范围了。

（三）当地有个传统地方戏曲的老剧团，可否把剧团申报为非物质文化遗产代表作？

遗产项目的文化或艺术表现形式、形态是非物质文化遗产，至于文化组织机构、团体，如合唱队、舞蹈团、戏班、鼓乐班等都不属于非物质文化遗产，而是和非物质文化遗产密切相关的组织或团体。例如，昆曲艺术是非物质文化遗产代表作，某某昆剧团则不是。这些团体或组织也可能是遗产的传承单位，也可能是遗产保护责任单位，但无论如何它们本身都不是非物质文化遗产。

（四）和地方传说相关的名胜古迹可否申报非物质文化遗产？

地方民间传说中常常有一些神奇的色彩和情节，时常关联到当地的一些山水景物或楼台殿阁，这些景观往往被旅游文化利用成为景点，这是可以理解的。但是，要把这些附会了神奇色彩的所谓的遗迹作为非物质文化遗产申报是没有任何道理的。民间口头文学是非物质文化遗产，这是毫无疑问的，它只属于口头传承，和其他遗迹景观不可以连带申报，那应该是旅游开发的项目。如果经过确认，这些遗迹确属文物古迹，则可以申报文物保护，却与非物质文化遗产申报无关。但是，如果和地方名胜古迹有密切关联，拥有大量的、精美的民间传说且在较大的地区流传广泛，影响较大，就可以申报民间口头文学，而不是申报名胜古迹景观。

（五）本地的故事大王、山歌王、著名的手工艺绝活艺人、本民族的大巫师等人物可否申报为非物质文化遗产项目?

传承人的绝艺和绝技（包括故事大王的故事讲述，山歌王的山歌演唱，手艺人的工艺技术和工艺流程，巫师的祭祀行事和民间知识等）都是非物质文化遗产，甚至是很珍贵的遗产，都可以以技术、艺术为项目进行申报。在申报的同时，必须同时列举该项目的传承人及其师承谱系，特别是那些技艺超群的民间大师级的传承人必须填报在册。但是，人物不可列为项目。至于艺人、匠人等各门类的著名传人的命名表彰，将在整个保护工程中进入相关的命名表彰机制，不在历次申报各级代表作名录的程序之中。我国为了保护非物质文化遗产，特别建立了遗产代表性传承人的评选制度，与申报遗产代表作名录的制度并行，到目前为止，国家级代表性传承人的评选已经进行了两届，有数百名代表性传承人被评选公布，并依法得到了相应的保护。

（六）本地有几个村落非常讲究孝道，已经形成了传统，可否申报非物质文化遗产项目?

我国各民族的传统文化精神中，都有道德层面的优良传统观念流传下来，比如，孝、悌、忠、信、礼、义、廉、耻等，也应该承认这些都是非物质文化遗产的精神内涵。但是，观念形态的文化是无法直接成为可表现的形式而被列为项目的。假如这些观念有各种特定的表现形态，那些形态就可能形成遗产项目。比如说拜寿礼、祭祖仪礼、传统葬礼或民间纪念母亲节日的活动，都可以用来展示孝敬老人的孝道观念内涵。思想道德观念本身无法立项，思想道德观念的各种文化表现形式则可以形成项目，有较高价值的也可以申报遗产。

（七）当地挖掘出很多刺绣品，很有特色，只是这些刺绣技艺早就没有人会做了，是否还可以申报非物质文化遗产项目？

在各民族和各地区的普查中，近些年都发现过这种人亡歌息、人亡艺绝的令人扼腕叹息的事情。发现了大批绣品，却已经找不到传艺的人；发现了大量的满族《子弟书》的各种版本或文字抄本，但是早已经找不到能唱一句《子弟书》的艺人。这种现象如果属实，我们只有把那些搜集来的民间实物很好地保存起来，或进博物馆，或进档案馆，使它们成为文化记忆，对它们做出仔细的研究，将研究成果公之于世，让人们共同鉴赏。

（八）当地的方言土语非常有特色，可不可以申报口头遗产项目？

中国56个民族的语言多种多样，各地方言种类千千万万，自然都是最基本的人类口头和非物质文化遗产的重要表现形态，但是，语言的抢救和保护是一项科学性极强的，十分复杂的工作，它需要用语言学、语义学、音韵学等专门学科的方法和记音、标音、翻译、注释等专门手段，还要用现代高科技设备进行操作，才能奏效。鉴于我国目前的非物质文化遗产保护工作还难以承担这样大难度的工程，所以，民族语言及各地方言土语的普查将在以后的规划中被列入日程，目前的口头遗产保护工作，也只限于口头文学类的语言艺术范围。比如，苏州评弹已经被评为国家级非物质遗产而进入名录，用苏州方言土语演唱的语言特色就成为该项目的重要保护对象。一旦失去了苏州方言土语，评弹这种曲种就不具备遗产保护的价值了。从这个意义上讲，保护民间表演艺术的当地语言特色，和本民族语言特色就成为非常重要的任务。

（九）当地工艺品艺人用绝活设计和编创出一种新材料、新型精美的艺术品，在国内外很有名气，可不可以申报非物质文化遗产？

不可以申报。因为它虽然是“非物质”的，但不是“遗产”，不是经过多少代艺人传承下来的手艺和绝活，而是用新材料、新技术所做出的新发明、新创造。所以只可以进入市场买卖，向有关部门申请专利，但绝不可当作非物质文化遗产来申报各级遗产代表作名录。它完全可以被评为名牌精品，进行新工艺产品的大力开发，但是无论如何，它不是遗产项目，而是新开发的新名牌商品。这在手工艺行业中应该是值得特别注意的遗产认定问题。我们的非物质文化遗产认定和非遗产的鉴别和是毫不能含糊的。遗产保护工作者保护遗产就是要“守土有责”，把好遗产认定，至关重要。

（十）当地有几个老店铺、老作坊、老字号，很有名气，是否可以申报非物质文化遗产?

老店铺和老作坊是物质遗产，特别是老字号的传统原有遗址，都有文物保护价值，不可以认定为非物质遗产，但是它们所制作和经营的传承下来的古老技术和传统手工艺，只要做出相应的价值评估，就可以申报非物质文化遗产。在这里，老字号的名牌只是一个有传承系谱的遗产证明，只是一个遗产项目中具有历史渊源的子项目。老字号的名号本身也可以冠在新商号的头上，是不具有世代传承的文化技艺表现形式或传统技艺流程的商号，光凭一个古老的字号，是不具备申报非物质文化遗产的基本条件的。老字号的商业名牌注册和非物质文化遗产的认定完全不是一回事。比如，张小泉剪刀制作工艺是非物质文化遗产代表作，“张小泉”是老字号，是个名店、名作坊，这是虽密切相关但性质不同的两个概念，不应该仅仅把一个老字号的名气当作拥有无形价值的资产拿来申报非物质遗产。比如，北京同仁堂老字号的非物质文化遗产不在于它的名号，而在于它精湛的制药技艺。

（十一）当地特产的名糕点、名酱肉、名粥、名菜等食品，可以申报非物质文化遗产名录吗?假如我村有个老婆婆做一手好吃的米粥，她的熬粥手艺是不是非物质文化遗产?

任何食品本身都是产品或商品，是物品，特别是日常饮食中的各种各样传统小吃，很容易被误认为遗产。其实无论它们从何时何地传到今天的各个地方，就都成为人们日常生活中的大众食品了，它们既不可以称作物质遗产，也无法称作非物质文化遗产；也可以说，它们既不是收藏在博物馆里中看不中吃的文物，也不是不可吃的精神产品。如果说它们是手工技艺的产品，其手工技艺就可以说是非物质文化遗产。这样理解似乎在理论上是说得过去的。但是，作为普遍食用的大众食品或风味小吃，其制作技艺并不是十分复杂的和特别精湛的，其工艺流程大多是比较简单容易的；因此，其手艺传承的遗产价值也是极其有限的。在丰富多样的中国美食中真正够得上制作技艺绝妙精湛的食品是屈指可数的。更何况传统食品制作的配料和烹饪方法是否具有足够的科学价值和食品卫生标准就更为重要了。因此，除非被公认为最优最佳、手艺最为精湛的极少数名牌食品外，其他绝大多数的食品技艺都不宜被选为非物质文化遗产而进入名录。但是，如果有的著名食品的制作技艺包含丰富深刻的饮食礼仪民俗特色或文化信仰特色的，应该把这种饮食民俗认定为非物质文化遗产，而不是把该食品作为遗产申报。至于那种把申报名牌食品为非物质遗产的，只是为了扩大商品广告效应，就和我们保护非物质文化遗产的基本宗旨背道而驰了。有特殊文化表现形式的手艺都是非物质文化遗产，厨艺也不例外。但是，家庭日常生活中的简单饭菜，虽有传承来历，但没有任何精湛技艺；可以进入普查记录，但它是不具有代表性的遗产。即使是高超的烹调技艺，也要经过饮食工艺的科学鉴定才有可能被列入各级遗产的保护名录。

（十二）《三字经》、《千字文》、《百家姓》、《名贤集》、《论语》、《孟子》、《西游记》、《红楼梦》的原作者是我们当地人，这种古书是否可以作为我们当地的非物质文化遗产进行申报?

不可以。非物质文化遗产原来叫作“人类口头和非物质遗产”，强调它的口头传承和活态传承。“非物质遗产”是个特定的概念，不能包括所有的精神文化产品；因此，凡是用文字和出版固态化、文本化了的遗产不在此列。联合国把它们划归为“文化记忆”类遗产，进入“文献典籍遗产”系列保护。我国把它们归入国家档案局、国家新闻出版总署管理。这些古籍遗产自古以来就已经是国家、皇家所有的公认遗产了，它们历来就有全国性的版权保护，地方政府和文化部门无权认定为当地典籍遗产。这些属于国家的典籍遗产和非物质文化遗产不是一个概念。就像民间口头文学一旦没有人继续口头讲述了，把它编辑出版成为民间故事集、歌谣集文本，就不可以拿来申报非物质遗产同属一个道理。国家典籍只能由国家统一保护，任何基层小地区无法实施这种遗产保护，因为它和非物质文化遗产的保护对象有着严格的区别。

（十三）我们当地几十年里培养了几名农民画家，他们的作品很受国内外游客欢迎，是否可以作为遗产立项申报？

不可以。农民画是新中国成立后文化馆站经过专业辅导培养出来的新画种，凡是新中国成立后由我们开展文化活动发展起来的艺术门类，都不具有古老遗产的历史渊源；它们不是遗产，不能成为非物质文化遗产被立项。

（十四）20世纪五六十年代我们在戏曲改革中出现了一批民间小戏种，像辽南戏、龙江戏、吉剧等，可不可以立项申报遗产名录？

不可以。这些人为的戏剧改革，已经改创出了新的剧种，就不再是传统遗产了。如果说这些剧种来源于古老的剧种或曲种，那就可以追踪调查原来的戏曲艺术作为遗产立项。例如，辽南戏的原型是辽南皮影戏，由真人扮角色唱影调的戏曲是新剧种，皮影戏才是遗产。龙江戏、吉剧的原型都是东北二人转，所以二人转才是真正的遗产。

（十五）当地发现了很多民间说唱手抄本，只是没有人会说唱，能不能调查立项作为民间文学遗产申报？

不可以。可以收藏，作为该说唱艺术的相关文本保存，也很有价值。但是，非物质遗产必须是活态传承，口头传承；没有说唱艺人在说唱，也没有艺人再向下传承，因此只能作为有价值的资料保存。民间文学的遗产必须是由民间艺人还在口头传承的遗产。也就是说，拿出一大本民间故事集作为非物质文化遗产立项是不能成立的，必须是由老艺人口头说唱做出的录音录像材料，才是传承下来的活态的遗产。

（十六）我家的老人是种田能手，他的种田技术可否算是非物质文化遗产？

不可以。农耕生产技术属于物质生产或科技范畴，在联合国有粮农组织负责分工管理；农耕生产习俗属于非物质文化遗产，由联合国教科文组织分管。所以，种庄稼的技能、捕鱼的技能、畜牧业技能都不能算作非物质文化遗产。

所有以上这些疑问或其他相似问题的出现，主要是因为没有很好地把握住“非物质文化遗产”的基本概念和范畴。

综合上述，非物质文化遗产指的是：在特定的民族或地区群体中世代传承的、有较大影响的、有突出价值的文化表现形态（或叫作文化表现形式、文化表现活动），这就是非物质文化遗产。它和此前提出的“民族民间文化遗产”的概念应该说是相同的，在工作层面中，对于它们的定义不必拘泥于咬文嚼字的推敲；但是，在学术研究层面，对这一概念的界定至今还存在仁者见仁、智者见智，争论不休的现象。在工作中我们理解：首先它不是物，也不是人，更不是制度、机制或名号，而是和物、和人，和制度、机制、名号紧密相连的文化事象或行为方式。它必须要通过事物，作为载体来呈现，还必须由人用集体或个人的智慧、劳作、技巧、艺术对它进行精美的创造和传承，才够得上是非物质文化遗产。其中，有代表性的才有资格被叫作代表作。比如，古琴，是物，它不是非物质文化遗产；古琴演奏家，是人，也不是非物质文化遗产；只有古琴的发明和制作方式弹奏技巧、曲调谱写、演奏仪式、传承体系、思想内涵等，才是非物质文化遗产本体。所以，联合国批准的世界遗产是“中国古琴艺术”，而不是古琴这种乐器或那些古琴演奏家，虽然古琴这种乐器和那些演奏家们都很重要。

正因为如此，我们确定的项目范围十分具体清晰，只要打开《国家级非物质文化遗产代表作申报书》的第2页，按照那里列举的16种文化表现形式门类和一种文化空间门类选项，或者对照普查手册中编码分类的16种表现形式，就可以确定立项了。

第二个关键，必须正确理解非物质文化遗产保护对象中“文化空间”的概念，是申报这类大型文化活动项目的关键。

在各级非物质文化遗产保护工作的培训班中，管理干部和各种专业类型的学员提出咨询最多的疑难问题，都集中在如何对“文化空间”进行解释这问题上。实际上这是不难回答的问题。一是“文化空间”这个外来的名词术语，在联合国教科文组织官方文件中定义的中文译文比较空洞，难以理解，我们要做保护工作就不能死抠字眼地去解读那些脱离了中国实践而又难以普遍使用的文字。最重要的是要把握好定义中的关键词语，抓住定义内容的要旨，就可以进行操作了。二是这里所说的“文化空间”不能被理解为我们通常讨论文化时所说的很宽泛的“文化空间”。那种文化空间的理解十分随意，甚至中国也可以叫作一个具有五千年文明史的文化空间，一个学校也可以叫作一个文化空间，一个居民小区也是一个文化空间，等等。这是一种“泛文化空间”的随意表述。非物质文化遗产保护的“文化空间”形式在这里是一个专用名词，是有所指代的。

通俗地说，非物质文化遗产的“文化空间形式”是指按照民间约定俗成的传统习惯，在固定时间和场所举行传统的、大型的、综合性的民族民间文化活动。有了这样的理解，就会自然而然地发现，遍布在我国各地各民族的传统节庆活动、庙会、歌会（或花儿会、歌墟、赶坳之类），都是最典型的文化空间。

我们在保护工作中选择文化空间为保护项目，就不可以使用“泛文化空间”的随意性理解，把过去文化部门命名过的一个“故事村”、“剪纸之乡”、“艺术之乡”、“文化生态保护区”、“区域文化”等都拿来申报文化空间。必须运用非物质文化遗产保护工作用的这个专有名词的专指概念进行认定，因为它指的是每年固定周期性地在固定场所举办具有规模的民间传统综合文化活动，而不是指某一个只有日常文化生活的乡村或地区。

在已经批准成为世界非物质文化遗产代表作的项目中，还有以下两种文化空间形式值得参考借鉴。一种是多米尼加共和国孔果圣灵兄弟会文化空间、爱沙尼亚基努文化空间、俄罗斯塞梅斯基文化空间、乌兹别克斯坦博逊文化空间、几内亚的尼亚加索“苏苏—巴拉”文化空间等表现形态。它们的共同特点是：在一个相对独特的古老地区，有一个独特文化传承的文化群体，用他们的信仰和独有的合唱、舞蹈、神圣乐器演奏主持他们神圣的宗教节日，于是这些神圣的歌舞、音乐就成为这个文化群体中最重要的文化表现形式，形成了他们自己的文化空间。另一种文化空间是摩洛哥吉马·埃尔弗纳广场文化空间。这是一种古老的国际游客活动空间，从11世纪起，这里就是远近闻名的游乐胜地，从每天清晨直到午夜，各国游客蜂拥而至，欣赏这里的音乐、舞蹈、杂耍，参加用各种语言讲古老故事的活动，形成了最为典型而独特的时间、地点和活动较为稳定的广场文化空间。

第三个关键，必须保证选项的代表性和真实性，才是保证申报名录合格达标的必要条件。

1. 关于代表性。许多地区的文化管理部门在把握申报条件时，比较注意抢救濒危性强的遗产，这种态度应该说是积极的。但是也有对那些曾经辉煌的热门文化，现今几乎失传的项目视为稀世珍宝，准备下力气做进一步的深挖细掘，这就值得注意了。因为，往往经过详尽的调查，现存的文化表现形式和技艺传承的水平并不高，只处于一般化的文化表现层次。这样，即使在久远的年代曾经是文化瑰宝的遗产，传至今天却已经十分平庸，这就已经失去了珍贵遗产的代表性。尽管它还有一定的抢救价值，但是也不可能达到国家级非物质文化遗产代表作的鉴定标准。所以，认定项目的同时，必须评估该项目的代表性，如果这种项目在当地群体社会中都没有得到认可，都没有产生过较大的积极影响，就应当在筛选时推出更有代表性的项目。遴选申报遗产项目也必须客观地使用这一优胜劣汰的规则。因为，一些在当地有保护价值的遗产，就其条件而论，只够达到市、县级保护的项目标准，就没有必要都推荐到省级和国家级的申报项目中。关键在于当地文化管理部门要在组织专家对本地所有的申报项目做出认真负责的研讨和评估，并在当地进行申报名录的公示，认真听取反馈意见，选出最有代表性的项目，才有可能进入省级、国家级名录的评审视野。

特别是对于那些全国各地都有的广生态的文化表现形式，在普查的基础上立项时，就更需要注重代表性的原则。例如剪纸艺术，就属于我国各民族、各地群众中广生态的文化艺术门类。在选择剪纸艺术作为申报项目时，就必须在本地区成百上千的剪纸能手中发现技艺精湛、独具当地风格特色的高水平艺人及其作品作为代表性传承人和代表性作品，进入项目的重要位置。

2. 关于真实性。申报代表作名录是一项科学性很强的工作，真实性正是科学性的核心。非物质文化遗产是历史的产物，在它世世代代的传承中必然会被打上了历史的烙印，如何真实地记录和反映历史文化的真实形态，正是在普查工作基础上申报遗产名录的重要任务。

但是，由于近十多年来我国的旅游产业急速兴起，许多民间的民族传统文化艺术还没有来得及实施普查和保护，就被各地方争先恐后地作为文化旅游的表演项目急急忙忙地开发利用了，其中有不少旅游表演项目是把古老的民间艺术形式拿来，改头换面，胡编乱造，甚至把一些“伪民俗”公开宣传为“活化石”，假冒传统文化招徕游客。如果把这些旅游项目的表演采录下来作为非物质文化遗产的保护项目，显然就失去了真实性。因此，在我们的申报代表作名录工作中，必须“谨防假冒”，把求真务实的申报原则贯彻到申报各级名录的全过程中，才能达到申报名录的最终目的。我们所进行的非物质文化遗产保护工作要始终坚持在实施保护的基础上合理利用，而不是不择手段、急功近利地任意开发。所以，坚持真实性原则是当前申报工作的关键。

为了保证申报材料的真实性，必须尊重非物质文化遗产的历史性特征。众所周知，非物质文化遗产百分之百来自世世代代的历史文化传承，这些遗产流传到今天无不打上历史的烙印。许许多多民间口头文学（神话、传说、故事、歌谣等）、曲艺、音乐、戏曲等传统表演艺术，许多民间礼俗、庙会、节日活动，都包含较为浓重的古老农耕社会人们的民俗信仰内容和形式（比如祭祀仪式等），有的甚至是远古巫术社会文化的遗留。为了保证申报材料的客观真实性，普查工作者和申报书填写者面对所有民俗信仰的内容和形式，必须保持严肃的态度，尊重历史、尊重文化传承，一丝不苟地如实采录和编写。由于有些文化工作的主管人员过去受到极“左”思潮的严重影响，对民间信仰往往加以鄙视或歧视，这显然是不正确的。因此，申报工作者和普查工作者一样，决不可以用个人主观的好恶偏重或摒弃有关民间信仰的调查内容，从而导致申报的失真。要防止在填写申报书过程中用“迷信”之类的判断任意改动或删除原始调查资料，造成申报书内容的失真。更重要的是，在非物质文化遗产中，民间的俗信和迷信是有区别的，只有对蛊惑人心的谬误邪说的极端信奉才叫作迷信。此外，还有相当多古老的信仰符号，有很多关于吉凶、祸福、善恶、美丑、正邪、好坏、黑白、阴阳对比的内容常常出现，这就需要正确地分辨。有关民间祭祀、祈福避灾、求吉驱邪、禁忌避讳等传统风俗都属于俗信范畴。即使有一些民间信仰的色彩，也是那个历史时期的文化符号，不必随意改动，因为有些遗产标志着一个时代的历史，应该让后来人认识那个时代的真实状况。

申报名录工作将会面对一定数量的民间信仰或宗教仪式活动，甚至也会接触到古老的巫术形式，对它们都要认真细致地做出客观的表述和如实的分析，这才是正确和科学的态度。

关于前面讲的信仰，我还想引用马克思的几句话再加以说明。我认为我们不要总是记住马克思说的那一句“宗教是人民的鸦片”，马克思在说这句话的时候，鸦片在欧洲还不是毒品，鸦片只是医药中的麻醉剂。马克思在讲“宗教是人民的鸦片”之前，还讲过这样几句话：“宗教里的苦难既是现实的苦难的表现，又是对这种现实的苦难的抗议。宗教是被压迫生灵的叹息，是无情世界的感情。”恩格斯在论信仰时也说过：“即使是最荒谬的迷信，其根基也是反映了人类本质的永恒本性。”这些关于信仰的学说，对于指导我们在非物质文化遗产的普查、保护和申报遗产名录工作具有重要指导意义。2006年1月，胡锦涛主席在福建视察工作时说：“妈祖信仰深深地扎根在台湾民众的精神生活中，福建要运用这一丰富资源，在促进两岸交流中更好地发挥作用。”这番话对我们实事求是地保护好广泛的民间信仰文化传统，尤其是对于如何做好把这类优秀遗产申报纳入各级遗产名录的工作，有极为重要的启发。

最后，不得不注意的是：“非物质文化遗产”一词的提出，是国际性文化保护工作指导性文件的特定词语，是适用于工作实践的可操作运用的词语，它必须紧密联系各成员国保护文化遗产工作的实际来解决问题。从一开始，它就不是为了形成从概念到概念的理论抽象为目的的，而是为了全面推动世界文化遗产保护工作的实践才明确提出的一个有关保护对象和范围的概念。因此，这一词语的概念及其延伸的定义，在中国文化语境中是完全能够说得一清二楚的。

第四个关键是必须把所有非物质文化遗产保护的具体工作纳入整体保护的庞大系统工程中。

任何国家的非物质文化遗产保护工作都是一项兼具政策性、科学性、群众性、国际性的庞大的系统工程，作为拥有56个民族和古老文明的中国，也更不例外。在工程的全过程和所有的子系统中，几乎都要贯串着专业性很强的操作方法。

①关于政策性。

A. 这项工程首先亟待《中国非物质文化遗产保护法》和相关实施细则的出台。

为什么保护非物质文化遗产？保护什么样的文化遗产？如何保护？怎样确立县、市、省（区）、国家分级保护的标准？怎样确定普查、筛选、评定、进入遗产名录的规则程序？都要有法律法规的依据和各种政策的界限。这套法规和细则应当而且必须与我国非物质文化遗产的分布特点相适应，要有一系列的科学界定和可操作程序做基础。科学依据一定要为文化法规作强力支撑，才能形成有效的机制。

B. 这项工程亟须政府在政策法规、组织工作、投入资金等方面的大力支持，政府必须发挥它的主导作用，包括各级政府建立强有力的保护机构和专业组织，拓展政府主管部门的专业职能；依法加大专项资金投入。

C. 政府主管部门的工作应当增强非物质文化遗产理论与方法的科学含量，以利于有效推动保护工作。

②关于科学性。

A. 非物质文化遗产的认定、鉴别、普查、筛选都有它本身的一系列理论和方法做依据，都必须有较为严格的科学标准和保护措施。例如，青海省有汉、藏、蒙、回、土、撒拉、哈萨克七个民族文化圈，（包括四个跨省民族文化圈）分属于农业、牧业两大传统产业文化圈中，同时还分别交叉在伊斯兰教文化、藏传佛教和道教文化的三个信仰文化圈中。在这些民族的物质和非物质遗产中，可以有序地排查出一系列的优秀文化遗产。其中，在几个民族文化圈交叉混合的圈层中，产生了独具特色的文化空间“热贡艺术”。因此，可以认定“热贡艺术”是青海多民族非物质文化遗产的优秀代表之一。为此，大量的认定、排查、遴选的工作亟须组织一批专家去做。

B. 尽快主持编制中国非物质文化遗产分布图，包括分类分布图、遗产代表作名录、民间艺人、传人、能工巧匠的普查名录，等等。其中，除了排查各族各类民间艺术的单项名录以外，普查民族文化空间将会是一个专业性极强的工作。比如，彝族的“火把节”是跨越云、贵、川三省的盛大节日，同时在纳西族、基诺族、拉祜族、普米族、白族、佤族中也都过此节日。因此，对于这样一个独特的多民族共有的文化空间，就要用科学的“数量标准”、“性质标准”做出综合比对的科学鉴定，确定保护措施。

C. 同时做好逐级培训工作，培训一大批熟练掌握专业理论和方法的民族民间文化专业工作者，投入这项工程的第一线，进入实施工程的具体进展中。

③关于群众性。

A. 非物质文化遗产蕴藏在数以亿计的各个地方和各个民族的广大群众中，在群众还没有形成自觉的文化保护意识之前，现代化的强力冲击将会对民间文化遗产构成威胁和破坏。应发动群众，形成一种群众自觉保护遗产的热潮。

B. 特别是发现并发动那些活跃在广大群众中间的民间艺术家、各行各业的能工巧匠，甚至是那些“稀有的”或“濒临灭绝”的“民间国宝”级的文化传人等，这是当务之急的大事。

C. 发动各种民间文化社团及相关的非物质文化研究机构协同工作，形成合力。

④关于国际性。

A. 任何国家和民族的非物质文化遗产，都是人类劳动和智慧的结晶，在国际上已经被认定为都是人类共享的财富，再一次表明非物质文化遗产的保护工作具有国际性特征。

B. 我国非物质文化遗产的保护已经被纳入联合国教科文组织工作的实施与监督之中，因此，保护工作一定要尽力以国际标准进行操作。

C. 许多发达国家和发展中国家都已经有了非物质文化遗产保护的专项法规和文化保护经验，甚至已经形成了国际共识。因此，认真虚心学习外国先进经验并高质量地做好保护工作至关重要。例如，日本早在战后的第五年就确立了文化复兴的国策，颁布了民族文化财产保护法，成立了领导机构和专家委员会，确立了全国上下依法保护的工作程序。所有项目的保护都有相应的科学规范标准，严格审定后，大力采取保护措施。我国的这项工程如何与国际接轨，也是必须用科学方法认真对待的问题。

D. 与此同时，我国有一部分少数民族是跨国民族，这些非物质文化遗产的精华，不少就在我国境内，如何科学地认定这些民族文化瑰宝，就成为十分敏感的国际性问题。像中国多民族共同欢庆的端午节、中秋节，柯尔克孜族史诗“玛纳斯”演唱艺术，蒙古族马头琴艺术和“长调”艺术，维吾尔族“木卡姆”艺术，都是跨国共享、跨民族的文化遗产。

只有全面加强以上四方面的工作，并使其形成协调运作的机制，才有可能推动这项工程的顺利发展，取得成效。要把国家的和国际的、全国的和地方的、政府的和民间的、专家的和群众的、人文科学理论的和具体工作实践的、科技手段硬件的和操作方法软件的所有工程要素，都从多侧面、多角度做到协调运作，越扎实，就越有成效。

（原载《中国非物质文化遗产保护论坛论文集》，王文章主编，文化艺术出版社2006年12月版，第145—160页。本文有删节）

遵循文化多样性法则　保护少数民族文化艺术遗产

自从21世纪联合国教科文组织《世界文化多样性宣言》(以下简称《宣言》)发布以来，国际间先后多次召开了保护文化多样性的重要会议。近几年来，在全世界许多国家，也接连召开了以文化多样性为主题的高层国际会议，起草了一系列法律文件，以促进在更大范围内，甚至在全世界推广文化多样性的理论和行动计划。在今天的学术论坛会议上，我们也将密切关注“文化多样性”的科学概念及其重要意义。到目前为止，《宣言》所阐述的“文化多样性”的定义在实践中具有很强的指导作用。《宣言》第一条指出:“文化在不同的时代和不同的地方采取了多样化的表现形式。这种文化多样性体现在组成人类的群体和社会的特征的独特性和多元性。作为一种交流、创新和创造的源泉，文化多样性对于人类就像生物多样性对于自然界一样是必不可少的。在这个意义上说，文化多样性是人类的共同遗产，应当为当今和未来世代的人类的利益而予以承认和肯定。”《宣言》还强调:“文化多样性也是发展的动力之一，它不仅是促进经济增长的因素，而且还是个人和群体享有更加令人满意的智力、情感和道德精神生活的手段。”

但是，要想把宣言变成行动，并真正承认维护文化多样性的准则，使它产生明显的效果，绝不是件容易的事；相反，目前所面临的形势依然十分严峻。

一、经济全球化和文化多样性的关系亟待调整

文化多样性作为世界性的国际准则，应该激励各国、各民族的文化之间进行广泛的交流和对话，而不应该以任何形式或手段助长某一种文化支配其他文化。但是，《宣言》特别指出，“目前世界上文化物品的流通和交换所存在的失衡现象是对文化多样性的一种威胁”，这种威胁不仅依然存在，而且变得更加严重。随着经济全球化的纵深发展，文化的趋同现象越来越突出。美国的现代文化产品几乎“占领”了世界上每一个角落，使那里的人们很容易了解并接受它们。越来越多的人指出美国文化有破坏文化多样性的嫌疑，一个发达富强的大国文化在发展中国家自由泛滥，强力冲击着这些民族、国家、地区优秀的传统文化艺术，阻碍着它的发展；越来越多的人指责美国文化垄断国际市场的形为，以及文化发展中“一切向钱看”的倾向。很多会议普遍要求各种国际组织，包括联合国教科文组织、世界贸易组织等要采取有效措施限制或制止“文化自由化”。因为，文化自由化泛滥的结果已经在许多国家和地区显示出来，那就是：大国文化正在主宰这个本是文化多样性的世界，穷国、弱国或不发达地区的文化面临着消失殆尽的危险。强势文化产品自由化贸易造成的泛滥，对于经济不发达的国家，保护其民族文化的特殊性变得更加困难了；与此同时，民族文化传人群体的艺术传承活动，也正在受到全球化市场规则的威胁。《宣言》指出，“要消除这种威胁，就必须加强国际合作和国际团结，使发展中国家和转型期国家能够开办一些有活力的、在本国和国际上都具有竞争力的文化产业”，但这一建议很难实施。怎样保护本民族文化并发展它，对于不得不接受全球化的许多发展中国家来说，已经是一个两难的尖锐问题。在全球化的大潮中，全球文化一体化取向十分流行。目前，维护文化多样性的有识之士和有代表性的学者，因为担心发生全球性的“文化危机”，目前，世界各地出现了不少反对全球化的示威活动，在经济全球化的大趋势面前，纷纷表示强烈反对文化领域的全球一体化。强烈呼吁文化多样性需要各民族全力维护。但

是，如何保护文化的多样性，如何保护一部分日益“边缘化”的民族语言、文化和艺术，目前还没有切实可行的方案。

因为，在保护文化多样性的认识上仍然存在着严重缺陷，在做法上还有许多严重的问题，不容乐观。一个是如何认识世界性的文化趋同现象，另一个是如何认识民族性的文化特殊性现象，这是当今世界探讨文化多样性不能回避的问题。全球化在文化领域里，显然不是指各民族文化更加趋同和相似，而是指文化越来越多的多样性之联合。各国文化或各民族文化，将以多彩多姿的分布、流传或相互联合的方式同生共存；各国的本土文化不可能在全球化下消亡，相反很可能衍生出新的文化。

二、关于生物多样性和文化多样性的关系需要摆正

一段时间以来，全球媒体对生物多样性危机大加报道，并强烈呼吁人们保护环境，保护生物多样性。但是，人类同样面临着世界文化多样性的危机，而这种危机远没有生物多样性危机那样引起人们的广泛注意。全世界文化领域已经面临丧失文化多样性的危险，而其中最为严重的在于，文化多样性的重要性并不为大多数人所知。其实，文化多样性的重要程度丝毫不亚于生物多样性。如果文化的多样性受损，积累了数万年的人类文化和精神世界就将受到威胁。我们已经知道，20世纪70年代还在全世界通用着8000种语言，可是仅仅过了二十多年就减少了二千多种。现存的六千多种语言中，处于弱势的少数民族语言正在迅速灭绝，由于全球网络的通用语言的普及，口头语言灭亡的速度还在加快。众所周知，民族口头语言的灭亡意味着世界文化多样性的减少，因为在语言丢失的同时，原来以这种语言为载体的文化也必然随之消失。今天，一些民族的语言已经或正在消失，一旦一种民族语言消失，这种民族文化特别是口头与非物质文化遗产也会消亡，最后势必严重损害全世界的文化多样性。但是，许多事实证明少数民族是弱者中的弱者，为了生存，他们不得不放弃与生俱来的母语和本土文化，被迫卷入可怕的全球化的汹涌潮

流中。几乎所有的会议同时呼吁发展中国家应该制定相关的政策，加强各民族、各国、各自文化领域的保护工作。所有已经开展的那些保护文化多样性的活动也一再证明：文化是人类的第一财富，也只有文化，是平等地容纳每个民族、每一个人的唯一领域，因为所有各民族多样的文化艺术都具有同样的价值。关于文化多样性法则的历史演变也是一个值得深入研究的课题。在当今世界政治经济背景下，文化分为强势和弱势，在注重强势文化发展的同时也必须关注弱势文化的发展。

三、文化多样性在中国面临的现状令人担忧

中国作为《宣言》的签约国也不例外，在对外的国际文化交流中，一直保持了中国文化的民族化、大众化特色；在政府对内的文化政策上，一直坚持了56个民族经济和文化共同发展、民族文化艺术多样性共同繁荣的基本原则。特别是在少数民族比较集中的地区，如云南、贵州、四川、广西、甘肃、青海、宁夏、新疆、内蒙古、西藏等地，一些独具特色的少数民族民间文化艺术已经或正在实施抢救和保护。尤其值得提出的是，新世纪初在云南举行的有28个国家的科学家参加的“文化与生物多样性2000年国际会议”以及与会者共同提出的《云南行动倡议》（以下简称《倡议》），对中国维护文化多样性，保护少数民族文化艺术遗产的工作进程，发挥了积极的推动作用。云南省是世界生物多样性和民族文化多样性丰饶密集的地区，与会的各国科学家和文化学者先后到昆明、西双版纳、迪庆等地进行了考察。在考察中他们共同认识到云南山地环境与贫困地区民族文化的脆弱性，呼吁云南省在经济建设、社会发展、扶贫与基础设施建设等项目中，充分考虑生物多样性与文化多样性保护的要求，建立并完善有关的各项制度。

各国代表在考察中注意到云南生物多样性与文化多样性之间的密切联系，特别提出在当地民族文化生态系统中进行物种多样性的就地保护。《倡议》提议有关方面合作在云南设立一个永久性的研究、培训与教育项

目或机构，培养跨学科的文化与生物多样性保护人才；呼吁在云南继续进行有关生物多样性与文化多样性的保护项目；呼吁加强关于生物多样性与文化多样性保护的宣传；呼吁全社会认识云南文化与生物的多样性，尊重不同文化与物种的存在价值，进而逐步建立与完善相关的政策与法律体系；呼吁在云南更广泛地进行不同层次、不同领域之间关于文化多样性保护的交流与合作。这次会议是由中科院和云南省的学术机构、团体发起，云南省人民政府和一些著名的国际组织合作召开并取得成绩的。

文化多样性有两个层面：一是全球层面的文化多样性；二是一个国家内部层面的文化多样性。在中国国内，毋庸讳言，也存在着文化相对的两重性。一方面是面对全球，在现代西方文化输入的强大冲击下，以汉族传统文化艺术为代表的中华民族本土文化处于相对被动守势的弱势地位，因此有必要强化保护中华本土文化的文化多样性；另一方面是在国内传统的文化领域中，强大的汉族文化艺术又一直处于优越的强势地位，相比之下，周边少数民族的文化艺术一直处于边缘的弱势地位。

面对这种两重性，维护国粹的学者们近年来总在强调，要在经济全球化的环境下发展中国独特的“民族主体文化”，同时吸收优秀的外国文化。但是，关于中国“民族主体文化”的内涵，还缺少全面深入的讨论。在他们已经做出的阐释中，明确指的是汉族的精英文化艺术，包括书法、绘画、音乐、戏曲、古代建筑，等等。也就是说，汉族的民间文化艺术和55个少数民族文化艺术遗产，也就是56个民族民间的绘画艺术、民间音乐、民间戏曲、民居建筑等并不在“民族主体文化”之中。在文化实践中，少数民族的传统艺术门类得不到强有力的扶植，有的甚至濒临失传。一方面，历史上大汉族主义遗留下来的人为同化政策和观念，在许多民族地区和文化领域还很有影响；另一方面，有些少数民族地区的民族干部对本民族的艺术遗产也并未表现出应有的关注和尊重。特别是对我国境内的跨国民族传统艺术遗产的认定和保护，在认识上和保护政策上还存在着许多含混不清的问题。所有这些都成为保护我国少数民族文化艺术遗产的障碍和阻力。国际和国内许多科学家经过考察，一致认为，分布在中国周边的少数民族集居的广大地区，几乎都是世界生物多样性和民族文化多样性集中蕴藏的地区，目前当地环境与贫困地区的民族文化艺术十分脆弱；当地政府在经济建设、社会发展及扶贫等项目中，还没有充分考虑文化多样性保护的国际准则，还没有建立起对于重大保护项目、政策实施环境及对文化影响评估与监测的完善的完善制度；目前还没有设立培训与教育的合作机构，没有专门培养跨学科的文化多样性保护人才；时至今日还没能编制、颁布比较完善的有关民族文化资源与文化艺术遗产保护名录；关于文化多样性保护的宣传与公众意识建设缺乏力度，让全社会认识文化多样性与生物多样性的密切关系及其重要性，尊重各民族不同文化的存在价值的呼声十分微弱；关于文化多样性保护的经济决策与法律研究还有待加强。

为此，为加强人们对于文化多样性的认识，更好地保护少数民族非物质文化遗产，需提出以下六点建议。

（一）建议在全国56个民族的各个阶层中，采取有效措施，结合实际，深入、广泛地宣传保护文化多样性的重要意义。让所有的人都懂得保护文化多样性和保护生物多样性一样，不只是一句口号，不是任何人或组织制定的工作要求和做法，而是人类社会从来就有的生存与发展的客观法则。让人人都知道，只有坚持遵循文化多样性法则，人类才能够得到生存和发展；否则，人类社会将有众多国家和民族的文化艺术面临崩溃和消失的危险，造成威胁到人类自身生存和发展的灾难。让人人懂得只有遵循文化多样性法则才可能保护好少数民族文化艺术的优秀遗产。这种有重要意义的宣传，必须做到家喻户晓，落到实处。

（二）建议在制定中国非物质文化遗产保护法规和条例时，对“民族民间文化艺术遗产”这一概念中的“民族”和“民间”两层含义阐述清楚：中国的民族文化艺术遗产，或称中华民族文化艺术遗产，其内涵包括中国56个民族及其内部族系的所有文化艺术遗产，它由少数民族文化艺术遗产和汉民族文化艺术遗产共同构成。优秀的少数民族文化艺术遗产和优秀的汉民族文化艺术遗产都有同等资格代表中国的非物质文化遗产面向世界。在法规和条例中要明确强调各民族的民间文化、民间艺术遗产的特定性。

（三）建议在保护少数民族非物质文化遗产的工作实践中，从文化政策、财政投入、人才培训、机构设施、技术指导、监督机制等各方面向少数民族地区的民间社区倾斜。在民族大省区或民族自治州、县等方面均应该重点单列，保证少数民族非物质文化遗产保护的优先地位。

（四）建议在保护少数民族非物质文化遗产的专业技能和学术方面，必须坚持尊重该民族的文化学者、老艺术家（包括本民族当地的老艺人）和他们的经验、意见，坚持尊重该民族的文化艺术传统，防止任何其他民族，特别是汉族传统观念中对该少数民族文化艺术遗产不尊重或歧视的现象发生。坚持以积极的、科学的、客观的态度对待保护工作。

（五）在我国内部，由于历史沿革的惯性，许多少数民族聚居区在被人为分割的行政区划边缘地带，这种分割管理的做法多年来对于各民族自成一体的文化圈的统一完整性已经造成了很大的损害。因此，对于相邻相近的，跨省区、跨市、跨县区的非物质文化遗产，实施统一普查和保护是完全必要的。其做法应该是以民族分布的人文地理范围为基础，组成联合普查的抢救保护工作机构或采取跨地区统一协调机制，合作攻关，完成每一个民族文化圈完整的非物质文化遗产的普查，最后的普查成果和实施保护的成果，均可以分别用各个民族独立完整的形式体现。特别是对于人口数少于一百万的37个民族，应该集中人力、财力和技术手段，按族别一次性有效地完成各民族的非物质文化遗产保护。

（六）建议在保护少数民族非物质文化遗产的工作中，特别关注我国境内跨国民族的文化艺术遗产保护工作。对于这种比较复杂的和敏感的情况，我认为不应当采取回避或歧视的态度，应当坚持本土化原则，即坚持对在本民族聚居地的传统文化背景下的文化活动空间和艺术表现形态建立系统完整的非物质文化遗产名录，同时做出有效的保护。科学地对待和相关国家文化艺术所发生的种种联系。跨国民族中有代表性的非物质文化遗产准备向联合国教科文组织申报项目时，应建议联合国制定跨国民族非物质文化遗产鉴定和申报的专项法律细则。特别提醒的是，希望人们尊重中国境内少数民族文化艺术遗产代表作的产权资格问题，应当给予特别关注并进行科学的认定。例如，联合国教科文组织第二批公布为人类口头和非物质遗产代表作的28个项目名录中，就有蒙古国的马头琴传统音乐，伊拉克木卡姆和阿塞拜疆木卡姆音乐，吉尔吉斯斯坦的阿肯弹唱艺术，印度尼西亚的皮影偶戏等几项。它们和中国境内的同一民族或相近相邻民族的同一种艺术遗产有着密切的血肉联系。甚至某些艺术的发源地和传承谱系、传播路线几乎都出自中国。为此，建议中国尽快将这些非物质文化遗产编出名录资料，同时提交联合国教科文组织，在评审各国代表作时事先约请相关国家的专家做出比对和鉴定，采取公平、公正、公开的评审程序并予以批准较为妥当。

总之，只有坚持维护文化多样性原则，遵循文化多样性法则，才有可能切实保护好中国少数民族民间文化艺术遗产，为中华民族56个民族共同复兴，为人类社会文明的进步与发展做出更大的贡献。

（原载《中国少数民族艺术遗产保护及当代艺术发展国际学术研讨会论文集》，张庆善主编，文化艺术出版社2004年8月版，第212—218页。本文有删节）

学习国际先进经验，做好我国非物质文化遗产保护工作

自从2003年年初我国全面启动民族民间文化遗产保护工程以来，全国各地的文化部门、艺术机构或团体都不同程度地加强了民族民间文化遗产的保护工作，同时在一定程度上也提高了各民族人民群众对民族民间文化遗产的保护意识。特别是随着近三年来我国的昆曲艺术和古琴艺术连续被联合国教科文组织评定为“人类口头和非物质遗产代表作”之后，保护工程的全面进展出现了好势头。举世皆知，中国是人类口头和非物质遗产最丰富多彩的文化大国之一，但是，由于已往在较长的特殊历史条件下，我国的民族民间文化遗产曾经遭到过种种破坏，现在又在全球化发展的冲击和环境恶化的威胁中面临消失的危险，再加上我国在这方面的工作起步太晚，既缺乏应有的科学应对方法，又没有成套的经验。所以，我们很有必要认真学习国际先进经验，把我国民族民间文化遗产的保护工作做好。

学习国际先进经验，当务之急就是要制定和颁布文化遗产保护法，并推行相关的保护措施。

一、文化保护，立法先行

这是所有先进国家保护民族民间文化遗产首要的成功经验，其中以日本最有代表性。日本的传统文化遗产直到19世纪中叶的江户幕府时代还保护得完整无缺；明治维新以后，资本主义的大发展使传统文化受到剧烈冲击。特别是第二次世界大战使日本文化财产遭到惨重破坏。1945年战后，日本在废墟上重建国家、复兴民族的最初阶段，政府广泛采纳了社会开明人士和学术界的强烈呼吁，实施了复兴日本民族文化的战略方针。1950年颁布了《文化财产保护法》，明令规定不仅由国家保护有形的文化遗产，还着重强调由国家保护无形的文化艺术遗产。经过实施，这部法律经过了几次修改和补充，已经成为十分完善的一部民族文化保护法典。它不仅在日本国内发挥了文化遗产保护的决定性作用，还在国际上享有盛名，成为近年来很多发展中国家学习或借鉴的样板。

日本的《文化财产保护法》规定了国家保护文化财产的五大门类。

（一）是有形文化财产，包括有很高艺术价值和历史价值的建筑物和美术工艺品。工艺品里包含绘画、雕刻、书法、工艺制品、典籍、古书及历史和考古资料。

（二）是无形文化财产，包括在历史上和艺术上具有很高价值的戏剧、工艺技术、音乐及乐舞。

（三）是民俗文化财产，包括有形民俗文化财产和无形民俗文化财产。前者包含民间生活用具和民俗生活设施；后者包含民间的各种风俗习惯和多种多样的民间艺术，特别是村社民众年节庆典祭祀时的各种表演艺术节目，都在其中。

（四）是纪念物，包括有很高历史、学术、艺术价值的寺院、古宅、坟冢、城池、宫殿、名胜、动植矿物等。

（五）是传统建筑物群。在这部法律中确定的无形文化财产和无形民俗文化财产，在今天的联合国教科文组织的标准文件中，一律称为“人类口头和非物质遗产”，和我国的“民族民间文化遗产”的概念大致相同。

这部法律在突出保护具有很高历史价值和艺术价值文化财产的同时，还突出强调了优先保护那些濒临消亡的文化财产。经过日本举国上下立法保护非物质遗产的半个多世纪的努力，使日本在这一重大文化建设领域，走在了世界前列。

过了10年，韩国在出台《无形文化财保护法》方面也创造了好经验。第二次世界大战后，韩国从被占领的状态下急剧转入建国复兴，朝鲜战争停战后不久，又出现了现代化发展的势头。20世纪60年代，现代化进程加快，西方文化来势迅猛，严重冲击了韩国本土的民俗文化，使得许多有价值的文化艺术遗产濒临消亡。1960年，在一大批民俗文化学者的倡导和参与下，韩国政府颁布了《无形文化财保护法》。经过40年的上下推动，韩国的民族民间文化得到全面保护和振兴，很大一批民俗艺术被国家认定为“重要无形文化财”，并使它们在保护过程中得到了传承，许多民俗艺术在国内外广泛展演，赢得普遍赞誉。

此外，诸如法国、德国、芬兰、挪威等欧洲各国，在近半个世纪中，都先后颁布了相关的文化保护法案，建立了严密的保护机制，形成了文化遗产保护的法制秩序和良好的人文环境，促进了人类文明的发展进程。

我国民族民间文化遗产保护的关键也不例外，首先应当尽快出台一部有权威的民族民间文化遗产保护法，依法推行文化遗产保护。这既是国际已有的范例，也是我国的当务之急，切不可在许多民族民间文化遗产相继消亡的危难中一拖再拖了。

二、推行保护，重在措施

这是国际保护非物质遗产先进经验中的基本经验。许多国家都采取了有效的措施，建立了一些有效的机制，创造了不少有效的方法，保证了文化保护工程的顺利完成。在这里日本的经验也很突出。他们采取了科学的认定程序，用来认定“重要无形文化财产”的项目和“人间国宝”的命名。项目的认定多属于综合认定或持有团体认定，最有特色的是“人间国宝”的认定。他们把工艺技术上或表演艺术上有“绝技”、“绝艺”、“绝活儿”的老艺人认定为“人间国宝”。一旦认定后，国家就会拨出可观的专项资金，录制他的艺术，保存他的作品，资助他传习技艺，培养传人，改善他的生活和从艺条件。几十年来，文化激励机制的推行，已经使日本戏剧、乐舞、曲艺等表演艺术类的“能”、“文乐”、“狂言”、“讲谈”等都在强有力的保护措施下实现从濒危到重生，再走向新的繁荣。日本还建立了从县、市到乡村覆盖全国的保护重要无形文化财产的专业协会，凝聚了千万民俗文化艺术的传人，从事乐舞表演和传承活动。像各地有名的狮子舞保护协会、田乐保护协会、太鼓舞保护协会、人形地戏保护协会等，都使民间文化遗产保护得到长期有效的保证。此外还有一系列的保护制度和做法值得借鉴。

在韩国的有效措施中，由国家对重要无形文化财进行认定统一编号的激励措施，发挥了很好的推进作用。像江陵端午祭和祭日演出的假面戏就被国家认定为“重要无形文化财第13号”，记录在案，公之于世，从此当地年年举办盛大的端午节，使这一非物质遗产转化为巨大的文化产业，“文化财13号”也成了价值连城的品牌。在对有很高价值的民俗文物保护方面，既经认定为宝物级文物，便立即命名为“宝物第 ×× 号”，国家出资给予有效收藏保存。

法国为了发动民众投入文化遗产保护工作，会定期举办“国家遗产日”活动。德国为了保护好城乡古民居建筑艺术，每年都举行全国传统民居艺术大赛，吸引国内外游客到处参观各地参赛的不同年代的民居艺术。在德国，几乎每一个乡村都有几座或十几座古老的民居被政府认定为保护单位，政府给予民居主人以资助，定期由专业民居技工指导修缮保护。

总之，值得我国学习借鉴的文化保护措施很多，只要我们认真汲取经验，一定会对我国的民族民间文化保护工作产生巨大的助力。

（2004年5月非物质文化遗产保护工作座谈会发言稿）

珍贵遗产：民间传统木版年画

一、引言

中国北方农村有一则民间谜语流传了一百多年，说："靠墙走，靠墙站，光穿衣裳不吃饭。"这谜语在城乡百姓生活中家喻户晓，早年的孩子们在猜这个谜语的时候，几乎都能立刻指着屋里墙上的年画大声叫出答案"年画儿"。近十多年，几乎所有的孩子都再也回答不出这个标准答案了。即使有的孩子在大人的启发下在墙上去找答案，最后也只能找到墙上贴满的大幅彩色明星图片，而那里早已经没有了年画，更谈不上古老的木版年画了。有的幼儿园阿姨还把古老的谜语改编成了新谜语："靠墙走，靠墙站；光唱歌，不吃饭。"孩子们都会争先恐后地指着歌星图片，回答出歌星的名字来。

随着现代化的进程，国人的衣、食、住、行、消费等形为，和民俗生活发生了急剧的变化，逢年过节挂年画的习俗受到了巨大冲击，在传统的年货市场上，不仅盛行了千年的木版年画早已经不见了踪影，就连胶版精印的新年画也已经退出了历史舞台。因此，昔日辉煌的中国民间木版年画，在现代文化发展中，应当如何对待处在历史转型时期，时刻变化着的民族民俗文化，就成了必须认真探讨的传统民俗艺术的重大课题了。因为，民间木版年画在当前新文化发展中的处境，并不孤立，而是和很多传统民俗文化遗产所面临的境况完全一致的。如何正确对待木版年画遗产，将会对全面解决其他一系列民俗文化遗产面临的问题有重要意义。

二、木版年画是中国民间文化宝库中一宗真正意义上的遗产

中国木版年画源远流长，应当从木版画说起。在木版印刷术发明之前，所有关于民俗画的文字记载都是“画”，而不是“版画”。早在公元6世纪，南北朝时期梁朝宗懔的《荆楚岁时记》中，就记载了“画鸡”求吉的年俗。到了唐代，每年岁末“画钟馗”驱鬼的民俗盛行。都证明那时只是用笔墨手绘，还不曾出现木版印画。

到目前为止，已经发现的最早木版印画有两件：一件是收藏在敦煌文物研究所的唐代木版刻墨线约九厘米的三世佛像；另一件是20世纪50年代，四川成都东门外望江楼附近唐墓出土的佛教《陀罗陀咒本》中的一幅木刻莲花座佛像与诸菩萨和法器的组图。但是，至今还没有发现最早的贴在门板上和室内墙上的木版画实物，只在南北两宋的文献笔记中多有关于市肆年节中木版纸马、印施佛像、大小门神、纸画儿之类的记载。

如果从10世纪的宋代开始算作木版年画的开端的话，到21世纪新时代，木版年画及其后代的石印和胶印年画最终从民间的墙上走下来为止，应当说它已经有了千年的发展史。这一千年，它伴随着日日月月、年年岁岁，色彩缤纷、形象生动地养育了几十代亿万民众，并成为中国民间人生仪礼和岁时节日最受喜爱的民俗观赏佳品和吉祥挂图。可以自豪地说，这一千年是中国民间木版年画最红火的一千年，这一千年的中国民间生活和民俗百态几乎都反映在年画上，是很值得现代人认真研究的木版年画的千年辉煌史和千年民俗生活史。

忆往昔，中国木版年画的诞生是历史的产物，是唐宋经济发展与市井民俗艺术繁荣创新，以及民众适应当时艺术新潮的结果。看今朝，木版年画从现代民俗生活中隐退淡出，也是现代经济全球化发展与现代文化艺术繁荣创新，以及民众广泛适应现代艺术新潮的结果。这也应当被

看作历史的必然。因此，中国木版年画的千年辉煌史，已经完美地画上了一个句号。它已经成为一宗名副其实的真正意义上的文化遗产了。

这里所谓的真正意义上的文化遗产，是指那些在文化史上有特定价值的物质的或非物质的文化遗留物；它不再在未来的物质生活中发挥它直接的或实用的功能，也不再在现代的精神生活中配合并满足大多数群体的审美需求。木版年画在当代中国，正是这种文化史上有重大价值的有丰富精神文化内涵的有形文化实体，是一宗最宝贵的民俗艺术重大遗产。这将是中国民间木版年画在新世纪经济文化转型时期重新定位、定性和定向的基本依据。

在众多古老民俗的文化遗产中，那些属于日常生活的衣、食、住等必需品还可以继承传统或推陈出新，并为现实生活所用。如传统的民间风味小吃，越是古老的配方配料，越是原汁原味，就越能成为现代生活所必需的餐饮文化财富。又如传统的民族民间服饰，有的可以原样不变地继续穿戴，有的经过改良改造更可以适应时尚和新潮，成为新服饰样式的创造，继续发挥其服饰的功能。木版年画则不同，作为传统民间物质生活和精神生活必不可少的民俗艺术品，尽管它在一千年民俗史当中从内容到形式一直不断地继承传统、推陈出新，代代传承，经久不衰；但是，在现代化生活方式猛烈冲击传统民俗生活时，木版年画在门、墙上张贴的最普遍、最通俗的功能手段却不再适应现代化的需求了。这是木版年画自身固有的民俗文化性质所决定的。木版年画一旦失去了或改变了它的传统功能，它的性质和它原有的位置也就必然地失去了或改变了。在近二十年中，年画，特别是根据木版年画的市场需求调查表明，年画从城市近郊农户消失，迅速向偏远农村扩展延伸，直到年货市场上再也看不到年画为止。古老的木版年画站在新世纪的大门口，何去何从，要得出答案，就必须给予尽可能科学的定位，以便确定恰当处理中国木版年画遗产问题的文化策略。

三、中国对木版年画遗产应采取的文化保护策略

如果把木版年画认定为有重大价值的民俗文化遗产，同时，调查得知它又是濒临失传的亟待抢救的重大遗产，那就应当毫不犹豫地对其采取有效的保护措施。保护措施应当从两方面合力进行。

一方面，国家立法机构必须尽快就保护民俗文化遗产（或财产）立法，把保护濒临失传和面临被破坏危险的文化遗产列为优先保护的名单，依法抢救保护。国家财政必须加大保护木版年画的资金投入，把散落在民间各地的木版年画印模精品和绝版年画精品征集或收购为国家级、省级、市级三级保护文物；同时，建立国家级“中国民间木版年画博物馆”。国家设立专家评定委员会，对于历史悠久享誉国内外的木版年画生产基地进行评估，评选出国家级、省级、市级文化遗产保护单位。相应地，在木版年画传承人队伍中评定出三个级别技艺的艺术家并授予各级别“民间艺术家”称号。国家应鼓励和保护国家级重点木版年画基地的精品生产，并支持所有的国际交流和精品交易，使精品木版年画在国际上成为中华民族文化的国粹品牌之一，享誉全球。

另一方面，全国木版年画行业传人、经营者、老艺人、工艺专家及木版年画专业研究者共同组织起来，应做好三件大事。

第一件事：应当编辑出版《中国古今木版年画集成》（多卷本）、《中国木版年画精粹》、《世界各国博物馆馆藏中国木版年画精品选》（国际合作出版）等大型文献性出版物。

第二件事：要把《中国木版年画通史（志）》编写成功。使这一部为木版年画艺术世家及其世代传人树碑立传、独具特色的民间工艺行业史和民俗艺术史相结合的著作，成为中国民间文化史的一项宝贵的“文化记忆”，供世人分享。专业文化史通鉴，是举世无双的民俗文化史志宝典，将是惊世和传世之精品著作。它应当是囊括北京、天津、上海、河南、山东、河北、山西、陕西、四川、江西、广东、福建、浙江、云南、贵州等省、市及中国台湾等有悠久历史、有艺术传统、有影响的木版年画生产基地的地方

史志在内的。这是一项大型系列出版工程，它是对具有一千年发展史的木版年画的全息再现，是巨大的历史性工程，具有集大成的意义；同时也是为了把中国木版年画申报为世界文化遗产所做的必要准备。世人皆知，我国在“文革”期间的“扫四旧”中，曾经毁坏了很多珍贵的木版印模和精致的藏画，使木版年画遭遇了一场毁灭性的浩劫，已经无法弥补。但是，在德国、英国、法国、意大利等西方国家的博物馆里，却一直完好无缺地收藏着大量由传教士和商人带到欧洲的自19世纪中叶以来的精品年画和木版纸马。从近二十年各国举办的中国木版年画展览来看，已经进入WTO的中国和有关国家合作联合出版大型年画精品图册是完全可行的，前景是可观的，它必将有力地推动中国木版年画顺利走入世界文化遗产行列的进程。

第三件事：该委员会必须直接参与并组织木版年画遗产的全面普查。这次普查应当是具有历史性的全方位的大型系统普查。查清我国木版年画所有有形的（物质的）、无形的（非物质的）文化资产；包括所有的工艺流程和技艺细节，也包括所有的民间文本、图本、样本、草稿本和口头传承资料，还包括代代传承的绝活儿传人、艺人、匠人，特别是国宝级的民间艺术大师和他们独有的技艺传承等。各地区的木版年画专项普查工作，要力争纳入当地文化艺术的整体规划之中，列入当地主管领导工作的议事日程。这项工作的进行完全可以和编纂《中国木版年画通史（志）》协调配合起来完成。

四、中国木版年画应当被列入世界文化遗产加以永久保护

在有效地完成上述所有重要工作的基础上，正式履行申报手续，把中国木版年画推进世界文化遗产的行列就成为水到渠成、顺理成章的事了。

上文已经说过，中国木版年画作为一种独具特色的民间版画艺术的古老品种，早在19世纪中叶就已经被西方国家所关注，并做了积极的搜

集和收藏。一个半世纪以来，西方发达国家多年来频繁地举办他们的馆藏中国木版年画展览，出版介绍性的图册和研究性的专书，为中国木版年画在国际环境中被认同和受到青睐，奠定了扎实的基础。当我们今天如此认真地研讨我们自己的土特产艺术门类时，切不可忽视它早已经拥有国际鉴赏对象的属性了。

1989年在德国首都柏林国立民俗博物馆举行的馆藏中国木版年画大展，十分隆重，同时出版了图文并茂的大型研究性资料图册。几百件展品中不乏清代咸丰、同治年间的精品国宝之作，引起了来自中欧、北欧多国观赏者的极大兴趣。英国大英博物馆展出的年画精品也早已为西方人所熟悉。因此，我国很有必要在国内外精心举办几次大型木版年画展览，或与西方国家举办联展，使中国木版年画逐渐成为“地球人”所共享的人类文化财富。经过我们的艰苦努力，我相信在不久的将来，中国木版年画一定会进入世界文化遗产的行列，当之无愧地戴上全人类民俗文化艺术瑰宝的桂冠。

（原载首届中国木版年画国际学术研讨会论文集《开封论艺》，
大众文艺出版社2003年1月版，第59—64页。本文有删节）

《孟姜女传说》口头传统及其文化空间

——国家级非物质文化遗产《孟姜女传说》评述

中国著名的民间传说《孟姜女》在口头传承的历史长河中，很早就被中国亿万民众推崇到“中国四大民间传说”的精品行列中了。它和《牛郎织女》、《梁山伯与祝英台》、《白蛇传》并驾齐驱，构成了中国民俗文化含量最为丰厚的口头遗产，传世至今，并在民间脍炙人口，影响深远。2005年山东省淄博市申报的《孟姜女传说》，以及2008年河北省秦皇岛市、湖南省津市市分别申报的《孟姜女传说》项目，先后被国务院批准为国家级非物质文化遗产，进入国家名录实施保护，引起国内外的广泛关注。

一、关于《孟姜女传说》口头传统

任何民间口头传说的不胫而走，都有其在文化传播中从起点到终点的传播线路，都有从源到流的泛化扩散历程。由于传说扩散的年代久远，传播面积在几个重要历史时期不断地扩大，这种线路和历程往往会变得模糊起来。但是，任何口头传承的文化事象都有其自身传承的法则，它们总是伴随着重大历史事件的文化轨迹，附着在若干个特定的文化空间内，显示着它们移动演变的清晰形态。《孟姜女传说》的口头传承就是最好的典范，它最早起源于历史上一个特定空间的人物和一个特定的历史重大事件的传闻，迅速在一至两个以上地点落地生根，由民众演绎成人物传记体的故事情节母题，再传开来，扩展成许多大同小异的口述版本。之后，经过民间艺人的再创作，经过文人诗作、笔记、史志文本记述的再传播，形成了如今丰富的、广泛传播的口头遗产。山东淄博一带的《孟姜女传说》口头传说大体上就是这样不断累积、不断融合形成的。一个特定空间的中心人物就是孟姜女，或姜女、或许孟姜、或说其原型杞梁妻，配角人物就是万喜良，或范喜良、范喜郎，或说其原型齐国大将杞梁；一个特定的空间就是长城，或齐长城、或莒城、或秦长城、或城子、长城铺等具体地名，包括多个出生地的名称；一个特定的历史重大事件就是修长城，几乎牵连到春秋战国以来的历代修长城的徭役。从这里演绎出一连串感天动地的口头故事来。

孟姜女传说如今已经成为山东、河北、湖南乃至全国各地几乎耳熟能详、家喻户晓的口头遗产传世代表作。全国孟姜女传说口头遗产的研究群体，以当地流传的丰富口传遗产、翔实的史料线索和城乡社区人文景观遗迹为印证，测查和认定了孟姜女口头遗产在淄博地区、津市地区、秦皇岛地区传承两千余年的过程，显现了孟姜女故事活动的轨迹和特点。比较全面地摸清了孟姜女传说口头遗产在全国拥有的比较实在的分布，充分评估了它在民俗文化史、民间文艺史、社会生活史乃至思想史等诸多方面的价值。从民俗文化学的高度鉴别，笔者认为孟姜女传说口头遗产代表着具有人类社会永恒意义的、民俗美学特征的一种高尚的情操，是对于苦难世界的一种悲壮的抗议，它充分展现了无情世界中的真、善、美。它感动天地的文化震撼力和深刻的有血有肉的民众审美理想，是全人类文明进步的结晶。它作为中国民众口传的精神文化财富可供全人类各个人种群体的成员分享，成为全人类的宝贵遗产。

孟姜女口头遗产在中国早已经构成了一个很大很大的民间传说圈，在这个文化圈中，孟姜女传说口头遗产的分布状况是不平衡的。在大部分地区，包括许多少数民族地区，孟姜女传说口头传承有着其特定历史线索和文化空间的制约，都带有借入或移入、传入的性质。在那些地区，几乎没有把孟姜女传说的基本母题直接落实到地方风物和文化遗址上进行本土化的传承性历史过程。

从田野作业调查的方法论出发，可以认定这些地区绝大多数属于孟姜女口头遗产传播的边缘地带，许多地方的孟姜女口头遗产显然是在孟姜女传说传承的中心地带辐射影响下形成的。按照民俗文化圈测查的数量标准衡量，某种文化事象越是存在受到辐射传播分布的地点多，就越能证明这种文化事象在其中心地带的文化生命力和影响力越强，同时越能证明这种文化事象的多种文化元素在其中心地带密集存在，并在质量标准上会显示出该文化事象最本质的特征和最充分的文化内涵。经过对多地区的孟姜女传说口头遗产细致入微的调查研究，不难发现山东淄博地区、河北秦皇岛地区和湖南津市地区正是两千多年来孟姜女口头传承流变过程中形成的各有特点的中心地带。

山东淄博地区孟姜女传说调查成果充分证明，中心地带传承的口头传说有一个显著的特征，那就是传说中的人物、事件与当地人文历史背景、自然地理环境存在紧密黏附性。孟姜女传说与本地历史、地理的黏附性，应当认定是传说内容和表达形式的基本特征。这个特征就是要为人们提供一个传说印证的“可信性”。提供印证的“可信性”特征是传说远比其他样式的口传故事在民俗生活中居于优势的首要特征。这种印证在任何时候都不是指历史档案和信史资料，它所指的是口传民俗艺术的可信依据，还可能包括一些让人们可信的“信物”。传讲本地孟姜女传说的人，通常在讲述传说的同时，总是辅之以对实地、实物的展示与解说，或找出可信的证据使人们像相信正史一样相信其口头传说的真实性。山东淄博孟姜女口头传承就具备这种特点。淄博孟姜女传说早在古代就和公元前549年前后的春秋时期齐长城的历史黏附在一起，传说的主人公原型在传承中总是以杞梁妻为主的，所以，当地遗留下来许多关联着杞梁妻的地方风物遗迹。例如，淄博市的博山、淄川和沂源三个区县境内有近一百公里的齐长城遗址，有淄水，有若干个相关地名，还有姜女泉等相关景物遗存作为传说流布的佐证等，都是传说黏附于地方风物的“可信”印证。所有这些印证，都有久远的口头传承历史和文献笔记的载录，并不是任何现代人的人为生造。这一点是孟姜女口头遗产集中传承认定的重要依据。

二、关于《孟姜女传说》文化空间

在探究作为非物质文化遗产的口头传承艺术的特征时，有必要强调和指出，所有与孟姜女传说密切相关的景物遗存的“可信物”，对于口头遗产这宗最基本的重大非物质文化遗产，并不需要用文献资料考证史实本身的价值和意义；相反，它的价值正在于孟姜女口头传说遗产发展成为较为典型的孟姜女文化空间，在淄博、津市和秦皇岛等孟姜女传说文化中心地带使这个传说的文化活动形态得到了充分表现。这种令人“可信”的“似是而非”的孟姜女文化空间，正是孟姜女传说口头遗产重要的有机组成部分，对任何史料的辨伪求真考证，都会有损于这宗口头遗产在精神层面的文化生命力，从而弱化了它弥足珍贵的文化价值。在这里，《孟姜女传说》有着民间文学千百年来高度虚构的故事艺术魅力，这正是它成为国家级非物质文化遗产项目并对其进行实施保护的重要原因。

在这里有一个最基本的文化遗产分类认定问题。如果将孟姜女和万喜良认定为历史人物，同时将修长城、哭长城，甚至哭倒长城等都认定为历史史实，就会导致对孟姜女、万喜良故里、齐长城、秦长城等各个相关遗址、地方景物做出文物考古发掘的决定，因为这是文物考古工作认定物质文化遗产的基本手段。对于保护《孟姜女传说》这宗重大的口头非物质文化遗产而言，这种文物发掘和遗址认定及其史料考证实际上都是徒劳的，各地千方百计地争抢着宣称本地区才是真正的孟姜女传说发源地的做法，既是不科学的、也是完全不必要的。要知道百姓们家喻户晓、妇孺皆知的口碑传诵，以及各地香火正旺的姜女庙会，就是孟姜女非物质文化遗产最宝贵的实证。

因此，我们必须强调，作为口头文学遗产的孟姜女传说，在它的非物质文化遗产的属性里，并不需要求证孟姜女和万喜良是否在某个历史阶段或当地实有其人其事，更不需考证孟姜女哭长城、投水的故事发生在哪里；重要的在于这个口头传说中的两个主人公及其故事的传承是否具备人类文明的代表性和重大历史文化价值，以及民间文学艺术价值，是否值得我们对它加以认真保护，传之后世。重要的在于史料笔记中的各种记载都是孟姜女口头遗产传承流变的最好线索。有了这些记载和大量的口头传说相比照，和传说中许多相关联的自然景观、人文景观相做比照，使我们今天测定孟姜女传说源流的主线和支线，以及认定以淄博、津市、秦皇岛为中心的孟姜女文化空间，有了更多文化探查的依据。

说到孟姜女文化空间，就不能不从“文化空间”的科学概念谈起。1998年10月到11月之间举行的联合国教科文组织第155次大会上做出决议，要用额外基金创立一个奖金，用来激活“人类口头和非物质遗产”的“文化空间或文化表达形式”。在这里文化表达形式指的是非物质遗产的各种分类形式，如口头语言类、民间艺术类（包括音乐类、舞蹈类、美术类、戏曲类、曲艺类、杂技类）、工艺技艺类（包括建筑工艺类、工匠技艺类、医疗技艺类）、风俗习惯类（节庆类、礼仪类、行业习俗类、游艺竞技类）等表达形式，而“文化空间”则是特别新提出的民间文化展演形式。文化空间指的是某一个民间传统文化活动集中的地区，或某一种特定的文化事件所选的时间；在这里所说的文化空间并不是只指某一个地点，因为从物质文化遗产的角度看，地点是指那里有人类智慧创造的物质存留，也可以说是有纪念物或遗址的地方；而“文化空间”则是一个人类学的概念，它指的是传统的或民间的文化表达方式有规律性地进行的地方。这个新兴的遗产类别在全世界非物质遗产代表作中占有较高的比例。从孟姜女民间口头遗产的传承活动方式考察中可以看到，在这几个地区，早已经形成了孟姜女传统民间文化活动集中的地区。在那里已经形成了一个以孟姜女口头传承为文化圈的活动空间，在那里不停顿地用多种形式重复展演和弘扬着孟姜女文化的遗存。除了反复传播黏附在一系列文化景观上的孟姜女口头传说之外，还有一批批农村民间艺人在对它代代相传，用当地的民歌小曲、民间曲艺或戏曲形式传诵孟姜女口头遗产。更为鲜活的是，在孟姜女文化圈中的几个地区，每逢农历的相关祭日，在几个地区都流传有祭祀或纪念孟姜女的风俗活动，届时，远近乡邻成群结队前来凭吊孟姜女，游览孟姜女传说在当地的相关景物和遗迹。所有这些都成为孟姜女文化空间最有代表性的文化要素。

这几个地方的孟姜女口头遗产在经过了千百年的传承之后，如今已经约定俗成为独具特色的孟姜女文化空间。当然，作为人类口头和非物质遗产的孟姜女口头遗产及其文化空间，和大多数非物质文化遗产一样，在文化传播的历史长河中，具有某种共生共享的特征。可以预见在广阔的孟姜女口头传承文化圈中，还会有一个或两个以上别具当地特征的孟姜女口头遗产或文化空间出现，例如，江苏的苏州和上海的松江，和陕西的铜川，也都具备了形成孟姜女文化空间的规模。淄博、秦皇岛和津市孟姜女传说及其文化空间的调查研究和抢救保护已经相继走在了前列，展示了独具各地本土特色的人类口头和非物质遗产代表作的瑰丽面貌，对全面保护中国孟姜女口头遗产及其文化空间做出了重大贡献，很值得高度赞扬。

三、关于《孟姜女传说》口头遗产的全面保护

从2001年5月18日到今天，联合国教科文组织先后公布了三批世界人类口头和非物质遗产代表作，共90项。其中口头遗产和文化空间项目都占有重要比例。像2001年第一批公布的世界非物质遗产代表作中，欧洲地区俄罗斯申报的“塞梅斯基口头文化及文化空间”，南美洲地区厄瓜多尔和秘鲁联合申报的“萨培拉人的口头遗产与文化形式”，非洲地区贝宁申报的“杰莱德口头遗产”都是人类口头遗产和文化空间中独具特色的杰出代表。

我国的口头遗产《孟姜女传说》及其文化空间，能否具备世界级的遗产代表作，还有待于进一步地做好全面发掘、调查、采录、抢救、保存、

维护、保护等一系列细致工作，把遗产保护工作合理协调好，把急于开发打造的相关工作审慎地处理好。只有这样，才有可能把保护遗产的任务完成得好。这几个地区的遗产保护单位和孟姜女文化研究者已经做了以上各项的大量工作，很有成效。

目前，很有必要按照国际通行的基本操作规程和做法，对孟姜女口头遗产实施具体的保护。从全国范围的孟姜女口头遗产保护角度审视，我国对于濒危的包括四大传说在内的口头遗产保护和文化空间保护尚处于起步阶段，和国际上在这方面先进的国家相比较，还有较大的差距。要想做好全面保护孟姜女文化遗产的工作，还有许多必不可少的任务亟待完成。

首先，应当在上述几个孟姜女传说中心地带及其辐射的周边地区详细调查孟姜女口头遗产确切的分布状况，同时确认各地分布的孟姜女口头遗产的不同类别和表达形式。同时，在以往采录的口头传承作品基础上，全面普查并录制民间各路艺人口传孟姜女艺术作品的原形态现场声像，精选孟姜女口头遗产讲述的范本或代表作。全面采录有关孟姜女文化空间的各种仪式性的活动过程。

其次，进一步着手建立现代科学管理和现代科技手段维护的资料馆和数据库。在进行这项保护工作时，最为关键的是全面系统地查访孟姜女口头遗产的表演艺人、传人的传承线路和传承系谱。同时应记录他们传承孟姜女口头遗产的艺术技巧和表演形态，将作为他们宝贵的无形资产保存起来，建立详细的孟姜女口头遗产艺人或传承人档案，建立对艺人、传承人的保护机制和下一代传承人的培训制度。孟姜女学术研究者应对所有口头记录文本做好语言表达形式的鉴定，对口头遗产在各阶层、各城乡社区、各年龄段群体中的流传现状做出确切的调查和分析。

最后，在实施保护的宗旨下，积极加强和深入对孟姜女口头遗产和文化空间的研究，推动孟姜女传说遗产的传播，特别是在青少年群体中开展有益的传播，更有保护遗产的深远意义。

在这里顺便提醒从事口头遗产保护的文化工作者，当前对于同为四大传说的《牛郎织女》、《梁山伯与祝英台》、《白蛇传》等的全面抢救和保护的任务，也存在着和以上《孟姜女传说》口头遗产极其相似的问题，亟待科学认真地解决，切不可在保护与开发利用上不切合实际地一哄而上，出现跑题和走样。只有像对孟姜女口头遗产的保护做艰苦细致的调查研究和实施保护工作，才能够取得重大成果。

纵观今天孟姜女传说遗产的抢救和保护工作，任重而道远。山东淄博等各地的保护工作正在积极有效地乘胜推进，可望在不久的将来取得更大的成功。

2009年5月1日

（原载《民俗研究》2009年第3期，第5—11页。本文有删节）

佛教造像艺术遗产的民俗美学价值

——以灵岩寺千佛殿造像为例

在中国，自古以来民俗文化就十分广泛地包容着各种宗教文化的活动，特别是那些和民间信仰互渗在一起的宗教文化事象，更是和民间日常生活的民俗文化难解难分。在理论和实践上，民俗文化与宗教文化的关系异常密切并带有一定的规律性，这是一个不争的事实。民俗文化中的原文化生态基础，绝大多数来自原始信仰及其祭祀和巫术活动；古代民间信仰既是后世民间宗教与人为宗教产生与发端的缘由，又是历代宗教文化传播、扩散、变异的结果。我们的研究曾经力图把宗教文化与民俗文化的信仰部分严格地区分开来，但是，除了宗教教务及教义、教规、教职等可以和民间俗信较为严格区分开来外，俗民群体中的信仰活动从来就无法把宗教的成分从民俗中剥离，同时也无法从宗教文化活动中把民俗信仰事象剔除。那种“每逢寺庙便烧香，见到神佛就磕头”的民间信仰和习俗，或是那种与神佛的祭日、诞日岁岁年年绵延不断的民间庙会活动，总是把民俗与宗教融汇在一起。民俗学不能不对此做出充分的解释。

其中，佛教文化与民俗文化的互渗融合，在中国文化史上占据着十分重要的位置。佛教文化的内涵和外延，首先集中展现在它的偶像崇拜这个核心上，因此，动用各种技术手段，选用各种优质材料，投入大量人力、财力，铸造、雕塑、绘制精美的佛像，成为佛教教务的重中之重。

至于大兴土木，建造寺庙群落，开辟山林，广设说法道场，也都是以供奉法身佛像为中心的。因此，才有了历代俗民成千上万朝山拜佛、许愿、还愿，营造成为香火不断的庙会活动盛况。民俗学面对代代俗民膜拜佛像的传统俗信，不能不对佛教造像做深入细致的鉴赏和探究，从而了解或破译佛教造像的民俗美学感染力。

在鉴赏佛教造像艺术的民俗内涵上，可以选取我国许多名山名寺的佛像作为典范进行剖析，其中，山东灵岩寺千佛殿的群像堪称最佳代表作之一。

一、灵岩寺及其千佛殿佛教造像的民俗文化史地位

中国古刹名寺的圣境，首先不在于它的外部景观，而在于它的主要殿堂中供奉的诸佛法身造像。试想，一座金碧辉煌的空寺，即使建在风景奇异的名山中，也很难吸引祈福拜佛的信众前来奉献香火。佛寺的文化对民间信仰的辐射场域，在任何时候都是以其佛像供奉为核心的。这也正是历代各地名寺竞相雕塑和绘制精美贵重佛像的内外动因。灵岩寺千佛殿供奉的精美佛像就是最好的证明。

山东灵岩寺从约一千两百年前的中唐后期开始，就被誉为天下禅林的“四绝”之一。同时被列入“四绝”的还有江苏的栖霞寺，浙江的国清寺，湖北的玉泉寺。值得注意的是，这后“三绝”都是江南名寺，唯独灵岩寺是远在北方的名寺“一绝”，具有鲜明的北方人文地理特色的信仰民俗格调。栖霞寺创建于南齐建元初至永和七年间（479—489），国清寺创建于隋朝开皇十八年（598），玉泉寺也创建于隋朝开皇年间，唯有灵岩寺始建于东晋升平年间、十六国前秦永兴年间（357—359），是远比其他三寺更早有一二百年佛教文化发展历史的古老名刹。栖霞寺有南齐石造像和千佛岩石壁凿像五百余尊为其精华；国清寺拥有高达6.8米、重达13吨的明代铜铸释迦牟尼坐像和元代楠木雕刻的十八罗汉坐像为禅林之宝；玉泉寺则有大雄宝殿侧的石刻观音画像，以其笔力遒劲，线条流畅被

传为唐代大画家吴道子的杰作，成为玉泉山的镇山之宝。灵岩寺千佛殿既有铜质佛像和众多的木雕小佛像，更有保存悠久的宋代彩绘泥塑的众罗汉像，成为“四绝”禅林中独具民俗造像艺术风格的精粹之作，从而奠定了它在民俗文化史上造像民俗艺术“绝”中之“绝”的位置。

二、千佛殿佛像群在民俗造像艺术史上的划时代意义

在我国，古文化史上从来都有“铸塑佛像之术，与佛法俱来”的记载，自佛教传入我国之始，铸塑佛像的技术就一同传来了。但是，佛教为什么一定要有佛像？确实是一个必须回答的问题。事实上，佛教造像经历了三个大阶段，从无到有，从拘谨到开放，从贵族化到世俗化，直到今天，佛教造像走出了一条越来越贴近民俗群体生活的道路。

（一）第一阶段是早在佛教初创并早期传播的阶段，也就是从释迦牟尼在世演说佛法时期，直到他涅槃弃世，前后四百多年间，佛教没有造像的任何言传和行事。相反，在佛教的信仰观念中，佛（佛陀）是至高无上的先觉者、最大的智慧者、人间和天上的最有道德者、品格完美无缺者，因此，绝不能用凡人的形体和相貌去表现佛，于是产生了“佛像不得再现”的信仰戒律。但是在显示佛陀的存在和精神时，往往以佛陀成道于菩提树下为依据，用菩提树的形象作为象征符号；或者用佛陀的足印、或一朵莲花作为标记。甚至当时的佛教艺术家在绘画佛陀传布佛法的各种故事时，不得不把佛陀所处的位置在画上显示出一个真空的空白。这个阶段一直持续到公元前2世纪佛教传播到地中海东岸和西亚一带的大片土地上以后。

（二）第二阶段是从印度佛教广为传布到希腊人东征过的领地和萨迦人、波斯人属地的公元前2世纪算起的。在这个时期，有崇拜偶像风俗又惯于雕刻古代神像的希腊人、波斯人，在信仰了佛教后，纷纷要求用雕刻的艺术表现佛陀形象。从此，一直到公元1世纪，最先在北印度的犍陀罗地方大批制作佛像，短时间内造像多达数十万尊，造像艺术家几乎都是

民间无名的手工艺匠人。最早的佛陀头像的造型是：面颊丰润，头顶肉髻螺发，通天高鼻，两耳大垂，双目微睁，身体姿势为正身直立或端坐，其造像工艺明显地具有一定的希腊造像风格和接近西方人的鉴赏趣味，当时的造像艺术对后世的佛教造像产生了极大的模式化影响。就在北印度佛像大兴的时候，中、南部印度的佛教信众仍在坚持“佛相不得再现”的观念。大约又过了一个世纪，随着大乘佛教的创新，把多造佛像视为广积功德、收得福报的修行。出现了《大乘造像功德经》、《佛说造立形象福报经》等有关造像的经典。大乘佛教的修行目标为解脱众生之苦，适应了当时形势的需要。他们倡导说，佛陀肉身虽灭，但法身永存，佛无所不在，无所不能。修行时，常观瞻佛像、忆念佛陀法身形象就会修得正果，等等。从此，多种多样的佛像制作和佛像崇拜走向普遍化。

（三）第三阶段是从佛像随佛教传入我国后，经过中国化的造像技艺的长期改造和融合，逐渐形成了本土化的世俗化造像风格，特别是隋唐以来，许多著名画家和雕塑艺术家都参与了佛教造像画像的工艺活动。如大画家吴道子在两京和外州寺庙的殿壁上，就曾画过菩萨像、帝释天像；名塑匠巧儿张寿及弟张智藏为敬爱寺塑造了菩萨和弥勒像等，推动佛教造像艺术从拘泥原来佛教造像规范的古板的传统中解放出来，排除了以前面目呆板、表情凝重的造型手法，代之以温柔生动、表情多样、姿态随和的新风格。尤其是发展到了五代、北宋中叶，随着佛教各宗派竞相向世俗化发展，出现了多种多样的菩萨造像和罗汉造像的创新风格，构成了各派僧尼、文人雅士、俗民大众都能鉴赏和接受的民俗造像艺术。

灵岩寺千佛殿中三身佛中的毗卢遮那佛像、倒座观音像、泥塑罗汉群像，都是这个时期有代表性的著名造像。特别是北宋英宗治平年间（1065—1066）的泥塑罗汉群像，全面突破了传统造像力求庄严肃穆形成的僵直、呆滞、刻板的静止风格，创造了活泼多姿、情态各异、体势舒展、多样统一、紧密贴近民俗生活的动感艺术风格，产生了前所未有的鲜活效果。这在936年前的佛教造像史和民间泥塑艺术史上，显然具有突破性的革新精神和划时代的意义。

三、千佛殿佛教群像在造型艺术史上的民俗美学价值

在佛教造像的两千多年历史上，早已形成了一整套程式化了的规范；特别是在造像的材料和造像技艺手段上形成了传统。有雕刻的石像（包括玉佛像）和木质像，雕刻铸造的金像、铜像和铁像，塑造的泥像，绘制在墙壁、木板、绢帛、麻纸上的画像，以及以后兴起的木版、石版、铜版的印制佛像等，都曾经有精品、珍品和极品的创造和传世。但是，最值得注意的是造像技艺方面的传统规范。首先是佛像体势的传统规范，从来就以坐像和立像为主要姿态，另有卧像只限于佛陀涅槃像。其中，由于佛教以讲经说法和修行为主要活动，所以，坐像的规范十分严格。坐像的身姿主要有两种。

第一种是“结跏趺坐”，就是结左右两脚背于两腿股上的坐姿，俗称“盘腿坐”。据传，这是释迦牟尼在菩提树下修行悟道时，身端心正，安稳不倦的坐姿。又据慧琳著《一切经音注》卷八记载，这种坐姿又分为两种：一种是把两脚交叉放在左右两股上，叫作“全跏坐”，俗称“双盘腿坐”。在佛教内部，又把右脚背先压左股，左脚背后压右股的坐姿称作“降魔坐”，多用于禅宗。若顺序相反，称作“吉祥坐”，用于密宗称“莲花坐”。另一种是只把任何一侧的脚背压在相对方向的腿股上，叫作“半跏坐”，俗称“单盘腿坐”。

第二种是“善跏趺坐”，就是在座上端坐，两脚垂地的坐姿，俗称“双垂腿坐”。据传，这也是释迦牟尼惯用的一种坐姿。这种坐姿也分作两种：一种是双脚自然垂直着地，是佛陀采用的姿势；另一种是双脚交叉着地，是菩萨采用的姿势。还有一种是一脚垂地另一脚盘腿的混合姿势，是传统佛像端正坐姿在实际生活中的随俗变异，是对传统造像遗规的突破和革新。

下面就用灵岩寺千佛殿的佛像和上述造像坐姿的规范做出相应的比对。

千佛殿内正面的“三身佛”像，所有体势都严格沿袭了传统造像规范，采用了双盘腿的“全跏坐”。其中，东侧的佛陀“报身佛”像和西侧的佛陀“应身佛”像，都是明代成化（1477）、嘉靖年间（1543）较晚的铜铸佛像，基本上属于后世极力追求复古的仿制造像模式，保持了传统三身佛的标准形态。但是，如果和早于它们四五百年的“法身佛”像加以比对，就立即发现制作于北宋治平二年（1065）的这尊毗卢遮那佛像，反而显得神态亲和，栩栩如生，法身挺实，富于动感。两侧佛像的公式化坐姿、图案化莲台，和正中通体贴金佛像下花瓣层层叠叠的一株莲花宝座，形成了鲜明的对照。显示了北宋造像艺术既富于想象又贴近生活与自然的民俗美学理想，展现了当时民俗造像艺术最淳厚的感染力和创造力。

千佛殿中的罗汉群像显然是更具有代表性的泥塑造像艺术精华。在40尊泥塑罗汉像中，竟然有多达32尊是北宋治平三年（1066）塑造的，展现了当时泥塑彩绘勇于突破造像的僵化传统，进入了一个全面创新、解禁随俗的开放时期。几乎所有罗汉的坐姿，都对旧造像模式进行了大胆的“违规”处理和改造。在这里，绝大多数采用了一脚垂地另一脚盘腿的混合坐姿，而且左右不等，形体多样，显现了随意随俗的民俗生活实态。即使有的坐姿依然采取了传统的“全跏坐”或“善跏趺坐”，但是在细节方面已经做了变异。有的双盘腿已经不再是端正的“吉祥坐”，而是俗家常见的双叉盘腿、双膝重叠歪坐的休闲姿势。几乎所有的罗汉头部都不再拘泥平直端正的规范，做了多侧面、多角度的自然移动，与面部表情、五官动感相协调，和多样手势的虚实象征相配合，构成了一个众罗汉进行热烈论辩与说讲的火爆场面和立体生活空间，使中国古老的民间泥塑造像的艺术美在写实的创造性发展中，展现无遗。

在这里，还必须对佛像的手势造型做出分析。众所周知，在佛教的讲经说法和修行中，佛陀的手势都具有严格而深刻的象征含义。佛教的手势被称为“印相”或“印契”，又称“手印”。在象征佛说的思想意念时，和世俗生活中的手势绝不可同日而语。“手印”在开始出现佛像时就是和佛像的造型融汇在一起的。在佛教造像中，手印造型是必不可少的，历来以释迦牟尼五印为典型。

“说法印”是佛陀说法时的惯用手印，它的形态是用拇指捻中指或食指、无名指，并使其他手指自然舒张，手心向上、向下、左手心向右，右手心向左均可，借以显示说法的庄严性。“禅定印”是佛陀在菩提树下习道时禅思入定的象征手势。这时双手心向上放在下腹部，把右手置左手上，两拇指尖相接，表示禅心安定之意。“降魔印”是象征佛陀成道时降服魔王的手势，是把右手心盖住盘腿的右膝，将手指直垂向下，做触地状。“施愿印”是普度众生，满足众生心愿的慈悲象征，是一手自然下垂，手心向前，手指并拢伸直。“施无畏印”是佛陀使众生无所畏惧的象征手势，是单手举至胸前，手心向前，手指向上伸直的造型，通常和“施愿印”同时使用。此外，还有一些复杂的密宗手印在佛像中使用。

在这里，也有必要把灵岩寺千佛殿的佛像手印和上述手印的传统规范做出比照。在灵岩寺千佛殿中，明代的“报身佛”像采用了左手禅定印，右手降魔印的传统印相；“应身佛”像则采用了双手禅定印的传统印相。正中的北宋“法身佛”像虽然采用了端正身、全跏坐的传统姿势；但是，却做出了双手向两侧伸展，高举向上的说法印造型，明显突破了传统的手臂下垂的说法印模式，表现了生动激昂的演讲情态，显示了写实艺术在造像上不可低估的感染力。最精彩的当然莫过于罗汉群像的多样化手印的造型，在罗汉身上，虽然也用了说法印、禅定印、降魔印等传统印相，但是，群像身上更多的是采用了多种衍生出来的杂糅兼用的手印，其中大多数手印其实就是民俗生活中的常见手势。比如，手臂侧举高扬，手指随意点画，双手相搭做休闲状，甚至抓耳挠腮等，再鲜明不过地反映了罗汉比丘贴近世俗的真实生活。

与此同时，群像的人体透视效果，服饰装束的层次、线条、褶纹、质感，以及彩绘装饰等，都表现出了令人感佩赞叹的高超的民俗技艺。

最后，不能不问：佛教造像的民俗泥塑艺术在特定历史时期有如此惊人的发展和创造，除了历代兴佛的皇朝直接推动了佛教造像的发展外，是否还有佛教文化在灵岩寺沿革和发展的直接原因？很值得探究。当我们关注灵岩寺千佛殿精美的造像艺术时，就很难脱离对该寺院兴衰历史的关注。在灵岩寺的历史上，有一个从兴旺到衰落，再从衰落到再兴旺的大转折时期，那就是从唐代开元年间到北宋至和、嘉祐年间（约713—1063）约350年的佛教禅学北宗主持该寺从兴到衰的时期。经过大约从治平到熙宁年间（1064—1070）五六年的重修再建，灵岩寺改由禅学南宗的临济宗、黄龙宗、曹洞宗、杨岐宗和云门宗轮换主持，很快出现了佛教禅宗的革新和推动佛教向世俗化发展的趋势，直至明清。千佛殿重建后的大规模塑造佛像之举，正是在灵岩寺由南宗禅学革新派主持的新兴时期，泥塑罗汉群像所表现的情境和场景，正是对当时临济宗推行自由问答、论辩、开放式学禅方式的真实写照。临济宗提倡“脱罗笼，出窠臼，虎骤龙奔，星驰电激”的新“宗风”。临济宗的支派黄龙宗提出“人人心性与佛相同，人人皆可觉悟成佛”的说法，渗透了浓重的平民大众的世俗意识;同时，全面推行僧众自由问答讨论的说教方式，在僧俗中广为流行。曹洞宗主张“即事而真”，“事理不二，体用无碍”，提倡通过身边一事一物认识世界本体，言行相应，讲究随机应用，积极改变“只管打坐，面壁修行”的“禅风”，走出禅堂，面向民间，用民众世俗生活的方式学习禅法。杨岐、云门二宗作为临济宗的支派，大体上也有与以上相似的禅学世俗化的革新主张和做法。灵岩寺在北宋中期的佛教革新和推动当时佛教文化世俗化的进程，正是当年该寺千佛殿佛像艺术创造辉煌的最直接原因；千佛殿泥塑罗汉群像也正是当时佛教文化世俗化革新最为生动形象而真实的反映，它的文化史价值和民俗美学价值，很值得今天在建设现代文明和发展先进文化的进程中，充分评估，认真借鉴。

（本文发表于2002年9月2日至6日山东省济南
“佛教文化与艺术”高级学术研讨会）

民俗日历：唤醒传统节日的文化记忆

今天，当我们强烈呼吁保护中国传统民俗节日文化的时候，不能不对中国民俗节日文化传承的濒危状况做出分析，特别是对它们濒临失传的原因进行论证。

民俗节日在中国民众农耕生活中经过了几千年自在的、自发的传承，早已经形成了世世代代传习不断的全民族重大生活的内容和表现形式，每一个节日的文化内涵和外延都具有相对稳定的、完美和谐的特征。

一、中国民俗日历的节日与农业耕作和自然季节时令的完美和谐

在中国，民俗节日历来被叫作“岁时节日”，“岁时”源于古代历法，“节日”源于季节气候，也可以说，在农耕文明语境中的节日是由年、月、日、时和气候变化相结合排定的节气时令。早在殷墟甲骨文中已经看到了十分完备的古代历法纪年。在古代文献《逸周书·时训》中就有了最早关于一年二十四节气的记载。古代农历把一年化为四季，每一季大约90天，全年约360天，按照一年气候的变化，分为5天“一候”，三候为“一气”，全年“二十四气”，俗称“二十四节气”。

二十四节气的排定并不是随意性的，而是有严格的天文学科学计算为基础的。从冬至这一天开始计算，太阳运行黄经每增加30度（约历时

30天），就过到一个“中气”，运行360度，正好经过十二个“中气”，共计有：冬至、大寒、雨水、春分、谷雨、小满、夏至、大暑、处暑、秋分、霜降、小雪等。再从小寒这一天计算，太阳黄经每增加30度，就过到一个“节气”，增加到360度，正好经过十二个“节气”，共计有：小寒、立春、惊蛰、清明、立夏、芒种、小暑、立秋、白露、寒露、立冬、大雪等。由“中气”和“节气”交替运行，构成了中国农历一年四季、十二个月、二十四节气、七十二候、三百六十天。其中，二十四节气时令在民俗节日构成中至关重要。在这里，“节”的概念正是把岁时季候的渐变过程分解成像草节、竹节一样的间距，把节气相互交接的时间叫作“交节”，由此转意为“节日”。最早有“四立”、“二分”、“二至”，八个节令成为重要节日，即立春、春分、立夏、夏至、立秋、秋分、立冬、冬至。它们是标志农耕四时阴阳始末的节日，几千年来，保持着农耕文化生活与大自然季节气象、生态环境完美和谐的特征。其中，清明节的突出发展，使其成为中国的重大民俗节日。

二、中国民俗日历的节日与“月”的朔望圆缺和谐一致

中国民俗节日的排定，特别注重农历一年十二个月的朔望，这几乎是中国农耕社会过节约定俗成的，最基本的惯例。现行的公历十二个月与“月”的朔望圆缺毫不相干，很难在民间约定为节日。朔，月隐待出之日，是为“上日”，俗称“初一”，又称“元日”，正月朔日叫作“元旦”，如今有的把公历新年1月1日也叫作“元旦”，其实和元旦的含义毫不相干。也有人极力主张把现时的春节改换日期，就因为他们忽略了传统过年的正月初一元旦“一元复始”的重要含义，这是任何日期无法代替的。农历元旦是农业中国一年中最早的节日，也是最隆重的节日，正如《玉烛宝典》所记：“正月为端月，其一日为元日，亦云上日，亦云正朝，亦云三元，亦云三朔。”所说的三元，是指岁之元，时之元，月之元，当日是古俗中大庆大祭的节日，沿袭至今，不变不衰。

望日月圆，是一个月的十五。古代秦汉时期的方士、道家测算月历时，另有“三元”之说，认为“天官”之神主管“赐福”，生日在正月十五，是为“上元”，于是古代约定每一年的第一个望日为“上元节”，大庆大祭，发展成为“元宵节”。又认为“地官”之神主管“赦罪”，生日在七月十五，是为“中元”，古代约定为“中元节”，家家举行祖先大祭，成为大节。又认为“水官”之神主管“解厄”消灾，生日在十月十五，是为“下元”，古代约定为“下元节”，也曾发展为节日。最值得注意的是八月中秋，本来“仲秋”只指八月，后因八月望日正是三秋之中，于是八月十五成为“中秋节”。自周代以来，中秋节是迎寒祭月的节日，到了唐代发展成为祭月、赏月、玩月的喜庆团圆的盛大节日，沿袭至今。中国人几千年来把自己的生活节拍与大自然的月圆月缺紧密协调起来，构成了完美和谐的节日文化。应当说，这是人类优秀的文化传统和宝贵的非物质遗产。

三、中国民俗日历的节日与中国人月、日代码重叠的符号思维习惯和谐一致

中国自古以来的农耕历法一直使用“干支”纪年、纪月、纪日法排列月日，十分繁复，许多被看作吉日或祭日的日子，难以记忆，逐渐消失；但是，人们却在许多零散的吉日、祭日中习惯性地选定了月、日代码数字相互重叠的日子，作为节日流传下来。于是就有了“正月正”大年节；“二月二”春龙节，俗称“龙抬头”日；“三月三”上巳节，也是许多少数民族的歌节；“五月五”端午节；“六月六”天贶节，俗称“晒虫节”；“七月七”七夕节，俗称“乞巧节”；“九月九”重阳节。在中国人的节日观念中月、日数字代码的重叠是吉祥的神秘数字，其中“五五端阳节”、“九九重阳节”被看作除年节以外的重大节日。

以上三个中国民俗节日的特征，其实正是中国民俗节日构成的独特依据，无论这么多节日在发展中吸纳了多少历史的、宗教的、民族的文化元素，它们始终作为中国人传统节日的根基，伴随着祖祖辈辈数以亿

计的农耕群体，从远古走来，直至现在，中国民俗节日和它的母胎“农历”历法，事实上始终与全世界十多亿华人息息相关，融为一体，不可分离。近百年来，在中国推行的公历历法，连同公历的法定节假日，虽然已经统领了全社会外在的生活秩序，并和国际接轨，但是，在生产与生活实践的所有细节中，在内在的文化心理和情感中，“农历”及其民俗节日依然发挥着强力的支配作用。正因为中国民俗节日形成了自己有节律的排序，并分别拥有各自的丰富内涵，所以中国这部万世一系的“农家历”，就自然而然地成为人类非物质文化遗产的杰作，它本身连同它的重大民俗节日，都应当列为重点保护的对象。它将继续保持着它固有的文化活力。

当前，在沸沸扬扬的保护中国民俗节日传统的议论声中，人们努力回顾着传统节日活动内容和表现形式，已经形成热潮，这当然是很必要的。但是，面对似曾相识的传统节日，唤醒人们对产生民俗节日的农耕文化根基与构成民俗节日习惯规则的深层记忆，就成为更重要的事。因为，有几代人已经对属于自己的民俗节日的由来和发展十分陌生了。

那是因为，近半个多世纪以来，中国的民俗文化连同它的民俗节日，经历了两大历史阶段的强力震荡，使民俗节日传承的链条急速断裂；使丰富多彩的节日内容和形式变得异常支离破碎，黯然失色，无声无息，使民众固有的文化生活遭到不应有的破坏，使民众的文化心理和民俗感情遭受了不应有的伤害，使民族精神受到了沉重打击。

这两大阶段的强力震荡，一个是20世纪五六十年代极“左”思潮时期“扫四旧”的“革命化”政治运动冲击波，另一个是20世纪七八十年代改革开放以来的“现代化”市场经济冲击波。这两股巨大的冲击波，使中国内地的社会生活和文化传统经受了一场又一场史无前例的强烈震荡，震荡的结果目前还难以评说，只看震荡的后遗症就有最突出的征候，那就是使现代人失去了太多太多的文化记忆，其中也包括失去了独具中国农耕文明特色的民俗节日的文化记忆。

唤醒节日民俗文化记忆的措施主要有四条。

（一）建议在依法保护法定节假日春节的基础上，尽快立法保护其他重大民俗节日，并给予假日的认定。例如，元宵节、清明节、端午节、中秋节。同时相应地立法保护55个少数民族特有的重大民俗节日。建议经过鉴别分级认定它们为非物质文化遗产代表作，并对它们实施有效保护。

（二）鉴于中国大大小小的民俗节日与传统农历历法密切相关，经过几千年的中国农耕文明史充分证明，中国农历（或称“农家历”）具有极为重要的历史、文化、科学价值，至今在全世界华人社会生活中依然发挥着重要作用。它当之无愧地应作为人类智慧的结晶和非物质遗产的优秀代表作，进入《世界遗产名录》并受到保护。

（三）所有关于民俗节日的口头或非物质遗产的文化多样性资讯，不仅应当进入媒体的传播系统，而且还应当纳入大、中、小学和学前教育的知识体系，进行生动活泼而有效的传习。

（四）建议政府和社会各界倡导和支持民间办好或过好民族民俗节日。对于盛大的节日活动，政府和商界财团应当给予适当的财力资助。

因为民俗节日和人们的日常生活息息相关，和整个民族的社会文化发展紧密相连，所以，我们不能不大声疾呼、尽快唤醒传统民俗节日的记忆，刻不容缓。优秀传统民俗的文化记忆全面苏醒之日，将是中华民族复兴有望之时。历史的经验警示我们，建设强大的国家绝不应该以砸烂传统民族民俗文化遗产为代价，因为那样做只会动摇立国的根基。现实的教训昭示我们，建设富足的经济社会绝不应该以抛弃传统民族民俗文化财富为代价，因为那样做必将大大损伤民族元气和民族精神，使完成民族复兴大业变成一句空话。因为，一个失去了传统民俗文化根基的民族，必将永远无法自立于世界民族之林。

（原载《文化血脉与精神纽带》，
中国文联出版社2009年1月版，第48—55页。本文有删节）

中国春节传统行事：祭典与庆典的严密组合

春节是中国汉族和许多兄弟民族共同的最隆重的节日。它不仅有着十分悠久的历史传统，更重要的是它还有着极为丰富多彩的节日活动内容和形式。由于春节在中国古老的农耕文明史中从来都叫作“过年”，而不叫作“过节”，所以今天把它叫作“节日”，并不贴切。因为就其文化内涵而论，远比其他任何节日都更加深厚，其外延则更加意义深远；就其传统行事的程序而论，它也不是一个“节日”的单元时间，而是一个“节期”的系列时段。几千年来，中国就在这一个节期里，举国上下充分调动起最热烈的情绪和最美好的情感，把一系列大大小小的祭典和庆典严密地组合起来，表现出一年一度“辞旧岁、迎新年”的年俗主题，表达出“五谷丰登、国泰民安”的美好祝愿。

按照传统，春节的节期来自远古的“腊祭”。中国的农耕先民，很早就创造了一年一度祭拜大自然神灵和祖先神灵的原始习俗。每当旧年岁尾、新年年初他们就用农耕渔猎的物产作为供品，感激大自然和祖先的恩赐，祈求他们再降福于人间。古史文献记载“腊，岁终祭众神之名”。这种古俗就叫作“腊祭”，一直延续到今天的祭神，在广大农村依然是节期的主要活动内容。在中国北方普遍流传着一句俗谚：“一进腊月就是年”，腊月初八用五谷杂粮做腊八粥敬祖祭神，正是腊祭的第一个高潮，也是古代过年的节期开始。后来，佛教传入中国，各大寺庙纪念释迦牟尼成道日做腊八粥供佛，其实也就是和古代腊祭的行事相融合，用腊八粥进行祭祀在民间的流传，成为过年的序幕。

腊月二十三祭灶，俗称“过小年儿”，应该被认为已经进入过年的节期。从此，进入了连续的家祭准备和家庆准备活动，商家的年货市场交易活动也进入高潮，供应祭典和庆典的年货装点出城乡过年的浓厚年味儿。城乡各路社火活动的娱神娱人节目演练进入最后粉墨登场的阶段。

年尾辞岁、新正贺年是祭典和庆典高度浓缩在一起的单元时间，其中一夜连双岁，只有一个时辰成为过年交节的最重要时刻。按照传统，从“年三十”夜晚到正月初一凌晨，是普天同庆和家家同祭的神圣时辰。天交子时，鞭炮齐鸣、灯火通明，赶走所有的邪祟，香烟缭绕、锣鼓喧天，恭请天神下界，赐福人间，迎接祖灵降临，庇佑子孙平平安安。从正月初一再到初五，要分别对天、地、日、月、山、川、社稷、祖先以及福、禄、寿、喜、财等众神举行多种合祭、分祭仪式。大小商家祭拜五路财神的日程就要从初一排到初五。同时交叉着进行亲友之间的小拜年和族群团体之间的大团拜，再扩展成为城镇社火表演活动和庙会活动的大场面、大规模普天同庆的系列行事，使家祭、官祭和皇朝大祭，家庆、官庆和皇朝大庆在此时连续不断的烟花爆竹声中都达到了隆重、欢腾的极点。经过正月初六到十四的余庆过渡，再转入正月十五“闹元宵”的灯节狂欢。这时候，过年的气氛才在新年的新气象中画上句号。但是，有的丰年大庆甚至还要把年味儿延续到二月二龙抬头的吉祥日子。

在几千年的中国农耕文明时代，过农历大年的漫长节期正好处在最大面积土地的农闲时期，在全民生活中，这正是集中举行祭典和庆典或休闲娱乐、休养生息的最佳时间。尽管那时的“年关”在穷人中十分难过，但是对过年除旧迎新的企盼，对来年好运的祝愿，感谢大自然众神对人间的恩赐，感念老祖宗对子孙庇护保佑的恩典，总是人们的一种巨大的精神支撑，几千年一贯制，年年岁岁都在敦促人们“有钱没钱，回家过年”，接续上这生生不息的根脉。

在这里值得注意的是祭典和庆典组合的特点。无论是敬天祭神还是合家祭祖，其祭典都是十分庄严肃穆的行事，在很大程度上具有隐蔽性和私密性，相对说来辞旧迎新的庆典都是欢腾热烈的行事，要做到最大限度地彰显出公开轰动性。过年的迎神祭祖，都是以家族、宗族为单位，在举行祭祀的有限空间内进行的。过年的欢庆活动，则是要烟花五彩缤纷，鞭炮震耳欲聋，社火表演锣鼓喧天，虎跃龙腾，所有的欢庆活动都要走村串乡，走上街头，走遍全城，达到举国欢腾。但是，在中国的过年习俗中，却把祭典的内隐和庆典的外显十分巧妙地结合起来，使过年的内容十分充实深厚，形式丰富多彩，异常生动。燃放爆竹或鞭炮的含义，从来都离不开驱除邪祟的祭祀，它的轰动效应绝不是为了无缘无故地宣泄。所有的社火表演无不与敬天祭祖、祈福纳祥有着千丝万缕的联系，甚至有的表演本来就是为祭典的需要而传袭下来的。至于年俗中的所有进入视线的五彩缤纷的装饰物，件件都是传承已久的吉祥物，令人赏心悦目。传承了几千年的传统年味儿就是在一系列的祭典庆典的交织中展现出来的。

在中国过大年的汉语文化语境中，吉祥词语、拜年话儿是最为丰富的。那是因为，过年祭典中求吉避凶的祈祷语句朗朗上口，贺年庆典中相互拜年的祝愿话语多多益善，都是文化结晶。

因此，不能不探讨传统过年期间祭典和庆典存在的必要性和重要性。当我们对海外华人华侨过春节，以及港、澳、台地区过大年的传统和现状做出认真的考察后，面对所谓中国内地过年缺乏年味儿的指责，正在于抽掉了过年节期多样化的祭典和庆典活动，使过年本来的历史文化价值消耗殆尽，才出现了年味儿的淡薄。如果传统过年中的祭典和庆典是必不可少的文化元素，那就要认真考虑如何进行操持当代社会文化情境中的祭典和庆典？是沿袭古俗还是合理创新？如果“一刀切”砍掉传统的祭典和庆典，认为它们都不过是“四旧”，那么该用什么去替代传承几千年的祭典和庆典？如果由人为造假的形式取代，那么人们会不会认同这就是春节过年？曾记否，三十多年前举国上下过了十年的“革命化春节”，其后果不堪回首，留下了令人终生难忘的反思。一旦斩断了过年的传统文化根脉，就会永远失去了年味儿。过去，我们是“有钱没钱，回家过年”，过穷日子的年代，也会品出年味儿。《白毛女》中杨白劳躲债回家还要从集上称回二斤面包饺子，扯上二尺红头绳给闺女喜儿扎辫子，家里的门上还要贴上门神，过个穷年。如今，富起来了，年味儿却反而淡了，这是为什么？那是因为年俗的文化根脉断了，尽管很有钱，也没有年味儿，只剩下钱味儿了！因为大吃、大喝、大甩卖、大抢购再红火热闹，也没有年俗的文化内涵，从这个意义上说，我们的社会好像穷得只剩下钱了，所以，只能是钱味儿浓了，年味儿淡了！

为此，有必要对春节过年中祭典和庆典的文化内涵与表现形式做出全面的分辨，尤其是对被遗忘太久的过年祭典的分辨，力求在它的过去时、现在时、未来时延续的三个时序中，寻找到其中最重要的一条既合情合理又顺畅和谐的传承途径，促使春节过年的民俗文化在新的历史条件下能够有良性发展的前景。

一、祭典的过去时

春节祭典礼仪，是中国人自古流传下来的最为集中的“敬天祭祖”信仰崇拜仪式活动。在中国这个古老农耕文明的国家里，尤其注重祭祀的礼仪活动，再加上宗法社会里人际间的繁复礼节，于是古代中国就有了“礼义之邦”的美称。在中国古代典籍中有关过年祭祀礼仪的解释和记载，是十分精辟且丰富多彩的。毋庸讳言，在古代，所有祭祀的礼仪制度总是和天之三辰日、月、星，地之五行金、木、水、火、土构成的社稷山川等大自然神灵密切相关，同时和祖先、宗庙也密不可分。所以，古人一提起祭祀，简单的解释就是“祭神祭祖”或“祀神祀祖”，仿佛只是崇拜敬奉神灵和祖灵的活动。用现代社会精神文明的一种简单化的理解，就是“祭祀不外乎是迷信鬼神的活动”。

其实不然，纵观几千年的年节祭祀典章制度和相关活动，就不难发现历代皇朝的祭祀和供奉鬼神的仪式活动并不相同。由于尊孔倡儒的深刻影响，“敬鬼神而远之”就成了一条重要的潜规则，历代多有对民间巫风实施的禁令就是很好的佐证。同时，历代的祭祀礼仪行事还特别强调祭祀本身的社会功能，从皇家到各级官府几乎都在宣扬祭祀活动有利于民的“民本”思想。请看，《礼记·祭统》解释说：“祭者，所以追养继孝也。”《国语·周》上说：“夫祀，国之大节也。”都是在强调祭祀的伦理、礼节意义，不在于它的信仰内涵。解释得最明白的是《国语·鲁》上的一段界定：“（五祀）国之典祀也。加之以社稷山川之神，皆有功烈于民者也；及前哲令德之人，所以为明质也。及天之三辰，民所以瞻仰也；及地之五行，所以生殖也；及九州名山川泽，所以出财用也。非是，不在祀典”。这里明确告诉人们，国家的祭祀典礼仪式只有下列五种类型：祭祀大地、五谷、山川之神；祭祀古代圣贤、先辈有德行的祖先；祭祀天上的日、月、星、辰；祭祀地下的金、木、水、火、土；祭祀九州各地的名山和江、河、湖、海。因为它们（或他们）都对民有功德财利，为民所敬仰。除此以外，都不在祭祀对象之列。说到底，在古代中国作为农耕文明国家的礼仪制度中，只有两大祭祀的文化传统：一个是感念大自然的恩赐而举行的祭祀；另一个是敬仰古圣先贤和宗族祖先而举行的祭祀。但在中国古代民间，祭祀则被发挥得淋漓尽致，人们从来都是祭祀多神信仰的万神之灵，从不祭祀一神教的万能之神。

二、祭典的现在时

中国几千年农耕文明时代的祭祀，传承并发展到今天，仍然有许多礼仪行事成为现代中国人重大的文化遗产。如何面对这些存活在人文社会生活中影响重大的祭祀礼仪呢？是全盘抛弃还是全盘继承，还是汲取其精华、剔除其糟粕有限地继承发展呢？这对于我们确实是当务之急的抉择。早在“扫四旧”和“批林批孔”那一段文化大革命的历史年代中，国家曾经选择过全面彻底消灭祭祀礼仪传统的做法，由于违背了文化继承发展的规律，在数以亿计的人们心中的庙宇还没有拆，心中的神灵还没有灭，人们承受着天灾人祸的压力，把祭祀活动转入地下。几千年的祭祀传统显示了它根深蒂固的支配能力。

经过近些年的深入调查，我们注意到，民间社会多数民族的群众性传统祭祀还在自发地延续和流传，甚至已经融入了现代城乡生活。海外华人、华侨和港、澳、台同胞社区中的祭祀礼仪传统，也一直和他们的现代生活相依相伴，走到今天。所有这些，都在不同层面上逐步形成了和谐的文化氛围。同时，我们更注意到，在继承传统的基础上许多祭祀礼仪已经有所创新，以适应现代社会压力下人们的心理需求。比如，祭祀历史上最有影响力的古圣先贤，像祭孔、祭黄帝陵就是很有历史文化价值的重大遗产。它们对于全民寻找民族文化根基，对于民族复兴大业和构建和谐社会有着无可替代的重要意义。显然，这种祭祀和祭祀鬼神毫无共同之处，不应当把此类祭祀一律打到迷信的糟粕范围内。因为，即使在古代，对古圣先贤的祭祀也包含极为浓重的敬仰和纪念意义的内容。这种祭祀中的纪念性质，考察起来几乎和现代纪念仪式中所包含的祭祀性质相差无几。请注意：1976年现当代国人在数以千万计的灵堂中悼念毛泽东主席逝世的礼仪，深深蕴含着祭祀的意愿；十里长街百万民众送别周恩来总理灵车的礼仪，和古代圣贤葬礼中途的送行路祭并无两样；近些年，隆重纪念抗日战争胜利若干周年，包含多少对阵亡将士英灵的祭奠。常常在八宝山举行的现代告别仪式，难道不就是当代圣贤殡仪的祭奠。纪念某某民族英雄诞辰几百年或忌辰几百年的礼仪，实际上正是某某古代英雄诞辰几百年祭，或忌辰几百年祭的传统。举行正式的公祭甚至国祭，按照民俗心理学的测试，远比叫作纪念活动的名称更加贴近传统、贴近民心。试想，如果举行“南京大屠杀若干年祭”的仪式活动，其文化震撼力的强度和情感凝聚力的浓度，自然会超过通常纪念活动的若干倍。前不久，全国各地党政军民怀着浓厚的缅怀之情纪念周恩来总理30周年忌辰，按照中国民俗礼仪的文化传统，忌辰是要举行隆重祭典的。今年的纪念活动中发表的许多动情感人的文章里，就出现了许多“告慰总理在天之灵”、“假如周总理的英灵在另一个世界有知的话”等前所未有的祭奠性语句，这应该说是现当代社会文化生活中很合情合理与和谐的祭典内容和表现形式。我认为这种纪念仪式完全应该理直气壮地举办成“周恩来同志30周年忌辰公祭大典”，其所产生的激动人心的人文效应将是任何纪念活动无法比拟的。

三、祭典的未来时

祭祀，作为非物质文化遗产的一种表现形式，完全可以在未来现代文明的发展进程中做到合理利用。这种来自古老传承的文化礼仪形式，今天或明天与有神论或无神论的观念完全可以没有必然的联系，不必有什么忌讳。

所以，我建议，对于过农历大年的敬天祈年和各民族、家族的祭祖庆典，以及祭孔、祭黄帝陵等很有代表性的祭祀遗产，立法机构或政府应当制定相应的祭典规范、礼仪程序，既保留历代传承的良好仪规，又加入现代新礼仪的礼节形式，求得传统和现代合乎情理的融合。要理直气壮地明确认定民众的自发祭祀、社会团体或各级地方政府的公祭、直至最高级别的国祭，并且按程序写入庆典祭典的规范条例中，既合法又合乎情理地推广使用。

代表优秀文化传统的年节祭典和庆典，将会成为未来和谐社会建设中以及民族复兴大业中最富有人文精神的民俗礼仪遗产，永远与时俱进，传之后世。

（原载《第二届东岳论坛论文集》，学苑出版社2007年1月版，
第5—11页。本文有删节）

唤醒记忆：重新装点年节文化空间

几千年来，以欢庆丰收、辞旧迎新、拜祭祖先、恭喜发财为主题的中国年节，一直都是以隆重、喜庆、狂欢展现它的民俗特色的。它红火热闹的表现形式至少应该是视觉艺术的华美鲜艳、五彩缤纷和听觉艺术的鞭炮齐鸣、锣鼓喧天。但是，近几十年来中国年节的民俗传统越来越黯然失色，无声无息。先是经历了“文革”、极“左”思潮、“扫四旧”的摧毁，人们无可奈何地过了十多年的“革命化春节”。后来又受到了“全球化”市场经济大潮的猛烈冲击，商家炒作变了味儿的圣诞节捞取钱财，青年学子不得不以过西方节日为时尚，使中国的年节越来越缺少了年味儿，使几代人失去了传统年节的文化记忆！

如今，举国上下呼唤民族文化复兴和呼吁保护民族民间文化遗产的声浪日渐高涨，继承和发扬优秀传统年节文化的最佳契机正在形成，在全社会文化需求的新增长势头中，全面唤醒人们年节文化记忆的时刻来到了！

但是，怎样使今天的年节文化活动重新火爆起来，就成了令人不得不认真思考的现实问题。目前，在社会各界、各阶层中有以下四种舆论。

一是大多数怀旧的老年人，退离休老工人和务农的老农民多主张恢复旧历大年的传统过法，认为自古以来农历大年过得红红火火、男女老幼欢天喜地，有什么不好？应当全面继承，恢复原貌。

二是大多数青年人特别是城镇大、中学生和企业青年员工，由于他们缺乏民俗节日的知识和经历，所以认为传统节日过不过都无所谓。由于近些年西方节日传入并受到商家炒作，大多数青年人认为过圣诞节、情人节更时尚。

三是大多数国家公务人员、包括许多党政官员认为传统民俗节日除了“吃”已经没有什么内容了，春节和“五一”、“十一”一样过法就够了。

四是大多数人文学者、民族民间文化艺术工作者和各级文化官员认为，21世纪的现代中国人过年节完全复旧，既是不可能的，也是不必要的，过春节也应当与时俱进。但是，中华民族如果没有了本民族的节日传统，失去了中国人赖以生存的文化根基，完全过起了“洋节”，也是民族的悲哀。他们认为最佳的选择，应当是在继承优秀传统的基础上有所创新，就有可能既满足了老年人的怀旧，也满足了年青一代过春节的新需求，更符合先进文化的发展方向。

在这四种说法中，第四种见解无疑是最贴近实际的，也是切实可行的。

为此，近几年国内许多大中城市开始在建设文化名城、发展区域特色文化和启动保护民族民间文化工程的规划中，注意采纳大多数专家的科学论证意见，有效地继承了古代举办年节活动的一些历史经验，采用“民间办节，官府支持”或“皇朝行事，与民同乐”的传统机制，用创新的手段和财政资金的支持，大力营造年节文化气氛，全面装点年节文化空间，收到了很好的效果。

其中辽宁省沈阳市民过春节就是一个突出的范例。那里的年节文化空间一年比一年丰富多彩，红火热闹，年味儿十足，受到了几百万城乡民众及外地外国观光游客的广泛好评。他们近几年从四个方面整合了老沈阳的年节文化空间。

第一，恢复了传统的过年节期。从农历腊月十五到来年的正月十六，整整一个月的节期，沿袭了从腊月辞旧岁到正月闹元宵的行事惯例，使那里的年节文化空间因欢庆时间的充分而更加丰满。第一单元时间从腊月十五开始，年货市场全面开张；第二单元时间从腊月二十三过小年开始，社火游艺活动全面展演；第三单元时间从正月初二灯会开始，直到推向闹花灯、闹元宵的高潮为止。

第二，恢复了繁荣热闹的百年老年货市场。由各式各样色彩鲜艳的民俗艺术饰品装点出来的灯饰喜庆年货一条长街。中国传统的年节气氛，首先是由各式各样色彩鲜艳的民俗艺术饰品装点出来的。年画、春联、灯彩、窗花、挂笺、扎彩、礼花、玩具、头饰、服饰、吉祥饰物挂件等，其品类不下千种，堆满了城乡大大小小的年货市场，令人眼花缭乱，置办年货的人群，就用它们装点了城镇的商号店铺和街巷的千家万户，让人目不暇接。在营造几千年中国年节的狂欢景象中，美术工艺扮演了重要的角色。

早先，过年节时的民间美术工艺特别讲究继承和创新，从不因循守旧。民间手工艺艺人的智慧和灵巧的双手，无时无刻不在传统技艺的基础上开发出新颖的内容和样式来。尤其是年画里的门画、窗画、墙画，最适于观赏的并不都是武将门神，还有文官才子和历朝倾国佳人、吉祥孩童、戏曲人物、四季花卉、招财进宝等极为丰富的题材。从新正到元宵的各种材质的灯彩，几乎年年争奇斗艳，花样翻新。甚至每个城镇的男女老幼，几乎每逢年节都要穿戴应节时兴的各色鞋帽服装，妇女都要做新式发型，佩戴各种迎新的吉祥饰物，成为社区年节文化最有新气象的人文景观。那时，每一个年节艺术品的细节都在散播着浓浓的年味儿。对于这些优秀的年节文化传统，应当做出充满民族文化感情的回味，对历史上那些糟蹋民族年节文化的行为，理应做出深刻的反思。

如今，随着传统年节文化在遗忘中渐渐被唤醒，富裕起来的人们将会对21世纪的民俗年节产生强烈期待。此时此刻，正是民间美术工艺各门类行家里手展现才智和大显身手的最佳机遇，理应抢先用五彩缤纷的视觉艺术，把年节装点起来，使新时代的中国民俗年节成为举国上下和全世界为之振奋的最动人、最美观的狂欢节日。

今天在年货市场上还开辟了工艺品、小商品一条街、全国名优节日食品一条街、年节鞋帽服装一条街，展现了丰衣足食、繁花似锦的景象。

第三，恢复了传统年节庙会，并把所有的欢庆娱乐活动都集中在了庙会的活动场地上。其中藏传佛教皇寺（实胜寺）庙会的年节活动，更有特色，连天举行迎新春的祭祀法会“跳跶”仪式。使市民们回顾清朝入关前皇太极时期皇家寺庙的年节庆典的历史，还恢复了当年“盛京八景”之一的“皇寺鸣钟”，人们可以自己动手敲响古钟，迎喜接福祝长寿。同时开放锡伯族家庙太平寺，举行男女恋人结连心锁仪式；在寺门外广场设有平安桥一座，供人们走百病，过平安桥，祈福免灾。

第四，连年举办丰富多彩的传统游艺竞技活动。年年举行全国范围的大型彩灯会展和老艺人扎制灯彩展演活动，举办万条灯谜竞猜活动，举办征集春联的大赛和书法家书赠春联活动。连天举行相声、大鼓、杂技、魔术、二人转等多种曲艺和杂耍的演出，举办民间社火表演和歌舞大赛，举行传统武术、摔跤表演大赛和多种多样民间游戏活动。在所有的表演竞赛活动中，有不少符合时代要求的新鲜创意，既弘扬了传统，又展现了浓厚的现代节庆的新年味儿。

重新装点年节文化空间是一桩贴近全民文化生活的大事，只要按文化发展规律办事，按绝大多数人的民心、民意、民情办事，既尊重传统，也适应时代，就一定能把年节越办越好。

（原载《美术观察》2005年第3期，第14—15页。本文有删节）

烟花爆竹的文化震撼

2006年，中国首都北京，在久违了的烟花爆竹的强烈震撼声中度过了最欢乐、最热烈、平安而又祥和的春节农历大年。人们正在兴高采烈、满怀激情地迈向新春的另一个沸腾节日——正月十五闹元宵。

此时此刻，最值得人们认真思考的是：经过十几年的烟花爆竹禁放政策，一千多万北京居民都曾有过在无声无息中过“大年”、睡大觉的切身体验；如今却在雷暴轰鸣、七彩缤纷的烟花爆竹声音中，欢度了一个大年夜的“交子”良辰，过了一段年味儿浓重的节期。这种具有巨大反差的文化心理冲击和感受，会给人们带来什么样的启示呢？我想，人们肯定有许多是是非非的话题要说。但是，其中能够形成人们共识的话语的是，今年过春节的实践已经证明，2005年9月9日北京市宣布的“烟花爆竹禁放改限放”的规定，确实是一个顺应民意、体察民情、符合民心的规定；确实是一个尊重中华民族文化传统的规定。

全人类的文化历史告诉我们，任何一个民族的民俗文化传统，其根基都十分深厚，它是一个民族赖以生存、延续、凝聚、发展和创造的悠久文化根脉。经过几千年的代代传承，它早已被锤炼成了一种文化法则，这种法则已经为亿万民众所掌握、所习惯，任何人的主观意志、臆断和想当然，任何政策的欠妥、失衡或失误，一旦触犯了它、扼制了它，甚至切断了它这条文化根脉，就会违背了民意、伤害了民情、失去了民心，就会付出巨大的代价，造成严重的后果，难以挽回。只要回顾一下早已成为历史的当年的“文革”，就不难找到类似这样的惨痛教训，至今还令人深深反思。

众所周知，年节习俗在任何一个民族的民俗文化中，都是最能够牵动全民族人民心灵的文化要素。在中国多民族共享的民俗大节庆中，农历过大年的春节，其重要性是众多节俗之最。两千多年来，每一年周期的年终岁首，举国上下都做着“有钱没钱，回家团圆过大年”的盘算。围绕着敬天祭祖，辞旧迎新，企盼五谷丰登、欢庆国泰民安，都要用一系列民俗要素和它多彩多姿的表现形式加以装点和渲染。毋庸置疑，烟花爆竹正是年俗中的文化要素，在辞旧岁的免灾祛病祝愿中，在迎新春的狂欢喜庆中，烟花爆竹的文化色彩和文化震撼力是绝对不可缺少的，也是任何其他事物无法代替的。过去的禁放规定，在民俗文化情结上几乎等于压抑了人们的良好祝愿，伤害了人们的欢庆情感，在一定程度上也剥夺了人们欢度年节的权利。前不久，在有关禁放和限放政策的争论中，媒体报道里有一种提法说“鞭炮是中华民族抹不去的文化情结”，这话当然是很有道理的，因为这种文化情结和中华民族的文化根脉血肉相连，但是我还是要问一个为什么。请问，为什么有的时候、有的人一定要想尽办法“抹去”这种民族文化情结呢？为什么要找到许多不是理由的理由想把燃放鞭炮这个传承了两千年的民俗文化要素全面禁止了呢？到底是想抹却怎么也“抹不去”，还是根本就“不该抹去”？这是今天值得深思的关键问题。

如今，让百姓们高兴的是，鞭炮解禁限放了，政府把燃放烟花爆竹的文化权益还给了百姓，把燃放烟花爆竹的文化要素还给了年俗。为此，政府还要做大量的有效工作，保证人民过好春节。北京今年过春节的实践已经证明：这，才是负责任的政府，有所作为的政府；也只有这样，才会实施真正顺应民心的，以人为本的，卓有实效的政令。

可以预见，由春节燃放烟花爆竹而产生的积极效应，将会对保护我国重大年节文化遗产，继承和发扬中华民族文化的优良传统，以及对于全面建设中国和谐社会有着十分重要的意义和推进作用。

（原载《人民日报》2006年2月9日第9版。本文有删节）

文化记忆与文化反思

——抢救端午节原文化形态

半个多世纪以来，随着国家政治变革和经济现代化发展，我国全国性民俗节日文化遗产已经遭到较大的损害，有的被人为淡化，有的被扭曲变形。使几代人对全民族民俗佳节失去了“文化记忆”，使当代青少年转而热衷于欢度西方节日，这是一个抛弃优秀文化遗产的危险信号。长期以来，端午节、清明节、中秋节、重阳节等传统佳节，没有被列入国家的法定节日加以保护，造成了严重的后果，令海内外绝大多数的有识之士和热爱我中华文明的国际朋友扼腕叹息。其中，以端午节为例，就被片面割裂并淡化成支离破碎的节日，或多或少失去了原貌。其实，两千多年来，端午节一直是一个全民的多民族的防疫祛病、避瘟祛毒、祈求健康长寿的民俗大节日。为了继承端午节积极健康的民俗文化传统，使古老的全民健身节日以其丰富的文化内涵进入现代生活，很有必要尽快抢救和保护其原文化形态，刻不容缓。

端午节，又俗称“端阳节”、“端五节”、“重五节”、“天中节”，是我国古已有之的多民族民俗大节，两千多年来，海内外汉族或华人家家户户都要隆重庆祝，并在许多城乡社区村寨举行丰富多彩的节庆活动。同时，南北方还有满、蒙、藏、苗、彝、畲、锡伯、朝鲜、土家、达斡尔等约二十八个少数民族也都各具特色地热烈庆祝这个盛大节日。更值得注意的是，我国的端午节很早就传入了日本、朝鲜、越南等周边国家，至今还在欢度端午佳节。1967年，韩国江陵市端午节庆典被批准成为国家级“第13号重要文化遗产”予以保护，年年举行隆重的盛大庆典艺术活动，吸引了国内外百万人次的参与和观光。韩国的文化部门目前正准备把江陵端午节列入申报世界非物质遗产代表作名录。端午节已经成为举世瞩目的东方佳节。

实际上，这个节日最早源于我国远古的祭龙日，用龙的威慑力驱除所有的灾疫邪祟。它一直是以祛除病瘟、躲避兵鬼、驱邪禳灾的吉祥节日传下来的。在端午节的活动中，自古以来就有了赛龙舟，用五彩丝缠粽子、缠手足腕，用楝叶包米粽，采插艾叶、菖蒲，取蟾酥，涂饮雄黄酒，调制朱砂酒，采多种草药，人身上及屋内各处悬挂香包，墙上张挂钟馗画像或避邪符印等，都和上述节日主题息息相关。以后才渐渐加入了纪念地方性名人的内容。例如，长江中游湖南、湖北楚地纪念屈原，长江下游江浙吴地端午节纪念伍子胥或纪念越王勾践及孝女曹娥，又与屈原投江不相干。可见，端午节作为各地方的民俗节日分别加入了纪念地方历史人物的内容是局部历史文化的延伸；但是作为全民性的民俗大节，端午节一直是以酷暑之前进行一次大规模的避瘟祛毒、防疫祛病活动为其主要内容的。四川小凉山彝族在端午节，人们纷纷进山采集草药，为防病治病之用。仫佬族过端午节要抬着纸船到田间由巫师巡船赶走害虫，祝祷禾苗成长。贵州苗族端午节除举行赛龙舟外，还举行踩鼓舞、唱歌、赶山、游方等活动。藏族民间过端午节，青年男女到郊野游乐，进行赛马、歌舞、游戏等活动。作为多民族的民俗大节，除了自古以来的避瘟祛毒、防灾祛病的积极含义外，不可避免地掺杂了许多俗信色彩。也正因为如此，这个民俗节日的文化意味就更浓重了。

古人流行的端午日采艾悬艾、涂饮雄黄酒，其祛瘟解毒的含义是十分明显的。但是，系挂五彩丝的驱邪意义就比较复杂了。五彩丝绝不是五彩缤纷的花色丝线，而是确定了的红、黄、蓝、白、黑五种颜色的丝线合并成的缕索。五月初五这一天，成人们把它系在肩臂上；

或做成五色丝镯，缠绕在儿童手足腕上，或悬在蚊帐、摇篮上，借以祛病驱邪。

五彩丝，又俗称“五色丝”。古俗名称“避兵缯”、“朱索”等。系在蚊帐、摇篮上的又叫“宛转绳”、“健绳”。早在东汉应劭著《风俗通义》中就已经记载说把它系在臂上可避除兵鬼、不染病瘟。在《续汉书》、《后汉书》中，端午日这天用朱索、五色印做门户装饰，认为可抵御恶气。五色丝的五色代表五行，汉代信仰五行阴阳之说，五色又代表了五方位，彼此相生相克，具有神秘的驱邪迎吉作用。青色属木，代表东方，赤色属火，代表南方，黄色属土，代表中央，白色属金，代表西方，黑色属水，代表北方。以动物为标志，东方为青龙，南方为朱雀，西方为白虎，北方为玄武（龟蛇），中央为黄龙，均为灵物。五色丝可以驱邪避瘟的象征意义远比实际功能明显，因为至今没有关于这几种色彩为什么会消灾祛病的具体说明。可见这是俗信中具有魔力象征的神奇物，纯属俗信求吉的需要，和节日用的艾叶、菖蒲、雄黄等医药功用显然不同。

但是，从另一方面看，节日的五色丝又充分表现了祝贺的含义。儿童用五色丝系脖颈、缠手足腕，俗称“长命缕”、“续命缕”、“百岁索”、“健索”。辽代北方民族妇女于端午日系五色丝于手臂上，俗称“合欢结”，辽代妇女把五彩丝扎成人形簪在发髻上，也叫“长命缕”。辽、金皇帝系五色丝，并遍赐群臣僚属五色丝，又称“赐长寿缕”。江南用纸帛折菱角，方后再缠以五彩丝，于节日相互馈赠。妇女将这种叫作“襞方”的节日饰物缀在胸前，以示妇女在女性劳作方面的功绩。这些习俗已经与避兵鬼、除病瘟关联不多了，更多的是从正面祝福祝寿了。这正是端午节在驱邪避瘟的同时所具有的祝贺祈寿的积极主题。

端午节的饮食习俗中最有代表性的就是吃粽子。粽子，古称“角黍”。早在公元2世纪时便流行这种食品了。最早是用新竹筒盛米煮成筒粽，后来才改用楝叶、菰芦叶、竹叶、苇叶裹黏米成尖角心形状，煮熟后食用。此俗传入长江、汉水流域，与端午节投粽入江中祭屈原或饲蛟龙的习俗相结合，流传为节日食品。唐宋以来，粽子成为举国上下最流行的节日美食和馈赠礼品，不仅家家争做，而且市场上也出售各种各样的米粽。唐明皇还为此吟出了“四时花竞巧，九子粽争新”的诗句。节日期间供祭神佛和祖先也都用米粽。一千七百余年以来，粽子的花样繁多，随着华人向全球各地移居，把粽子也带到世界各地成为中餐美食，快餐珍品。粽子早已脱离了祭屈原、饲蛟龙的古俗文化束缚，成为当代广泛流行于世的传统食品。

粽子作为节日食品其原意不在于祭祀的需要，主要是节令的需要。在汉代的《风俗通义》里关于粽子有一句很重要的话往往被学者们忽略。它认为粽子所以用菰叶裹黏米和枣栗等馅，用灰汁煮熟食用是“取阴阳包裹之象也…… 所以赞时也”。在《齐民要术》中也引述了《风土记》的注说：“粘黍，一名粽，一名角黍；盖取阴阳尚相裹，未分散之时象也。”这是用阴阳之说解释这种节令食品的象征意义所在。农历五月初五，多是夏至前后的节气，恰好是寒气终于消尽，热气达到饱和的仲夏时节，阴阳达到相互裹挟、均匀调和的状态。此刻的时令才是全年最适中的季节，为此，古时把端午节又称为“天中节”。在这个节令吃用黏米做的凉食，黏米用菰叶、苇叶、箬叶包裹，用灰汁煮熟后晾凉，色、香、味别具特色，可以从中品验到这个节令阴阳相裹的风味。不然的话，人们何不照常省时省事地做糯饭，而偏要费事耗时去包制各种各样的粽子呢？从这个古老的传统特色看，这粽子的发明创造和吃粽子习俗源远流长，倒很有适应自然生态环境、选择相应生活方式的某些科学道理。李时珍在《本草纲目・谷部四》中着意介绍了粽子这种食品，可见作为节令美食，粽子还有相当的药膳作用和养生价值。

最后说说龙舟竞渡。赛龙舟应来自古俗祭龙，以后又有记载是为屈原招魂，这在楚地相沿成习，丰富了这一本有限的地方性活动，在当地具有一定特色；在吴越地区，龙舟竞渡只为祭伍子胥或祭孝女曹娥。即使是在楚地的竞渡，也是很早从四月初八揭篷打船开始便进入了划船比赛的准备，远比祭祀更加郑重、繁忙。在《武陵竞渡略》和《荆楚岁时记》中那种热烈紧张的竞技描写，其赛事意义已经全然与为屈原招魂的传说无关。龙舟竞渡前都分别请来“山老师”（巫师）祭神作法，占卜胜负，也与招魂无关，只是为了预测夺标的胜负。从中，我们不难看出龙舟竞渡原本具有着较强的竞技主题。这在江南水乡是十分显然的。更何况在《隋书》中记载，祭屈原的竞渡之戏是在五月十五望日举行，和端午无关。

我国北方各民族从来没有端午节竞渡习俗，更不知道南国汉族还有一位爱国大诗人屈原，所以从来也没有过江南楚地祭江为屈原招魂的意识和信仰。但是，在辽、金、清各朝历史上都有契丹族、女真族和以后的八旗将士驰马射柳、打马球的端阳节竞技遗俗。

驰马射柳在端午节清晨举行，先设数棵小柳树于校场，将柳树干中上部削去青皮一段，使之露白，作为靶心。然后参赛者依次驰马拈弓，用无羽横镞疾射削白处。比赛获胜名次是：射断柳干后，驰马接断柳在手者为优胜，断柳而不能接到手中者为次；另外，射中非白处，或射中削白处却未断柳者与未射中者一样均为负。这种节日竞技实际上是一种很好的军事技术的训练，相沿成习，直至清末。至于骑马击球是在马上执鞠杖，杖头如偃月形，兵分两队争击，射门取胜，和现代马球相似。

如今，南国的龙舟竞渡活动已经发展成国际赛事。而北方随着封建帝国的灭亡，原属于八旗兵将的骑马竞技活动，并没有传入民间，自然也就随之自消自灭。古老的节日赛事已经失传，使北方的端午缺乏应有的热烈气氛。如果有条件进行抢救、挖掘、整理，把射柳和马球的竞技与北方民族的传统骑射民俗结合起来，或许有希望成为北方端午节两项大型的节日竞技活动。

多年来报纸杂志上介绍端午节的来历时，总是只讲它是一个纪念楚国爱国诗人屈原的节日，这未免过分片面地强调特定地方的纪念性内容，夸大地利用其政治性的功利目的。结果，在相当长的年月里，使几代人不了解端午节的真实内容和全民防疫健身的内涵，逐渐失去了美好的传统文化记忆，从整体上冲淡了并损害了一个全民共享的祝福祝寿、企盼吉祥的美好节日。对于像端午节这样多民族的全民节日，应当恢复它两千多年来的防灾祛病、祈求健康长寿的本来含义，抢救并保护其原汁原味的文化形态。如果和现代全世界范围防治“非典”、“禽流感”疫情的大规模活动比照起来，完美地保护端午节的优秀文化遗产，继承和发展端午节文化向往国富民强的优良传统，使端午节为增强各民族人民身心健康发挥巨大的鼓动作用，应该说是最有可持续发展和振奋民族精神的重大意义了。

据了解，端午节作为被实施抢救和保护的文化遗产项目已经列入了国家保护工程试点计划，这是一项极为正确的决定，我们期待着早日实施这项抢救工作并取得成功。

（原载《光明日报》2004年4月14日“文化周刊”，
以笔名冰庵发表。本文有删节）

唤醒记忆：中秋节民俗文化遗产的原形态

入秋以来，国际上多家媒体纷纷关注和议论“中国航天科技消息透露即将实施2017年‘嫦娥奔月’的计划”。就在此时，全世界的华人社会正在积极准备迎接即将来临的和“嫦娥奔月”密切关联的传统节日——2006年中秋节。

近几年，随着全国上下保护非物质文化遗产意识的增强，中国人对传统节日的保护已经开始重视，前两年人们的视线更多地关注了端午节的保护，近来关注中秋节保护的呼声逐渐高涨，这无疑是令人鼓舞的好兆头。许多有识之士通过网络或各种媒体，纷纷表达了对中秋节只剩下商家炒作“天价月饼”大战闹剧的强烈不满，并对弘扬中秋节的传统节日文化，丰富节日的文化生活寄予很大希望。

但是，随着现代化进程与社会转型浪潮的冲击，中秋节到底是个什么样的节日？早已经在几代人的文化记忆中被冲淡了！因此，当务之急是唤醒记忆，重新温习中秋节的传统文化内涵，重新接续中秋节民俗文化的根脉，把当今的中秋节过得好上加好。

1. 中秋节的来历。中秋节，是从最古老的节令发展而来的。按照古代的夏历历法，一年分四季，每季又分为孟、仲、季三段，各占一个月，秋季占七、八、九三个月，七月孟秋、八月仲秋，八月十五日又占仲秋的中间，是为中秋，于是俗称“中秋节”，也叫作“仲秋节”、“八月节”，又因为八月十五月正圆，象征亲人阖家团圆，所以又称“团圆节”。自周代开始，中秋节就是迎寒祭月的节日，到了晋朝就有了中秋赏月的习俗；唐代又发展成为集拜月、赏月、玩月于一体的喜庆团圆的盛大节日；北宋时期才正式确定八月十五为中秋节，节日景象更加繁荣；明清以来久盛不衰，沿袭至今。中国人几千年来把自己的生活节拍与大自然的月圆月缺紧密协调起来，构成了完美和谐的中秋节日文化。应当说这是人类优秀的文化传统和宝贵的非物质文化遗产。

2. 中秋祭月，又俗称“拜月”。但在民间常把祭月看作“春天迎暑在东郊日坛朝祭日，秋天迎寒在西郊月坛夕祭月”的皇家官府祭典礼仪行事。据传说，当年唐明皇在道人罗公远的侍奉下在宫中祭月，还发生了一桩唐明皇梦游月宫的千古奇事。在民间同时也常把平民百姓在自家庭院举行祭拜升起的圆月的礼仪，叫作“拜月”。民间拜月，每当圆月升起的时候，各家在庭院中迎着月光陈设香案，供起印着圆月图案，上有广寒宫、嫦娥、玉兔、桂树图形的月宫纸马，摆放秋季丰收的多种瓜果、毛豆、莲藕等做供品，特别要摆放各色月饼，其中要有又圆又大的团圆饼。按习俗多为全家妇女拜祭，即使是回娘家暂住的媳妇，届时也必须返回婆家过中秋。北方民间还流传着“男不拜月，女不祭灶”的谚语，所以又把中秋节叫作“女儿节”。拜月时以祈求全家幸福团圆为主题，祝愿在外地未回的亲人平安无事。拜祭仪式结束后，全家首先分食团圆饼，包括出门在外的亲人在内，每人一份，以示团圆。

3. 中秋赏月。这是魏、晋、南北朝、隋、唐、宋、辽、金、元、明、清历代最盛行的节日风俗。每逢中秋之夜，所有江、河、湖、海岸边城镇的楼台亭榭，酒馆茶肆的大小月台都成了夜宴赏月的好去处。像南京秦淮河畔，杭州西湖岸边和船上，苏州桥头、河边，数不尽的赏月游人婆娑往来，彻夜不绝。历代大诗人、词人如白居易、苏东坡等，留下来的以八月中秋赏月为题的大量诗词歌赋，几乎都是在秋高气爽，皓月当空，中秋赏月饮酒时的最佳激情中吟诵出来的传世精品之作。

4. 中秋玩月，这是中秋赏月习俗的扩大和延伸。人们集中在闹市赏月的同时，历代平民百姓组织起来的民间百戏社火活动，到处进行着演出。据明清两代的笔记小说多处记载，中秋夜，街衢平坝、堤岸旷场，几乎都有人众联袂踏歌、舞龙灯、点塔灯等，通宵达旦。北京的中秋玩月还有多彩多姿的“兔儿爷”泥塑做玩物，对北方中秋节习俗有广泛的影响。

5. 中秋月饼，是中秋节最具代表性的民俗食品或节日馈赠礼品。月饼的起源历来说法不一，有的传说：是唐高祖李渊或太宗李世民在中秋节用吐蕃商人进献的圆饼犒劳戍边得胜的将士，就是月饼的原型，但是事实上直到南宋周密《武林旧事》和吴自牧《梦粱录》上才出现了“月饼”一词。明清两朝的月饼就已经是包着各种各样甜、咸、荤、素等酥馅的圆形饼状了。以后在制作上发展出提浆月饼、酥皮月饼、硬皮月饼三种，又发展出苏式、广式、潮式、京式、滇式等各地不同风味的月饼。外观的造型都以象征团圆为基准，一律采用圆形模具定型，月饼的表面一律采用和嫦娥奔月有关的传说图样或文字，或有嫦娥的仙女模样，或有广寒宫桂树仙境，或有玉兔站立捣药的形态，以及福、禄、寿、禧、财等吉祥图案或文字，都和中秋节特有的遗俗紧密相连。节日来临前亲友互相馈赠月饼以示祝贺，表幸福团圆之意。

总之，中秋节是中华民族一宗重大的非物质文化遗产。全国共有汉、壮、满、蒙、回、彝、侗、黎、白、畲、京、羌、哈尼、布依、朝鲜、锡伯、赫哲、土家、纳西、拉祜、裕固、傈僳、仡佬、鄂温克、鄂伦春、达斡尔等26个民族约12.5亿城乡人民以各自不完全相同的方式欢度这个团圆节日。广西壮族自治区的许多地方有中秋举办灯会的古老习俗，节前各家制作各种动物造型的彩灯，中秋夜人人手持明灯走街串寨，月光下灯火闪耀，把中秋夜装点得分外灿烂。朝鲜族在中秋之夜围在事先用木杆和松枝搭好的“望月架”下，推选出几位老年人抢先攀登到架上，以最先看到初升月亮的人为福运最佳；随后点燃架上的松枝，大家在高高的旺火堆周围，鼓乐齐鸣，跳起欢乐的农乐舞，直至深夜。仡佬族的中秋节是隆重祭祀祖先的好日子，全寨分享牛肉宴，并把一颗牛心奉献给祖先神灵。许多民族都在中秋佳节展示本民族丰富多彩的游乐活动，喜庆亲族的团圆，凝聚民族的情缘。

如今，欣逢盛世，全世界的中华儿女都应该唤醒民族文化传统的记忆，努力把中秋佳节过得好上加好，努力把中国的团圆节——中秋节的宝贵遗产推荐到全世界，使它逐渐成为全人类共享的传统文明节日。

（发表于2006年中秋节前夕北京“中国民俗节日论坛”）

对国家级非物质文化遗产传统节日项目实施保护的论证建议案

为了切实把以文化部为申报单位申报成功的6个全国性民俗节日文化遗产项目的保护计划落到实处，特别提出以下具有可行性的实施方案。

1. 以文化部为申报单位的第一批国家级非物质文化遗产项目共有6项，包括：449号项目春节、450号项目清明节、451号项目端午节、452号项目七夕节、453号项目中秋节、454号项目重阳节，业经国务院于2006年6月批准公布。为此，文化部对上述6个节日遗产有权实施保护，并应该依法承担起保护责任单位的职责。

2. 根据《保护非物质文化遗产公约》缔约国的权利和义务，以及我国政府政策法规的相关规定要求，作为申报单位的文化部，应该接受分布在全国的拥有民俗节日文化遗产代表作的社区或群体的委托，并以这些社区或群体为节日文化遗产保护的实体，才有可能进行和完成准备实施的保护计划。换句话说，文化部作为全国性节日遗产保护的责任单位，必须以拥有数量众多的有代表性的社区或群体作为节日遗产的保护主体，才能够对其实现有效的保护。

3. 我国城乡的社会转型和经济全球化的发展，对我国民俗节日文化遗产产生着剧烈冲击，使城乡民俗节日传统文化面临支离破碎的危险。近几年，文化部面向全国民众进行多方面弘扬和宣传传统节日文化的工作固然十分必要，但是，仅仅这样做是不可能对全国所有城乡社区和所有群体实施节日文化遗产保护的。因此，对分布在全国各地区、各民族中那些最具有非物质文化遗产代表作价值的节日遗产传承给予重点保护，是极为紧迫的当务之急。最佳的可行性方案是：对各省、直辖市、自治区进行普查，遴选出若干以市、县级社区或民族群体为单位的全国性节日遗产典范，作为文化部重点实施保护的代表性主体。

4. 文化部对本单位申报的6个全国性民俗节日遗产项目保护的实施方案，应该是从面向实际、面向基层出发，充分引入激励机制和竞争机制的有效方案。一是在全国各地遴选一批节日文化传承和保护较好的地区作为“文化部民俗节日遗产保护基地”，并采用挂牌命名机制；二是制定评比、评奖办法，评选出一批节日遗产保护的先进示范基地，并给予相应的多种奖励；三是广泛开展保护基地之间的节日观摩活动和公开向国内外宣传或推广基地的文化大型活动，邀请海内外人士和旅游观光宾客前来参与，逐步达到国内外的华人过好传统民俗节日的目标。

5. 施行“节日遗产保护基地”机制的方案，分三阶段进行：第一阶段是“全国节日文化遗产保护百强基地遴选阶段”（指每个节日遴选100个保护基地），两年完成；第二阶段是“全国节日遗产保护百强基地首届评比表奖阶段”一年完成；第三阶段是“全国节日保护基地向全国各地、各民族社区和群体广泛推广节日文化的阶段”，3年至5年基本完成；同时保护基地的年度评比和评奖按制度化进行。

6. 所遴选的每个节日100个保护基地，6个节日共600个基地，大致分布在全国各地，平均每个省、直辖市、自治区3个至4个基地，6个节日，最多分布为24个基地，最少不少于18个基地。如果有的基地同时保护两个以上节日，这个基地数目还有收缩。基地的遴选不应一哄而起，应当分别按既定标准一一鉴别选定。以县、市为保护单位的基地，按照百强的目标推行，其重要意义与以经济和财富为衡量标准的百强县、市相比照，目的在于突出强调文化遗产财富的拥有也同样是硬指标，从而促使各地区大力开展争创文化遗产保护百强县、市基地的活动，必将有力地调动节日文化遗产保护的地方积极性，有百利而无一害。

7. 文化部已经申报成功的6个全国性民俗节日，可按照联合国教科文组织遴选非物质文化遗产代表作标准的第一条规定，原则上地方社区和群体不再以当地社区的局部节日习俗作为申报项目。该规定指出：“本属于不可分割整体的组成部分的那些项目，就不要再单独申报或列入。”全国性民俗节日文化遗产是在几亿人或十几亿人或多民族群体中传承的，属于不可分割的整体。因此，各地区和各群体的节日习俗遗产就可以不再单独申报项目，就可以作为文化部申报成功的整体保护项目的子项目，以基地的项目保护形式进入整体保护项目。所有基地的全部遗产代表作基本上具有整体项目的代表性资格。基地保护的影响面越大，这种代表性越强。

建议案附件1

文化部6项国家级非物质文化遗产项目实施保护的具体办法（草案）

1. 项目名称：根据2005年6月正式批准公布的第一批国家级非物质文化遗产名录第449号、450号、451号、452号、453号、454号民俗类项目，名称分别是：春节、清明节、端午节、七夕节、中秋节、重阳节。

2. 申报主体：考虑到上述6项重大民俗节庆文化遗产整体覆盖全国各地和多民族拥有的特殊性，由文化部作为申报单位申报第一批国家级非物质文化遗产获得批准，取得成功，因此取得了申报主体的资格，同时相应地取得了保护责任单位的资格，承担了保护该6项遗产的责任。

3. 保护主体：该6项重大民俗节日遗产分布在全国所有地区的37个民族12.8亿人口的社区和群体中，因此重大节日文化保护的主体属于基层社区和群体。作为保护责任单位的文化部在接受上述保护主体的授权委托后，即可履行保护6项遗产的职责。

4. 保护实体：在一般性的非物质文化遗产项目中，该项目所在的社区和群体既是保护主体，也是实施保护的保护实体；但是对于分布在全国的亿万群体中的重大整体项目，其项目的保护主体反而形同虚体，因此，必须将这种虚体转化为实体才可能把保护落到实处。否则全国人民都来保护将是一句空话；文化部作为保护责任单位也难以尽到责任。为此文化部势必依法确定有效的保护责任单位实体，才可能实施对全国性民俗节日文化遗产的直接具体保护。

5. 节日遗产保护模范县（区）、乡（镇）：在全国范围的民俗节日文化的自发传承延续中，遴选出一定数量的有鲜明节日特色的或有代表性的地区节日文化遗产，作为重点保护的具体目标，并把该地区确定为文化部6项目的示范保护地，使其成为项目的保护实体，实施有计划的保护。节日文化遗产示范保护地区在基层县区确立，以县、乡为主。

6. 保护机制：建立节日保护模范县乡，要有相应的机制，借鉴国际有效经验，最佳方案是引入评选命名、评比奖励的激励机制。制定简易可行的评选评比表奖条例，评选条件完全和申报非物质文化遗产的基本条件一致，不另立标准；确定由文化部命名“传统节日民俗文化遗产保护模范县、乡”或采取分项保护的命名“国家级非物质文化遗产 ×× 节保护模范县、乡”，举行挂牌仪式；每年该节日节期过后，举行一次群众性的公开性评比活动和各地区之间的观摩交流活动，每年每个节日表奖一至三名保护模范县乡，广泛宣传优秀节日文化，扩大基层地方的文化影响力，带动全国过好传统节日。同时开展“传统节日保护百强县”活动，即在全国树立100个先进保护模范县，使文化保护的目标也和经济指标一样形成先进县的硬指标。模范县乡的遴选不必一哄而起一次性完成，可采取条件成熟一个命名一个；遴选程序和遗产申报程序一致，先由各省、直辖市、自治区向文化部推荐本辖区的基地候选县区申报，经文化部及国家专家组的考察、鉴别、认定、审核后，由文化部正式批准命名，举行挂牌仪式。

评比表奖：

（1）每年该项保护节日的节期过后，基地所属县区举行一次群众性的媒体公开性评议评比活动；同时由文化部协调组织一次基地之间的观摩交流活动。

（2）制定表奖办法。至少每年每个同类节日保护基地表奖一至三名优秀保护基地，广泛宣传优秀节日文化及其保护经验，扩大基地的文化影响力，带动全国过好传统节日。

7．开展活动：在建立传统节日文化遗产保护基地的基础上，分两个阶段开展以下活动：

（1）2007—2008年两个全国遗产日期间，开展“创建传统节日保护百强县”活动，即在全国树立100个先进保护基地县区，使文化保护的目标也和经济指标一样形成先进县的硬指标。

（2）2008—2010年继续发展，在节日文化保护百强县的基础上，酌情开展“创建非物质文化遗产保护500强县区”活动，使全国的非物质文化遗产保护树立一个新的里程碑，打下群众性自觉保护遗产的基础。

建议案附件2

遴选保护基地的若干意见

1．6个节日文化遗产项目：包括449号春节（含元宵节）、450号清明节、451号端午节、452号七夕节、453号中秋节、454号重阳节。

2．传统节日文化遗产保护基地：

（1）以县或县级市为单位，除个别市区特殊情况外，市辖区原则上不作为保护基地。

（2）每个省、直辖市、自治区经过调查、评估、鉴别、筛选和认定后，向文化部申报，第一批保护基地，各省不超过4个县（市）。

（3）经国家级专家评审小组审阅、评议、鉴别、筛选和认定，上报推荐给文化部批准。

（4）本年度2007年首批保护基地全国大致批准100个县（市）左右。

3．节日保护模范县乡具备的基本条件：凡具备下列6项条件者，可认定为相关节日文化遗产保护模范县乡。

（1）至少有百年以上节日民俗文化传统的历史渊源，现在仍保持着民间自发的节俗传承行事。

（2）民间传承节日民俗的乡镇分布区域占辖区的80%以上。

（3）基本上全面继承了传统节俗文化内容和表现形式，并有鲜明的地方特色，节日活动丰富多彩，节日气氛特别浓烈。（详见本参考意见的下一项“传统节俗文化的具体内容与形式标准”）

（4）主要节日活动行事都有各种民俗传承人带头谋划、组织、操作或主持，并有80%以上的群众自发地参与各种节日活动。

（5）经检测或民意调查，对当地该节日文化活动的满意度加基本满意度达到常住居民的80%。

（6）近5年来，当地政府和乡镇社区民众努力保护节日民俗文化卓有成效。

4. 传统节俗文化的具体内容与形式标准：凡全面具备下列节日各自民俗传统的基本要素的，均可以被认定为“基本上全面继承了传统节俗文化内容和表现形式”的标准：

（1）春节（含元宵节）习俗应有的基本要素包括：

A. 备年阶段的“腊八”、“过小年”、年货商贸集市；装点喜庆的灯彩、春联、吉祥挂件；娱乐活动的社火歌舞演练、过年饮食的制作和储存。

B. 辞岁拜年阶段的除夕守岁、辞岁、吃年夜饭等年节食品、祭典礼仪、燃放烟花爆竹、亲友拜年、馈赠年礼。

C. 欢庆阶段的闹元宵、吃汤圆、办灯会、逛灯、放灯、灯谜竞猜、社火歌舞大巡游、庙会、花市花会、走太平桥、散百病。

（2）清明节（含寒食节）习俗应有的基本要素包括：

A. 郊游踏青野餐。

B. 扫墓祭奠。

C. 植树造林。

D. 风筝竞放、荡秋千。

E. 制作应节米面食品。

（3）端午节习俗应有的基本要素包括：

A. 避瘟祛毒：悬菖蒲、挂艾叶、采草药、饮药酒（如雄黄酒）、佩戴香草荷包、五彩丝、儿童穿着祛毒鞋帽兜肚、室内外悬挂镇宅祛五毒挂件。

B. 祭奠礼仪：祭龙仪式或祭地方历史名人（如屈原、伍子胥、曹娥等）。

C. 竞技活动：龙舟竞渡（或旱龙旱船、或骑射击球、或拔河角力）。

D. 节日食品：多种特色粽子。

（4）七夕节习俗应有的基本要素包括：

A. 口头传统：盛传牛郎织女传说的爱情故事。

B. 乞巧活动：青年女子用丢花针、生巧芽、结珠网等习俗卜巧；女孩聚会用穿针引线或刺绣扎花赛巧。

C. 祭礼仪式：祭牛郎织女、窃听鹊桥会、接甘露织女泪。

（5）中秋节习俗应有的基本要素包括：

A. 口头传统：盛传嫦娥奔月、月宫桂树玉兔等传说。

B. 赏月、玩月：阖家团聚庭院赏月吃团圆酒；亲朋临水酒楼聚宴赏月；临水放灯、月下赏桂花、月下歌舞活动；做结伴“走月亮”、“登高抢先看月亮”等活动。

C. 节日食品：多种特色月饼、家宴分餐大团圆饼，应节瓜果。

（6）重阳节习俗应有的基本要素包括：

A. 登高远游：举行攀登高山、高楼、高塔观景的活动。

B. 赏菊花、饮菊花酒、制作和馈赠“重阳糕”（菊糕、枣糕、花糕等）。

C. 遍插茱萸、佩戴茱萸香包。

D. 民间举行尊老敬老活动。

*凡是基本上全面继承了上述各节日民俗要素并拥有丰富多彩表现活动的县（市），可以被认定为符合保护基地基本条件第3条标准的县（市）。

*凡是明显缺失上述节俗基本要素又在短时间内无法恢复或补救的的地区，不具备申报保护基地的资格。严防伪造节日习俗的发生。

5. 保护基地的申报：

（1）一个县（市）可以申报一个节日文化遗产的保护基地；条件比较充分的县（市）也可以申报两个节日文化遗产的保护基地；条件最佳的县（市）最多不超过申报三个节日的保护基地。将来随着保护工作的进展，再逐步发展到更多节日保护基地的申报。

（2）因为保护基地的节日文化遗产保护是国家级遗产实施保护的单位，其申报书一律使用国家级非物质文化遗产项目申报书文本。

（3）申报项目一栏的填写应当是“国家级第449号项目基地”（其他450、451、452、453、454号项目类同）。

（4）同时上报的辅助材料主要有：30分钟左右的VCD或DVD光盘一张。节日民俗摄影照片若干张。

6. 从收到申报通知之日起开始申报，到本年6月30日截止。

7. 今年内适当时机正式公布保护基地名单，同时举行命名挂牌大会。

建议案附件3

国家级非物质文化遗产重大民俗节日遗产名录各民族分布统计

项目	序号	449号	450号	451号	452号	453号	454号
民族	名称	春节	清明节	端午节	七夕节	中秋节	重阳节
汉族	*	*	*	*	*	*	*
满族	*	*	*	*	*	*	*
白族	*	*	*	*	*	*	*
苗族	*	*	*	*	*	*	*
彝族	*	*	*	*		*	*
畲族	*	*	*	*		*	*
侗族	*	*	*	*		*	*
土家族	*	*	*	*		*	*
布依族	*	*	*	*		*	*
壮族	*	*	*	*		*	
黎族	*	*	*	*		*	
京族	*	*	*	*		*	
羌族	*	*	*	*		*	
赫哲族	*	*	*	*		*	
锡伯族	*	*	*	*		*	
纳西族	*	*	*			*	
仡佬族	*	*	*			*	
仫佬族	*	*	*			*	
达斡尔族	*	*	*			*	
鄂温克族	*	*	*			*	
蒙古族	*		*			*	*
朝鲜族	*		*	*	*		

（续表）

项目	序号	449号	450号	451号	452号	453号	454号
民族	名称	春节	清明节	端午节	七夕节	中秋节	重阳节
回族	*		*			*	
裕固族	*		*			*	
哈尼族	*		*			*	
拉祜族	*		*			*	
鄂伦春族	*		*			*	
水族	*	*	*				
瑶族	*	*	*				
普米族	*	*	*				
毛南族	*	*					
俄罗斯族	*	*					
傈僳族		*				*	
藏族	*		*				
景颇族	*						
东乡族	*						
保安族	*						
37个民族	36个	26个	31个	5个	28个	10个	

凡有“*”号的即标明该民族过这个民俗节日，空白的即无此节日习俗。

2006年3月

国宝“妈祖祭典”：重大非物质文化遗产的杰出价值评估

2006年5月末，中华人民共和国国务院批准公布，福建省莆田市“湄洲妈祖祭典”为第一批国家级非物质文化遗产代表作，进入国家非物质文化遗产名录。这是中华民族复兴大业的一桩大事，也是中华妈祖文化大发展中的一件重大盛事，更是内地、香港、澳门、中国台湾乃至海外全球妈祖信仰文化圈中的中华儿女精神生活中的一件大喜事。他们纷纷奔走相告，对湄洲祖庙的“妈祖祭典”被批准为“国宝”而感到由衷高兴，欢欣鼓舞。因为，这一成果不仅对于建设和谐社会有多方面的意义，同时，对于弘扬妈祖文化，建设和完善中华民族的精神家园，为子孙后代造福，具有不可取代的历史文化价值和意义。

国宝“妈祖祭典”之所以被批准为国家级非物质文化遗产代表作，是因为该项文化遗产具备了以下五个方面的条件。

1.“妈祖祭典”所标志的妈祖文化，具有充分展现中华民族文化创造力的杰出价值。众所周知，中国几千年的农耕文化，从一开始就是以对土地的绝对关注为基本理念的，古圣先贤为帝制皇权制定国策时，首先确立的指导思想就是“普天之下莫非王土”。因此，国之疆土，家之田亩就成了立国治家的根本。国有天地社稷坛，家家都有土地庙，成了农耕大帝国的鲜明标志。但是，以四海为家的中国海上漂泊民众，一千年前就在险恶的海上作业斗争中明确地发现了海洋文化的根底，创立了与对土地崇拜不同的对大自然海洋崇拜的新型民间文化，以妈祖在海上扶困救危、救苦救难的博大人文关怀精神，抚慰和鼓舞百姓在海上安居乐业。这是中华民族民间文化的巨大文化创造力的充分表现，是历史上民间信仰文化经典创造的鲜活样板。在历史的经验中，越来越多的事实证明妈祖文化展现了中华民族民间文化的伟大创造力和杰出价值。

2.“妈祖祭典”所标志的妈祖文化，扎根于福建湄洲及其周边地区，经过一千多年的广泛传播，世代传承，已经发展成为波及祖国大江南北、海峡两岸和五大洲华人社区几十万个城乡地方聚落的妈祖文化圈和文化层，逐步延伸，根深叶茂，本固枝荣。任何一种文化遗产的产生和传播，都有其文化沿流的法则。妈祖文化作为土生土长的本土文化，一旦产生，就落地生根，就茁壮成长，就开花结果，就转化为广大地区民众的精神和物质力量，形成了普及万方的中国妈祖文化版图，这是令世界惊叹和赞赏的独具中国特色的民间信仰文化圈。

3.“妈祖祭典”所标志的妈祖文化，具有促进形成中华民族文化认同感的博大感召力；具有启迪亿万民众群体同心同德、同呼吸共命运的强大凝聚力；具有增强全民族团结和增进全社会稳定的巨大向心力。同时，以其深情厚意的人文关怀和悲天悯人的精神鼓舞，构成了极其和谐的文化交流与文化共享的重要纽带。在全世界的十几亿华人的庞大群体里，因对妈祖的崇拜信奉或对妈祖文化精神的敬重而构成的民族文化认同，已经得到充分的证明。每年各地民间举办的隆重的“妈祖祭典”，几乎都沿着湄洲祖庙千百年来传袭下来的祭典遗规弘扬妈祖文化，发挥了重要的文化交流和文化共享作用，密切了内地、香港、澳门、中国台湾和海外全球中华儿女的同胞亲情。近年来的妈祖文化交流有了新发展，越来越鲜明地显示出妈祖文化在民族凝聚中的和谐内涵。以湄洲祖庙“妈祖祭典”和天津天后宫“妈祖祭典”以及海内外各地祭典空前热烈繁荣的盛况和极高的人气指数为标志，再一次证明了妈祖文化的价值所产生的巨大积极效应是难以估量的。

4.“妈祖祭典”所标志的妈祖文化，面对当前纷乱的、动荡不安的世界，明显地、出色地展现了中华民族鲜活生动的谋求天下太平，谋求救助苦难，谋求人类幸福的古老文化传统的独特价值。在民间，在妈祖文化传播的各个地方，都流传着很多关于妈祖济世助人、救苦救难的神圣传说，每个传说都在传达着人类对苦难世界的强烈抗议，传播着苦难百姓对安居乐业的无限向往，传颂着对妈祖悲天悯人、救人危难的博大仁爱精神，和对它的无限崇敬。

5.“妈祖祭典”所标志的妈祖文化，以其强大的生命力对维系中华民族优秀文化的传承，具有重要意义。在社会转型和变革中，中华民族文化传统受到了全球化、西方化，包括外来霸权文化入侵的严重干扰和破坏，在某种程度上优秀文化传统已经处于缺乏保护的濒危状态，在许多地方面临弱化失传的危险。在我国当前社会的许多角落，优秀传统文化中的道德观、人生观和价值观，已经并正在遭到破坏。许多令人震惊和痛心的负面事例提示人们，良好的道德底线已经被冲破。因此，妈祖文化中济世救人等无私广济的精神亟待弘扬。有鉴于此，国家和各地方应积极努力保护妈祖文化遗产，保护这种优秀文化遗产，使它能够继续代代相传。

总之，湄洲祖庙“妈祖祭典”被国家批准公布为国家级非物质文化遗产代表作，很值得庆贺和赞颂。但是，这仅仅是国家保护妈祖文化的开端，许许多多的保护、维护、宣传、弘扬的实际工作还需要进一步进行，努力去完成。天津天后宫“妈祖祭典”，就其杰出价值而言，应该公正地说，也已经基本上具备了上述五项条件，在第一批遗产的评审当中，已经进入预选名单；但是，由于祭典类民俗文化空间的名额有限，相同项目只能优选一个，所以只能再进一步做申报的充分准备，留在第二批再次参加评审。同时还有其他许多地方的“妈祖祭典”，还没有进入国家级、省级（直辖市级）、地市级、县级的四级遗产名录保护系列，就需要更加努力，做好保护，争取陆续进入保护系列。

大家知道，申报非物质文化遗产代表作名录的最终目的是为了更好地保护它，这是一项联合国教科文组织启动的世界性的文化保护工程。我国是联合国《保护非物质文化遗产公约》最早的签约国之一，我国今年5月末向全世界公布了我国中央人民政府批准的第一批国家级518项非物质文化遗产代表作名录，得到了国际舆论好评。福建“湄洲妈祖祭典”和陕西“黄帝陵祭典”、山东省“祭孔大典”、河南省“太昊陵人祖祭典”、河北省“女娲祭典”、内蒙古“成吉思汗祭典”等很少几个项目，名列其中，受到国内国际的广泛关注和赞扬。2007年，将要进行第二批国家级非物质文化遗产的申报和评审，笔者衷心希望天津市能把天后宫“妈祖祭典”这宗有重大历史文化价值的遗产申报为第二批国家级遗产代表作进入名录，为弘扬具有北方特色的妈祖文化，为弘扬并发展建设和谐文化做出更大的贡献。

（原载《中华妈祖文化学术论坛论文集》，
百花文艺出版社2008年10月版，第1—2页。本文有删节）

国家级非物质文化遗产天津皇会实施保护的关键

2008年6月14日，中华人民共和国国务院批准公布了第二批国家级非物质文化遗产名录510项，与此同时还批准公布了第一批国家级非物质文化遗产扩展项目名录147项，其中排名序号484的是天津市民俗博物馆申报的妈祖祭典天津皇会。这是继2006年福建省莆田市湄洲妈祖祖庙祭典被批准为国家级非物质文化遗产之后，中华妈祖文化发展进程中又一桩特大喜讯，也是我国在现代化进程中大力保护妈祖文化遗产的又一个重要标志。天津皇会进入国家级保护名录，标志了全世界弘扬妈祖文化的进程中令世人瞩目的又一个亮点。在2007年的那届天津妈祖文化论坛上，笔者曾在题目为“国宝妈祖祭典遗产的杰出价值评估”的论文中讲过:“2006年5月末，中华人民共和国国务院批准公布福建‘湄洲妈祖祭典’为第一批国家级非物质文化遗产代表作，并进入国家非物质文化遗产名录。这是中华民族复兴大业的一桩大事，也是中华妈祖文化大发展中的一件重大盛事，更是内地、香港、澳门、中国台湾乃至海外全球妈祖信仰文化圈中，中华儿女精神生活中的一件大喜事。”如今，我们面对先后两项以弘扬妈祖文化为内容的国宝级非物质文化遗产获此殊荣，不仅应为此感到无比高兴，同时也应感受到一种前所未有的民族自豪感。所有国家非物质文化遗产保护工作专家委员会的成员，作为国家级遗产评审委员会成员，先后两次参与并主持对这两个珍贵遗产项目的认定、鉴别、评估和评审，他们也都深感荣幸，同时也都受到了极其深刻的爱国主义教育。因为，举国上下保护妈祖文化遗产的这一伟大壮举和不朽业绩，不仅对于和谐社会深层次的全面构建，对于中华民族妈祖文化的广泛交流，具有积极而深远的里程碑意义，同时，对于建设并完善中华民族的精神家园，为子孙后代造福，并在世界范围内大力弘扬妈祖文化的普世精神，具有不可取代的历史文化价值和重大意义。

今天，当我们为天津皇会遗产项目申报成功而热烈欢呼的时候，我们还不得不进行冷静的思考。因为，申报成功只是一个良好的开端，只是刚刚跨入了一个对妈祖文化遗产实施大力保护的新的里程，申报只是依据行政法规履行的手续，而保护才是我们申报的首要目的。因此，当务之急是保护妈祖祭典遗产的文化表现形式及其文化空间，这也是从现在起直到最后实施保护取得成功的关键之关键。

要想把妈祖文化空间和所有妈祖祭典的文化表现形式保护好，是一个系统工程，它需要政府主导和全社会参与形成合力，才有可能取得成效。因此，首先就需要通过科学的论证，统一认识，解决好保护什么和怎样保护这两个主要问题。

一、天津皇会遗产项目应当保护什么

（一）认定天津皇会作为古老的文化遗产它的历史渊源是什么？它的文化地理空间环境如何？这是遗产保护的前提条件，不容忽视。在寻根知本的基础上，确定天津皇会在妈祖祭典上哪些是和全国各地妈祖祭典相同和相似的遗规遗俗行事，哪些是天津当地传承下来的独具特色的遗规遗俗活动行事？只有这样才有可能把握住皇会亟须保护的具体对象。在天津皇会遗产项目申报书中做了丰富翔实的举证论述，历史文脉清晰严密，河海漕运，水陆重镇的区域分布概括准确，展现了天津妈祖文化由来与发展的上下纵横的时空面貌，厘清了天津皇会在北方跨省影响的文化辐射线路和它与全国各地妈祖庙会文化千丝万缕的密切联系。这是天津皇会遗产保护的根基所在。离开了这一个根基，就会失去了妈祖文化保护的自觉意识，就会有意无意地损害或破坏对妈祖文化的保护工程。牢牢把握住这个根基，就会使妈祖文化在天津这座高速现代化发展的大都市发挥它取之不尽，用之不竭的文化效应。

（二）天津皇会遗产最为丰富多彩的独特性显然是被重点保护的目标。根据对该项目申报书的分析和陈述，以及《皇会》一书作者尚洁研究员在该书引言中所述："皇会是为祭祀海神——天后娘娘诞辰而举行的大型庆典，是天津最为隆重的民俗活动……伴随着天津社会经济文化的发展，逐渐演化成一种独特的将神祇崇拜、宗教信仰、问医求子、祈福还愿、赛会演剧、民众游观、会亲访友、社会交往、城乡商品交换等活动集于一体的庙会行事。"作者在论述皇会行事与礼仪程式规范时又说："皇会是一个有组织、有计划并有严格规定的庙会形式。其筹划之精细、措施之完备、会规之严密、等级之分明、仪礼之繁缛，非一般庙会所具备。皇会的行会更是异彩纷呈，一切仪仗装饰、人员服制、表演技艺都力求尽善尽美，花钱费事在所不惜，务必要求其如何美丽，如何风光，融聚了天津民间各种技艺的精华。所有出会仪式、典礼庄严隆重，不厌繁缛，成为当时'全国各省唯一的神话盛事'。"这正是天津皇会独具的重要特色，该遗产的保护就应该从这里着眼着手。保护非物质遗产项目的当地固有的特色，既是我国非物质文化遗产保护的一项准则，也是世界非物质文化遗产保护的国际共识。

（三）天津皇会的核心是妈祖祭典，对传统祭典仪式的原形态应当予以着重保护。在这里，仪式活动的民间性、民祭与官祭的协调性、仪式程序样式的规范性都是祭典保护的重要目标。例如，皇会的会期安排必须保持传统遗规，从农历三月十五日起至二十三日天后娘娘诞辰日止，共举行九天；其中五天举行民众进香朝拜，四天举行巡游赛会表演，举办各路香会（老会、圣会）的座会设摆等内容和形式，都应当最大限度地保持其传统的特色。其中，民众自发的进香如何保持随俗；各个老会、圣会的主持点燃香烛祭祀、供奉、跪拜、唱诵等礼仪，如何按照各会规矩行事；所有仪仗的配置、人员执事、陈列或出列的程序等都是加以保护的重要细节。据皇会研究专家尚洁的归纳，仅就皇会的指挥协调、公益服务、仪仗銮驾、座会设摆、还愿劝善、游艺表演六大方面的行会遗规就数不胜数，令人惊叹。如果全面失去了天后娘娘祭典仪式如此规矩的传统严肃性和遗俗遗规的严格性，随意草率行事，任意篡改走样，那么，作为申报遗产项目计划保护其非物质文化遗产的历史文化价值，就成了一句空话。

（四）天津皇会作为一种典型的庙会形式，作为一种文化空间的大型综合表现形式，它最大的耀眼亮点是迎神赛会的行会巡游多样性展演。按照传统原形态的记载、老传承人的回忆和老照片的印证，其规模之大，内容之丰富、形式之多彩，在中华大地可以称得上令人眼花缭乱，叹为观止，无可比拟。据项目申报书的介绍和《皇会》一书作者的翔实考证，仅以清代康乾盛世时期的皇会行会序列为例，就有101道会之多。如果按照表演的门类统计，不论其表演内容和艺术技巧有多少花样，把重复的表演门类划归一类计算，就有45种行会在巡游表演，同样十分壮观。根据初步的普查了解，直到今天依然保存下来的行会样式还有宝辇、大座、太狮、高跷、中幡、秧歌、法鼓、杠箱和各种民间器乐、十不闲、莲花落等若干种，如果有计划地实施有效的挖掘、整理、抢救和恢复性保护，更多地展现出天津皇会的传统风貌，一定会取得成功。

二、天津皇会遗产项目应当怎样保护

（一）首先必须完善该项目国家级遗产保护计划，建议把皇会保护计划纳入天津市文化发展规划纲要之中，如果此前还没有做这样保护的考虑，就应该随着天津全面发展的新形势及时把这样的国家级非物质文化遗产保护增补进去，并优先列入直辖市一级领导的重要议事日程。

（二）与此同时，相应地对该项目的保护给予足够的资金投入。资金来源在运作中尽量做到政府主导的财政专项资金的支持和社会参与的多渠道企业文化基金的资助。必要时依据国际保护非物质文化遗产公约的规定，寻求国际合作交流或援助；同样依据国家政策的支持建立两岸三地和海外所有妈祖文化圈内的妈祖文化遗产保护的协作机制，共同做好该项遗产的整体保护工作。

（三）在财力支持的前提下，建议做出强有力的智力支持。动员并选拔和推荐出一批精干的妈祖文化调查研究的专家学者、一批非物质文化遗产和物质文化遗产现代化科学保护的专家学者和一批保护非物质文化遗产经验丰富的管理工作者，联合组成天津妈祖文化遗产保护与研究的机构，全面策划，研讨论证，分工负责，有计划、有步骤、有成效地对其实施保护。

（四）负责专业保护的工作队伍应当首先对当今皇会的全面状况、整体信息做一次细致的专项普查，摸清皇会通盘保护的全部、局部、细部，制订出细到不能再细的可执行、可操作的实施方案细则，严格避免不务实际的、空喊口号的“保护”，扎扎实实做保护。

（五）按照联合国公约实施保护。目前，妈祖文化遗产保护项目已经通过基层申报，进入申报《世界遗产名录》的预备名单。因此，皇会的保护一定要以国际公约为准则，做好保护工作。2003年10月17日，联合国教科文组织第32届大会通过的《保护非物质文化遗产公约》专门为“保护”下了一个签约国应尊循的定义，原译文是：“‘保护’（Safeguarding）指确保非物质文化遗产生命力的各种措施，包括这种遗产各个方面的确认、立档、研究、保存、保护（Protection）、宣传、弘扬、传承（特别是通过正规和非正规教育）和振兴。”在这个简明的定义中，让我们知道了这个“保护”的大概念指的是包括九大方面的所有措施，而不仅仅是其中一项具体的技术性保护方法。今天我们在这里举办妈祖文化论坛等活动，也是九项措施中的研究、宣传和弘扬工作。皇会遗产项目的申报成功，也意味着它已经被国家和天津市政府确认、立档，并进入保存、保护的名录。但是，具体的保存、保护和传承的任务还仅仅是开始，今后的保护刻不容缓，而且也不可能一蹴而就，我们任重而道远。当务之急是做好所有调查资料包括文字资料、音像资料、相关用具器物的保存、立档工作；做好皇会全部仪式和所有老会、圣会的行会表演艺术技术的普查；特别是对所有皇会行事程序中、包括所有行会表演者、组织者队伍中的传承谱系和代表性传承人，要做详细的注册登记，并做好他们表演技艺的传承采录，做好代表性传承人的命名、表奖工作；建立相应的技艺传承机制，建立业余或专业的表演技艺传习所，建立传承人的经济补偿制度及相应的保护机制。

（六）建立天津皇会妈祖文化遗产数据库，进行现代化科技手段的保护。国家非物质文化遗产保护中心已经先期建立了国家级遗产保护数据库，编制了保护非物质文化遗产的软件程序，天津皇会遗产是我国一宗重大的文化遗产，已经具备了建立大型数据库的必要条件，通过数字化管理，皇会遗产的保护必将以先进的科技手段武装完备，有利于向全国或全世界弘扬天津妈祖文化，有利于奠定我国文化软实力的深厚根基，大大有利于天津乃至中国对外文化交流的广泛开展。

总之，保护好天津皇会这个国家级的非物质文化遗产瑰宝，必定会取得功在当代、利在千秋的长效成果！为子孙后代造福，功德无量！为中华民族的伟大复兴做出不朽的贡献！

（原载《今晚报》2008年10月18日。本文有删节）

现代化经济热潮中的天津妈祖祭典遗产保护

21世纪将是全世界从经济高温的时代转向文化高热的崭新时代。中国应当尽快把握时机，密切关注文化传统中值得弘扬的精华，并将其有效地融入两个文明的现代化建设中。任何轻视或忽视民俗文化传统，或漠视传统文化的现代化效应，最终必将遭到文化法则的无情惩罚；所有尊重优秀文化传统并重视传统文化的现代化发展，都将在新世纪中获得先进文化建设上的成功。众所周知，早在公元前776年左右，古希腊盛行每四年为祭祀雷电之神宙斯而举办奥林匹克竞技大会的风俗。历经两千八百多年断断续续的发展演变，这一古代庙会民俗竞技已经成为全球性的现代化奥林匹克运动会，并成为全世界各族人民关爱的当代文化瑰宝，为发挥古代民俗文化资源的现代化效应树立了最高典范。同时，这一最鲜活的典型实例也为文化法则取得辉煌胜利做出了最有力的证明。如今，在中国的天津举行纪念海洋女神妈祖天妃庙建立724周年盛会，全面展示天津几百年来特有的游艺竞技皇会，同样也为发挥我国民俗文化宝贵资源的现代化效应做出了表率。

1. 天津海神崇拜的民俗文化史依据：天津作为渤海滨城的北方海神崇拜对象，与通常传说中的四海龙王是毫不相干的，而是和南海女神完全一致的妈祖神。这在《元史·祭祀志·祭祀五》中有明确的记载："惟南海女神灵惠夫人，至元中，以护海运有奇应，加封天妃，神号积至十字，庙曰灵慈。直沽、平江、周泾、泉福、兴化等处皆有庙。”可见，早在至元十五年（1278）左右，古代天津就有了妈祖海神庙。从那时起，每年由皇帝遣使备礼致祭，或交付官漕司及当地府官行祭。祭文上钦定敬称十字神号“护国庇民广济福惠明著”天妃。到了元泰定三年（1326），朝廷为了推动漕运，再次在直沽敕建天妃宫。以后直到清代康熙朝，才将天妃加封为“昭灵显应仁慈天后”。于是天津才将天妃庙改称为“天后宫”。民间俗语说的“先有天后宫，后有天津卫”，盖源于此。事实上，金、元两代天津的古称叫直沽，是该地区的统称，代表着当地大小上百个沽泊淀坨的水陆码头，是元朝首都内河外海航运的重要门户。明代永乐二年（1404）才改设天津卫。可见，天津的海神妈祖崇拜民俗有明确的历史、经济、政治依据，只不过天津民间自古就习惯于用皇封的称号“天妃”、“天后”或“娘娘”尊称女神，从来就没有引用过闽人方言“妈祖”称呼女神。因此，说天津的“天后”崇拜就是“妈祖”信仰，是完全正确的，有史为证，绝不是有意附会。更何况“妈祖”的本意并不是神名，而是闽人女子在娘家的称谓，相当于北方“姑娘”、“姑奶奶”等亲称。

自元代在古燕京建大都以来，为了解决北方物资严重短缺的难题，官方采取了“南粮北调”和“南货北运”的大规模航运措施，于是为开发天津河海航运带来一派生机；崇拜天后妈祖的祭祀活动也随着海事海难的频繁而红火起来。据明人笔记《琅琊代醉编》记载：相传在明代洪武初（约1380），“海运风作，飘泊粮米数千石于落祭，万人号泣待死，大叫‘天妃’，则风回舟转，遂济直沽”。这是一则有关天津崇拜妈祖的动人传说，也可能是一次遭遇海难后转危为安的纪实，但它却做了由于天妃救苦救难才平安到达直沽的解释。文中写到大队重载粮船遇风漂泊到琉球群岛深海水域时，万人呼唤女神后绝处逢生的奇迹。可以想见，这则新闻在当时的天津广为传诵，对于强化天妃崇拜起到了多么大的鼓动作用。于是人们在天妃庙里香火正旺的热力下，以女神的救助为精神支柱纷纷投入航运的艰险劳动中。

当人们读到历代描写天津航运贸易景象的诗文时，那种“晓日三岔口，连樯集万艘”的大场面，那种“一日粮船到直沽，吴罂越布满街衢”的繁荣，必然地会引发对于三岔口天后宫海神崇拜的文化效应的联想。只要全面了解天津天后宫完备的皇会祭仪和竞技游艺，就不难判断它历经元、明、清七百多年来在北方海事活动中文化中心的位置。

2. 天津妈祖崇拜的文化现代性阐释：这里所说的文化现代性是指传承文化在现代生活中存在价值认定的基本标准。它既是一种文化优选的判断标准，又是一种文化参与的价值取向。现代人从过去走来，总是要利用一切条件参与到各种文化圈层中来，从而实现分享人类共同创造的文化财富的愿望。其中，现代人自然也要对传统民俗文化遗产做出选择，以便认定某些文化资源本身潜在的现代性价值，使其中许多民俗事象不再是“古化石”或“历史残留物”，而是把过去引向未来的文化财富。这种对传统民俗文化的现代化需求，显示了传承文化所潜在的文化现代性特质和内涵。因此，是否可以认定天津海神崇拜的一系列庙会民俗活动就具有文化的现代性，这是必须回答的问题。

近年来，国内外学术界热烈讨论了东西方海洋文化的发展趋势，积极肯定了妈祖作为东方的海神所象征的东方海洋文化精神。在航海民俗文化中，民众对海神的崇拜是妈祖信仰的核心。妈祖是最受崇敬的中国海洋女神，也是被历代皇朝加封为天后的最高海神。更重要的是，她来自民间，据史籍记载妈祖实有其人，是北宋时福建湄洲岛林氏女，善于医病救世、拯人患难，年仅28岁身亡，因多行善事被尊为神。此后便传诵她在狂涛中乘席渡海拯救海难和神灯引航等的感人故事。可见，妈祖是受民众爱戴并推崇出来的救苦救难的海上圣女，她更贴近百姓。据清人笔记载：“土人呼神为妈祖，倘遇风浪危急，呼妈祖，则神披发而来，其效立应。若呼天妃，则神必冠帔而至，恐稽时刻。”这足以证明百姓与妈祖的亲和程度，足以看出妈祖崇拜中的“人文主义”精神。正因为如此，元代官方祭祀妈祖从来就和官祭四海龙王有所区别，在《元史·祭祀志·祭祀五》中，祭四海龙王事宜记载于“岳镇海渎”诸神篇目下；而祭女神妈祖事宜却记载于“忠臣义士”祠祀篇目中。所以，妈祖崇拜更具有纪念圣女义举的文化内涵。这一内涵正是妈祖庙会文化现代性认定的依据之一。绝不应该因为几百年来只能沿袭采用香火祭祀的遗俗纪念妈祖，就否认这一文化内涵的现代性意义。

同时，还应当看到，妈祖崇拜是我国古代航海、造船、气象等科技落后条件下产生的精神力量，也是宋、元、明以来航海经济繁荣发达的文化象征。至今约一千年间的中国海上贸易的辉煌历史提醒我们，妈祖崇拜与中国人不畏艰险征服海洋的精神是密不可分的。航海民众出洋远航，面对海上不测风云，坚信天后护佑他们战胜风浪，渡过危难。在这种坚信神力的民俗心理中，有一种把超人的力量转化为人间力量的鼓舞作用。每当人们战胜艰险安全返航时，他们也还会用同样心理把功德归于天后的神力。在以长期固守土地的大陆文化为主流文化的我国封建制下，以妈祖崇拜为象征、为精神力量的海洋文化，显然具有文化的先进因素和开放因素。这也正是对妈祖崇拜的文化现代性认定的另一依据。

有了上述有关文化现代性的依据，就不应该简单化地把有关妈祖崇拜的多种文化系列活动都斥为“封建迷信”，一言以“毙”之；相反，应当弘扬妈祖崇拜推动文化发展前进的人文精神，积极寻求它适应现代化发展的合理内核，并使其在现代人的文化多样化需求中大放光彩。

3. 天津妈祖崇拜多种文化资源的现代化效应：充分认识妈祖崇拜的文化价值之后，如何合理应用其文化资源并产生现代化效应，就成为重要的问题。

首先，天津妈祖崇拜与台湾妈祖信仰遥相呼应，体现了两岸民众尊典法祖不忘文化同根的传统理念。同时，也加深了两岸人民的骨肉亲情，促进了两岸人民的密切往来，使两岸共同崇拜的妈祖成为促进两岸“三通”和祖国统一的和平女神。为此，天津天后宫的庙祀仪礼活动，就必须依照传统仪规的标准程序进行，以便满足全国各地民众，特别是台湾同胞中的游客和香客，前来天津共享北方妈祖崇拜的精神文化成果。天津天后宫的传统庙祀仪礼，无论其内容和形式，都代表了元、明、清三代皇朝与民间最高祭典的规格。因此，必须以高质量、高水准的演礼行事才能达到今天两岸共祭妈祖的文化认同，才可能产生传统文化的现代化效应。

其次，对庙祀仪礼中展开的民众游艺竞技活动，则应当既保留有特点的传统精彩节目，又要添加适应现代生活健康情趣的创新项目，把古与今、传统与现代和谐地衔接起来。使妈祖崇拜的古代原创节会逐渐发展成为现代和未来都需要的持久性节会。我国当代许多杜撰出来的节会之所以是短命的，其主要原因大多是缺少传统节会文化所拥有的丰富内涵；而许多传统节会之所以难与现代生活协调发展，其主要症结往往在于缺乏文化创新的现代化效应。只有把创新的形式纳入传统，再把传统的内涵引入现代，才会有效地促进一个时代的文化发展繁荣。天津妈祖祭会也绝不例外。

最后，应当看到，天津妈祖崇拜的文化资源所产生的现代化效应无论如何不应该是孤立存在的。只有当以妈祖崇拜为核心的民俗形成天津民俗文化圈时，其文化资源才会显现出综合的强力效应。比如，由天后宫的民俗文化向周边辐射，与儒、释、道等多种传统文化资源相组合，构成一条多彩多姿的民俗文化链，才有可能把天津的现代文明建筑在坚实的民俗文化根基上。在这条民俗链上，至少应当有明清以来文庙祭祀活动的儒家文化遗存，有大悲院佛事祭典的佛教文化遗风，有玉皇阁、吕祖庙等道教全真派的文化传承。还应当继续延伸，使这个文化圈包括以清真大寺为中心的伊斯兰文化风貌，以及以望海楼教堂、老西开教堂为标志的天主教文化特色等，才可能较全面地勾画出天津历史民俗文化的清晰面目。再加上许多标志天津历史文化的遗迹，如炮台、海港、商号、会馆、老厂、旧址、特色博物馆等，也都展示了天津独有的民俗文化性格。所有这些都是今日天津建设现代文明不可随意丢弃的民俗文化要素。尤其是其中占据核心位置的妈祖庙祀，更是不可取代的重要民俗文化资源。

实践证明，优秀民俗文化是现代化建设和现代文明生活需求难得的文化瑰宝，谁尊重它、发扬它，就会取得文化发展繁荣的积极回报；相反，谁轻慢它、毁弃它，谁就会遭到文化法则的无情惩罚。如何对待天津妈祖崇拜的文化遗产也不例外。

（原载《民间文化》1999年第4期。本文有删节）

保护民间艺术遗产的关键——带徒传艺

在2005年6月7日国务院批准公布的第一批国家级非物质文化遗产名录的518个项目中，有372个民间艺术遗产项目进入国家保护的实施系列，约占全部名录的72％；与此同时，还有数以千计的民间艺术遗产项目进入省、直辖市、自治区一级名录实施保护；更有近万个民间艺术遗产在市（地级市）级和县（县级市）级名录中被实施保护。这无疑是我国民间艺术遗产保护跨过一个新里程碑的重要标志，不能不引起人们的特别关注。然而，怎样才能使这么多的优秀艺术遗产得到有效保护，并以活态传承的形式发展下去，却是一个最值得认真探讨和必须解决的关键问题。

众所周知，在此以前对民间文化艺术遗产保护的重大历史事件中，至今人们还念念不忘地称赞20世纪80年代中期“中国民间文艺十大集成志书”的辉煌成就；但是，我们也不能不指出，当时的做法有两大缺欠：一是在十套集成中唯独缺少了“中国民间美术集成”或“中国美术志”这一大类艺术的成果；二是几乎所有的保护都是对各类艺术的文字记录、整理、编辑和出版的文本文献资料保存，但对活态的声像资料及各类艺术遗产的传承人及其传承活动，并没有做出任何有效的保护，大量的录音录像资料或散失或无人管理，传承人及其传承活动几乎无人过问，以致到90年代中期，陆续出现了严重的人亡歌息、人亡艺绝的后果。这不能不说是在保护民间艺术遗产方面的重大缺欠和本不应该出现的特大遗憾。

到了1997年前后，原来造成的第一个缺欠得到了有效的弥补。有两个原因值得注意：一个是民间美术行业内的老艺人及其传人们对民间美术技艺一直坚持自发地予以保护，还有美术界一批有识之士在自己的工作部门对民间美术遗产及其传人进行过一些有效的搜集、调查、整理和研究，出版了一些令人刮目相看的优秀成果。另一个是1997年5月20日《中华人民共和国国务院令》第217号发布了《传统工艺美术保护条例》（以下简称《条例》）。这两个重要的原因使得民间美术遗产保护走上了一个新的里程，关注到了工艺美术遗产的带徒传艺活动的保护。

《条例》的出台不仅为保护我国传统工艺美术的品种、技艺及人才培养提供了政策法规依据，被美术界推崇为中国工艺美术发展史上一件开天辟地的大事，促进了工艺美术行业的进一步发展。同时也可以理解为对其他所有民间艺术遗产的保护提供了很有现实意义的政策法规支持。在《条例》的第二条中说得很清楚："本条例所称传统工艺美术，是指百年以上，历史悠久，技艺精湛，世代相传完整的工艺流程，采用天然原材料制作，具有鲜明的民族风格和地方特色，在国内外享有盛誉的手工艺品种和技艺。"就其概括的基本内容而言，不仅涵盖了所有民间美术的基本特征，而且也显示了所有民间艺术遗产的文化内涵。如，历史悠久、技艺精湛、世代相传、民族风格、地方特色、享有盛誉这六大要素，毫无疑问正是"民间艺术遗产"的基本定义。《条例》所规定的保护措施，也可以被认为对所有民间艺术遗产具有普遍适用性。比如，民间艺术遗产由国家负责保护；由国家对民间艺术遗产种类和民间艺术家或传承人的技艺实行认定制度；聘请专家组成评审委员会进行评审；对认定的民间艺术遗产采取收集整理，收藏优秀作品，对技艺秘密确定密级，依法实施保密，资助研究和培养人才等措施，并对被国家认定的珍品在采取收购、禁止出口等方面做了详细规定。《条例》颁布后，各级地方政府积极制定本地的一系列法规、政策和制度，评定工艺美术大师并建立大师工作室、鼓励大师带徒弟、组织大师出国考察、参加展览等活动；有的每年拨款用于扶持工艺美术行业的发展和收购补充博物馆的藏品。对技艺培训、对外交流、会展营销进行组织与指导，并准备建立工艺美术数据库等，都对其他所有的民间艺术遗产保护具有应用价值。如今《条例》公布已经过了10年，传统工艺美术遗产保护普遍有了显著成绩。实践证明，《条例》实施的所有保护措施都是必要的和重要的。其中，重中之重的保护措施正是“为工艺美术大师带徒传艺创造便利条件”这一条。也可以推而广之，要为民间艺术遗产传承人的传承活动创造良好条件。因为传承人带徒传艺是保护民间艺术遗产的核心，是艺术遗产活态传承可持续发展的最为关键的所在。

几年来，全国范围的非物质文化遗产保护工作实践也一再证明，自2006年12月1日起施行的《国家级非物质文化遗产保护与管理暂行办法》中所规定的保护措施也都是必要的和重要的。其中，重中之重的保护措施依然是为艺术遗产“项目的传承及相关活动提供必要条件”，“积极开展传承活动，培养后继人才”。因为，非物质文化遗产中所有民间艺术遗产的保护都是以传承人带徒传艺活动的保护为核心的。积极开展传承活动，培养民间艺术后继人才是最有决定性意义的保护。

带徒传艺活动，作为一种千百年来沿袭下来的民间艺术传承机制，并不是一种简单的技能技巧的传习方式和民间知识的传授方法，而是悠久的农耕文明时代民间文化特有的传承法则。手工业生产方式决定了手工艺的口传心授习惯，甚至在一些民族地区还沿袭着古老的口传心授的规矩，或依靠学徒自身的灵性、悟性，保留着“偷艺”的习俗。在许多祖传、家传绝艺的传承机制里甚至还有许多更为独特的习俗惯制。民间艺术遗产独有的许多神来之笔的绝艺，巧夺天工的绝技，鬼斧神工的绝活，往往都来自神秘莫测的传承活动中，这就是“文化多样性”的原初根据。所以，在民俗艺术形态学中总是把这种艺术传承叫作“民间智慧传承”，它不同于近现代文明社会兴起的大规模工业生产方式决定的“知识传播教育”机制，不可以强行把民间艺术的传承推向培训班、讲习所等大规模授课教学的现代模式。那些以商业目标为遗产保护的企图，总想以走捷径的办法用办班授课取代民间艺术遗产口传心授的传承机制，这实质上是对民间艺术遗产的致命性破坏，它将从根本上损害民间艺术遗产的万花筒式的多种流派、多样风格和艺人个人绝技的传授，最终把民间艺术成品变成大工厂规模生产的毫无艺术特色的商品，其结果就很有可能最后灭绝了真正的民间艺术遗产的存活。

坚持保护民间艺术固有的带徒传艺的传承机制，尊重所有民间艺术代表性传承人选徒、收徒、授徒、出徒的个人基本权利和做法，给予带徒传艺的最大自主权。这才是对我国非物质文化遗产中民间艺术遗产实施保护的关键。

2007年中秋节

（原载《美术观察》2007年第11期，第8—9页。本文有删节）

非物质文化遗产项目代表性传承人保护的突破性进展

经过五年多全国上下的齐心努力，我国非物质文化遗产保护工作取得了很大的进展。在全面普查、建立全国四级遗产名录、保护代表性传承人、建设文化生态保护区、建设非物质文化遗产专题博物馆、民俗博物馆和传习所、保护机构建设、经费投入及非物质文化遗产保护立法等多方面工作的大力推进中，对于非物质文化遗产项目代表性传承人的保护，取得了前所未有的突破性进展，引起了全社会的特别关注。

众所周知，物质文化遗产的保护对象是物，而非物质文化遗产的保护对象首先是人，是拥有非物质文化遗产宝贵知识和精湛技艺的承载者和传递者，他们正是非物质文化遗产代代相传的代表性传承人，也只有保护好他们和他们的传承机制，才有可能把宝贵的遗产从人亡歌息、人亡艺绝的濒危绝境中抢救回来。因而代表性传承人的保护是非物质文化遗产保护工作的重中之重。

基于以上明确的认识，几年来我国政府发挥了积极的主导作用，从以下两个方面有力地推进了保护代表性传承人的工作。

1. 文化部在开展第一批、第二批国家级非物质文化遗产名录申报和评审的过程中，不失时机，交错地进行了国家级非物质文化遗产项目代表性传承人的认定和命名工作。一方面成立了专门的代表性传承人评审委员会，负责代表性传承人的认定、评审工作；一方面制定了评审规则和代表性传承人的认定标准和条件。其中，除了所有代表性传承人共同的标准外，还制定了十个不同专业门类具体的评定标准。经过反复鉴别、复查、验证、确认等多个环节，最后，分别在2007年6月9日公布了第一批国家级非物质文化遗产项目民间文学、杂技和竞技、民间美术、传统手工技艺、传统医药五大类别的代表性传承人226名；2008年2月15日公布了第二批国家级项目传统音乐、民间舞蹈、传统戏剧、曲艺和民俗五大类别的代表性传承人551名，共计777人。紧接着于2008年2月28日在人民大会堂由文化部举行了隆重的国家级非物质文化遗产项目代表性传承人颁证典礼，向来自全国各地代表性传承人的代表们，颁发了证章和证书。这几项具有重大意义的公开性活动引起了全社会的关注和好评，特别是对辛劳在非物质文化遗产保护第一线的广大乡村基层群众和城镇社区群众，产生了极大的鼓舞作用。随之而来的是各省区相继开展了省级代表性传承人的认定、命名工作，使保护传承人的工作一时形成最大的亮点和热潮。最突出的实例是云南省，到目前为止已经建立起了四级传承人保护机制，仅全省县级传承人就命名了1893人，使这个多民族的非物质文化遗产大省的传承人保护及早落到了实处。

2. 文化部以部长令的形式郑重发布了《国家级非物质文化遗产项目代表性传承人认定与管理暂行办法》，从政策法规的实施和执行上有效地加大了保护传承人的力度。这个暂行办法规定了国家级非物质文化遗产项目代表性传承人的具体认定标准、权利与义务、申报与推荐、评审与公示、资助传习活动、建立传承人档案等细则，可行性强，便于执行。有些省（自治区）也较早地出台了地方对代表性传承人认定与管理的暂行办法，都发挥了有效的对代表性传承人认定与管理工作的推动作用。目前，暂行办法的推行和实施已经在全国许多省、市直到基层的三个方面产生了明显的效果。

①有一批代表性传承人得到了资助，得到了生活补助或津贴。特别是老艺人、老工匠的生存条件、生活条件得到了某些改善。像浙江省近两年来由省财政拨款，给65岁以上的国家级、省级代表性传承人，每人

每年3000元至4000元的补助津贴，直至传承人逝世。有的是定期发给老艺人几百元到一两千元不等的生活补助。

②有一批代表性传承人或传承单位得到了传习活动的资助，使他们得以继续有效地开展传艺授徒活动。像全国贫困县甘肃省环县，在困难的条件下还每年给国家级非物质文化遗产项目道情皮影剧团老传承人每人500元做开展传习活动的补贴。云南、湖北、湖南等地的一些较好的少数民族歌舞传习所，也得到了相应的资金补助，进行传习授徒活动，使一批国宝级非物质文化遗产得到有效的保护和传承。

③有一批代表性传承人得到了大力资助，由保护单位抓住有利时机对代表性传承人的技艺做抢救性的录音和摄像，为代表性传承人精湛技艺的活态保存或数据库建立，准备素材。例如，全国著名的民间故事讲述家、辽宁省沈阳市国家级项目代表性传承人86岁的谭振山老人，得到国家的20万元的资助，由保护单位正在有计划地对老人讲的上千则民间故事做录音摄像工作，进展顺利，成效显著。他的第一部故事集已经出版。吉林省国家级遗产满族说部近千万言的多卷集精装本也已经公开问世。

很显然，非物质文化遗产项目代表性传承人的保护工作，在全国不少地方已经进入规范化的良性轨道。为此，文化部的主管工作因势利导，于2008年7月28日由办公厅发出了《关于推荐第三批国家级非物质文化遗产项目代表性传承人的通知》(以下简称《通知》)，这个通知的内容，是在总结了此前的经验和克服了以往的不足情况下拟定的，显然比过去要求严格得多。同时在工作要求一项中，还特别关注了地震灾区的代表性传承人的推荐和申报事宜。这是第三批国家级代表性传承人推荐中所体现的“地震灾区特事特办的原则”精神。和通知一起还下发了统一格式的推荐表。《通知》明确规定：2008年12月31日以前，把推荐材料上报到文化部。人们期待第三批国家级非物质文化遗产项目代表性传承人的推荐、申报、认定和评审将会取得更大的成绩，使非物质文化遗产保护有一个更大的飞跃和发展！

(原载《人民日报》2008年10月31日第16版。本文有删节)

关于文化空间类国家级非物质文化遗产项目申报与评审的建议

近几年来，我国政府在国际、国内经过多方面的努力，终于形成了抢救和保护非物质文化遗产的热潮，取得了十分显著的成效。最有力的证明就是：联合国教科文组织批准公布的中国4项世界非物质文化遗产代表作和我国政府去年6月批准公布的第一批国家级非物质文化遗产代表作名录518项。

但是，毋庸讳言，到目前为止我们的工作与已经取得的上述成就相比照还存在着一些明显的缺欠。其中存在的主要问题之一，就是相对说来偏重于文化表现形式类遗产的保护，对民间传统的文化空间类遗产的有效保护有所忽略，而民俗文化空间的保护正是我国非物质文化遗产保护的重中之重。有下列问题可供思考和讨论。

一、三个事实

（一）被联合国教科文组织先后三次批准为世界非物质文化遗产代表作的中国有4个项目，都属于文化表现形式类，包括：传统戏剧类昆曲艺术1项，音乐类古琴艺术、木卡姆艺术、蒙古长调艺术3项，而属于文化空间类项目则为零。

（二）在518项首批国家级非物质文化遗产代表作名录中，属于文化表现形式类的有468项，其中民间文学和各种艺术形式的项目共333项；手工技艺形式的项目89项；杂技竞技形式的项目17项；传统医药形式的项目9项；民俗文化表现形式的项目有20项；属于节会、庙会祭典类文化空间的只有50项。在这里，文化空间的保护项目，只相当于艺术类项目的15%，只占第一批非物质文化遗产项目全部的9.65%，明显失衡，与中国传统文化遗产中文化空间大量存在的真实状况不相符合。事实上，不算其他多样的文化空间，仅就全国重点文物保护单位的国内外知名寺庙宫观的庙会就有三百多个。第一批国家级非物质文化遗产代表作的1315个项目申报所做的鉴别和筛选，反映了我们在一定程度上偏重于文化表现形式的艺术遗产保护，对民俗文化遗产特别是对民俗文化空间类的非物质文化遗产保护有所忽略。

（三）只要参照一下已经宣布的世界非物质文化遗产代表作的各类比例，就可以发现我国的差距。从2001年5月到2005年11月，联合国教科文组织先后批准公布了三批世界级人类口头和非物质文化遗产代表作共90项，成为世界非物质文化遗产保护的一个里程碑，在全世界产生了轰动效应。在三批的90个代表作中，和我们国内相同，也把节庆文化空间加在内来统计的话，共有19个属于文化空间类的代表作，占所有代表作总数的21%。其分布状况如下：

亚洲地区4项：乌兹别克斯坦的博逊地区文化空间、约旦的皮特拉和瓦迪鲁姆的贝都人文化空间、越南铜鼓文化空间、韩国江陵端午祭。

欧洲地区5项：俄罗斯的塞梅斯基口头文化及文化空间、爱沙尼亚的基努文化空间、比利时的班什狂欢节、比利时和法国的巨人与龙游行仪式、西班牙的贝尔加帕图姆节。

美洲地区5项：玻利维亚的奥鲁罗狂欢节、哥伦比亚的巴兰基亚狂欢节、圣巴西里约帕伦克文化空间、多米尼加的梅拉镇孔果圣灵兄弟会文化空间、墨西哥的土著亡灵节。

非洲地区5项：摩洛哥的 Djamaa el - Fna（吉马 · 埃尔弗纳）广场文化空间、坦坦穆塞姆集市、几内亚的尼亚加索“苏苏 — 巴拉”文化空间、马里的雅阿拉勒和德加勒文化空间、科特迪瓦的塔格巴纳族群的横吹喇叭音乐及文化空间。

从上述比例来看，文化空间在全世界各大洲的非物质文化遗产保护中占有重要优先地位，然而中国作为文明古国和文化大国却没有文化空间的代表作贡献给世界，令世人遗憾。因此，我国在第二批、第三批国家级非物质文化遗产代表作名录的申报和审批工作中，当务之急是把关注保护的重点向各民族、各地方民俗文化遗产的文化空间项目转移或倾斜；特别是应当把密切联系着亿万民众生活和心理愿望的大型、超大型文化空间的遗产代表作保护列为重中之重。目前，在我国非物质文化遗产保护工作中，加强鉴别和认定“文化空间”的工作不仅是不可或缺的，而且是具有文化战略意义的重要程序。因为，许多对大型文化空间的保护，都牵动着亿万海内外中国人的文化情结，应当给予特殊的关注。

二、五项论证

从近年来我国非物质文化遗产保护工作的运行中还可以测查到，之所以在保护文化空间方面有比较明显的欠缺，还在于对“文化空间”的概念理解上存在不小的模糊认识，所以很有必要重新解读非物质文化遗产有关定义中的“文化空间”（Cultural Spaces）概念。

（一）在联合国教科文组织发布的《保护非物质文化遗产公约》和相关非物质文化遗产保护文件中，有关文化空间的具体表述至少出现过六十多处，几乎所有的表述和解说都是和文化表现形式一起并列提出的，这是个重要的标志，它一再表明非物质文化遗产只有两大分类：一个是文化表现形式；另一个是文化空间。我国作为重要缔约国对此不能不考虑履行公约规定的责任和义务。

（二）联合国教科文组织在《人类口头和非物质遗产代表作条例》第

一条宗旨中的第一款就提出："这一口头和非物质遗产（文化空间或民间传统表现形式）将被宣布为人类口头非物质遗产代表作。"明确提出非物质文化遗产包括两大种类：一个是文化空间的形式；另一个是文化表现形式，文化空间在理论上和实践上都占据半边天下。在联合国教科文组织以后宣布的非物质文化遗产代表作《申报书编写指南》的第四条介绍非物质遗产的种类时，再一次阐述"文化空间"的概念说："宣布人类口头和非物质遗产代表作针对的是非物质文化遗产的两种表现形式：一种表现于有规可循的文化表现形式，如音乐或戏剧表演，传统习俗或各类节庆仪式；另一种表现于一种文化空间，这种空间可确定为民间或传统文化活动的集中地域，但也可确定为具有周期性或事件性的特定时间；这种具有时间和实体的空间之所以能存在，是因为它是文化表现活动的传统表现场所。"

（三）联合国教科文组织在1998年的那次会议上，用额外的基金还创立了一个奖金，用来激活人类口头和非物质遗产的"文化空间或文化表达形式"。在这里必须清醒地认识到文化空间和某个地点的区别。联合国教科文组织北京办事处的文化官员爱德蒙·木卡拉对此有一个关于文化空间的解说比较适当。他说："文化空间指的是某个民间传统文化活动集中的地区，或某种特定的文化事件所选的时间。在这里必须清醒认识到文化空间和某个地点的区别。从物质文化遗产的角度看，地点是指可以找到人类智慧创造出来的物质存留，像有纪念物或遗址之类的地方。文化空间是一个人类学的概念，它指的是传统的或民间的文化表达方式有规律性地进行的地方或一系列地方。"在中文版本的联合国教科文组织文件中也曾有的把"文化空间"译作"文化场所"的，这就很容易让人们理解为文化空间就是指某个地点。

（四）必须充分理解非物质文化遗产保护对象中的"文化空间"概念，是申报和保护这类大型文化活动项目的关键。在各级非物质文化遗产保护的工作培训班中，管理干部和各种专业类型的学员提出和咨询最多的疑难问题，都集中在对"文化空间"的解释上。实际上这是不难回答的问题。一是“文化空间”这个外来的名词术语，在联合国教科文组织官方文件中定义的中文译文比较空洞难解，我们要做保护工作就不能死抠字眼去解读那些脱离了中国文化语境而又难以操作的文字。最重要的是要把握好定义中的关键词语，抓住定义内容要旨，就可以进行操作了。二是这里所说的“文化空间”不能被理解为我们中国社会知识阶层通常讨论文化时所说的十分宽泛的“文化空间”。那种文化空间的理解十分随意，甚至中国也可以叫作一个具有五千年文明史的文化空间，一个学校也可以叫作一个文化空间，一个居民小区也是一个文化空间，等等。甚至把所有的公众聚集的场合都叫作文化空间。这是一种“泛文化空间”的随意表述。

通俗地说，凡是按照民间约定俗成的古老习惯确定的时间和固定的场所举行传统的大型综合性的民族民间文化活动，就是非物质文化遗产的文化空间形式。有了这样的理解，就会自然而然地发现，遍布在我国各地各民族的传统节庆活动、庙会、歌会（或花儿会、歌墟、赶坳之类）、集市（巴扎）等，都是最典型的具有各民族特色的文化空间。

我们在保护工作中选择文化空间为保护项目，就不可以使用“泛文化空间”的随意性理解，把过去文化部门命名过的一个“故事村”、“剪纸之乡”、“艺术之乡”、“文化生态保护区”、“区域文化”等都拿来申报文化空间。必须运用非物质文化遗产保护工作用的这个专有名词的专指概念进行认定，因为它指的是每年固定周期性地在固定场所举办具有规模的民间传统综合文化活动，而不是指的某一个只有一般性普通日常文化生活的乡村或地区，否则的话，全中国所有的自然村落都可以叫作文化空间了。

（五）在已经批准成为世界非物质文化遗产代表作的项目中，还有以下两种文化空间形式值得参考借鉴。一种是多米尼加共和国孔果圣灵兄弟会文化空间、爱沙尼亚基努文化空间、俄罗斯塞梅斯基文化空间、乌兹别克斯坦博逊地区文化空间、几内亚索拉索索·巴拉文化空间等的文化表现形态。它们的共同特点是：在一个相对独特的古老地区，有一个独特文化传承的文化群体，用他们的信仰和独有的合唱、舞蹈、神圣乐器演奏主持他们的神圣的宗教节日，于是这些神圣的歌舞、音乐就成为这个文化群体中最重要的文化表现形式，于是形成了他们自己的文化空间。另一种文化空间是摩洛哥吉马·埃尔弗纳广场文化空间。这是一种古老的国际游客活动空间，从11世纪起，这里就是远近闻名的游乐胜地，从每天清晨直到午夜，各国游客蜂拥而至，欣赏这里的音乐、舞蹈、杂耍以及用各种语言讲古老故事的活动，形成了最为典型而独特的时间、地点和活动千年不变的广场文化空间。

三、一条建议

自从2003年年初笔者应邀参加国家文化部有关民族民间文化保护工作以来，直到现在直接参加第一批国家级非物质文化遗产评审工作完成并参与全国大多数省、市地方保护工作的咨询为止，一直有一个不小的困惑缠绕着笔者，那就是在保护各个门类单一的非物质文化遗产文化表现形式的同时，应该如何保护遗产中综合的、大型的文化空间活动？这是我国非物质文化遗产保护的重点和难点，必须找到一把开启难关的钥匙，才有可能解决我国文化保护中遇到的这一难题。其中，积极努力地保护我国民间庙会文化空间和保护我国民俗节日文化空间就都具有十分典型的意义。前年申报国家级非物质文化遗产的北京妙峰山庙会、山东泰山岱庙庙会、广东南华寺六祖惠能诞辰庙会、佛山北帝祖庙庙会、天津天后宫妈祖庙会等许多牵连着数以百万计民众文化情结的文化空间，没有获得批准，令人遗憾。

因此，笔者建议：在2007年即将进行的第二批国家级非物质文化遗产代表作名录的申报和审批工作中，当务之急是把关注和保护的重点向各民族、各地方民俗文化遗产的文化空间类项目倾斜；特别是应当把早已列为全国重点文物保护单位的海内外著名寺庙的三百多个庙会，以及其他密切联系着亿万民众生活和心理愿望的大型文化空间列为保护的重中之重。

非物质文化遗产文化空间保护中文化圈理论与方法的应用

在探讨文化圈理论及其应用的课题时，必须说明，这是一个在充分认识了抢救和保护非物质文化遗产意义的前提下提出的课题，因为这个课题对于如何有效地进行抢救和保护工作十分重要。众所周知，中国非物质文化遗产的保护工作，既需要借鉴以往国际上抢救、保护人类文化遗产的多种经验，也需要密切结合本国国情的各种实际，更需要建立一整套实施抢救和保护工作的有效机制；同时，还需要有相应的、有针对性的科学理论和方法，使建立工作的有效机制成为可能。因此，文化圈的理论和方法在抢救和保护工作中就有了重要价值。

从拉采尔（F.Ratzel）到施米特（W.Schmidt）的维也纳学派“文化圈”的理论与方法，有必要在人类文化遗产遭遇严重破坏时进行再认识。文化圈是一个有机体的整个文化，它包括人类需求的各种文化范畴。它在各地区形成、发展并可能向其他地区移动，同时，在不同地带还可能有与其相关联的文化成分，形成文化圈的广阔地理分布表现。文化圈的特点是必须有较大的族群或民族的固定不变的基本文化作为根基，因此，它是具有持久性的地理空间。另一方面，文化圈还拥有独立整体的文化丛，它的移动是全部的文化范畴的移动，从而在比较中发现两个地区所有在文化上的历史关联。另外，民族之间文化的影响力也可能是个别文化成分的流入，也可能是一个文化圈的个别文化成分被冲散。文化圈的数量标准和质量标准是确定人类口头和非物质文化有机关联及其体系的有效方法。文化圈方法论还可以认定并区分独立文化圈和混合文化圈，融合度高的文化圈与融合度低的文化圈，割断和被割断的文化圈以及辨别零散残存的文化要素，等等。因此，文化圈理论与方法在抢救、保护工作中有重要的应用价值。

关于文化圈理论、方法及其应用价值，分别做如下解析。

1. 文化圈理论的开创。作为文化传播论开创期的原创理论，最早出自拉采尔的人文地理学代表作《人类地理学》全二卷[①]和《民族学》全三卷[②]中。他在书中系统论述了人类及其文化的地理分布，特别是在个别文化的地理分布方面进行了先导性的研究。他对于有关各种民族文化和生活习惯有许多相似现象的解释是，由于文化和生活习惯通过借入方式从一个中心向四外扩散的结果。他的这一结论是通过以下方法得出来的。

① 首先是创造了“地理方法”（Geographische Methode），然后广泛地运用这种方法去追踪和考察各种文化元素的分布情况，并把它们绘制成分布地图，从而确定它们为调查对象。然后以此为根据再推定它们的传播路线。

② 同时强调调查研究论据的重要性，把这种文化的相似性和历史的发生密切联系起来，解释文化传播的真相。把民族文化发生上的历史关联在一定地区具有的普遍现象，命名为“文化圈”。

③ 用“形态标准”（Formkriterium）对文化类似形态进行评估。方法是：凡有可比性的文化要素呈现类似形态时，就要看那些文化事物的本质和目的是什么；如果发现那些事物所用的质地材料并不是必然产生的本质和目的时，它们在形态上的类似就证明了它们在发生上有着历史上的关联。

① 分别在1882年、1891年出版。

② 分别在1885年、1886年、1888年出版。

拉采尔的文化圈方法论并不是凭空想象出来的。它通过对非洲弓箭历史的调查研究，揭示了这种文化传播的真相。他在追踪文化要素的分布时，发现了其中相类似的文化形态竟然存在于相隔很远的地区，这使他感到意外。他认为每一个民族，包括古老的自然民族，都有各自的历史性。因此，研究这些民族及其历史的遭遇十分必要，在大多数情况下，这些遭遇是民族迁徙的结果。民族及其文化在迁徙过程中相互接触并相互影响，这种影响的程度往往出乎人们的意料。

2. 文化圈理论和方法的再发展。这显然和拉采尔的弟子弗洛拜缪斯（L.Frobenius）的贡献是分不开的。

他认为，文化的类似性不仅在个别文化形态中存在，而且还可以在两个完整的文化丛或文化圈中发现。所以，民族及其文化的迁徙和移动不仅与个别文化形态有关，而且也和整个文化圈的彼此相类似有关。他对于西部非洲和美拉尼西亚的调查和比较研究，发现在历史发生上的关联现象常常不限于弓箭等武器或其他文化要素，而是在很多文化事象上，如生产技术、使用器具、衣食住行、社会组织、婚姻丧葬、信仰禁忌、神话故事、艺术娱乐等很多方面，几乎涉及人类生活的全部文化要素。正是这种文化发生上的关联和相类似的普遍性形成了"文化圈"。它创造的方法是："数量标准"（Quantitats Kriterium）的应用方法。这是一个量化标准，即在两地区之间相类似的文化要素的数量越多，两地区之间的历史与文化的关联就能够得到确认。这个"数量标准"的应用，同时也是对R氏的"形态标准"的确认并强化了文化圈理论依据的机能。到此为止，文化圈理论是把现在时的一个切断面作为空间并存的单位来论证它的概念的，从而确立了他的理论和方法。

3. 文化圈理论的丰富和应用。丰富文化圈理论并把它应用到民族学或民俗学中去，应当是形成文化史民族学派的格拉伯纳（F.Grabna）和安科尔曼（B.Ankermann）所确立的。

他们两位都运用上述文化圈理论与有关"标准"的方法，分别发表了题为"大洋洲的文化圈和文化层"、"非洲的文化圈和文化层"两篇学术演讲[①]，引起了轰动。他们对大洋洲、非洲的许多文化圈以及有关文化圈前后顺序的文化层之关系进行了历史与文化关联的论证，一举成为该学派的代表人物。特别是F.格拉伯纳创立的方法更具有科学实践的意义。他把作为时间和空间顺序确定下来的文化圈，还原为时间上的新与旧的关系，进一步提出了把时间序列单位层次化作为客观标准，把这种时间顺序关系上分类的文化圈叫作“文化层”。他本人在复原人类文化史的前提条件的文化圈方面，也就是在认识文化层的基础工作上做出了很大成就。1911年他出版的名著《民族学方法》就是明证。他在书中论述了以下几点。

① 强调“文化圈”的地理概念，他认为文化圈是一个地理空间，其中包括一个文化丛（Culture Complex），文化丛中还包含若干文化成分的许多部分，都分别扩散在这个地区空间中，但是并不一定包括全部文化要素在内。

② 他认为最好是独立的文化丛，但也可以是不独立的，在一个地区传播的特殊文化成分不多，也可以成为文化圈。

③ 他还认为在一些相关的文化丛中只要统计出一连串可以认为是标准的文化丛，实际上就可以叫作文化圈。

④ 他还认为文化圈只表明地理上外显的文化关联，它的内容则是文化丛。

⑤ 文化圈本身并不迁移，而移动的或被借入的只是文化圈中的文化成分。

⑥ 他认为两种或两种以上的文化在文化特别相关的情况下，会同时在某个地区出现并长久存在下去，这种多数文化现象同时出现的实证，应当是重要的标准。

⑦ 在文化移动中，当一种文化和其他文化丛混合在一起传入某一地区时，该地区还没有出现其所有的那种文化成分时，至少表明那种文化

① 分别在1882年、1891年出版。

并没有整体迁移。不管是民族之间的接触还是整个民族的迁徙，都会在某地区出现某几种文化成分一同移入的情况。

4. 文化圈理论与方法的顶峰。在20世纪40年代达到顶峰的应当是维也纳的W. 施密特。他对于南美、东南亚、澳大利亚文化的研究，大力推进了文化圈理论与方法的发展。他发表的《南美的文化圈和文化层》的学术演讲[①]，对完善文化圈理论起到了重要作用。他的代表作《文化史民族学方法手册》[②]一书成为文化圈理论的经典之作。正是这部代表作，全面确立了文化圈等于文化层这种层位化的4种方法论标准。

A. 混合文化圈比独立纯粹的文化圈新。

B. 在混合文化圈中，融合度高的文化圈比融合度低的文化圈古老。

C. 当两个文化圈相接触，一方割断另一方时，在其割断地区，发挥割断作用的文化圈要比被割断的文化圈新。

D. 在两个文化圈完全重合的情况下，从零散的文化要素的残存可以得知其原有的文化圈更加古老。

以上4个标准是把分布在全球各地区的各种文化放在空间并存的条件下对文化圈进行确认的，而不是把这种文化圈放在文化层的关系上追寻它们之间的历史关联；是把它作为文化的传播和异文化的混合发挥重要作用的种种发展过程加以确认的，而不是把人类文化作为单向直线的内在进化阶段加以认识的。这就发展了前人的理论与方法，首先关注了文化圈的内容，其次才关注文化地理空间的意义。他还认为，同一个文化圈可以在两个地区，其中一个地区有整个文化圈的文化成分，或者只有某一个神话有相关性，就可以认定为同一文化圈。两个文化圈的相关也就是两个地区文化的相关。在方法上，他始终强调用数量标准（Quantitats kriterium）和性质标准（Qualitats kriterium）来认定文化圈的方法。一个是对不同地区相类似的文化要素的数量多少做出认定，这不是

---

① 分别在1885年、1886年、1888年出版。

② 1937年出版。

把毫不相干的文化成分凑合而成的多与少，而是依据形态标准做出的相关性认定的数量。另一个是对有相关性的若干文化成分在其“文化范畴”和“文化内容”的含义上做出认定，从而研究文化圈中的整个文化，包括人生需要的各种文化范畴，以及这种文化圈在各地的形成、发展和向其他地区的移动，或与其他地区个别文化成分有相关性的内容或地理空间的表现，等等。他在理论上突破前人的创新之处就在于：他既强调文化圈的特点表现在它的持久不变，强调必须有较大族群持久不变的基本文化来做依据，强调只有如此才能使文化圈拥有广阔的地理空间；同时又强调了文化圈的独立性，强调文化圈有独立整体的文化丛，移动的文化要素并不一定都是个别文化的单一成分或被冲破了的成分，而是整个文化圈的移动，是一个文化中全部文化范畴的一齐移动。用现代概念来阐释就是指物质的和非物质的所有的文化在不同的地区形成历史的关联。他的研究结果证明，人类文化传播越广，民族之间的相互影响就越大，从而使不同的文化圈之间从远古到现在的历史关联得到认定，使各种民族的文化成为全人类共享的文化遗产。

5. 文化圈理论和方法在抢救和保护文化遗产工作中的应用。文化圈理论本身，不一定是非常必需的，但却是十分实用的。首先，在中国的汉民族和55个少数民族之间的两个以上文化圈的相关联系，在文化遗产的抢救和保护工作中就是不可回避的重要问题。其中，古代原文化圈的诸多文化形态和文化范畴依然或多或少地遗留着。农耕文化圈、畜牧文化圈和一些狩猎和采集的原文化圈的遗存，都在抢救范围之内。在农耕文化圈中，中国的区域性农耕文化圈的分野一直就存在着。相对说来，北方以旱地种植为标志的麦黍文化圈，与南方以水田种植为标志的稻作文化圈是既有融合又保持着相对独立的两个不尽相同的农耕文化圈。在南方，以方言圈为标记的吴语文化圈和粤语文化圈都有相对独立的文化形态和文化范畴。在北方，农牧、农猎、牧猎的多民族杂居的混合文化圈，呈现多彩多姿的文化形态。华北平原、松辽平原、黄土高原农耕文化诸多元素的移动和借入，十分丰富多样。历史上多次大规模的民族迁徙和移民潮，使中国农耕文化经过相互接触、彼此融合，再产生和发展成为不同历史阶段文化圈的变迁。在现存的民族民间文化遗产中，明显地可以看到横向空间并存的文化圈差异。在这些差异中我们找到了纵向历史发展不同阶段的文化相关的差异。前不久，我们对中国山西省黄土丘陵地区一个15世纪以前就有的小型古村落做了调查，全面应用了文化圈理论和方法，取得了令人吃惊的成绩。从当代文化历史的进程中，我们早已注意到，新兴产业文化圈正在全面割断并摧毁传统文化圈，因此，在抢救、保护人类口头与非物质文化遗产过程中，全面准确地应用文化圈理论和方法清理面临破坏和濒临灭绝的文化遗产，高度评价人类文化创造的不朽价值，在快步跨入新世纪的未来文明的创建中更具有十分重要的历史意义和现实意义。

6."文化空间"概念的提出及其在非物质文化遗产保护中的广泛应用，是文化圈理论和方法在新世纪具有创造性的新发展。联合国教科文组织在1998年10—11月第155次大会上用额外的基金创立了一个奖金，用来激活人类口头和非物质遗产的"文化空间或文化表达形式"。现在取得国际共识的"文化空间"定义是："一个可集中举行流行和传统文化活动的场所，也可以定义为一段通常定期举行特定活动的时间，这一事件和自然空间是因空间中传统文化表现形式的存在而存在的。"① 联合国教科文组织北京办事处的文化官员爱德蒙·木卡拉的解说很恰当。他说："文化空间指的是某个民间传统文化活动集中的地区，或某种特定的文化事件所选的时间。""在这里必须清醒地认识到文化空间和某个地点的区别。从文化遗产的角度看，地点是指可以找到人类智慧创造出来的物质存留，像有纪念物或遗址之类的地方。文化空间是一个人类学的概念，它指的是传统的或民间的文化表达方式有规律性地进行的地方或一系列地方。"

在首批公布的世界非物质文化遗产的19个代表作中就有乌兹别克斯

① 2001年11月第31届联合国成员国大会通过的关于非物质文化遗产决定中采用的定义。

坦的博桑地区文化空间、俄罗斯的塞梅斯基口头文化及文化空间、多米尼加的维拉·麦拉康果斯圣灵手足之情的文化空间、象牙海岸和摩洛哥联合申报的Djamaa el — Fna广场文化空间、几内亚的尼亚加索“苏苏—巴拉”文化空间等。

从人类文化空间的布局考察，中国的非物质文化遗产在这个庞大的“地球村”中是一个多元一体的巨型混合文化圈；它至少是由56个民族或更多一些群体的独立文化圈交织组成的。其中，最强势的汉族文化圈还包括十几个到几十个独具特色的文化区域或文化地带，形成一些有差别的小范围的文化圈层，传播并传承着具有几千年历史层次的各具特色的多民族、多地域的文化。我们可以自豪地说，中国这个巨大的民族民间文化的特大空间是世界上最为绚丽多彩的人类文化遗产的宝库之一；在它的文化构成形式中，遗存着成千上万个多样性的文化空间，亟待我们在新的历史条件下努力进行抢救和保护，并把它展现给全世界人民，成为举世共享的文化财富。

非物质文化遗产的认定、鉴别、普查、筛选都有民族文化圈的一系列理论和方法做依据，都必须有较为严格的科学标准以及科学的文化保护措施。例如，青海省有汉、藏、蒙、回、土、撒拉、哈萨克等7个民族文化圈（包括4个跨省民族文化圈），分属于农业、牧业两大传统产业文化圈中，同时还分别交叉在伊斯兰教文化、藏传佛教和汉族道教文化的三个信仰文化圈中。在这些民族的物质和非物质的遗产中，可以有序地排查出一系列的优秀文化遗产。其中，在几个民族文化圈交叉混合的圈层中，产生了独具多元文化特色的包括“热贡艺术”[①]在内的文化空间。在热贡地区，每年农历六月十七日至二十五日举行传统的“六月歌会”，藏语称为“周贝鲁若”，土族语称为“纳顿”，会期内远近各族村民来到这里举行各族各种宗教的祭祀仪式和多种艺术的表演和展示活动。由此可以认定“热贡文化空间”是青海多民族非物质文化遗产的优秀代表作之一。

---

① 热贡：藏语对青海省同仁县地区的称谓，古代汉文典籍称作“榆谷”，旧称“浧工”。

为此，亟须组织一批研究民族民间文化的专业人员去那里做大量的认定、排查、遴选的工作；亟须尽快主持编制中国民族民间文化圈及其所有文化空间的分布图，全国民族民间文化遗产分类手册及分类分布图，民族民间文化遗产普查大纲及普查工作手册、民族民间文化优秀遗产初选名录，民间艺人、传人、能工巧匠的普查名录和“民族民间文化国宝级人物名录事典”，等等。其中，除了排查各族各类民间艺术的单项名录是最基本的保护需要以外，普查各民族文化空间将是一个专业性极强的工作。比如彝族的“火把节”，是跨越云、贵、川三省的彝族盛大节日；同时在纳西族、基诺族、拉祜族、普米族、白族、佤族中也都过此节日。因此，对于这样的一个独特的多民族共有的文化空间，就要用文化圈的“数量标准”、“性质标准”做出综合比对的科学鉴定，确定保护措施。同时做好逐级培训工作，培训一大批熟练掌握文化圈理论和方法的民族民间专业文化工作者，投入这项工程的第一线，具体实施工程的进展。

（原载《江西社会科学》2005年第1期，第102—106页。本文有删节）

在非物质文化遗产保护中实用文化圈理论与方法的说明

在阐述文化圈理论的另一篇文章中，笔者曾经特别强调过："从人类文化空间的布局考察，中国的民族民间文化在这个庞大的地球村中是一个多元一体的巨型混合文化圈；它至少是由56个民族或更多一些群体的独立文化圈交织组成是。其中，最具有强势地位的汉族文化圈还包括十几个到几十个独具特色的文化区域或文化地带，形成一些有差别的小范围的文化圈层，传播并传承着具有几千年历史积淀的各具特色的多民族、多地域的文化。我们可以自豪地说，中国这个巨大的民族民间文化空间是世界上最为绚丽多彩的人类文化遗产的宝库之一；它亟待我们在新的历史条件下努力进行抢救、保护，并把它展现给全世界人民，成为举世共享的文化财富。"

我国在近半个世纪特别是近二十年中，对民族民间文化的保护工作已经取得了举世公认的成就。尤其是由文化部直接领导并主持完成的民族民间十大集成的巨大成就，在国内外产生了很大的轰动效应；同时也取得了丰富的经验。但是，应当承认我们取得的成绩与我国博大浩瀚的民间文化优秀遗产的丰富资源相比照，很不相称。我们的保护工作也只不过是完成了九牛之一毛、冰山之一角。由于我们对于民族民间文化在认识上还缺乏现代人文科学角度的正确观点，在工作中还缺乏严格的专业科学理论与方法的具体指导，所以我们的文化保护工作与许多发达国家和一些在这方面领先的发展中国家相比较，显得严重滞后。为此，笔者想结合近二十年来参加我国和亚欧几个国家的十多次民间文化保护工作的经验发表一下有关文化圈理论与方法在文化保护工作中有效应用的意见。

在这里不得不再一次重申：任何国家的民族民间文化保护工作都是一项政策性、科学性、群众性、国际性极强的庞大的系统工程，作为拥有56个民族的古老文明的中国更不例外。在工程的全过程中和所有的子系统中，几乎都要贯串着民族文化圈的科学理论和操作方法。

1. 关于政策性的再强调。这项工程首先亟待“中国民族民间文化保护法”和相关实施细则的出台。为什么保护民间文化？保护什么样的文化财富？如何保护？怎样确立县、市、省（区）、国家分级保护的标准？怎样确定普查、筛选、评定、进入遗产名录的规则程序？都要有法律法规的依据和各种政策的界限。这套法规和细则应当而且必须与民族民间文化圈的分布特点相适应，要有一系列的科学界定和可操作程序做基础。科学依据一定要为文化法规做强力支撑，才能形成有效的机制。这项工程亟须政府在政策法规、组织工作、投入资金等方面的大力支持，政府必须发挥它的主导作用，包括各级政府建立强有力的民族民间文化保护机构和专业组织，拓展政府主管部门的专业职能；依法建立民间文化保护基金会，加大专项资金投入。政府主管部门的工作应当增强文化圈理论与方法的科学含量，以利于有效推动保护工作。

2. 关于科学性的再强调。民间文化遗产的认定、鉴别、普查、筛选都有民族文化圈的一系列理论和方法做依据，都必须有较为严格的科学标准以及科学的文化保护措施。例如，青海省有汉、藏、蒙、回、土、撒拉、哈萨克等7个民族文化圈（包括4个跨省民族文化圈）分属于农业、牧业两大传统产业文化圈中，同时还分别交叉在伊斯兰教文化、藏传佛教和道教文化的三个信仰文化圈中。在这些民族的物质和非物质的遗产中，可以有序地排查出一系列的优秀文化遗产；其中，在几个民族文化圈交叉混合的圈层中，产生了独具特色的文化空间“热贡艺术”。因此可以认定，“热贡艺术”是青海多民族民间文化遗产的优秀代表之一。为此，大量的认定、排查、遴选的工作亟须组织一批民族民间文化的专家。尽快主持编制中国民族民间文化圈分布图、全国民族民间文化遗产分类手册及分类分布图、民族民间文化遗产普查大纲及普查工作手册、民族民间文化优秀遗产初选名录、民间艺人、传人、能工巧匠的普查名录和“民族民间文化国宝级人物名录事典”，等等。其中，除了排查各族各类民间艺术的单项名录以外，普查民族文化空间将会是一个专业性极强的工作。比如彝族的“火把节”，是跨越云、贵、川三省的彝族盛大节日；同时在纳西族、基诺族、拉祜族、普米族、白族、佤族中也都过此节日。因此，对于这样的一个独特的多民族共有的文化空间，就要用文化圈的“数量标准”、“性质标准”做出综合比对的科学鉴定，确定保护措施。同时做好逐级培训工作，培训一大批熟练掌握文化圈理论和方法的民族民间文化专业工作者，投入这项工程的第一线，推进工程的实施进展。

3. 关于群众性的再加强。民间文化财富蕴藏在特定的文化圈里数以亿计的各地方、各民族广大群众中，在群众还没有形成自觉的文化保护意识之前，现代化的强力冲击将会对民间文化遗产构成威胁和破坏。发动群众，形成一种群众自觉保护民间文化遗产的热潮。特别是发现并发动那些活跃在广大群众中间的民间艺术家、各行各业的能工巧匠，甚至是那些“稀有的”或“濒临灭绝”的“民间国宝”级的文化传人等，就成为当务之急的大事。发动各种民间文化社团及相关的民间文化研究机构协同工作形成合力。

4. 关于国际性的再认识。任何国家和民族的民间文化遗产，都是人类劳动和智慧的结晶，在国际上已经被认定为都是人类共享的财富。前不久在北京召开的“人类口头与非物质遗产抢救与保护国际研讨会”再一次表明民族民间文化保护工作的国际性特征。我国民族民间文化遗产的保护已经纳入联合国教科文组织工作的实施与监督之中。许多发达国家和发展中国家都已经有了民间文化保护的专项法规和文化保护经验，甚至已经形成了国际共识。例如，日本早在战后的第五年就确立了文化复兴的国策，颁布了民族文化财产保护法，成立了领导机构和专家委员会，确立了全国上下依法保护的工作程序。1985年，笔者作为日本口承文艺学会的成员参加了保护“能乐”的国家级东京学术研讨会进行严格鉴定；在兵库县姬路市出席了有关“狮子舞”县级保护理想的学术鉴定会；在新潟县古志郡参加了“山古志村斗牛”项目的现场评定；1987年参加北海道二风谷“爱奴”人“神话史诗优卡拉”的演唱采录和歌手采访。1989年夏季，在匈牙利和联合国教科文组织劳力·航克教授考察“乡村婚礼”、“乡村葬礼”的文化空间项目；以德国民族学会成员的资格我在德国盆地调查10个乡的农家民居保护工程的具体实施。所有的项目都有相应的文化圈科学规范标准，严格审定后，大力采取保护措施。我国的这项工程如何与国际接轨，也是必须用科学的方法认真对待的课题。与此同时，我国有相当数量的少数民族是跨国民族，这些民族文化圈中的民间文化遗产的精华，不少就在我国境内，如何科学地认定这些民族文化瑰宝，就成为十分敏感的国际问题。像柯尔克孜族史诗《玛纳斯》、蒙古族“长调”都存在跨国民族文化圈的问题。

只有全面地加强以上四方面的工作力度，并使其形成能协调运作的机制，才有可能推动这项工程的顺利发展，取得成效。要把国家的和国际的、全国的和地方的、政府的和民间的、专家的和群众的、人文科学理论的和具体工作实践的、科技手段硬件的和操作方法软件的所有工程要素，都从多侧面、多角度做到协调运作，越扎实越好，越有成效。

在开展工作时特别需要注意：民族民间文化圈的分布，在大多数情况下，并不是以一个国家的版图和地方行政区划为标志的。文化圈的形成有以下诸多因素，如自然生态的、民族经济生活形态的、社会生活与精神信仰的、稳定的民族历史沿革的、不稳定的民族迁徙和战争及文化移动和融合，等等。不仅世界上有不少跨国的民族文化圈；国内也有很多跨省区的文化圈；一个省内也同样有更多的跨市、县的文化圈；甚至在更小的地理空间中，还有相对封闭的独立文化圈，优秀的民间文化遗产就存在于这样的文化圈层中，需要我们去发现、鉴别、认定、评选，最后呈献给全世界人民共享。

闽南文化生态保护区初步考察认定的几点意见

1. 笔者对闽南地区非物质文化遗产所做的先期调研和考察的突出印象。

从2004年春到2007年夏，笔者先后6次到包括泉州、漳州、厦门三地的闽南地区，对那里的非物质文化遗产做了一些调研和考察。其中有客家山歌、南音、北管、拍胸舞、高甲戏、梨园戏、打城戏、歌仔戏、木偶戏、南少林武术、五祖拳、花灯、木版年画、古船模制作技艺、蓝印花布工艺、木偶雕刻、漆线雕、印泥制作工艺、蟳埔渔家民居建筑技艺、惠安女服饰习俗、蟳埔女服饰习俗、安海端午“嗦啰嗹”习俗、英都“拔拔灯”习俗、慈济宫祭典等多种文化表现形态和多样民俗文化空间形式，共计五十多个大小不等的遗产项目。这些项目涉及非物质文化遗产分类中的民间口头文学、民间音乐、民间舞蹈、传统戏曲、民间竞技、美术工艺、手工制作技艺、服饰习俗、传统节日习俗、民间庙会习俗等，较为全面。在关注项目的同时，笔者还访问了一部分身怀绝技、绝艺和文化记忆丰富的代表性传承人。在访查上述遗产的真实生存环境时，笔者较为明显地感受到它们所显示的闽南文化特有的多样性、代表性和原真性；同时，也感受到了闽南地区传统文化根基的深厚和人文情感的浓郁。毫无疑问，所有这些宝贵遗产的活态遗存，显然都来源于闽南地区固有的文化生态。也只有全力以赴地保护了闽南的文化生态，才有可能更加完好地保护那里所有的非物质文化遗产。

2. 闽南文化生态保护区应当具备的四个基本条件。

福建省近期确定了闽南文化生态保护区建设的指导思想、方针政策、目标和任务，并拟定和编制了《闽南文化生态保护区规划纲要》，这是一件令人振奋的大好事。这标志了我国的文化遗产保护意识已经提高到了一个全新的高度。这将努力推动我国文化遗产保护工作向整体性保护的新阶段迈进。为此，从民俗文化传播学的基本理论出发，对闽南文化生态保护区的构想和规划做出相应的鉴别和评估，显然是很有必要的。我认为确立并划定闽南文化生态保护区最起码应该具备以下四个基本条件。

A. 闽南文化生态保护区内，应当保持传统的闽南渔业、农业、商贸等独具地方特色的原文化形态的一体化。其中尤为突出的应该是以沿海渔村、渔港为代表的民生产业文化形态，颇具闽南传统的原文化形态色彩。特别是当渔业生产技术和装备已经被现代科技手段改造后的今天，海上作业还能保持多少传统捕捞技艺的文化元素，很值得认真关注。

B. 闽南文化生态保护区内，应当保持传统的当地民众日常生活习惯，从而构成原文化形态一体化。这里所说的日常生活风俗习惯，主要指的是：民居样式和居住设置格局，独具特色的服饰和装饰，特有的饮食内容、方式和习惯，特殊的婚丧礼仪，地方共有的民间信仰和祭典仪式，等等。例如，泉州渔村蟳埔的文化生态，鲜明地表现在当地的海上捕捞生产及渔民日常生活中。特殊的妇女服饰和头饰，日常海鲜（牡蛎等）食物的独特调制，用牡蛎壳筑墙建屋的独特技艺，经常以音乐（南音）、歌舞自娱自乐，全村供奉妈祖并在妈祖庙举行隆重祭典等，都在所有的文化细节里展现着闽南原文化形态的一体化特征。此外，还包括保生大帝祭典、陈靖姑祭典以及各个姓氏宗亲的各种祭祖礼仪。所有这些都在漫长的历史文化沿袭中促进了闽南文化自然而然的全面认同和一体化文化根脉的生态修复。

C. 闽南文化生态保护区内，应当保持传统的闽南民间文化艺术门类的多样性和多元一体化。以民间口头文学、民间音乐、民间舞蹈、传统戏曲、曲艺等多种多样的艺术遗产为例，在种类上、数量上、艺术水平上、文化价值上，方方面面都能获得国内外很高的美誉度和学术评价。毫无疑问，广泛流传在闽南地区的南音是被公认的国宝级的古老乐种，南音是从两汉经过晋、唐直至两宋各朝，中原音乐文化移入闽南地区落地生根、发扬光大的活化石。它流传乐曲两千多首，一律使用闽南古方言演唱，几乎完美地保留了古汉语的中原音韵。作为民间自娱自乐的文化表现形式，南音在闽南有着深厚的群众基础，在闽南人聚集的村落社区到处都有南音社团。目前，南音早已传遍我国港、澳、台及东南亚所有国家，成为维系港、澳、台同胞及海外侨胞的精神纽带。还有当地的北管乐曲，虽然是在晚清年间才形成的一种丝竹音乐，但是，却以它的强大活力流传在民间，广受青睐，而且早已经传入我国台湾地区和新加坡、马来西亚等国，北管社团遍地开花。有八百年悠久历史的宋元古型梨园戏、明末清初兴起的高甲戏、清末兴起的歌仔戏，都是广为传唱、深受民众喜爱的闽南方言剧种，它们也早已经传遍了我国台湾地区和东南亚各国，影响巨大。为此，它们都已经被认定为国宝级珍贵遗产予以保护。和这些戏曲表演相辉映的千年傀儡戏也并不逊色，泉州提线木偶戏和漳州布袋木偶戏这两朵戏剧艺术的珍贵奇葩，早在明代末年就已经传入中国台湾地区和东南亚各国，在那里生根开花结出硕果。这种传统艺术的多元一体化特征，是一个文化生态保护区必不可少的基本要素。

D. 闽南文化生态保护区内，应当保持闽南语独具特色的文化沟通、文化交流功能，形成丰富生动的闽南语方言文化的一体化；并以此为根基，在海内外构成广阔的闽南语文化辐射圈。作为闽南民俗文化传承和传播工具的闽南语方言，鲜活地显示着中华民族古汉语传习、演变的文化沿袭轨迹，闽南语方言的传承与保护，毋庸讳言，对于闽南非物质文化遗产的整体保护，对于闽南文化生态的全面修复，都有十分重要的长远的文化战略意义。当前在全世界范围发动的非物质文化遗产保护工作，其要旨特别强调“人类口头”遗产保护这一关键性的要素。因为几乎所有的非物质文化遗产都不可能脱离开“口传心授”这个最基本的手段而传承下来，闽南文化生态的根脉就是由与生俱来的闽南方言母语结构而成的。本文前面所列举的鲜活例证，每一个都是闽南语方言传承和传播的珍贵遗产典范，只要对海内外闽南语方言文化圈做一番详尽的科学考察，就会自然而然地得出结论。为此，在闽南文化生态保护区内，优先做到保护丰富生动的闽南语方言文化的一体化，则是关键的关键，重中之重。一旦缺失了这个最基本的要素，闽南文化生态保护将是一句毫无意义的空话。

以上四个条件，是缺一不可的，这其实是非物质文化生态在其保护区内自然而然传承演变形成的，也绝不是任何人随意强加给它们的。经过多方面反复地进行科学考察、评估、比对和认定，笔者认为目前闽南文化生态保护区所应有的上述四个基本条件已经具备，完全可以做试点运行的详细规划和充分准备。

严格说来，具备了以上四个基本条件后，还必须解决另一个重要问题，那就是建设闽南文化生态保护区的当地政府，在文化生态保护区所实施的全部工作计划，在政府全部工作中的位置、比例和份额能否达标？即能否达到国家“十一五规划纲要”规定的建设十个文化生态保护区的标准？为此，相关政府机构很有必要总结自从全面开展闽南三市（泉州、漳州、厦门）及其所辖各县区非物质文化遗产保护以来所做的工作，全面评估和测查其保护工作的力度，在建立国家级、省级、市级、县区级非物质文化遗产名录中的进度，建立各种相应的保护机制的强度，推动普查工作的广度和深度等，用已经取得的全面成果为闽南文化生态保护区的建设奠定良好的基础。经过一系列的充分准备，闽南文化生态保护区的最后认定，自然是水到渠成。

但是，我在考察中还发现了一些存在的问题，亟待解决，最后简单提示如下：一是对于建立闽南文化生态保护区的认识还存在很大的片面性，有某些明显的偏重眼前功利目的的认识、偏见和口号提法，很不得当，应当把思路重点提高到长远的闽南文化生态自身保护、继承和发展的全面需求上来。二是保护闽南文化生态与开发、利用的合理关系还没有解决好，过多强调开发和利用，很少关注保护，甚至还有某些“开发利用是最好的保护”的误导。三是保护规划的细则和措施还不够细致入微，不够具体，有待完善。四是闽南文化生态保护区独具特色的模式和保护区划的具体分布还不够清晰，有待进一步论证，使之更加明确，符合实际。

（原载《中国非物质文化遗产》第2辑，
文化艺术出版社2007年版，第31—35页。本文有删节）

中国山岳文化生态的非物质文化遗产内涵解读

中国山岳的自然美是大自然原生态所赋予的。但是，中国人却偏偏用自己的民俗文化美感描绘了那些自然美，甚至从遥远的古代就创造了独有的中国山岳的若干民俗文化模板，使中国的山岳都具备了多种多样的民俗性格，从而展现了千姿百态的民俗风貌和丰厚深刻的文化内涵。因此，探讨中国山岳的民俗文化模板具有十分重要的意义和应用价值。

说到文化“模板”，主要指的是人类通过某种文化观念的整合形成的各种稳定的文化“版式”或“模型”；特定的族群或社会群体就是用这些文化版式或模型作为自己的思维定式，去观察、解释和认识外部事物，进而得到人们想要得到的约定俗成的答案。人类群体对大自然世界的观察和解释更不例外，不同文化背景条件下的不同族群对大自然中的日、月、星、辰，风、雨、雷、电，山、川、草、木，花、鸟、虫、鱼，常常采用或套用相近似的或不相同的各种文化模板去进行观察和认识。其中，中国人对山岳的审美就采用了本民族（各民族）独有的文化模版做出了多种多样浓郁民俗风格的解释。

一、中国山岳的原始神话模塑

一部古老的神话总集《山海经》把中国海内外的大小古名山（真实的

和虚拟的）几乎都用奇异的神话塑造完毕。据说，春秋战国时的《山经》共记载有347座名山，其中的大多数都和神话相关联。昆仑山和海上三神山是众神居住的神山。三神山之说出自齐国人徐市，他为讨好秦始皇而上书说海上有“蓬莱、方丈、瀛洲”三神山，山上有众仙人和长生不老之药。三神山虽然是幻想的神话，但是，自古便为山岳注入神与神话的文化内涵，则是中国传统山岳文化的思维定式之一。登葆山、灵山、华山、日月山都是众巫登天与神沟通的天梯或天枢；巫山、云雨山生长不死神药；还有许多山与诸神之间的战争有关；另有许多山和奇异的神禽神兽有关，使山岳在开天辟地的神话时代就产生了原始文化（包括原始巫术）的模塑版本。山岳文化从遥远的神话时代走来，直至今日。

在古老的山岳神话中，高大险峻的山都是上天的梯子或是天神下界的必由之路，甚至山岳本身就是令人崇拜的大神。例如，藏族崇拜的贡嘎山，山名的藏语含义就是“至高无上”；蒙古族崇拜的腾格里山，山名的蒙古语含义正是“天”的含义。这些山都具有原始崇拜的文化内涵。在中国的多民族中，广泛残留着恭祭山或山神的习俗，正是这种原始文化的遗存。在《礼记·祭法》中记载：“山林川谷丘陵，能出云，为风雨，见怪物，皆曰神。”其中山神居多。仅《山海经》中的“五藏山经”记载就有近400尊山神之多。

还有，上古时期就发展起来的“相地”之术，首先以相山为重。古人以龙形为山岳连绵起伏地貌之相。这种神话思维的古代巫术，使中国产生了许许多多以龙为名的山岳，并从此发展了风水术，以山岳的逶迤曲折为来龙去脉来选定吉祥宝地。如辽宁朝阳、湖北江陵、河南宝丰、山西浑源都有的龙山，就被崇拜为灵山。东晋慕容氏以现在的朝阳柳河之北龙山以南为福德宝地，筑龙城为首都，建和龙宫，龙翔祠。古人说“水不在深，有龙则灵”；其实，把大小山岳嵌入龙崇拜文化模板也同样有灵。

二、中国山岳的民间传说造型

神话时代的终结，给民间传说描绘山岳形象提供了更加广阔自由的天地，于是，中国的大小山岳几乎都成为美妙传说的造型，并把那些造型作为传说的依托和可印证的信物。山岳的自然景观于是拥有了民俗文化属性。山岳也因此在历史的长河中形成了口碑文艺的图文合一的模塑板本。

山岳的民间传说造型大体上有两类：一类是山岳象形的奇异故事，甚至是精怪故事。像我国海南、台湾、河北承德都有的五指山，以及不少地方都有的龙山、虎山、猴山、龟山、蛤蟆山、鸡冠山、帽山、鼓山等，都有象形的民间传说做证。

除了象形的神奇传说附着于山岳外，最具有人文价值的是另一类人物传奇故事与山岳的黏合。例如，传说舜帝南巡驾崩于九嶷山上，追赶舜帝的二妃娥皇和女英，在洞庭湖中的君山闻舜帝已死，攀竹而哭，泪滴竹上化成泪痕斑斑的湘妃竹。于是，九嶷山和君山成为名山。苏州缥缈峰林屋洞，因传说大禹入洞取《水经》治理百脚河道而扬名。浙江的莫干山所以成为名山，据传说是因为春秋时期曾有干将和莫邪夫妇在此山铸造名剑而得名。新疆天山的博格达峰之所以有名，是因为传说山上的天池是西王母的居所，在这里曾经宴请过游览天下的周穆王。

在我国众多少数民族聚居的山区，几乎所有的山岳都有美丽动人的民间传说可作解释或说明。那些山岳的自然美景与动人的故事相结合，构成了十分厚实的风物传说文化模板。这种由民族风物传说圈形成的山岳文化模板在许多少数民族中都有。像黎族的黎母山传说，正是以信奉本民族祖先神黎母为主要内容的。传说雷公经过海南岛带来了一颗蛇卵，轰破以后，从壳中跳出一个女孩，靠吃野果长大，与陆地来岛上采沉香的一个青年成婚，繁衍了子孙后代，进行捕捞、种植山兰旱稻。这女子被尊称为“黎母”，子孙后代成为黎人。这则风物传说的地理分布应当在海南岛思河一带的峒；但是，由于黎族对民族祖先神黎母的信奉有普遍性，所以由这则风物传说引导出的黎族民间信仰文化圈已经远远超越了该峒范围。黎族关于五指山的传说有几种异文，但也都紧紧地围绕着对雷神或大力神的信仰而传播。其中有两种说法最为广泛。一种说雷公兄弟杨叉为了镇压天翻地覆，堆起了五座岭；另一种说是由射日月的大力神（巨人神）的巨手五指化成。前者以黎族普遍传播信奉的雷神传说为特征；后者以黎族普遍流传的英雄祖先大力神的传说为特征，因此五指山传说形成的民俗文化圈带有黎族全民族性。值得注意的是因本民族信仰而构成的风物传说圈往往与本民族的民俗文化活动及其范围相互联系，使风物传说呈现十分具有生命力的活泼状态，迅速向更广远的范围传播，形成了人文特征很强的民族文化圈。

以云南楚雄地区流传的彝族《三女找太阳》的传说为例，可以充分说明这个传说学中的山岳文化课题。传说讲的是哀牢山中三尖山的来历。传说古代彝家有三女，为了战胜制造黑暗的夜猫精，不辞千辛万苦去寻找太阳。终于在立秋节，用死换来了太阳。三女化为三座山峰，每日托出一轮太阳照耀人间。当地彝族人民为了追念这件神圣大事，每年立秋节在三尖山下举行盛大的赶街、跳歌活动。成千上万人的为此广为传播这则传说，远远越过了三尖山地区，在哀牢山区及楚雄彝族自治州不胫而走。云南鹤庆县流传的白族风物传说中有关于石山上赞陀倔哆神庙的故事。这是一则纪念这尊神开辟“蒙统罗”的传说。“蒙统罗”是白族对鹤庆的称呼。传说表现了白族对这位治水救民的神灵的崇拜。为了纪念这尊神，这里每年农历三月十五日举行“朝山”盛会。这个传说便以它所表现的白族对赞陀倔哆神的信仰为特征，通过传统的民俗盛会，从这个传说发源地由人群扩散到很远的白族生活区，几乎成为扩布全民族的神山传说。同样，关于《开辟大理的故事》也属于类似的传说。据传，观音菩萨用神力和智慧战胜了吃人眼球的怪物罗刹，夺回了平坝，还给了白族百姓。大理苍山景物阳溪口的罗刹阁、罗刹洞正是这个传说的证物和遗迹。相传，现在大理“三月街”的街场正是菩萨和罗刹当年为夺回平坝而立字据的地方。这则传说正是以白族信仰古老的传说为特征，被赶街的千万人广传到白族的千家万户，形成的大理苍山信仰文化的模板。

在云南路南流传着彝族风物“石林”、“狮子山”、“双肩山”等传说，这个传说群在当地也是以鲜明的民族特点广泛传播的。相传，古代彝族的哥自天神来到了路南，看到撒尼人、阿细人穷苦饥饿，便决定帮助人们造田种谷。他用鞭子赶着一大群高大的岩石，走在最前面的是他使用的一头骡子。他还担了一挑沃土，准备把长湖堵起来造平坝种谷。不料，这成群的大石块滚动声，震惊了磨豆腐的一位撒尼老妈妈。她想召回前往“公房”对歌的阿囡来保护家里的草房，便惊动了大公鸡拍打起翅膀，谁知着了魔的高大石块和骡子听到了公鸡叫声，便停下来不走了，都立直了身，竖起了耳朵，不管哥自天神怎样鞭打它们都无济于事，他一气之下把扁担折断，把一担土也倒了下来。于是，石块都变成了直立的石林，骡子变成了狮子山，一担土变成了双肩山。至今，撒尼人、阿细人还都感念哥自天神对他们的好意，世代相传。这则传说以它独具的撒尼人、阿细人对哥自天神的信仰，构成了远远超过以路南石林为中心的地区传说文化圈，在撒尼人及阿细人中广为流传，形成了当地独具特色的山岳文化模板。

东北鄂伦春族居住的地区流传最广、影响最大的风物传说《卡仙洞和奇奇岭》，也是以追述他们传说中神一般的英雄人物恩都力柯阿汗战胜巨魔蟒猊夺回卡仙洞的事迹为内容的。卡仙洞与奇奇岭都在阿里河畔，相距不过五十里，显然这则传说以此地为中心所形成的地理分布圈是有很大局限的。但是，由于传说圈的民族特征是以民族英雄人物恩都力柯阿汗为中心的，所以使传说传遍了阿里浅和甘浅，甚至传入了和鄂伦春族杂居的达斡尔族、鄂温克族，以及从阿里河南迁的锡伯族中，传遍了整个满—通古斯语族文化圈。卡仙洞又称“嘎仙洞”，在今内蒙古呼伦贝尔盟境内鄂伦春集居区，经民族考古学的鉴定，它保存了古代鲜卑人、室韦人活动的重要历史遗迹，它的民族特征是构成这个风物传说圈的要素，从而使奇奇岭和卡仙洞成为东北各民族中的名山名洞。

我国各地名山几乎都因美丽的传说而形成美丽的山岳文化造型。这正是我国具有风物传说突出特色的山岳文化模板的精华所在。

三、中国山岳的信仰圣地建构

几千年来，中国的儒家、佛教、道教在皇统“政教合一”的强势支配下，使官方与民间的信仰相结合，全面涌向大小山岳，纷纷选择或抢占洞天福地，处处开辟祭坛道场，广建宫、观、寺、庙、庵、堂、殿、阁、楼、塔、亭、台，开岩凿洞，摩崖造像，把中国众多的山岳纷纷创建成官民信仰和崇拜的圣地。

受儒家礼教支配的皇朝公祭的五岳分布在五个方位，山形各异，东岳泰山如坐，南岳衡山如飞，西岳华山如立，北岳恒山如行，中岳嵩山如卧。其中独尊泰山为五岳之长，产生了皇家封禅泰山和梁父山的重大政治文化史事。《史记·封禅书》记载：“古者封泰山禅梁父者七十二家。”历代先民与帝王授泰山以殊荣，只是为了依赖它镇守天地四海，祈盼国泰民安，皇权永固。同时，皇家还公祭四镇：扬州会稽山、青州沂山、幽州医巫闾山、冀州霍山，以稳定世代皇统。

佛教传入后，先后开创了佛教的观世音菩萨道场普陀山、地藏菩萨道场九华山、文殊菩萨道场五台山、普贤菩萨道场峨眉山四大名山。

四大佛教名山之一的普陀山，作为观音菩萨道场，是以兴建了218座供奉观音的庵堂寺院佛教建筑群为标志，和此处方圆近25里的岛上景观结合在一起形成的佛教文化环境。在普陀山有两个有关观音的佛教传说，可以确认为此山宣扬佛教文化的口承版本。一个是说唐代大中年间有一名印度僧人来到这个岛山，为了苦修烧掉了自己的十个手指；随后他说他亲眼看到了观音菩萨现身说法，还赐给他七色宝石等法物。从此，这座岛山便成了观音显灵的说法道场。另一个是说五代时后梁贞明二年，日本僧人慧锷从五台山奉观音像归国，途经普陀海域时，船遇大风触礁，被认为观音显灵不肯去日本，于是日本僧人只好在岛山留住，建了一座“不肯去观音院”，供奉那尊不肯离去的观音菩萨像。普陀山和附近的一座小岛山洛迦山合称“普托洛迦山”，这在梵文中“POTALAKA”是观音菩萨在南印度居住的佛山之名。因此，普陀一带所有景物都和观音菩萨紧密结缘，构成了独具佛教文化特色的山岳模型。像“潮音洞”（梵音洞）就被认为观音菩萨显灵现身的遗迹。正是这一景物存在，自宋元以来曾有一些善男信女到此处顶礼膜拜，甚至发生舍身纵崖跳海的殉教事件。足以证明佛教文化在此山的影响极大。

另一座四大佛教名山之一的安徽九华山，围绕着地藏王菩萨的佛教文化主题，有大约三百多座寺庙建筑群及有关遗迹，形成了方圆200里的独具特色的佛教文化圈。在这里有关新罗国王族金乔觉修行成佛的佛教传承占有重要影响地位。据《大宋高僧传》记载：从释迦牟尼逝世后到弥勒佛出世之前，天下由地藏菩萨普度众生，新罗国王族金乔觉在唐玄宗时来中国九华山修行，传说他正是地藏菩萨降临在九华山显灵说法，于是这里才成为地藏王菩萨的道场。围绕着这一个佛教传承文化的模板，产生了一系列佛教遗迹。如九华山神光岭上的“肉身塔”正是显示金乔觉修行到99岁圆寂时，全身柔软，面貌如生，成为地藏菩萨化身，才把菩萨肉身安葬入塔的明证。僧众尊称此塔为“肉身宝殿”。

山西五台山是我国佛教另一座四大名山之一，早在公元58年前后的东汉时，这里就建有寺院。据佛教传，五台山和印度古天竺灵鹫山酷似，便把这里的古寺也称作大孚灵鹫寺。以后又兴建了五十多座禅寺，成为驰名中外的佛教圣地。五台山灵鹫峰上的“菩萨顶”是该山佛教风物的代表性标志。五台山在佛教传承中被确定为文殊菩萨道场，菩萨顶被传为文殊菩萨的住所，那里建有文殊寺。明代以后，这里又成了藏传佛教黄教喇嘛寺庙的代表。在五台山，以文殊菩萨佛法无边的多种遗迹构成了佛教文化模板的核心。例如，“镇海寺”、“海底泉”的佛教传言，是指文殊菩萨得知龙王九子通过此泉兴风作浪，泛滥成灾，侵害百姓，便从天降下一口大锅紧紧扣住这个海眼，镇住了孽龙。百姓为感念此事，便建寺名“镇海”，并留下了“海底泉”遗迹。又如“狮子窝”遗迹，据传古来有人在这里看到成千上万只狮子玩耍嬉戏，人们都知道狮子是文殊菩萨的坐骑，既然狮子在这里现形，文殊菩萨也一定在此处当空显现法身，于是，才在这里建了文殊寺。但是，这里的僧俗群众仍旧按照佛教传承称此处为狮子窝。在五台山方圆500里的文殊菩萨风物圈中至今还没有发现任何非佛教风物遗迹，足以证明佛教文化模板在这里根深蒂固，并形成了自己特定的宗教传播的范围和传承线路。

在另一座佛教四大名山之一的峨眉山风物圈中，上述特点也十分明显。在这座绵亘120里长的佛教名山上，到处都是佛教风物圈的领地。这里占绝对优势的佛教遗迹是以普贤菩萨的道场风物为中心的。例如“洗象池”景观就是记述普贤菩萨在此处洗浴时，他的坐骑大象显灵故事的印证。“普贤石”在佛教传承中是普贤休息的地方。“金顶”（万佛顶）被认为普贤显现佛光的地方，这里从宋元以来因看到佛光而坠“舍身崖”的人，大多笃信普贤菩萨普度众生的佛教传说。这大致便概括了峨眉山佛教文化模板的巨大影响力。

早在开辟佛教名山道场的同时，佛教还开凿了云冈石窟、龙门石窟、大足石窟、敦煌石窟等多处佛教摩崖造像。又因为佛教信仰的教义在于脱离凡尘，讲求修身养性，所以山林净地便成为最理想的所在，于是才有了“天下名山僧占多”的说法。像号称天下禅林“四绝”的南京栖霞寺、山东灵岩寺、湖北玉泉寺、浙江国清寺就是占据了栖霞山、玉符山（方山）、玉泉山和天台山四大名山而扬名的。

事实上，也并不是佛教独占名山，早在佛教传入中国之前，道教的前身各路方士已经占据了10大洞天、36小洞天、72福地了。依据道教经典《道藏》中所载唐代道家杜光庭著《洞天福地岳渎名山记》的说法，四川的青城山，陕西的华山（西玄山），广东的罗浮山，江苏的茅山，山西与河南交界的王屋山，浙江的委羽山、括苍山、赤城山，还有西洞庭山和西北的西城山，就是先后被道教开辟的10大洞天。与此同时，还把遍布全国的另外108座名山胜岳列为道家修炼圣地或是道家向往的修炼圣地。道教十分讲求修炼养生，还创建了龙虎山、终南山、崂山、武当山等许多道教名山。

青城山是道教名山“第五洞天”。历代道家在这里结茅修炼的就有东汉张陵、张衡、张鲁祖孙三人，以及晋朝范长生、隋朝赵显、唐朝杜光庭等。道教在青城山至少控制了一千八百多年之久，道教遗迹和传说积层深厚。其中，有关道教张天师的遗迹就有“掷笔槽”、“试剑石”、“读书台”、“天师池”、“天师洞”、“丹井”等；此外还有36座山峰和108个山景都充满着道教色彩的传承。

崂山自古以来被称为“神仙之宅，灵异之府”，更具有道教山岳的代表性。早在秦皇汉武时代，崂山就是觅仙求神和寻找长生不死药的所在。宋元以来，这里成了道教名山。这里不仅建有太清宫，而且还有众多道家在此修道。如著名道士刘若拙、邱处机、刘志坚、李志明、孙紫阳、张三丰等，在这里留下了他们许多修道讲道的遗迹。像“邱祖坟”、“混元石”、“白龙洞”、“仙人桥”、“玉女盆”、“金液泉”、“聚仙台”、“仙人髻”、“飞来石”、“明霞洞”、“圣小泉”等遗迹都有奇异的道教色彩。密集的道教风物群构成了崂山大约方圆300里的道教文化分布圈。

在全国拥有较大规模道教风物群的山岳中，湖北武当山的道教文化模板最为典型。据调查，武当山的自然风物有72峰、72岩、24涧、11洞、10石、10池、9台、9井、9泉、3潭；人工建筑风物有2观、8宫、12亭、36堂、39桥等。另外，还有许多小的名胜古迹不在此列。所有上述景观几乎都和古代道家在此山中的修炼结成紧密的联系。自周代以来，历朝在武当山修道的著名道家，就有战国时的尹喜（关尹子），汉朝的阴长生，晋朝的谢允，唐朝的吕纯阳，五代的陈抟，宋朝的寂然子，元朝的张守清和明朝的张三丰等人。武当山的道教影响长达2000年之久，形成了积层很厚的道教文化模板。武当山道教文化色彩主要围绕着道教供奉的真武帝君修道得道的仙道事迹展开的。据道家传，黄帝时，北方护卫神玄武投胎净乐国善圣皇后，从母后左腋下出生，长大后勇武异常，立为太子。但是他不愿继承王位，便向玉清圣祖紫元君求学无极上道，并奉师命到湖北太和山修炼。后终于得道飞升并受到玉帝册封为“玄武”。到宋代真宗朝，为了避忌圣祖赵玄朗之名讳，才把“玄武”改为“真武”，并尊奉为真武帝君。从那时起，便把太和山改名为“武当山”，取“唯玄武可当之”的含义。可见，武当山的来历就来源于道教文化模板的塑造。从此，在武当形成了方圆800里名山的道教文化圈。从登山开始，一路上到处都有所谓净乐国太子修炼得道的遗迹。如“磨针井”就是太子见老妪铁杵磨绣针后悟道的所在。又如“太子坡”、“太子岩”、“玉虚岩”、“飞升台”和“金顶”等景物，都有玄武得道的形象再现，使武当山的道教色彩渲染出独具特色的信仰文化模板。

东岳泰山在历史上被尊为“五岳之长”，称“五岳独尊”。在上古夏、商、周三代传说中它便是后来方士所宣扬的神仙之府，到秦代以后更加受到崇拜。在这里，道家风物群有玉皇顶、王母池、王母泉、斗母宫、升仙阁、仙人桥、仙人掌、云步桥、升仙坊、万仙楼、八仙洞、玉女山、黄花洞、南天门等。每一个风物几乎都伴随着一组完整的成仙得道的解说。这些掌故都来源于汉以前方士之说及东汉以后的道家的口传。在泰山426平方公里的风物分布圈内，唯有紧靠泰安城北的六朝古刹普照寺，独具佛教圣地特色。但在泰山，地方早被大量道教传承所湮没。于是，在这里单一性质的道教信仰文化便垄断了泰山风物圈。

其他，像杭州的名山风物中，还有西湖飞来峰、灵隐寺和葛岭炼丹台、炼丹井、抱朴庐及葛仙庵遗址等宗教遗迹。前者据传是东晋咸和初（约326）印度僧人慧理到杭州西湖武林山峰前说：“此天竺灵鹫山之小岭，不知何年飞来？佛在世日，多为仙灵所隐。”于是引申附会，形成了灵隐寺、飞来峰的有关印度灵鹫峰飞来西湖的佛法传承。后者是把东晋道士抱朴子葛洪约于公元330年在钱塘葛岭炼丹修道的遗迹加以发挥，形成了一系列道家传承。又如西湖栖霞岭的黄龙洞也是因为有南宋淳祐年间（约1250）江西黄龙山高僧慧开到此地结庵说法的奇异传承而得名。

以上各类佛、道教信仰文化圈形成的文化模板，由于宗教势力范围及信仰对象的单一性质也具有单一特点，如信仰佛教的某位菩萨或道教的某位帝君，这是比较容易认识的。但是，谁都了解，这种单一化的信仰文化圈在我国整个信仰活动领域里，只是比较特殊的一种类型，但绝不是唯一类型。相反，在多数情况下，混杂多样的信仰文化圈倒是常见的。也可以说更大量的山岳风物群，在其漫长的信仰传承积层中，常是以民族的、历史的、信仰的三位一体的文化圈形式活动的。在山岳的文化模板形成和发展过程中，其实际状况正是各民族历史人物和历史遗迹与各民族信仰事象和宗教遗迹的杂糅交错，人、神、仙、佛和儒、释、道错综交织的状况。这种由信仰文化纵横交叉、综合融汇的特点构成的山岳文化模板，正是很值得当代民俗文化学重视的重点课题。

从上述论证中大致可以认定，中国的山岳确实拥有鲜明而多样的宗教信仰文化特色的模型版本。古人云“山不在高，有仙则名”，正是把山岳与神佛崇拜密切结合起来的具体写照。中国历史上的宗教和全国大小名山广结佛缘和仙缘，寺庙宫观依山而建，山因有名寺名观而更加迷人，寺庙因建于名山而扬名四海。可以认定，中国的山岳数以千万计，在几千年的岁月沿流中，几乎都成了历代传统宗教信仰的圣地；中国的深山险峰都留下了珍贵的宗教遗迹。有关这一方面突出的文化特色不能不引起中国民俗文化研究者的高度重视。

四、中国山岳的历史名胜遗迹

中国历史上有许多重大事件发生在一些山岳上，于是，这些山上铭刻着动人的史迹，从此这些山便打上了文化史的烙印，令人景仰。如与禹确定疏导九江大计有关的庐山汉阳峰禹王崖；如与古代史上“禹会诸侯江南，计功而崩，葬此”的史实有关的浙江绍兴会稽山，都因禹王的遗迹而驰名。杭州的吴山、胥山，因春秋吴国伍子胥以忠谏而死，浮尸江中，立祠山上而名满天下。苏州的虎丘山、教场山，分别与吴王阖闾的一系列事迹和孙武子教场训练女兵等事迹相关而得名。辽宁的凤凰山主峰箭眼峰、马蹄窝等著名景物，都和唐太宗征辽的历史事迹密切相关。

又如，与唐代文成公主和金城公主进入西藏的史实有密切关联的西藏和青海境内的一些山，都有历史的遗迹加以说明。例如，唐太宗贞观十五年（641），太宗命所养宗室女文成公主与吐蕃赞普松赞干布联姻，入藏后，陆续将中原的制陶、制碾磨、造纸、造酒等工艺及历算、医药等传入藏区，并在拉萨创建小昭寺。文成公主进藏到达工布地方时，曾越过一座大山，以后藏民便把此山叫作“公主山”，藏语叫作“甲惹”。唐中宗景龙四年（710），中宗命所养雍王李守礼之女金城公主与吐蕃赞普弃隶缩赞联姻，曾将中原百工、杂技、音乐、典籍传入藏区。据传，金城公主进藏越过一座大山时，将随身携带的日月宝镜摔碎，从此藏民把这座山叫作“日月山”。

不仅古代历史史迹形成了山岳的某些文化版式或模型，即使是近现代历史的许多史迹也构成了相同的历史文化模板。近现代史上关联着抗日战争一系列著名战役的大别山、沂蒙山、太行山、狼牙山和宝塔山等，无不因为有动人的抗战史实而具有历史模板的特色，从而进入了名山行列。

与此同时，还有许多名胜史迹和古代文人名士的游山经历和诗文推崇密不可分。孔子曾经赞叹过“登泰山而小天下”；汉武帝登泰山惊叹过“高矣、极矣、大矣、特矣、壮矣、赫矣、骇矣、惑矣”，支持了泰山成为“五岳之尊”；唐代大诗人李白“五岳寻仙不辞远，一生爱入名山游”的经历，使他的诗中的山岳都成了后代文人墨客敬仰的名山。如庐山青莲寺和九叠坪就是因李白（号青莲）曾隐居于此并作《山谣》赞颂九叠屏风而得名。庐山花径也因白居易游览此山，见桃花盛开，赋诗题石“花径”而得名。庐山招隐泉因唐代陆羽曾品饮此泉，并赞为“天下第六泉”而闻名遐迩。庐山众多的摩崖石刻题字，也因出自颜真卿、米芾、苏东坡、黄庭坚、朱熹、王阳明等历代名家之手而扬名四海。如安徽滁县的琅琊山，因宋代大文豪欧阳修的一篇《醉翁亭记》而名声大震。同样，苏东坡泛舟夜游石钟山，写成名文《石钟山记》而使此山成为名山。明末大旅行家徐霞客曾在他的游记中盛赞“五岳归来不看山，黄山归来不看岳”，于是，黄山被后人誉为“中国第一奇美之山”，享誉全球。历史上的名人、名诗、名文与山岳结缘，以其对山岳所加的多种评赞成为历代提高山岳文化品位的重要因素。

上述所有这四大民俗文化模板塑造出来的山岳文化，全部发源于中国文化的坚实根基和优良传统，它们都是独具中国特色的十分宝贵的文化资源，理应在现代文化的发展进程中予以充分地尊重和保护，并使其产生出巨大的现代化效应，为世人共享，为子孙后代的文化生活服务和造福。

（原载《山岳与象征》，商务印书馆2004年2月版，第24—39页。本文有删节）

非物质文化遗产的保护工作规程

“非物质文化遗产”这个专有名词，原来非常陌生，因为在中国固有的学术词汇中，以往就只有“遗产”或“文化遗产”，根本没有“非物质文化遗产”这个词。然而，今天它已经是我们经常挂在嘴边的、耳熟能详的常用词语了。要知道，这个词语从进入我们的文化工作视野以来，就一直有另一个语词和它紧紧相伴在一起，难以分开，它，就是“保护”（Safeguarding）这个关键词。也就是说：因为联合国教科文组织启动了“世界遗产”的全球性的保护工程，才扩展出一个保护非物质文化遗产的工作。“保护”在这里是关键的关键，如果抛开了保护谈非物质文化遗产，就变成了毫无价值和意义的空谈。

一、为什么要保护非物质文化遗产（过去曾叫作“人类口头和非物质遗产”）

这在2003年10月17日联合国教科文组织第32届大会通过的《保护非物质文化遗产公约》（以下简称《公约》）的前言中有明确的表述，共有五个“考虑到”作为制定保护公约的出发点。

（一）考虑到联合国教科文组织历来制定文化保护政策的一贯连续性。“1989年的《保护民间创作建议书》、2001年的《教科文组织世界文化多样性宣言》和2002年第三次文化部部长圆桌会议通过的《伊斯坦布尔宣言》强调非物质文化遗产的重要性，它是文化多样性的熔炉，又是可持续发展的保证。”

（二）“考虑到非物质文化遗产与物质文化遗产和自然遗产之间的内在相互依存关系，承认全球化和社会转型进程在为各群体之间开展新的对话创造条件的同时，也与不容忍现象一样，使非物质文化遗产面临损坏、消失和破坏的严重威胁。在缺乏保护资源的情况下，这种威胁尤为严重，意识到保护人类非物质文化遗产是普遍的意愿和共同关心的事项，承认各社区，尤其是原住民、各群体，有时是个人，在非物质文化遗产的生产、保护、延续和再创造方面发挥着重要作用，从而为丰富文化多样性和人类的创造性做出贡献”。

（三）“考虑到国际上现有的关于文化遗产和自然遗产的协定、建议书和决议需要有非物质文化遗产方面的新规定有效地予以充实和补充”。

（四）“考虑到必须提高人们，尤其是年青一代对非物质文化遗产及其保护的重要意义的认识”。

（五）“考虑到国际社会应当本着互助合作的精神与本公约缔约国一起为保护此类遗产做出贡献”。

综观上述五点考虑，应该注意其中第二个“考虑到”是最重要的思考，在这里点到了之所以要保护非物质文化遗产的根本原因。恰恰是这个根本原因在中国表现得尤为突出，所以保护非物质文化遗产势在必行，而且必须加大力度才有可能获得成效。至于保护非物质文化遗产对中国国家文化软实力的增强，对中华民族伟大复兴，对构建和谐社会，对文化的继承、发展和创新等诸多方面的意义，当然是不言而喻的。

二、怎样做好非物质文化遗产的保护

这才是非物质文化遗产保护工作的核心和重中之重。目前重遗产的项目申报，轻项目的具体保护，已经不是什么工作的不足之处，而是已经成为不良倾向。片面看重申报国家级遗产名录成功的品牌效应和草率开发的经济利益，严重忽视脚踏实地进行保护计划的有效实施，已经造成了保护工作的停滞不前或新一轮的人为损害。甚至完全忘却了中国作为《保护非物质文化遗产公约》最早签约国的保护权利和义务，把保护挂在嘴边，成了空谈的口号。

当然，从另一方面看，也有许多地方的保护单位或个人，即使端正了保护的认识，面对非物质文化遗产保护的新课题，很想实施保护计划，却又不知从何做起，如何下手。因此，当务之急是必须找到一整套保护遗产的操作方法和相应的工作规程。首先让我们了解一下联合国教科文组织提出的“保护”（Safeguarding）是一个什么概念？它所指的是哪些做法？签约国对此必须取得一个共识，在《保护非物质文化遗产公约》的第一章“总则”第二条“定义”的第三节中，专门为“保护”下了一个公约恪守的定义，原译文是：“‘保护’（Safeguarding）指确保非物质文化遗产生命力的各种措施，包括这种遗产各个方面的确认、立档、研究、保存、保护（Protection）、宣传、弘扬、传承（特别是通过正规和非正规教育）和振兴。”在这个简明的定义中，让我们知道了这个“保护”的大概念指的是包括九大方面的所有措施，而不仅仅是其中一项具体的技术性保护方法。

公约作为纲领性文件对上述九个方面的保护措施并没有做进一步的解说，但是在公约有关的章节里却有许多相关措施的解释说明。我们不妨看看该公约在第三章“在国家一级保护非物质文化遗产”中的说明：在为缔约国国家级非物质遗产项目保护作的规定中说：“各缔约国应该……由各社区、群体和有关非政府组织参与，确认和确定其领土上的各种非物质文化遗产。”“各缔约国应根据自己的国情拟定一份或数份关于这类遗产的清单。”（这个清单就相当我国制定的遗产名录，建立档案）“鼓励开展有效保护非物质文化遗产，特别是濒危非物质文化遗产的科学、技术和艺术研究以及方法研究。”“使非物质文化遗产在社会中得到确认、尊重和弘扬。”“向公众，尤其是向青年进行宣传和传播信息的教育计划；

有关社区和群众的具体的教育和培训计划…… 尤其是管理和科研方面的能力培养活动；不断向公众宣传对这种遗产造成的威胁以及根据本公约所开展的活动；促进保护表现非物质文化遗产所需的自然场所和纪念地点的教育。”“促进建立和加强培训管理非物质文化遗产的机构以及通过为这种遗产提供活动和表现的场所和空间，促进这种遗产的传承。”“在开展保护非物质文化遗产活动时，应努力确保创造、延续和传承这种遗产的社区、群体，有时是个人的最大限度的参与，并吸收他们积极地参与有关的管理。”与此同时，在第四章“在国际一级保护非物质文化遗产”中首先提出“提名编辑、更新和公布人类非物质文化遗产代表作名录”。“定期遴选并宣传…… 国家、分地区或地区保护的非物质文化遗产的计划、项目和活动。”该公约甚至还提出了建立一个“非物质文化遗产保护基金”的重大项目的条款。还有关于建立一系列相关的组织机构等措施。

可见，怎样保护，还是有章可循、有国际条例法规可依的。只是对于所规定的九大方面的保护措施需要进行细化的考虑和制定符合各缔约国国情实际的十分具体并切实可行的安排和实施。对于我国的现状来说，体现“保护”大概念的九个方面应当是全面保护的总体规划才能综合管理，分工协作，做出成效。比如，确认或认定、建立档案的工作是政府主导的各级文化管理机构的工作；研究工作显然是文化、艺术及人文科学、技术科学研究部门和高等院校的工作任务；宣传和弘扬也必须依靠和发动大众传媒策划实施；教育和培训计划的推行更要与教育部门合作才能有效完成；至于有关遗产保护项目的具体保护和对传承人及其传承活动的保护工作，并没有现成的成套的经验可以直接使用，亟须在借鉴先进的国际经验的有利条件下，参照我国前人积累的一些可行的做法摸索进行，这无疑是一个具有现代性的创造性的劳动，别无选择。

三、非物质文化遗产保护工作规程和操作方法

（一）确认。通常又叫作“认定”或“鉴定”，它是确认遗产项目中的

保护对象是不是代表本地区的有价值的必须予以保护的遗产，这是实施保护工作的首要程序。普查阶段对非物质文化遗产项目要做全面确认，申报遗产名录阶段还要做全面认定，进入实施具体保护阶段，更要做全面、细致、准确无误的认定。要由专家、专业工作者、政府分管工作者会同相关代表性传承人，对遗产项目做详细的鉴别、比对、核查，然后取得共识，做出准确的认定。所有的认定过程和结论都要有详细的文字、证实材料和声像材料为根据，以备下一个程序立档使用。

在这里有一个确认什么和怎样确认的问题，必须做得十分清楚。

确认什么？大约包括以下十二项。

①遗产认定：确认该项目是不是遗产？把好遗产定性关，不允许不属于遗产的事物混进来。

②“非物质”认定：确认该项目是不是“非物质”遗产，严格鉴别把物质文化遗产、自然遗产、文化典籍遗产或文化景观等遗产划定在非物质文化遗产之外，保证非物质遗产界定的准确性。

③分类认定：确认该项目属于非物质文化遗产表现形式的准确类别，严格鉴别并厘清项目归属的模糊性或模棱两可的状态，确定一个准确的类属，纠正申报阶段中，哪一类容易被评上就极力向哪一类填表申报的投机取巧做法，造成把遗产类属搞乱的严重后果。

④分布区域认定：确认该项目的所在领地的实际状况，防止无限或随意凭感觉扩大遗产分布地区，用精准的分布图作为确证。

⑤历史渊源认定：确认该项目的遗产属性的必不可少的历史源流和准确历史年代，或基本上接近准确的公认的历史时限，严格排除“据说”、“据传说”和“据回忆”等无任何依据的历史沿革表述，确认一个至二个史志文献有原始记录的直接相关的史料为证，严格把关排除与该项目无任何直接关联的史料旁征博引，维护遗产历史价值的纯正性。

⑥项目内容认定：确认该项目的基本内容是否符合该遗产的最基本的文化表现形式，项目内容是否完整？大型综合性遗产表现活动的多个子项目是否齐全完备？所有项目细节的文字、图像、音响等静态的和动

态的普查资料是否具体、详尽和符合实际？严格防止空洞无物的、模糊不清的、有名无实的或掺杂使假的表现形态和调查证实资料混入科学档案；与此同时，还要对和遗产项目紧密相关的工具、用具、法器、道具等遗产文物的认定相参照。

⑦传承人和传承谱系认定：确认该项目的传承人，特别是代表性传承人及其传承谱系，是关系非物质文化遗产能否真正得到保护的重要认定程序，也可以说是首要程序。如果传承人的确认有了出入或差错，该项遗产的保护目的就不会达到。严格鉴别该项目的传承人确实是该遗产的直接传承者和拥有者，严格审查错综复杂的师承关系或祖传关系，要查证相关可信证物然后经社区群体共同认可后予以确认，方可有效；严格比对，择优遴选，谨防假冒或草率粗放的推荐。（有关传承人及其传承机制的保护，以下还有专题解读）

⑧相关文物器具认定：确认该项目的相关器物的工作也是必不可少的认定程序。固然非物质遗产是各种各样的表现形态，是精神文化层面的动态的、鲜活的无形资产；但是绝对不可以因此而忽略与其密切相关的器具文物，没有相关的器物，也不可能展示出非物质遗产的表现形态。该项目所涉及的丰富多彩的工具、用具、道具和法器等，都是该遗产项目的宝贵载体，十分难得，是遗产项目价值评估最有力的物证，要严格审定，做好各种器物的真实性、代表性的鉴定，保护好非物质文化遗产的珍贵文物，克服以往轻视民间文化遗产器物，认为它不是古董、它分文不值的旧观念，应认真评估它的文化价值。

⑨突出特点认定：确认该项目是否具有突出的特点，还是只有一般化特点，是鉴别本地区优秀遗产的重要程序，尤其是具有突出的地方特色至关重要。特别是对于那些大型的、具有普遍性意义的遗产类别，更应该确认它的独特之处。比如表演类的大剧种、大曲种、普遍流传的民间皮影戏、木偶戏；民俗类的传统节日或庙会；工艺美术的木雕、泥塑；手工技艺的印染、编织、刺绣等，都要进行流派、地区、绝活等独特性的认定，只有这样才有可能对这些独特性做到有针对性的保护。

⑩ 代表性认定：确定该项目是否具有代表性是一个认定该遗产代表作级别的重要程序。全世界的非物质文化遗产保护，都是依据其代表性水准进行分级保护的，所以如何认定遗产项目的保护级别，十分重要。目前，我国的非物质文化遗产项目申报过程中，存在着一些“就高不就低，极力往上推”的偏向，许多地方想方设法要把只具有市、县级代表性的项目申报成为省级或国家级的代表作，这给我国现行的遗产保护工作带来许多的负面影响，使真正的精品或极品级别的国宝级的遗产项目难以突出出来，甚至湮没在了大量平庸的遗产级别中，缺乏应有的公正性。只有在本国内坚持严格的县、市、省、国家四级保护的代表性层次，才可能遴选出世界级（又称“国际级”）的代表作。

⑪ 保护价值认定：确认该项目是否具有实施各级保护的价值，是保护非物质文化遗产关键的关键。如果我们面对的遗产项目鉴别不具备任何可圈可点的价值，不是因为鉴别能力低或不认识它的价值，而是确实没有什么价值可言，即使它是古老传承的遗留物，也必然失去了对它保护的必要性。例如，古代汉族摧残女性的缠足习俗；清代举国男子的剃发留辫子头饰习俗；丧葬过程中一些古老的处置亡人尸体的习俗，等等，都有研究价值和认识历史或文化的价值。相关资料和实物也都有保存和收藏价值，但是都不具有实施保护的价值。在这里，非物质文化遗产的保护价值是和对遗产的弘扬、宣传并推进它的传承紧密相连而不可分开的。所以，在实施遗产保护之初，对该项目做出充分而又恰如其分的价值评估是非常重要的。也只有这样，才有可能有针对性地做出相应的人力、财力、物力和智力的投入计划和预案，实施有效的保护。在这里，不可以满足于原来普查阶段、申报阶段的那种简单的或抽象的价值认定，而是要组织相关专业的专家和项目传承人进行认真研讨，逐项逐条地做出有案可查的评估鉴定文件，立档备案。从保护工作的需要出发，认定的价值主要是历史价值和文化价值，对于重大的民间知识、传统手工技艺等项目，还要注重它们的科学价值；至于与之相关的诸多学术研究价值虽然也很重要，但是不应该把这种价值的评估超越历史、文化、科学的重

大价值。因为有的项目虽然有一定的学术研究价值，但是其历史、文化价值却极其有限。

⑫ 保护计划认定：实施保护的开始，确认该项目原来制订的保护计划是必须的程序，因为申报遗产阶段填写的项目保护计划，绝大多数申报书上填写的保护计划条文十分简略，有关进度、措施、目标、相关数据和经费预算等多有不实或不规范，推行起来脱离实际且难以兑现，有的甚至是临时应付敷衍之作。为此，必须重新认定或正式审定保护计划，立档备案。

怎样确认？重点有以下四项注意。

①作为实施保护阶段的认定，其实是对普查阶段和申报遗产名录项目阶段所有前期认定的一次最严格的复查，或叫作“最后的一次保护性鉴定”，为下一步立档、建数据库和做好数据材料的科学准备。

②去伪存真是这次认定的目标，应该是一次真实性认定，科学性认定，所有认定的材料尽力达到精准的程度，经得起推敲，经得起最后政府主管部门的核查与备案、验收，经得起国际非物质文化遗产保护标准的检验。

③去粗取精是另一个认定的目标，应该是一次优化精选的认定，对所认定的内容和形式都要特别“讲究”而不可以“将就”，维护遗产项目的典型性和代表性，坚持优中选优的高标准。

④根据上述各方面的认定，首先要组成一个有权威性的鉴定小组或专项鉴定会，执行所有认定程序，通过所有讨论、确认的认定材料和认定书或鉴定书，签字备案，进入数据库永久保存，并成为每一个保护项目的终身档案。每个认定项目的认定材料和鉴定文件都必须保持该项目自身的实际特点，严格防止做成千篇一律或统一格式的事先设计好的指定叙述文本。最后应当由行政主管部门的负责人批准签字生效，进入依法保护的程序。

（二）立档。通常又叫作“立档备案”。这是任何遗产保护必不可少的规定程序，这个程序应该是在确认程序完成过程中就要着手做的案头保护工作，或者有些必须收集的项目相关资料的立档工作，不妨早在确认程序之前就可以进行。这项工作需要专人专业管理实施。它是该项目全部信息资料的档案化处理，是全部保护工作的基础工程，一经启动就要贯彻全程。

（三）研究。这里的研究指的是联合国教科文组织在《世界遗产公约》中所指出的“开展有效保护非物质文化遗产，特别是濒危非物质文化遗产的科学、技术和艺术研究以及方法研究”。就是说，要组织专家、传承人和相关管理人员对各个遗产项目的保护逐个进行科学研究、技术研究和艺术研究，以及对它们的有效方法的研究，并制订出一个个切合实际的保护方案、计划和措施。这种研究绝不是可有可无的，而是在实施保护的开初绝对不可缺少的重要程序。这种研究的最佳做法应当是国家立项，形成课题，由相关专业的专家有组织地经过调查实证进行的研究。更需要多方筹划举办公开的各种专题研讨会，进行集思广益的论辩式的讨论，最后出版研究成果。这对于保护必将起到更加有效的作用。

（四）保存。这里的保存指的是所有非物质文化遗产项目的相关资料的保存，不仅是立档备案的平面文字、图画表格等资料和各种规格的声像资料，还包括大量的直接相关的和间接相关的遗产实物的保存在内。也可以说不仅要建立起遗产项目的档案馆，还要建立起更加完备的遗产博物馆，把遗产项目所有相关的材料和物件都要收藏起来，保证其保护的全面性和完整性。对我们非物质文化遗产工作者来说，以往的经验证明，保存文字、声像资料比较起来是我们的长项，但是对于保存非物质遗产相关文物的经验则几乎没有，这是重大的缺陷，应当立即改正过来，像保护历史文物那样积极保存非物质文化遗产项目的相关物质文化的器物遗存，纠正那种重视贵重古董轻视民间普通器物的偏见，不仅要做到保存好，还要做到保管好。器物保存的程序包括对器物收藏的价值认定和真伪鉴定，分类收存和陈列展示。

我们所说的保存所有非物质文化遗产项目的相关器物，首先就包含这些器物的遗产价值，也就是它的历史价值，文化的或艺术的价值，以及弥足珍贵的科学价值和重在实用的功能价值。我们所要保存的非物质遗产的相关器物必须具备以下若干遴选的标准。

1. 具备历史价值的器物有如下几项标准：

①显示和标明该遗产项目在样式上有突出的民间传承的民俗民风特点和内容，并深为民众喜闻乐见并能展示其特有的历史面貌的器物。

②具有本地方特色并有世代传承演变遗迹的器物。

③对某些历史事件或传说人物有纪念意义的相关物件。

④近代以来当地几辈代表性传承人的名牌作品及其使用的工具、用具等。

2. 具备文化、艺术价值的器物有如下几项标准：

①在传统造型艺术上或传统文化活动中历来就有名气、有影响和地位及意义的物件。

②在大型节庆活动或民间民俗仪式上展示文化艺术审美情趣的器物。

③在造型艺术或文化表演活动中有鲜明地方风格的或有流派特色的物件。

④用造型或用装饰表现民间社会生活百态的物件。

⑤器物的造型或装饰本身就具有文化或审美意义和价值的物件。

3. 相关器物本身所体现的某种科学价值有如下几条标准：

①在民间生活中使用的工具中已经存在的有科学含量的用具。

②在造型和各种样式上用一定的表现形式体现了鲜明的民间智慧的器物。

③在使用或玩耍中充分训练人们能力的和启迪人们智力的器物。

④表现了高超技艺中精巧手法和技能的作品或民间发明的精密工具。

⑤对各种相关器物在使用功能方面的科学价值的发现和测定等。

4. 是对相关器物的真实程度做出专业性的评定和鉴定，重点是真伪鉴定，和历史文物或赝品的鉴定一样，杜绝保存的器物有假或是失真。

（五）保护。这里指的是对各个遗产项目的具体直接的保护、维护等技术操作方法层面的工作，它是总体保护中的具体保护的子项目，是最直接的看得见的、摸得着的大大小小的实际工作。从各遗产项目所处的自然生态环境、文化生态环境的保护，到各项目的所有表现形式的所有细节；从各项目拥有的大型设施、场所，到琐碎细小的道具、用具等都在必须保护之列。每个项目实施直接具体的保护无一例外都有很大的工作量，只就该项目相关的器物收集、征集和保管、收藏的工作量就十分可观。对无形文化遗产的具体保护有软硬之分：所谓“硬件保护”，主要指的是第四项的保存。而这里的所谓“软件”保护或叫作“软性保护”包括遗产的知识产权保护、传承人权益保护、保护单位权益保护等合法保护或维护在内。

（六）弘扬。《世界遗产公约》中特别强调弘扬遗产代表作是实施保护的重要程序，怎样能够做到“使非物质文化遗产在社会中得到确认、尊重和弘扬”，既是保护非物质文化遗产的重要工作，也是保护遗产的重要目标。所以，应该利用最佳的时机，选择最好的场合，在各地的各个社会层面展示、展演或展览遗产代表作，使社会各界群众逐步做到自觉地弘扬遗产。特别是在重大的文化活动中，在国际交往的重大文化交流中，积极遴选、隆重推出非物质文化遗产代表作项目做盛大的展演活动，让遗产自身的精神魅力在弘扬中发挥我国文化软实力的巨大作用，从而振奋民族精神。

（七）宣传。《世界遗产公约》还特别强调“向公众，尤其是向青年进行宣传和传播信息的教育计划；有关社区和群众的具体的教育和培训计划……不断向公众宣传对这种遗产造成的威胁以及根据本公约所开展的活动”。做好对遗产项目的宣传教育工作和活动，也是实施遗产保护的重要组成部分，这项工作必须认真策划，做到有效的宣传效果。不能把宣传只看成媒体的报道任务，应当看作这是保护单位自身必须承担的宣传教育责任。《世界遗产公约》中极力强调向青年进行宣传，向社区和群众、公众宣传的重要性，尤其是宣传这些遗产面临濒危消失的现状，具有深远的文化战略意义，不容忽视。

（八）传承。遗产项目传承的保护，包括传承人的保护和传承机制的保护，是非物质文化遗产整个保护工作中的核心工作，一旦非物质遗产没有了传承人，失去了有效的传承机制，遗产的保护就成了一句空话，就没有了任何意义和价值。《世界遗产公约》中特别强调："在开展保护非物质文化遗产活动时，应努力确保创造、延续和传承这种遗产的社区、群体，有时是个人的最大限度的参与，并吸收他们积极地参与有关的管理。"当前我国的非物质文化遗产保护的重中之重，正在于加大力度保护传承人及其传承机制。由于自上而下全面加强了对传承人的政策性保护，并做了较大的资金投入，当下传承人及其传承机制已经得到了有效的保护，许多地方已经取得了较为丰富的经验，预期不久的将来就会出现更加可观的良好势头。

（九）振兴。是保护的宗旨之一，也是非物质文化遗产保护的重要目的之一。顾名思义，振兴通常是指一种产业或一种事业的振兴。在这里主要指的是所有非物质遗产在当今世界的可持续发展的实际意义。作为一种宝贵遗产在现代化进程中是否还能发挥有效的应用价值，这是在保护进程中必须考虑的重要问题。我国政府实施保护的方针也突出强调了保护遗产的合理利用措施，这是很值得重视的。特别是某些传统手工技艺的遗产门类，不可以停留在一般性的宣传、弘扬，甚至满足于在群众中进行展演、展览，应当积极实行合理利用的方针政策，积极支持它们进行生产性方式的保护，形成精品手工艺产品，振兴独具特色的既现代又传统的产业链。振兴是弘扬的具体体现，是更加鲜活生动的弘扬，最后也才能达到切实保护的目的。

（2009年4月"全国非物质文化遗产保护工作培训班"专题讲稿）

非物质文化遗产保护的界定
与生产性方式保护的管理

怎样做好非物质文化遗产的保护？这是非物质文化遗产保护工作的核心和重中之重。目前重遗产的项目申报，轻项目的具体保护，已经不是什么工作的不足之处，而是已经成为一种不良倾向；片面看重国家级遗产名录申报成功的品牌效应和草率开发带来的经济利益，严重轻视脚踏实地进行保护计划的有效实施，已经造成了保护工作的停滞不前或新一轮的人为损害。在《保护非物质文化遗产公约》的第一章“总则”第二条“定义”的第三节中，专门为“保护”下了一个公约恪守的定义，原译文是：“‘保护’（Safeguarding）指确保非物质文化遗产生命力的各种措施，包括这种遗产各个方面的确认、立档、研究、保存、保护（Protection）、宣传、弘扬、传承（特别是通过正规和非正规教育）和振兴。”在这个简明的定义中，让我们知道了这个“保护”的大概念指的是包括九大方面的所有措施，而不仅仅是其中一项具体的技术性保护方法。在所有的保护措施中，最后的一项“振兴”很值得注意，其中显然指的是非物质文化遗产本身可持续发展的意义和价值，也就是国家文件中突出提到的原则之一对遗产的“合理利用”，应该属于“振兴”的范围。于是提出了“生产性方式保护”的概念和可行性方法。

关于非物质文化遗产“生产性方式保护”的提出，至少应该用以下四个科学依据予以界定，并从另外四个方面加强管理，才可以使这个新颖的保护概念和判断得以确立，才不至于和其他一些似是而非的说法搅和在一起混淆视听。同时，也才有可能走出一条在现代化形势下推行非物质文化遗产手工艺生产的合理途径，使之振兴，并达到预期目标。

1. 根据“非物质文化遗产”本身的概念、定义和范畴界定生产性方式保护。非物质文化遗产是一个兼收并蓄、十分广泛的文化领域，其中不仅蕴含着万花筒式的不同文化门类、形态和样式，也集纳了各色各样的文化功能特征，这完全是由世代民众生产目标、生活需求、心理愿望和审美情趣所决定的。当今的非物质文化遗产保护方式必须根据上述因素加以区别对待，按非物质文化遗产本身的规律实施保护。

2. 根据非物质文化遗产项目分类认定生产性方式保护。既然是根据“非物质文化遗产”本身的概念、定义和范畴来界定它的保护方式，那就应该经过分类认定来确定生产性方式保护的可行性。因此，对于所有的非物质遗产绝不可以一律运用采录保存的方式或展示表演的方式对待非物质遗产保护。对那些必须用生产性方式加以保护的遗产项目，就应该采取相应的手段实施生产性保护。那些把非物质遗产当作“活古董”加以把玩观赏的保护实不可取。

3. 根据遗产名录项目的可生产属性确定生产性方式保护。至于手工技艺类遗产项目和其他许多类非物质遗产中有手工业生产技艺含量的项目，其原生形态本来就是用生产性方式进行代代相传的，因此理应依据其固有规律的特征，充分发挥其生产性方式的独特优势，求得在现代化转型过程中持续发展。

4. 根据非物质文化遗产合理利用的方针确定生产性方式保护。我国非物质文化遗产保护工作的指导方针是：“保护为主、抢救第一、合理利用、传承发展。”很多热心于市场经济开发的人们在这里特别关注对非物质文化遗产的开发利用，甚至并不考虑其利用的合理性指的是什么，有的还特别强调“开发利用才是真正的保护”。他们认为如果古老的非物质文化遗产不能够为现代化需要所利用，那么保护那些遗产就没有什么意义和价值。但是，应该正确认识：在我们的方针里，“保护”和“利用”完全是两个不同的概念，在我们的文件里明确指出：“正确处理保护和利用的关系，坚持非物质文化遗产保护的真实性和整体性，在有效保护的前提下合理利用，防止对非物质文化遗产的误解、歪曲和滥用。”所以，在这里存在着一个合理利用（或开发利用）和生产性方式保护的关系问题。只有认识到利用的合理性，才能够找到生产性方式保护的真正意义。

5. 非物质遗产生产性方式保护必须有专门的管理条例保证实施，加强监督。非物质遗产生产性方式保护在商品经济、旅游开发的浪潮中，放在第一位的就是要制定出严格的管理条例及监督办法，要在法治的框架内进行有效的管理监督，保证生产性方式保护的健康实施和良性运作。

6. 在生产性方式保护的实施中，必须严加维护传承人（或传承单位）的知识产权等合法权益不受侵犯。必须依法对非物质遗产生产性方式在运作中的知识产权和传承人权益严加保护。凡是非物质文化遗产生产性方式保护下的产品，在进入市场转化为商品时要保护其专利权和代表性传承人监制的署名权。

7. 在生产性方式保护的实施中，必须严加维护遗产项目的手工技艺传承机制不受损害。提出了“采取生产性方式保护”，通俗地说，就是保护手工业生产技艺。也就是采取手工业生产方式对能够产生经济效益、改善传承人生活的非物质文化遗产项目（如刺绣、染织、雕塑、陶瓷等多种手工技艺）加以保护和扶持，将其转化为经济财富和经济资源，修复其自身传承的内在活力。中国传统手工艺生产方式有几千年在口传心授确立的传习体系，其中手工记忆的行业规矩、手艺传递程式、技艺标准差异、核心技艺密级等约定俗成的惯制，既体现了手工艺生产方式传承的文化基本特征，也体现了几千年一贯的农耕文明历史特征。这种手工艺文化特征和生产快速、工价低廉、批量产出、规格划一的大工业生产及产品相对比，当然并不具备现代经济学标准衡量的生产优势和商品利润优势，也不具有适应由大工业制造主导所形成的现代市场竞争力；这种历史性特征也使得传统手工艺在很大程度上脱离了当代社会生活。在现代市场环境中，它们的这些“前工业化”属性，必然会削弱它在物质生产和市场竞争方面的自由度和活力；因此特别需要政府主导予以大力扶持保护。这种保护尤其需要国家法令、政策、公权力和社会舆论的强大支撑。需要建立严格的特殊制度，形成手工技艺自成体系的生产规模和流程，打破常规，促成手工生产所有环节的个性化、精品化、特殊化与自主化。同时相应地，在一定的历史阶段，保证传统手工技艺发展的正常状态，不要推行追求数量多、规模大、速度快等现代大工业生产方式发展的指标要求；而应当特别强调和追求质量、形态、品格、情趣和构思等方面的精、巧、绝、奇、特、美等超高水准；经过传承要严格维护传统手工的原真材料、核心技艺、淳朴作风和经典流程。在保护中稳步发展合理的生产，就是要把传统手工艺置于非物质文化遗产保护的认识高度和精致水平加以切实地推行生产，使之在代表传统文化精神和工艺品格方面具有独特的、超高的典型性，并被现代时尚群体和人民大众所赏识和喜爱，为当代社会生活所珍视、所崇尚、所共识并广泛利用。

近几年来全国范围的非物质文化遗产保护工作实践也再一次证明，自2006年12月1日起施行的《国家级非物质文化遗产保护与管理暂行办法》中所规定的保护措施也都是必要的和重要的；其中重中之重的保护措施依然是为“美术工艺、手工技艺遗产项目的传承及相关活动提供必要条件”，“积极开展传承活动，培养后继人才”。因为，非物质文化遗产中的所有民间美术工艺、手工技艺遗产的保护，都是以对传承人带徒传艺活动的保护为核心的。积极开展传承活动和培养民间艺术后继人才是最有决定性意义的保护。

带徒传艺活动，作为一种千百年来沿袭下来的民间艺术传承机制，并不是一种简单的技能技巧的传习方式和民间知识的传授方法，而是悠久的农耕文明时代民间文化特有的传承法则。手工业生产方式决定了手工艺的口传心授习惯，甚至在一些民族地区还沿袭着古老的口传心授的规矩或依靠学徒自身的灵性、悟性“偷艺”的习俗。在许多祖传、家传绝艺的传承机制里甚至还有许多更为独特的习俗惯制。民间手工技艺遗产独有的许多神来之笔的绝艺，巧夺天工的绝技，鬼斧神工的绝活，往往都来自神秘莫测的传承活动中，这就是“文化多样性”的原初根据。所以，在民俗艺术形态学中总是把这种艺术传承叫作“民间智慧传承”。它不同于近现代文明社会兴起的大规模工业生产方式决定的“知识传播教育”机制，不可以强行把民间艺术的传承推向培训班、讲习所的大规模授课教学的现代模式。那些以商业目标为遗产保护的企图，总想以走捷径的办法用办班授课取代民间艺术遗产口传心授的传承机制的行为，实质上是对民间艺术遗产的致命性破坏，它将从根本上损害民间艺术遗产多种流派、多样风格和艺人个人绝技的传授，最终把民间艺术成品变成大工厂规模生产的毫无艺术特色的商品，最终很可能导致真正的民间艺术遗产的灭亡。

坚持保护民间艺术固有的带徒传艺的传承机制，尊重所有民间艺术代表性传承人选徒、收徒、授徒、出徒的个人基本权利和做法，给予带徒传艺的最大自主权。这才是我国非物质文化遗产中民间手工技艺遗产实施保护的关键。

8. 严加防范和严厉打击一切借生产性方式保护之名，行以假乱真、粗制滥造、见利忘义之实，破坏遗产保护的行为。对那些盗用合法手续打着生产性方式保护的旗号对传统名牌手工技艺巧取豪夺，以破坏原手工技艺传统的手段批量开发、粗制滥造、以假乱真等见利忘义的卑劣行为，要严加防范和制裁；要严格区分合理利用与不正当竞争的界限，使科学的生产性方式在遗产保护的最高原则统领下走出一条良性发展的健康之路。在保护工作中，有一种倾向尤其应引起我们的注意，那就是散布“开发利用非物质文化遗产是最大最积极的保护”的论调，从而掀起各种各样假借生产性方式保护之名，行以假乱真、粗制滥造、见利忘义之实的糟蹋和破坏遗产保护的歪风。非物质文化遗产的保护正在全社会范围内引起人们广泛参与的兴趣，由于这种不正确的认识，或出于急功近利的经济目的，以及历来存在的赶风头、捞政绩的倾向，使破坏更具有危害性。如对一些古老村落进行过度旅游开发，对一些手工艺项目进行大批量机械生产复制，使原生态的文化充满庸俗的或媚俗趣味，这样肯定会破坏遗产固有的历史文化价值。

2009年9月11日于苏州论坛

非物质文化遗产田野作业的指导原则、方法和注意事项

在《国务院办公厅关于加强我国非物质文化遗产保护工作的意见》第三条意见中，有一段极为重要的话写在这条意见的标题下，这个标题是："建立名录体系，逐步形成有中国特色的非物质文化遗产保护制度"，而这段话正是为了建立非物质文化遗产名录体系做出的重要阐述。原文如下：

> 认真开展非物质文化遗产普查工作。要将普查摸底作为非物质文化遗产保护的基础性工作来抓，统一部署、有序进行。要在充分利用已有工作成果和研究成果的基础上，分地区、分类别制订普查工作方案，组织开展对非物质文化遗产的现状调查，全面了解和掌握各地各民族非物质文化遗产资源的种类、数量、分布状况、生存环境、保护现状及存在问题。要运用文字、录音、录像、数字化多媒体等各种方式，对非物质文化遗产进行真实、系统和全面的记录，建立档案和数据库。

这段话不仅强调了普查工作的重要意义，同时还在关键词语中明确了普查工作的主要内容、基本原则和方法。

一、三项原则

上述文件提出的进行普查工作的基本原则是：全面了解、全面记录的全面性原则，进行真实记录的真实性原则，在标题中指出建立名录（代表作）体系的代表性原则。在这里，全面性和代表性是体现非物质文化遗产保护的“点面结合”方针的原则；指出普查工作既要做到全面摸清家底，又要突出揭示出遗产代表作的典型意义。正是指导普查工作的辩证唯物主义的两项思想原则，缺一不可。真实性是体现非物质文化遗产历史价值、文化价值和科学价值的基本原则；也是体现普查工作尊重客观事实本来面目的实事求是的原则；这也正是指导普查工作的历史唯物主义的一项思想原则。普查工作一旦进入了田野作业的现场调查，就要严格坚持这三大原则才能取得成功。在这以前已经有过的普查经验和教训都一再证明，凡是坚持以上三原则的普查工作，就会使优秀的非物质文化遗产得到妥善的保护；反之，不做全面调查就不是真正的普查，就可能挂一漏万，也可能失去遗产的代表性。普查失真，甚至篡改歪曲或有意造假，就会完全失去了普查的意义，甚至会造成借保护的名义进行更大破坏的严重后果。

（一）全面性。在“普查”的概念中就已经清楚地包含了全面性的词义。今天提出的对非物质文化遗产的全面摸底调查，严格要求做到全面、彻底、详尽、深入、细致的调查采录，是有其客观基础的。以往我国所做的民族普查和十套艺术集成的普查，虽然取得了很大成绩，但是由于主客观条件的限制，科技手段落后，科学方法欠缺，思想没有解放，观念比较陈旧，使普查工作不够全面。今天，普查工作在经济条件、科技手段、思想观念、学术研究和组织领导都处于最佳状态的主客观环境中进行，应当估计到普查工作的全面开展，已经具备了较充分的优越条件。

全面性主要表现在以下三个方面。

1.在普查中逐步勾画出非物质文化遗产在中国大地上广泛分布的“文化版图”。要把非物质文化遗产的家底在地理上分布的具体状况摸清，最后制作出各县、各市、各省和全国的各门类及各种形态的非物质文化遗产分布图。因此，全面性要尽量使用人文地理的科学调查方法，要根据需要到城乡各地进行实地踏查。

2. 在普查工作中全面体现我国多民族的和各地区的文化多样性特色。要求在普查中做门类齐全、形式多样、形态各异的所有非物质文化遗产样式的全面调查。不同文化种类样式的全面调查和统计，是认定非物质文化遗产的数量标准和质量标准，也是鉴别非物质文化遗产价值意义的重要依据。

3. 在对申报各级非物质文化遗产名录的遗产项目调查中，同样要求做到对该项目的全面调查，越是细致入微的调查，不放过任何一个文化细节，就越能够展现出该项目的典型意义。

（二）代表性。我国的非物质文化遗产保护，明确提出建立遗产名录的计划和要求，因此，在普查工作中调查具有典型性的、有代表性的文化遗产形态、样式、活动，应当是普查的重点。例如，某个县经过普查发现了上百个村共有五百多男女会做剪纸艺术，其中只有三人的剪纸作品不仅技艺精湛，而且独具当地剪纸的风格特色，这三人的剪纸工艺就构成了当地剪纸艺术的突出代表性。没有代表性就不可能建构代表作名录，也就不可能代表本民族的文化屹立于世界民族文化之林。所以，在这个意义上也可以说我们的普查工作要关注有突出特色的、高品质的、典型的、有较高价值的非物质文化遗产，这也正是它的重要任务。

（三）真实性。普查工作是一项科学性很强的工作，真实性正是科学性的核心。非物质文化遗产是历史的产物，在它世世代代的传承中必然地打上了历史的烙印，如何真实地记录和反映历史文化的真实形态，正是普查工作的主要任务。

但是，由于近十多年来我国的旅游产业急速兴起，许多民族民间的传统文化艺术还没有来得及实施普查和保护，就被各地方争先恐后地作为文化旅游的表演项目开发利用了，其中有不少旅游项目是把古老的民间艺术形式拿来，改头换面，胡编乱造，甚至把这些“伪民俗”公开宣传为“活化石”，假冒传统文化招徕游客。如果把这些旅游项目的表演采录下来作为普查成果，就显然失去了真实性。因此，在我们的普查工作中，必须“谨防假冒”，把求真务实的普查原则贯彻到普查工作的全过程中，才能达到普查的最终目的。我们所进行的非物质文化遗产保护工作要始终坚持在实施保护的基础上进行合理利用，而不是不择手段地、急功近利地任意开发。所以，坚持真实性原则是普查工作的关键。

为了保证普查的真实性，必须尊重非物质文化遗产的历史性特征。众所周知，非物质文化遗产百分之百来自世世代代的历史文化传承，这些遗产流传到今天无不带着上历史的烙印。许许多多民间口头文学（神话、传说、故事、歌谣等）、曲艺、音乐、戏曲等传统表演艺术，许多民间礼俗、庙会、节日活动，都包含较为浓重的古老农耕社会人们的民俗信仰内容和形式（比如祭祀仪式等），有的甚至是远古巫术社会文化的遗留。为了保证普查工作的客观真实性，普查工作者面对所有这些民俗信仰的内容和形式，必须保持严肃地尊重历史、尊重文化传承的客观态度，一丝不苟地如实采录。由于有些文化工作的管理人员过去曾经受过极“左”思潮的严重影响，对民间信仰的现象往往加以鄙视或歧视，这显然是不正确的。因此，普查工作者绝不可以用个人主观的好恶判断有关民间信仰的调查内容，从而导致普查内容的缺失。要防止在调查过程中用“迷信”之类的判断任意干扰调查对象的讲述或演示，以免造成调查内容的失真。更重要的是，非物质文化遗产中民间俗信和迷信是有区别的，只有对蛊惑人心的谬误邪说的极端信奉才叫作迷信，但是其中还有相当多古老的信仰符号，有很多关于吉凶、祸福、善恶、美丑、正邪、好坏、黑白、阴阳对比的内容常常出现，这就需要正确地分辨。有关民间祭祀、祈福避灾、求吉驱邪、禁忌避讳等传统风俗都属于俗信范围。即使有一些民间信仰的色彩，也是那个历史时期的文化符号，也不必随便去改动它，因为有些遗产标志着一个历史的时代，应该让后人认识那个时代的真实状况。

普查工作将会面对大量的民间信仰或宗教仪式活动，甚至也会接触到古老的巫术或迷信形式，对它们都要认真细致地做出客观的、如实的采录，这才是正确和科学的态度。至于普查以后对它们如何保存、保护、开发、利用则是另外的问题。

关于前面讲的信仰，我想引用马克思的几句话再加以说明。我认为我们不要总是记住马克思说的那一句“宗教是人民的鸦片”，马克思在说这句话的时候，鸦片在欧洲还不是毒品，鸦片只是医药中的麻醉剂。马克思在讲“宗教是人民的鸦片”之前，还讲过这样几句话：“宗教里的苦难既是现实的苦难的表现，又是对这种现实的苦难的抗议。宗教是被压迫生灵的叹息，是无情世界的感情。”恩格斯在论宗教信仰时也说过：“即使是最荒谬的迷信，其根基也是反映了人类本质的永恒本性。”这些关于信仰的学说，对于指导我们的非物质文化遗产的普查与保护有重要指导意义。尤其是对于如何保证普查工作的真实性原则，有很大的启发。

二、五种方法

掌握了普查的原则以后，采用什么方法去实施调查和采录就成为最重要的环节。根据现有的经验，至少有以下五种方法行之有效。

（一）全面排查的方法。这是一种现场调查的初步测查方法，它只需要取得一系列概况的信息和若干不确定的线索，就足够了。比如，以自然村为单位排查，首先在所在村全村人口中排查出所有60年以上老住户及其人口有多少？其中55岁以上的老年人口是哪些人？大体可以认定该村的非物质文化遗产理应由这些人拥有着、传承着。普查开始，摸清普查的基础工作。在相关人排查的基础上，才可以进行相关门类和相关程度的摸底调查。要在全村走访的过程中，一个一个地进行面对面问答式测查，这样做就可以一次性排除与当地非物质文化遗产缺乏关联的人，对集中调查非物质文化遗产的目标很有利。排查法常常和交叉追踪线索的方法结合使用，极其有利于排查的准确性。排查对于遗产项目的确立，对于项目传承人的逐步认定极为重要。除了对相关人物做排查外，也可以对所有遗产门类在各个小地区的详细分布进行摸底的排查，以便查到某个或某些遗产项目的重要线索。

（二）抽样调查的方法。对于非物质文化遗产的田野作业来说，这是一种有明确目标的抽查方法。一旦得知某个遗产项目与某个人、某一家人或某几个人有密切关系，就要确定为一个个案，就要按照相关的不同遗产分类的不同特点，设计出相关的若干问题，对它做出细致入微、刨根问底的测查。其结果对认定遗产项目的真实性和代表性有重要的意义和价值。

（三）现场参与采录法。因为非物质文化遗产的绝大多数都是以活态或动态的形式展现的，所以调查就不应该完全采取静态的采访者和被采访者面对面的问答访谈形式，更多的情况下要采取调查者参与到文化遗产活动中的形式，进行直观的第一手的采集和收录，保持遗产活动完整的真实的原形态。比如，春节、端午节、中秋节的现场采录；大型庙会现场采录；祭祖仪式的全程采录；歌墟活动的全面采录，都应该是第一手的现场实录。

（四）相关实物取证法。这是普查非物质文化遗产必不可少的辅助方法。所有非物质文化遗产不可避免地都有其相关的器具或实物，它们是非物质文化遗产所依托的重要证据，调查者要在进行普查时，不停顿地发现并询问这些实物，并做出精细的采录或必要的征集保存。工匠艺人的各种工具，戏曲艺人的服装道具，民间鼓乐的多种乐器，节日或庙会市场里的祭品、饰物和玩具等，都在详细调查之列。在调查中还要具备识别遗产相关器物的真伪，还要追查那些实物的实际功能和价值。

（五）完整的综合调查法。这是对所调查的该地区遗产的整体环境和背景进行的综合性调查。比如，该地区为什么是戏剧之乡？为什么是舞蹈之乡？就需要详细了解那里艺人传承的历史背景，该地区在古代有哪些民俗民风和戏剧、舞蹈关系密切？这里的遗产和当地的农耕文化有什么渊源？历史的、生态的、社会群体的诸多因素对那里的非物质文化遗产有着什么样的重要影响？都要有当地群众自己的说法和评判，都要做出调查，而不是调查者或专家们自己主观臆断的总结评论。

这五种方法在调查过程中，经常也可以交叉使用。特别是在所有的调查中都要结合运用现代采录的工具和设备的技术手段，使调查的声像资料成为调查报告文本的最有力、最详细、最真实可靠的再现和实证。

三、八项注意

在非物质文化遗产的普查工作中，在坚持三大原则的前提下，还应当有若干注意事项，其中主要有八项注意，供各省、直辖市、自治区部署普查工作时参照。这八项注意的所有内容作为普查工作队的守则，最重要的在于突出“尊重”二字。

（一）要注意尊重普查地区（特别是少数民族地区或宗教信仰地区）的风俗习惯。对那些不尊重甚至违反当地风俗习惯的言行要坚决制止，在进行普查前要事先做好“入乡随俗”的纪律教育或培训。例如，满族地区居家的西炕，任何人都不得坐卧，因为那是供奉祖宗的位置；在我国回族大分散小聚居的地区，或在西北其他信奉伊斯兰教的各兄弟民族聚居地区，要特别注意遵守饮食、起居、大小净等习俗规矩；在西南少数民族聚居的村寨，在蒙古高原、青藏高原地区也都要尊重当地的民族宗教、小乘佛教和藏传佛教的信仰习俗。即使在汉族地区普查，也会遇到“十里不同风，百里不同俗”的民俗差异。在各式各样非物质文化风俗鲜活的环境中普查非物质文化遗产本身，就不应该发生对当地民俗民风不尊重的事故，否则，就会闹出常识性的大笑话。

（二）要在工作中尊重当地基层文化工作者，要善于和他们协同工作，甚至在很多方面还要依靠他们才能取得工作的顺利进展。同时要特别尊重调查对象，尤其是对那些承载着非物质文化遗产的老艺人、老工匠手艺人、文化传承人（包括那些巫师、萨满、祭司等人），不仅要尊敬，还要虚心向他们讨教、学习，关心他们的生活，听取他们对普查的各种意见。在面对面进行调查时，注意检点自己的言行，防止有意或无意地伤害了他们的朴素感情。

（三）要遵守普查工作队（组）制定的工作制度。如按照规定手续办事，按照职责分工行事，要健全工作程序，包括填写表格、记录存档、采录编码登记、器材设备的使用、交接和保管等，都要有序进行，人人遵守。

（四）普查工作队员个人要尊重自己的普查工作，保持严肃性，做到一丝不苟，不走形式，深入现场，直接面对，密切接触调查对象。在采录过程中，做到资料来源准确、清晰，内容翔实可靠，所有数据都准确无误。

（五）尊重他人的工作成果，凡是协作调查的报告资料和成果，一律共同署名。提倡团结合作，反对窃取他人成果或强行挂名，要做到实事求是。

（六）尊重前人的研究成果，整理资料或撰写调查报告时，凡引用前人撰写的原文资料，一律要附加说明或注明出处，防止发生侵权行为。

（七）遵守普查纪律规定：按时上交调查资料或普查成果，按纪律及时上交调查对象（单位或个人）赠送（或捐赠）的非物质文化遗产作品等实物（特别是民俗文物）。普查工作人员不得私自接受或索取有关的艺术作品或其他实物（特别是民俗文物）。

（八）对违纪行为要严肃处理，对行为人及连带的相关人员要追究责任。

以上三大原则、五种方法和八项注意在《普查工作手册》中也有一些阐述和说明。在即将进行普查工作之前，建议各省、直辖市、自治区文化厅（局）主管此次普查工作的部门，参照本文上述内容结合本地区工作的特点，制定出更加贴近实际的若干注意事项，规定出便于操作的普查工作的制度和纪律，从而保证全国普查工作得以健康有序地顺利进行。

俗信——支配中国民俗生活的基本观念

一、"俗信"概念的提出

俗信，在中国的思想界或学术界曾经是，而且直到现在也是一个比较陌生的词语。1981年3月开始，笔者在讲授民俗学课程时，使用了"俗信"这个词语。当时的考虑是：作为民俗学的学术术语，"俗信"的词义显然可以和另一个中国人经常挂在嘴边的最广为流行的常见词语"迷信"相区别。

1983年6月，《民俗学丛话》出版，在论析"从'塔布'看迷信习俗"一章的话题中，笔者第一次公开使用了"俗信"一词，原文说："对兆的信仰，主要反映了人类的吉凶祸福观，展示了人类趋吉避凶的愿望。虽然，大量的对兆的信仰是迷信的，但兆中有一部分是有科学成分的。比如，气象兆，观云测天，观动物异常测雨测地震，等等，大多是许多世纪经验取得的结果，是宝贵的科学财富，应当作为俗信，不应认为是迷信。如'缸穿裙，山戴帽，蚂蚁搬家蛇过道'的雨前兆，像蜻蜓齐飞，青蛙鼓噪一样，是下雨的征候。因此，对于兆的信仰要做科学的区分，要研究它的现实依据。对有科学依据的兆，应看作可信兆。"[1] 在这段文字中，只

① 参见乌丙安著《民俗学丛话》，上海文艺出版社 1983 年 6 月版，第 208 页。

是简单地举例说明了俗信和迷信的不同，并没有对“俗信”的概念做出明确的解答。

1985年8月出版的《中国民俗学》一书中，在论述“信仰的民俗及其特征”[①]时，笔者再一次使用了“俗信”这个词语，同时第一次尝试阐述了它的概念，并对它和“迷信”的异同做了分析。原文是：“简单地说，俗信原来在古代民间传承中曾经是原始信仰或迷信的事象，但是随着社会的进步，科学的发达，人们的文化程度的提高，一些迷信事象在流传中，逐渐失去了原来的神异色彩，失去了神秘力量，人们在长期生产与生活的经验中找出了一些合理性，于是把这些事象从迷信的桎梏中解放出来，形成了一种传统的习惯。这些传统习惯，无论在行为上、口头上或心理上都保留下来，直接间接用于生活目的，这就是俗信。”[②]从1983年到1999年拙作《中国民俗学（新版）》增补本出版以后，一直保持着上述论点。在这长达16年期间，中国民俗学界几乎没有关于“俗信”的进一步研究和讨论；1999年，钟敬文在一篇序文中提到“民间俗信”，认为“是在人们心理活动规律上有一定根据的思想反映”[③]。但并没有就此展开关于俗信的论述。直到2002年2月，《民间俗信与科学文化》[④]一书出版，才比较全面地论述并具体解析了民间俗信在民间生活中的表现。这无疑是民间俗信研究的具有开拓性的成果。[⑤]

在这里，为了清楚地解读“俗信”的科学概念，就不能不相应地解说“迷信”的实际含义。迷信，是一个现当代政治文化运动中人们耳熟能详的、十分抢眼的名词术语。“迷信”的词义在其社会流通中，具有鲜明的贬义性质，它在中国泛指民众中间的传统信仰观念和活动。这个词语在通用的时候，经常和“封建”一词组合在一起，叫作“封建迷信”，显然加

① 引自乌丙安著《中国民俗学》，辽宁大学出版社 1985 年版，第 240 页。
② 引自钟敬文著《中国咒文化大观 · 序言》，百花文艺出版社 1999 年版，第 1 页。
③ 参见《辞海》中册，上海辞书出版社 1979 年版，第 2406 页“迷信”条。
④ 刘德龙主编，张廷兴副主编《民间俗信与科学文化》，山东教育出版社 2002 年 2 月版。
⑤ 引自任骋著《中国民间禁忌》，作家出版社 1991 年 3 月版，第 467—468 页。

重了它的否定的贬义词义。在中国现当代文明进程中和各项政治文化运动中，“封建迷信”一直是被反对和肃清的对象。在《辞海》中，“迷信”，是一个词条。对它的解说是：“指相信星占、卜筮、风水、命相和鬼神等；也指盲目地信仰和崇拜。如迷信书本，迷信古人。”这个解说显然是把民间信仰的主要内容一律笼统地视为迷信。从表面上看来，很难把它和俗信区别开。但是，从国际通用的“迷信”一词的词义考察，无论是英语的“Superstition”和德语的“Aberglaube”，还是日语的“迷信”（めいしん），其解说语几乎都包含“蛊惑人心的谬误的信仰”的词义。在这一点上，我国《辞海》的解说显然有词义上的欠缺。尽管它把“星占、卜筮、风水、命相和鬼神等”民间信仰行事笼统地指定为迷信，不能不说这是对的，因为日常民俗生活中的许多信仰活动都充满着迷信色彩。但是，严格地分析起来，这种武断的指定没有把民间几千年传承下来的趋吉避凶、祈福避祸、扶正驱邪、除祟禳灾等日常生活中合理存在的俗信心理和习惯，同“蛊惑人心的谬误信仰”活动相对地区分开来。

现在看来，大有重申俗信和迷信异同之必要。因为，能否说清楚这一个问题，关系民俗学本体研究的关键。如果说，民俗学把民俗生活中的俗信全盘认定为“蛊惑人心的谬误信仰”，那么，民俗学在很大程度上也就失去了它的学术价值和科学意义。

这里所说的民俗生活，是指民间的经济生活、社会生活和文化生活。在这世代传承的日常生活中，纵横交织着形形色色的信仰观念和事象。有的表现在人们的行为中，成为信仰手段或信仰仪式；有的表现在口头上，成为信仰的祝词、咒语、歌诀、神话与魔法、精灵、鬼怪故事的叙事；表现在心理上，便成为影响人们精神生活的信仰情感或力量。所有这些信仰结合在一起，便构成了支配生活的基本因素。

这些民间信仰，从本质上看，它们大多是从远古原始思维、原始祭祀仪式和巫觋活动中代代传袭下来的神奇思考和朴素行事，经过历代文化沿流的变异，约定俗成，人们往往不再深究其原本的神秘含义，便采取了自发的、盲目的或习惯性的崇信态度，把它们都继承下来，再传之后世，于是形成了形形色色、五花八门的民俗信仰形式和手段。从无神论观点审视它们，它们几乎都是迷信。但是，如果从文化史的发展观点出发考察它们，科学地分辨它们，就会发现有许多信仰形式和手段与人们的日常民俗生活及其细节结合得十分紧密，使它们早已经脱离了古老的巫术活动，失去了奇异神秘色彩，转化为极为朴素的日常俗信了。因此，可以认定，民间信仰中的俗信和迷信，是在民俗文化发展变迁中自然而然逐渐区分开来的。

应当肯定，俗信也好，迷信也罢，都是信仰的民俗事象，它们形成的类型、形式或某些手段也相似、相近甚至相同；但是，在性质上、做法上及其行为效果上，往往有极大的区别。迷信行事极度渲染信仰的神秘性，过多地运用巫术活动的蛊惑性，不是麻痹人们的信仰意识使之痴迷，就是刺激人们的信仰情绪使之狂躁，其结果给人们的物质生活和精神生活造成损害。严重的迷信甚至危及人们的生命和社会的安宁。俗信则不同，它在民俗生活的行事中，早已经形成了自然而然的日常习惯，它的形式多种多样，而且比较普遍地被群体社会所认可，习以为常。在民间，俗信直接或间接地被用于生活目的，不仅没有什么消极的弊害，往往还产生一定的积极作用。有的俗信减轻人们的病痛，有的俗信抚慰人们的心灵，有的鼓舞人们的斗志，有的增添人们的喜庆，有的缓解人们的劳累和紧张，有的预祝人们的幸福和安康，还有的俗信警戒人们远离邪恶，有的俗信敦促人们为人善良。所有的俗信几乎贯穿在俗民社会城乡社区的方方面面，无论农、林、牧、渔，百工、百业，他们的衣、食、住、行，岁时、节会，婚、丧、仪、礼等行事，无不牢牢地打上俗信的烙印。事实上，俗信观念正是在行为上、口头上、心理上对俗民起到全面支配作用的思想观念；正是俗信在百姓们的民俗生活中潜移默化地左右着人们最真实的生活细节。

但是，不能不指出，民俗学研究在明辨民间俗信是是非非的过程中，对俗信在中国传统的民俗生活中所起到的支配作用显然认识不足。在民间，固然有许多对天兆、物兆、动植物兆的俗信具有生产生活经验积累的科学成分，特别是许多农耕谚语、气象谚语中的俗信，本来就和迷信有较大的区别。但是，并不是一经开展扫除封建迷信的政治性活动，就马上会把所有俗信观念从迷信的桎梏中解放出来；也绝不是在扫除封建迷信的进程中索性把一切俗信也都清扫干净。相反，经过多年扫荡封建迷信之后，仍然有许多俗信依旧带着貌似浓重的神秘色彩在生活中“合理”地延续下来，而且，俗民们从来也并不把它们当作封建迷信加以排斥。在这里，民间俗信作为一种千百年传袭下来的习俗惯制和生活经验，总是以一定的“合理性”作为其传承依据的。这里的“合理性”来源于俗民们最现实的人生态度和观念，来源于他们最朴素的价值标准：是非、曲直、黑白、对错、善恶、美丑、真假、好坏、正邪、顺逆、吉凶、祸福，等等。换句话说，俗民们的俗信观念都和他们的人生命运息息相关，命运是民间俗信观念最基本的主题，趋吉避凶、祈福禳灾、除恶向善是民间俗信最起码的价值取向和追求。这几乎是人类远古时期原始俗信固有的文化内涵。

二、支配民俗生活的主要俗信类型

（一）隐喻型俗信。

在以往的民间口头叙事创作文本研究和对民间故事讲述活动的田野作业中，总是把故事母题或类型的比较或文学的主题作为研究的着眼点，却常常忽略从民间俗信的角度进行探索。事实上，在大多数情况下，民间故事、传说、寓言、笑话在民间的广泛传播，正是传播俗信的民间习俗化的过程，并不是什么文艺创作的过程，把经过讲故事来传播俗信的过程仅仅看作不自觉的文学创作活动，是民间文学研究者的他观结果，并不是现实的民间生活中传播俗信活动的本质和俗民们的主观目标。在民间，讲故事活动所具有的人生观养成功能，道德教育功能，行为管理功能和民俗信仰心理暗示功能十分鲜明。在反复进行民间故事活动的田野调查中，总是会发现一个最醒目的现象，那就是俗民们善于运用口头叙事的隐喻形式对民间故事的俗信内涵进行准确的概括。其中一个最通俗不过的民间故事主题:“好人得好报,坏人得恶报”或“善有善报,恶有恶报”,也正是最具有普遍性的民间俗信观念。

民间故事的有头有尾的传记体叙事形式是俗信的人生命运观主题最佳的表现形式。在故事主人公的一连串奇异而坎坷的经历中,传达出俗信的善恶观及其“因果报应”的内涵。这种传讲故事的活动应当被看作传播民间俗信的一种极为普遍的形式。民间故事的讲述习惯经常表现为用“善恶有报”的人格类型对比做隐喻,引导俗民向善除恶或改恶从善,鼓励人们行善并预示能够获取意想不到的报偿,同时也警告人们行恶一定会得到可耻的下场或付出昂贵的代价,甚至有杀身之祸。民间故事的大多数情节中,总有鲜明对比的两种类型的人物形象供俗民们借鉴,从中找到学习的榜样或鞭挞的对象。故事中最常见的人格类型对比有:善良与凶恶的对比,正义与邪恶的对比,无私与贪婪的对比,忠诚与狡诈的对比,真实与虚伪的对比,美好与丑恶的对比,勇敢与怯懦的对比,勤劳与懒惰的对比,等等。这些人格类型对比的形象,在俗民的生活中约定俗成为俗信的价值判断标准,用鲜明的主人公形象做比喻,形成民间俗信中道德品格取向的准确,从而对照自身或他人的行为进行自律或警戒。可以说,隐喻型俗信是以它提倡什么和反对什么的引导、诱导为基本特点的。

值得一提的是,民间故事中广为人们所熟悉的形象和情节,绝大多数具有浓重的超自然的、超人的和禁忌巫术的奇异色彩,几乎所有的貌似荒诞的细节构思都是俗民们俗信的生动依托。世世代代的人们因俗信的深入人心,而对那些虚幻故事的“真实性”深信不疑。

和民间讲故事活动的传播俗信相得益彰的还有民间戏曲的传播俗信功能。那些戏曲中有许多就是民间故事和传说的改编,还有许多是历史人物故事的演绎,那些戏曲人物和情节在舞台上展现的依旧是民间俗信的鲜明主题。它们所表现的人格类型的对比经常有:忠臣与奸贼、孝顺与忤逆、仁爱与残忍、善良与凶恶、诚实与狡诈、守信与背信、仗义与负义、清廉与贪赃、守法与枉法、守节与失节、守礼与失礼,等等。所有这些明辨是非曲直的戏曲主题思想，几乎都在传播着“善恶有报”的俗信观念，从而用“讲古喻今”的手法使民间俗信有效地规范俗民们的行为。像《杨家将》的戏剧和曲艺在民间数百年经久不衰地广为传布，家喻户晓，妇孺皆知，正是因为它们传播了俗民最为认同的民间俗信的缘故。自唐、宋经元、明、清直至现在，数以千百计的剧目、曲目、书目，在其题材和情节传播俗信方面所产生的效果十分惊人，“善恶到头终有报”、“不是不报，时辰未到”等“惩恶扬善”的隐喻性俗信，顽强地支撑着民间社会群体的人文精神，代代传承。

（二）祈愿型俗信。

和隐喻型俗信比较，祈愿型的俗信并不隐晦，它更多的是祈求的直白和祝愿的表达，没有那么多的故事宣讲，而是直截了当的需求，因而更多地出现在农事节会、喜庆节日、人生仪礼、庙祀许愿还愿和预卜吉凶祸福的占兆等俗信活动中。即使人们使用了比喻的手法表达祈求好运的愿望，也往往用的是民间约定俗成的熟语、俗语或成语，或是俗民们常见到的形象化的象征符号，能够达到立即沟通取得共识的传播效果。

俗民的主体在几千年的中国大地上主要是数以亿计的农民。他们在一年四季的所有农事节日里，始终有大大小小预祝丰收的俗信仪式伴随着各种生产活动和日常生活。表现在春种、夏锄、秋收、冬藏的全过程，要经历二十四个节气，几乎每一个节气都有祝祷风调雨顺、吉祥平安的行事。比如立春这个居于首位的节气，就有咬春、吃春饼、戴春鸡等习俗在全国各地流行，用咬吃生萝卜来表示从冬季的沉睡中猛然醒来迎接早春的意思；用吃卷着各种蔬菜肉蛋的圆薄饼迎春，表示祝愿丰衣足食；用彩线花布缝制成小公鸡（或小燕子、小蝴蝶）口衔成串谷粒的饰物，戴在头上或儿童的虎头帽上，表示迎春大吉、驱除邪祟。雨水和惊蛰两个都是预告春天来临的节气，两节之间俗民们要过农历二月二所谓龙抬头的吉庆节日，用祭龙的祝祷仪式企盼当年风调雨顺。至于过春节、元宵节、端午节、中秋节等盛大的节日，都要举行多种形式的仪礼表示祝愿。春节是一年周期里辞旧岁迎新春的最大节日，是全民欢腾的迎喜接福、庆丰收、贺团圆、拜祭祖先、感念天地大自然的赐予等行事的大喜日子。从扫尘、贴春联、放鞭炮、挂年画、剪窗花、守岁、吃年夜饭、点旺火、挂红灯、直到舞龙舞狮、闹秧歌、拜大年，都充满了祝吉避凶、祈盼丰收、多福多寿、儿孙满堂、财源茂盛、团圆美满和国泰民安等良好的祝愿。清明节的春游扫墓，既有迎春的新意，更有感念祖先的情意。端午节的遍插菖蒲艾蒿、驱除五毒，更具有祛病避瘟祝愿健康的含义。元宵节的观灯玩灯、吃汤圆，中秋节的赏月玩月、吃月饼，也都包含吉祥如意和欢庆团圆的深意。

在俗民群体中，人生仪礼是生活习俗中的重大行事，其中充满了俗信内容。北方结婚礼俗中有大红的双喜字象征着喜庆；新娘进门时有亲友撒粮豆（或撒五彩纸屑）来表示迎喜驱邪；新人下轿怀抱宝瓶、脚跨马鞍的仪式则象征着一生平平安安。入洞房仪式有坐福、喝交杯酒、吃子孙饺子长寿面、抢被头、用枣栗子撒帐等一系列的行事，都包含福寿绵长、子孙满堂的祝愿。婚礼喜宴上的菜肴名称也多采用祝吉的成语。在许多少数民族的婚礼中，祝愿的婚礼歌舞分外具有民俗特色。婴儿诞生礼的全过程也有一系列的俗信仪式要举行。诞生第三天的洗三、吃喜蛋、取乳名、挂长命锁，一个月后的满月礼，一百天后的百岁礼，一周岁时的抓周礼，给幼儿穿虎头鞋、戴虎头帽等习俗，都在为一个婴儿的茁壮成长做着长命百岁、聪明伶俐的祝愿。在传统习俗中，用石榴象征多子多孙，俗称“榴开百子”，或张挂百子图象征子孙满堂。祝寿是中国人的重大礼俗，人到生日的本命年要扎红腰带或穿红内衣和红袜子。庆贺寿礼的寿宴菜肴都有庆寿的吉祥名称，祝寿的寿联、寿帐、寿画也尽用象征性俗语套话、图像品物表达。如松鹤延年、鹤鹿同春、蟠桃献寿、麻姑献寿、八仙上寿，用五只蝙蝠围着一个篆书“寿”字的五福捧寿图，用一百个异体字拼成的百寿图以及福禄寿三星图、老寿星图等，都在寿礼中经常出现。即使在充满鬼神信仰的丧葬礼中，俗民们感念先人养育恩惠的祈祷，祈求逝去的祖先保佑和庇护子孙后代一生平安的心愿，也是理所当然的俗信。

在民间庙会活动中的求签、占卜、许愿、还愿习俗，是千百年来底层俗民最为广泛传袭的俗信，特别是上奶奶庙(或送子娘娘庙)祈子的习俗，同样包含企盼家庭兴旺、生儿育女的良好愿望，不足为怪。在天灾人祸压抑的贫病交加的现实生活中，俗民们被迫预测自己的命运何时能够逢凶化吉、遇难呈祥、时来运转，几乎是自然而然的难以摆脱的求生存的本能欲望，只要不是痴迷或沉溺在阴阳巫卜活动中走火入魔，都该认为是理所当然的传统俗信。

在俗民的日常生活细节中，祈愿型俗信更具有广泛的支配作用。它们经常表现为人们对吉祥瑞兆的心理感知上。像临近新年的一场雪是“瑞雪兆丰年”；清早看到喜鹊或听到喜鹊叫声，被看作“喜鹊叫，喜来到”；看到蜘蛛缀网从眼前坠下，是“喜从天降”；眼跳时的预兆心理认为“左眼跳财，右眼跳灾”等，都已经成为俗民祖祖辈辈最普通的常俗了。

祈愿的俗信是全人类最古老和最普遍的，最具有合理性的传统文化心理特征。大凡在民俗传统中生存发展的人们几乎都无法摆脱这种俗信的潜移默化的影响。在许多民俗心理和民俗信仰的调查记录中，即使是主观上自认为是无神论者的那些民众，也不得不坦诚地确认自己并没有完全脱离了民间俗信的影响；相反，他们依然自然而然地保留着形形色色的俗信习惯，这些习惯还照旧在一定程度上影响着他们的日常生活。

(三)禁忌型俗信。

和上述隐喻型的民间俗信、祈愿型的民间俗信相比，禁忌型的民间俗信则有其独特的功能。禁忌型俗信是以警戒、约束、限制俗民们的语言、行为和心理为特征的，它在中国民间俗信中也同样占有十分重要的位置。这种俗信传统的约定俗成，既有对俗民某些言语、某些行为或某些心理加以禁止的客观意义，也有俗民们在信仰心理发展过程中自我戒律的主观意义。它作为俗信几乎在人类发展的萌芽时期就已经产生，并且很快形成规范和习惯长期传承下来。当人类婴儿出生后，首先进入了一个习俗化了的小环境，在那里充满了禁忌的俗信等待新生儿去严格恪守。俗民们从此便用一系列“不许说”什么、“不许做”什么、“不得侵犯”什么、“不得违抗”什么等禁忌俗信教养婴幼儿。这种俗信的支配功能和隐喻性的俗信不同，它没有用人物故事的正反形象为证发挥劝导或诱导的启发作用，而是以武断的禁止的指令去约束对象，进而促使对象建立起自律心理和行为准则。这种俗信的武断性异常突出，它不表现禁止和忌讳的任何理由，只强调必须遵守的规定性以及违禁后果的严重性，从而使这种俗信具有相当大的威慑力，正是那些俗信中有关违禁后果的神秘暗示和警告，有效地支配着俗民们的行为。

中文的“禁忌”与英语的“Taboo”或“Tabu”、汉字音译“塔布”是最相近的词语，其含义主要是“禁止接触”。它是一个武断的俗信概念，最早出于中太平洋波利尼西亚土语，其原始的含义是：人类生活在最平常的世俗世界中，而人类和各种神圣世界之间还没有经过协调，所以绝不可任意接触，否则就是违禁，就导致危险。在这里，所禁止接触的是各种神圣物或神圣场所，在对原始部落的调查中发现，所谓“神圣物”在那里并没有和“非神圣物”对立的概念，原始神灵、部落头领、敌人尸体及其灵魂都是“神圣物”，都有人们不得接触的禁忌。以后，在人类学和民俗学中才衍生出“圣洁的神圣物”和“不洁的神圣物”或者“吉祥的神圣物”和“不吉祥的神圣物”之别，也就是现在的“神圣物”和“不洁物”之别。所以，现在的禁忌俗信是对“神圣物”和“不洁物”不得接触的武断性概念。对神灵、对祖先、对鬼魂、对邪祟都有禁忌俗信，其中也包含对禁忌迷信难解难分的部分，这些民间禁忌俗信都具有对民间生活支配作用的基本功能。

禁忌的警戒作用在民间日常生活中表现得十分明显，它明确警告行为人认真恪守禁律，小心翼翼，不可疏忽大意，随时随地要防止由于违禁而可能遭到的惩罚和报应。尤其是在农耕祭祀中的禁忌，在渔业祭祀中的禁忌，在狩猎活动中的禁忌，在放牧活动中的禁忌，以及在民间节日、庙会的重大仪礼活动中的禁忌，孕育诞生或婚嫁、丧葬的重大仪礼活动中的禁忌，都是俗民生活中必须遵守的律条。人们确信：只要不去冲犯和玷污“神圣物”，同时也不被“不洁物”所玷污和蛊惑，就会获得持续不断的吉祥平安，就会求得好命好运的长存。人们相信遵守禁律，护卫好“神圣物”，就会得到意想不到的报偿；因此，“神圣物”对于俗民来说具有很大的诱惑力，从而诱使人们去无以复加地崇拜“神圣物”。同时，人们又对“神圣物”的神秘力量表现出极度的恐惧，从而膜拜在“神圣物”的脚下，祈求它不要用作祟给自己带来凶险和厄运。在大多数情况下，俗民们对于不洁、不祥的“神圣物”采取避忌和远离的态度，以防遭遇邪祟的侵害。

在我国多民族禁忌俗信的传播中，还有相当多的俗民生活在对禁忌“魔力”的敬畏之中，许多调查结果一再证实了禁忌俗信在俗民日常生活中还起着一定的支配作用，切不可等闲视之。我们没有理由低估禁忌俗信的支配功能，只要现实生活中还有传统习俗环境及俗民群体存在，不论禁忌俗信的总量在代代传承中被淘汰了多少，淡忘了多少，解禁了多少，那些存留下来的、有适应性的、贴近日常生活的禁忌，像民间的饮食、服饰，住房、建房，婚嫁、丧葬，节庆、庙会，交通、交易等的诸多行事中，禁忌俗信依然在明里暗里发挥着它原有的支配作用。

以上，笔者着重对隐喻型俗信、祈愿型俗信和禁忌型俗信在俗民生活中的支配功能做了理论上的解释，目的并不在于判定民间俗信的习惯惰性是如何深厚沉重；相反，本文力求探索民间俗信在民间生活中持久不衰的那些存在的“合理性”。

这里有一些可供分析的关于俗信的调查结果，也许能够帮助本文寻找到这种“合理性”的答案。森林或单个树木在全中国各民族当中常常被认为神灵或精灵居住的场所，因此，那片森林或那棵大树也被俗民们看作神林或神树，除了用定期或者不定期的民俗仪式对它们进行祭祀外，人们还为它们确定了许多禁忌俗信。据有关的调查研究记述：“怒族、佤族、彝族、傣族、壮族、哈尼族、苗族、普米族、布依族、布朗族、景颇族、纳西族等许多民族中都有神林敬祀的习俗。神林为某种敬奉的神树之林或祭祀之所附近的树林。俗以为是神灵的居处，神圣不可侵犯。忌砍伐、狩猎，尤禁在其中大小便；否则，会有灾祸发生。哈尼族、彝族、苦聪人等都有‘祭龙’，亦即‘祭龙树’‘祭龙林’的习俗。因为一般是在春天的某一属龙日里祭祀，所以才称作‘祭龙’。平时，任何人不能走近龙树，不能进入龙林。孕妇、产妇、有月经的妇女更不能进去。牛马牲畜也不能放进去。龙林里的树木、花草、土石都不能随便乱动，更不能砍伐、伤害龙树的枝叶。否则，便认为冒犯了龙神，是不祥的预兆……平时，人们则尽量不去惊动这里的神祇，以免惹恼了神而遭到报复。"①

这是在中国许多民族中具有普遍意义的俗信，甚至有人也会认为这种俗信含有明显的迷信色彩。但是，这种俗信显示出来的高度尊奉大自然的森林树木，无条件保护森林植被生态环境的"合理内核"确实是十分醒目的。俗民们用俗信形式的虔敬眼光和心理去保护森林生态，使它免遭乱砍滥伐，严格遵守禁忌条律，这就使这种俗信的代代传承有了"合理性"的充分依据。设想，如果对这种古老的禁忌俗信以扫除迷信的名义采取了解禁的手段，必然会在俗民中产生以下两种严重后果：一是立即会导致乱砍滥伐，破坏生态环境的恶果，给俗民村寨带来意想不到的灾害；二是立即引起俗民们对于违反禁忌一定会遭到神灵报复和惩罚的担心，从而顽强地抵制违禁的做法。特别是当违禁使他们敬奉的神林遭到破坏后酿成了大风沙、干旱、泥石流、山体滑坡等灾害时，俗民们将会更加坚信"因果报应"的禁忌俗信，甚至会做出一些迷信的荒唐行事来。所以，如何正确判断并把握民间俗信的"合理内核"，客观地认识它的存在和世世代代沿袭的价值，既是民俗学必须认真对待的研究课题，也是扫除封建迷信的政治活动中不可轻蔑视之的民俗文化观念问题。

又比如，中国南北方旧俗都曾有过种植"同龄树"的俗信。家有婴儿诞生后，家人在院落中选种一棵吉祥树，或梧桐树，或枇杷树、花椒树、枣树、栗树等。俗信以为同龄树的成长和婴儿的成长命运相连，枯荣相伴，因此禁忌伤害同龄树，力求使该树枝叶繁茂。旧俗传统历来还有在坟茔墓地种植松柏和常青树的遗风。俗信认为常青树可为死者安魂，呵护亡灵免遭邪祟。并认为祖先亡灵是否安宁关系家族子孙后代的荣辱兴衰，所以旧时毁伤墓地的林木为最大的禁忌。这些求吉避凶、祈福禳灾的俗信和种植

---

① 引自任骋著《中国民间禁忌》，作家出版社 1991 年 3 月版，第 467—468 页。

树木的良风美俗，无论在心理上和行为上都显现了极为鲜明的“合理性”，因而没有任何理由排斥这些俗信在俗民日常生活中的合理存在。

再比如，大量的民间传说和故事中所传播的“善有善报，恶有恶报”的民间俗信，在天灾人祸侵害下的俗民心里建立了一种道德价值的精神支撑。尽管在民间还传诵着“好人不长寿，坏人活不够”的慨叹；但是，俗民们总有一个“不是不报，时辰未到；时辰一到，一切全报”的坚定俗信观念。这种疾恶如仇、行善从善，鼓舞人做好事，警告人不做坏事的俗信准则，正是它的“合理内核”，是它代代相传、经久不衰的“合理性”存在的内在原因。设想，如果把民间俗信中的“因果报应”观念，简单地一律作为封建迷信加以扫除，而不顾及它的惩恶扬善的“合理内核”；那么，“善恶到头终有报”的民间俗信还有什么道德规范的约束力？这种俗信对于邪恶行为还会有多大的警示作用和震慑作用？那种“好人没好报，坏人活千年”和“神鬼怕恶人”的世风日下或伤风败俗的境况，岂不反而成为“合理”的存在吗？

民间俗信的功能，尤其是禁忌型俗信的重要功能，是绝对不可以被忽视的。民间俗信所植根的信仰心理基础，就在于从世俗世界出发，确立了与之相对应的一个神圣世界。在这个虚拟的精神世界里，俗民们注入了他们所有的崇高的道德理想及那些理想的神圣化身。正是民间俗信被人们用来调整世俗人和神圣物之间的关系和界限，使俗民群体和个人在对于崇高的道德理想及其神圣化身的敬畏礼仪之中加深了凝聚力，从而使被民间俗信调整过的群体行为具有维护民众生活秩序的根本价值和意义。因此，俗信是一种具有“合理性”的民俗文化现象。是它在不同程度上支配着各民族民间信仰群体，使它们能在信守基本道德习俗准则和违禁伤风败俗之间，确立俗民们所崇尚的合理区位，并以此满足绝大多数俗民求吉、求安、求顺、求福以及免遭天灾人祸等民俗心理的最大需求。

（原载《民俗学的历史、理论与方法》，
商务印书馆2006年3月版，上册第156—157页。本文有删节）

非物质文化遗产保护中“文化细节”的重要性

什么是“文化细节”？举例来说：民间皮影艺术是我们选定的必须实施保护的一个文化项目。这个项目是由若干子项目组合成的一项体系完整的文化表达形式：有雕刻、制造皮影人形，有影戏说唱卷本，有影戏演出场景设置，有操作影人表演，有影人配音说唱（念白、唱腔），有影戏乐队伴奏（乐器、乐谱），有师承传艺学艺制度，有演出活动规范，有影戏观众看戏的风俗习惯等若干子项目组成的一个完整的系列。在这里，每个子项目都不能单独构成一个文化项目，也就是说，只有刻制影人不表演影戏，或只有影卷本并不演唱，或只有演唱影调不演出灯影，都不能构成一个文化项目。然而，所有的皮影戏艺术的子项目在操作活动中，实际上又都是分别由更多的细小的文化单位连贯起来构成的。比如刻制影人，怎样选料？为什么选用驴皮最好？选取驴皮的哪一部位的皮最好？怎样掌握皮影人用皮的厚度及最好的透明效果？雕刻过程中分别选用哪几种刀具？怎样描画影人人形图样？标准影人的体型各部位的尺寸比例怎样掌握？年轻女子的脸形图像怎样雕刻？魁梧的武将脸谱怎样雕刻？…… 操作影人表演动作的手法绝活有哪几种？当地皮影旦角唱腔的突出特点是什么？这许许多多细小的过节，就叫作“文化细节”。非物质文化遗产代表作的精华所在，往往都表现在它艺术技艺精湛的“文化细节”上。

民族民间文化遗产经过严格的分类认定后，实施保护的选项工作就成为排在第一位的必要程序。一个具体的保护项目一旦被确定后，对于这个项目的全面调查便成为必不可少的操作程序。对于一个项目的实地调查绝不能像原来分类认定那样概括和笼统，绝不可以只知道情况的大概，只注意文化活动的大过程；而是要做到扎扎实实地一个细节接一个细节地追踪、考察、询问、摸清，并把它原原本本地采录下来，这就是最基本的田野作业。必须牢牢记住：把握“文化细节”是进行无形文化遗产项目普查的重要法宝，是最佳技巧和手段。

又比如，要想摸清一位老艺人的绝活技艺，只是采录他制作工艺的演示过程是远远不够的，还必须把这个工艺流程分解成若干细小的单元，一个一个地测查，直到把所有的细节都摸个清楚，都查个明白，才可能对这位老艺人的精彩技艺的特点、水平和价值有一个准确的评估。正因为众多艺人在同一种文化形式的表演中，在关键性的文化细节上有各种差异，所以才出现了不同艺人的风格和流派，或者产生了不同的艺术等级或技术等级的差别。

文化细节，不仅在民族民间文化遗产代表作的认定过程中十分重要，在进行遗产项目普查的过程中，在对文化遗产实施保护的过程中，在建立非物质遗产数据库或档案资料的过程中，也都是十分重要的。

最后必须说明：在理论上，被认定了的文化遗产项目，叫作“文化单位”或“文化单元”，在国际术语中这个“Culture Element”还被翻译成“文化元素”，它本身是一个可以独立存在的最基本的功能单位。但是，在实践中我们面对的这些“文化单位”是由许许多多更细小的单位构成的，这些更小的单位就叫作“文化细节”或“文化细目”，在国际术语里这个“Culture Items”曾经被翻译成“文化项目”，显然并不贴切，因为在这里指的是最细小的条目。又因为我国汉语词汇里的“项目”，在习惯上用于可以独自成立的单元，而不是被分解得更细小的单位。所以“文化细节”才是一个合适的、准确的学术词汇。

（原载《民族民间文化保护工程工作简报》2004年第2期）

撰写非物质文化遗产项目申报文本的要领

一、我国非物质文化遗产项目申报工作的巨大成就

（一）近五年来，全国非物质文化遗产项目的申报工作掀起了全国各民族、各地方保护非物质文化遗产的空前热潮，极大地增强了全民保护文化遗产的自觉意识。

（二）经过各级文化主管部门与保护中心全体同志、相关专家，特别是广大传承人的艰苦努力，数以万计的宝贵的非物质文化遗产项目被评选进入国家、省（直辖市、自治区）、市、县（区、县级市）的四级遗产名录。

（三）被成功申报为国家级、省级的一批优秀项目在保护和弘扬的过程中已经充分显示了我国的文化软实力，在国内和国际产生了极为良好的影响，获得国家最高领导层的高度评价，受到联合国教科文组织的充分肯定。

（四）申报遗产项目的工作机制有效地发现、抢救和保护了一大批遗产保护第一线的代表性传承人，保护了大量濒危的丰富多样的人文资源，进一步维护了我国的文化主权和文化安全。

（五）通过全国自下而上的遗产申报工作培养和锻炼了数以千万计的非物质文化遗产保护工作的专业工作队伍，使许多工作人员飞跃发展成

为有丰富经验和专业技能的专家型工作者，极大地提升了我国文化领导部门和文化事业单位的工作水平。

二、我国非物质文化遗产项目申报工作存在的问题

（一）重申报、轻保护是当前非物质文化遗产保护工作中的严重认识问题。其中，申报动机和目的受市场经济观念干扰较为严重。

（二）重申报、轻普查在较大范围的地方基层仍然是难以解决的难题。其中，在资金投入方面有诸多困难，普查与申报有时严重脱节。

（三）认识上重视申报工作，操作上缺乏应有的专业知识、技能和方法。特别是在申报的专业工作方面的方法指导、技能培训和手把手具体的分类辅导严重不足或滞后。

（四）非物质文化遗产项目申报文本的填写，除了少数地区一部分项目的文本不乏精品外，大约有75%的文本普遍存在问题，甚至有的项目很好，已经被评为国家级项目，但是文本写作并不完全合格，令人不大满意。文本写作的问题大致如下：文不对题，不大规范，答非所问，不抓关键，粗糙简略，多有缺欠，表述含混，结构凌乱，不知所云，废话连篇，如此等等，不一一细说。很多文本就因为没有把项目的情况写清楚明白，严重影响了专家的评审和表决。

三、非物质文化遗产项目申报文本的填写要求和规范

（一）填写前必须做到的六项重要准备工作。

1.项目的遗产认定。首先要鉴别清楚该项目是不是非物质文化遗产，如果选项根本就不具备非物质遗产的属性和定义，就不可以做申报项目。所申报保护的项目是不是遗产，这是整个工作从始至终一直也不可疏忽的首要问题。以口头文学为例，非物质遗产中的“口头传统和民间文学”，所指的民间文学一定是活态的口头文学遗产，所以该项目的名称必须是

当地群众、口头文学传承人世代口耳相传的传统神话、传说、故事、歌谣、长篇叙事诗及民间谜语等口头遗产名。至于那些与民间传说密切相关的名胜古迹、旅游景点都不属于非物质遗产，不能立为项目；没有了口头传承，只有已经出版印刷多年的古今故事集、歌谣集也不属于非物质遗产；书面文献资料遗产如《百家姓》、《三字经》、《千字文》早已经是千百年的文献典籍遗产，不可以任意列入非物质遗产项目申报。民间文艺之乡的称号更不是非物质遗产项目，应该在另外的命名政策中评定；另外，土地革命以来民间编创的革命故事、歌谣山歌不属于非物质文化遗产保护的对象。同样道理，其他如戏剧门类的新创剧种，曲艺门类的新曲种，音乐里的新民歌民谣，美术里的新画种（例如群众文化中经过现代技艺辅导过的农民画、农民版画等）、新工艺美术，新编创的现代技巧的杂技和科技魔术，中西医相结合的医术、配药，现当代食品工艺技术，近现代官府主持兴办的节日或庙会等都不可以算作民间自发传承下来的遗产。非物质认定、遗产认定是立项申报的前提。

2. 项目的分类认定。目前我国非物质文化遗产项目在理论上分为16类，其中有6类都属于民俗类的内容，在实际操作中合并为10大类。各地申报的项目必须严格认定准确分属于哪一类？各类之间往往有许多项目都有表现形式方面的交叉，比如，木偶戏在戏剧类，木偶雕刻在民间美术类；有的秧歌在舞蹈类，有的则在戏剧类；龙舞在舞蹈类，有的年节社火舞龙在民俗类；民间口头文学类的民歌项目在民间常常和音乐类的民歌区分不开；少数民族的说唱体史诗和曲艺类的说唱往往也难解难分；口头神歌和民俗类的信仰仪式密不可分，把什么样表现形式的项目申报为民间文学类，就必须事先做出分类的鉴别认定。其他如傩舞和傩戏也要区分清楚，否则给申报和评审造成许多困难，甚至因此而导致申报无效最终失败。

3. 项目的代表性认定。申报之前必须把“四级名录体系”的概念标准掌握好。要做好对项目的价值、影响进行客观评估，在当地小有影响的项目，从古至今就没有扩大影响的项目，就不必填写到申报国家级的项目文本中，应该就地保护进入当地县级名录就可以了。第二批国家级项目申报过程中，很多基层地方政府急于要把项目推向国家级名录，就把许多不具有代表性的项目都申报上来，给评审工作造成很大的负担和人力、财力上的浪费，得不偿失。许多影响有限的地方性民间故事、传说、歌谣及其传承人，本应该放到省级以下，就地纳入市级或县级名录较为妥当，就应该不再上报。

4. 项目的传承性认定。在两批国家级项目申报中，发现有部分文本在传承谱系和代表性传承人栏目里填写了“无传承人”或“集体传承”。这是申报非物质文化遗产中最大的漏洞和最令人无奈的笑话。没有传承人在传承民间口头文学，就没有了非物质文化遗产的活态保护的可能。以前，十套集成搜集时期的老故事传承人已经去世，她留下的几百个故事都录了音，打印出来了，就是再没有人讲这些故事了。这是“人亡故事断”、“人亡歌息”的文化悲剧，除了把这些故事整理出版之外，就不可能再申报遗产项目了。

5. 项目的真实性认定。申报项目中已经发现过造假的做法，根本就没有这么一个项目。其动机都是急切想要申报国家级遗产名录，有的没有讲故事的传承人，随意填上一些没有代表性的老乡名字，从出版的故事集中抄袭下来许多现成的作品；有的是把只能讲几十个普通故事、能唱十几首民谣的说成几百上千个故事、上百首歌谣的传承人。经不起任何鉴别和调查。有的申报项目是虚拟的研究课题，没有项目的实体存在。所以，真实性、实事求是、老老实实是申报工作的最起码的道德准则。

6. 项目的具体表现形式认定。除了分类认定以外，同类项目不同的具体表现形式也存在着大小不同的差别，如果不把这些差别鉴别清楚，申报的项目也不会展现出它本身独具的特色和价值。就目前所申报的多种民间文学样式的项目而论，主要有以下5种。

A. 故事讲述家个人讲述的数量多、质量好、讲述表演精湛的故事及其讲述活动。

B. 歌手个人演唱的数量多（或多卷章节）、歌词文学性强、表演精湛的歌谣及其演唱活动。

C. 当地有口头文学传统，表现在群体传承人拥有并演讲数量多、质量好的口头文学作品。

D. 众多传承人拥有并演讲某一种有重大影响的口头作品。

E. 传播面很广的某一个口头文学作品，其内容与当地地方风物、名胜古迹相互印证，形成口头传统文化空间的遗产。

（以上用国家级各种类型的项目举例分析讲解）

（二）填写文本各个栏目的基本要求和基本内容。

（申报书结构分为7个部分、39个栏目，除了基本情况和程序需要的24个小栏目外，其余15个栏目都必须经过认真调查研究和反复论证后填写。其中9个栏目是遗产项目内容的重要说明论证部分，6个栏目是项目计划管理部分）

1. 所在区域及其地理环境栏目填写要点：项目产生、流传的具体地点位置，大小范围面积；人口数量、民族人口比例；地形地质地貌、自然景观名胜；季候气象；水陆交通状况。

2. 分布区域栏目填写要点：要求填写该项目所在地的分布状况，最好具体到县、乡镇或村。凡是填写了项目所在地以外扩展到邻县、邻省甚至填写扩展到港、澳、台、海外的都不符合要求。分布区域指的是该遗产项目所在地的项目传播和辐射的实际文化版图，不可以把该项目种类在其他区域的广泛传播都算在该地区之内。例如，有些民间传说项目像《牛郎织女》、《孟姜女》、《白蛇传》、《梁山伯与祝英台》几乎遍布全国，申报单位只能填写本地区的分布状况。有些地方剧种遍及多省市，甚至流布海外，申报单位也只能填写本单位所在地的直接分布区域，不可以把到外地演出、海外演出等临时活动范围算在该项目的分布区域内。

3. 历史渊源栏目填写要点：这是申报遗产项目文本的重点论证部分，也是两批国家级名录申报文本问题最严重的部分。本栏目最关键的要求是对所申报的遗产项目历史沿革的鉴别和确认，必须用确凿的史料文献引证做出遗产的科学认定。有效实证包括：时限在新中国成立前的老地方史志书籍记载或族谱家史记述的有关史料，碑刻、诗文、杂记的记录描述，出土文物或相关古迹的佐证，老报纸、杂志、老照片、手抄本、小唱本等相关资料的举证，权威学者研究成果被公认的考证，高龄老艺人可靠回忆追述记录的印证等。申报文本不合格被淘汰出局的，多数就因为项目的历史渊源模糊不清，无法确证该项目在当地的遗产地位和属性。还有许多文本的历史举证，距离该项目太远，过分空泛，不着边际。例如，“远古时期”、“春秋战国时期”、“早在三千年前”、“秦汉时期”、“据传武则天做皇帝那年”、“据说乾隆皇帝下江南时候”、“据老艺人说他祖父小时候”等，都无法证实项目的真实历史。类似表述都不合格。至于不少文本把近几十年该项目在国内外多次表演获得的成功和辉煌历史写进本栏目，更是文不对题的叙述，完全没有必要，因为所有项目新中国成立以后的发展历史都无法证明该项目的古老遗产性质。

4. 基本内容栏目填写要点：该栏目的正确填写最为关键，甚至它的分量远远超过历史渊源的部分。因基本内容填写不合格而落选的项目也不在少数。最大的原因是对基本内容的理解不准确。这里所要求说明的基本内容指的是：该遗产项目所申报的具体的非物质文化遗产内容是什么。按照联合国教科文组织的定义，非物质文化遗产指的是各类文化表现形式和与此相关的文化空间。所以，各基层申报项目的内容就是那些鲜活生动的各类文化表现形式或文化空间。

例如，国家级民间文学项目《谭振山民间故事》的基本内容是：老人从小听故事、长大讲故事，直到现在半个多世纪讲故事的丰富经历；他的讲故事活动方式；讲故事的口头表演技巧，讲述效果和听众反应；口头语言的艺术特色；讲述故事的多种类型，其中在国际和国内有影响的精品类型所占的比例；故事拥有的总量多少，传播影响状况等民间口头文学的非物质文化遗产表现形式。并不是要求填写他讲的故事都是什么思想内容和故事情节。两批国家级申报书中有不少在此栏目里填进了很多篇故事内容简介，还附上了整本故事集，就是没有写活态的讲故事活动。还有的填写了很多首民间歌谣，用来说明基本内容。这都是错误的理解和做法。其他类项目的问题大体相似。舞龙、舞狮项目的基本内容主要是应该填写舞蹈的表现形式，具体的舞蹈套路、动作、表演技巧以及龙狮道具的制作、乐器伴奏、相关演出习俗，等等。音乐、曲艺、戏剧类项目的基本内容要求是填写它们的具体表演形式，包括各种有代表性的表演技巧等，而不是只填写了一大堆曲目、剧目的名称或剧情内容。传统手工技艺类项目的基本内容要求填写的重点是该项目手工技艺的详细的工艺流程和老艺人的手工技巧和手法，以及他的带徒传艺方法、传统行规等表现形式，不是要求只填写申报单位所拥有的手工艺产品、商品或作品都有些什么代表作，那些都是物质的，只有手工艺技巧和工艺设计构思才是非物质的表现形式基本内容。

5. 相关器具及制品栏目填写要点：本栏目在口头文学类中，除大型民族史诗说唱拥有乐器、道具外，一般说来，与大多数民间文学类项目的关系不大贴近，但是对其他所有门类都十分重要。对于传统音乐来说，首先是乐器，还有制作民族民间乐器的工具和材料，其中各种民族的或宗教的仪式性音乐还会有相应的道具或法器，都要详细介绍清楚。对于舞蹈项目，则应该详细列举舞蹈的服装、道具、化妆用品、伴奏乐器。戏剧类项目在这里要求填写的服装、大小道具、化妆用品及伴奏乐器，以及音响或烟雾等效果的用具用品，都不可缺少。其中因剧中的特殊需要还应该填写特殊的相关器物。例如，皮影戏除详尽介绍上述戏剧通用的伴奏乐器外，还要求详细填写刻制影人皮件的材料和刻制、染色工具，还有灯具和影幕等设置，以及不可缺少的多卷本的影卷。

6. 传承谱系栏目填写要点：此栏目同样也是文本的关键部分。非物质文化遗产的基本要素不是“物”，而是“人”，是遗产的传承人，没有了传承人也就没有了非物质遗产。传承是有独特机制的，机制是用传承的严密谱系联结起来的。所以，一个项目是由几代传人、十几代传人继承和保护下来的。准确无误地把至少三代传人的谱系关系查清并填写出来，十分重要。不少民间文学项目文本填写了“人人都会讲故事”，“集体传承”，这是一种误解，这是普查工作不到位的结果。没有传承人在讲故事，就只能证明所申报的民间故事项目是不能成立的。在传承谱系中再把代表性传承人遴选出来，对该项目的继续传承发展很有积极意义。此栏目是保护项目传承人的重要依据。特别值得关注的是手工技艺的传承谱系，不论是家传谱系还是师承谱系都要调查清楚，要和那些自学成才的或无师自通的工艺品作者严格区别开来。因为传承谱系的认定也是历史遗产的一个重要实证。除了全民传统节日、大型庙会、民族歌墟、歌会等群体性文化活动具有文化集体记忆性质的传承外，其他非物质文化遗产项目都应该有清晰的传承谱系。

7. 基本特征栏目填写要点：充分介绍并彰显该项目独具的地方特色或表演特色及传承人的特长绝活及其在各方面的突出影响。同样是龙舞、秧歌、鼓书、皮影戏、木雕、泥塑、节日、庙会，但是都各具特点，这些地方性、民族性、技艺性、流派性和独创性的特点，才是各个遗产项目的基本特征，失去了这些特点，也就失去了它们的遗产代表性。

8. 主要价值栏目填写要点：最起码要关注项目在文化上的价值；同时要阐明其作为遗产所展示的历史价值；具有技能、技艺的项目就要显示其科学价值。此外，适当揭示它的学术研究价值，即民俗学、文艺学、民族学、人类学的价值。对于可持续发展的遗产资源，还应当突出它们的继承创新、合理利用的价值，等等。

9. 濒危状况栏目填写要点：在工作中有人认为遗产的濒危可以适当淡化，因为不濒危的遗产也要保护，但是，本着我国的抢救第一的方针，我认为许多濒危的项目还应当优先申报，进入保护之列。濒危状况应当实事求是地反映出来。

最后，申报文本的文体样式基本上属于说明文加论述文，要求表述清楚，论证准确，具有较高的逻辑性和科学性。最忌讳使用文艺性笔法的描绘、渲染，广告性口吻的夸大其词、华而不实。文本中还有6项管理部分的文本栏目填写要点从略。

总之，申报文本的填写是保护非物质文化遗产重要的程序之一，非同小可，它关系遗产项目的最终认定并进入保护名录体系，进入档案，再进入数据库永久保存，传之后世。因此它具有严格的科学性、学术性，还有极其严肃的文献性，更具有文化主权性和国家文化国情档案性质，应当认真填写，不得草率行事。至于那些因缺乏扎实的遗产普查基础而严重造成了申报文本填写质量不合格的结果，进而影响了项目的申报和保护，给国家的遗产保护造成的损失就更不堪设想了，应当引以为戒。

（本文是2008年12月计划举办的“全国非物质文化遗产保护工作培训班”专题讲稿）

思路与出路：保护非物质文化遗产热潮中的中国民俗学

从2003年年初国家文化部正式启动了民族民间文化遗产保护工程开始，到现在国务院批准公布了第一批518项国家级非物质文化遗产代表作名录并进入实施保护阶段为止，仅仅度过了四个年头，中国的非物质文化遗产保护就已经在全国上下掀起了极大的热潮。值得注意的是：这一场紧锣密鼓的日益高涨的文化“热力”运动，却意外地启动了相对冷寂多年并处于低温的中国民俗学，同时使几乎所有的民俗学人都不仅亲眼目睹了这场文化“热力”运动的进程，而且更重要的是全国各地绝大多数民俗学者还亲身经历并参与了这项民俗文化保护工程的实际工作，做出了颇为可观的显著成绩。

面对这种令人瞩目的民俗文化界的新动向，应该如何认识和思考？应该采取怎样的应对措施和策略？正是值得新世纪民俗学人认真探讨的实际问题。

一、关于思路

在这里我想借用一个自然科学定律，对当前中国民俗学所受到的非物质文化遗产保护热潮的深刻影响做一些分析说明。

目前，中国民俗学处在保护非物质文化遗产的热潮中，几乎完全符合热力学的学第二基本定律。它的内容是关于一切和热运动有关的理化过程，在特定的有限空间和时间内，这一过程具有不可逆性。热力学第二定律有两种表述，其中有一种很朴实的表述是克劳修斯在1850年提出的，所以科学界通常把这种表述方式称为“克劳修斯表述”，他在表述中指出，在自然条件下，热量只能从高温物体（或系统）向低温物体转移，而不能由低温物体自动向高温物体转移，也就是说在自然条件下，这个转变过程是不可逆的。如果用这个定律来仿真和解说当前这种非物质文化遗产热的传导现象时，也可以如是说：是在以联合国教科文组织倡导的非物质文化遗产保护的热传导中，国际性强有力的文化战略、策略、举措和经验凝聚成的高温热量，必然或自然而然地传递给非物质文化遗产保护处于低温状态的中国及其遭受冷落的中国民俗学。相反，鉴于以往的若干历史经验和教训，中国及中国的民俗学要想自发地从低温状态把保护非物质文化遗产仅有的微弱热量传导给国际范围的强大热潮并做出贡献，那不仅是极为有限的，甚至是不可逆的和不可能的。按照自然定律所指出的：要使热量的传递方向倒转过来，使热量从低温物体传至高温物体，只有靠“消耗功”来实现。中国和中国民俗学必须依靠自己的人力、财力和强大的科学创新能力、卓绝的工作能力作为文化保护工程的“消耗功”来实现；也可以说，要为此而付出巨大的努力和代价。经过近四年非物质文化遗产保护工作的实践证明，中国和中国民俗学已经朝着这个方向努力去做了，而且已经取得了喜人的成效。

（一）民俗学冷冻期反思：让我们回顾一下上述在中国这种特有的民俗文化科学的发展动向。原来我们所认为的中国的改革开放带来了中国民俗学的复苏，其实只是一个民俗学人自我陶醉和自我安慰的谀美之辞，因为，在国家政治上、经济上的改革开放之前的几十年间，全民族的民俗文化遭遇的是逐步加剧的破坏、打压直至禁绝；传统的民俗学科也已经被禁锢成像钟敬文先生所说的“绝学”。我在1978年写的一篇文章中说过：“从1878年英国民俗学会的成立算起，到现在整整一百年了。这百年间，人类经历了两次世界大战，经历了伟大的社会主义革命，无论西方还是东方都发生了地覆天翻的变化。我们这个具有悠久文化、古老风俗传统的多灾多难的中国，也以崭新的姿态屹立于世界民族之林。然而不能否认的是，我国民俗学活动却悲剧性地被中断了将近四十个年头。从五四运动的反帝反封建浪潮中刚刚发展起来的中国现代民俗学活动，被许多可以理解的政治的、历史的因素所被抛弃。而新中国成立以来三十年当中发展起来的部分民族学研究和民间文艺活动，又被林彪和‘四人帮’所洗劫，伤势之重，惨不忍言。”[①] 今天经过反思，笔者仍然认为这个论断并不过分，只是在改革开放前夕，笔者的表述在认知上显然还很幼稚可笑。民俗学和民俗文化活动由于政治的和历史的因素被抛弃了四十年，并不都是“可以理解”的，应当说有相当大一部分原因是不可理解的或令人无法接受的。“文革”期间对民族传统文化和民间艺术活动的绞杀，又怎能仅仅理解为几个政治人物的罪咎。1980年3月笔者在大学讲堂上首开民俗学课时，还曾经把这种民俗学活动中断几十年的惨淡现象美誉曰“民俗学的休眠期”。但是，无论如何民俗文化连同它的学科民俗学，在中国大陆经历了一段漫长的冰冻期濒临绝境，这是毋庸讳言和无可辩驳的历史事实。

（二）民俗学低温期回顾：此后经过了拨乱反正，在重重压力下，民俗学随着思想解放的深化和对民间社会稍微宽松的政策环境而形成了民俗文化的自发修复和恢复，也渐渐自发性地安排了自身的劫后余生，以微乎其微的财力和并不雄厚的专业人才实力，维持着艰难的民俗学科的有限建设。民俗学劫后余生的奇迹是以20世纪同龄人顾颉刚、常惠、容肇祖、江绍原、杨坤、杨成志和钟敬文等老一辈民俗学家群体的付出为前提的，其中以钟敬文为代表的几位学术带头人还重新扛起了重建民俗学的大旗，成为这个时期中国民俗学发展中不幸中之大幸。接着进行了规

① 参阅王文宝著《中国民俗研究史》，黑龙江人民出版社2003年5月版，第252页《重建民俗学的新课题》一文。

模不大的老、中、青学术梯队的建构、交替和传承。尽管在民俗学业内呈现很多自我感觉良好的成绩，也曾经如数家珍似的展示过多次水平虽有限、却屈指可数的成果；但是在和民俗学同步发展的相邻相近的人文学科比较起来，在兴旺发达的社会学、民族学映衬下，民俗学的客观影响依然微弱，学术地位照例偏低，在社会学科全面发展的热烈氛围中依然遭受冷落。虽然经过将近二十几年的艰苦努力，但中国民俗学和与其紧密相关的民间文艺学不但没有被列入强势学科的行列，相反却总是被拦截在二三级学科间难以提升。在这种学术环境中，许多勤奋辛劳的民俗学人也由于难以有用武之地而少有作为；不少满腔热情投入民俗学事业的新人们也因为学科领域的冷寂而寒心离队；体制的缺陷、学术的偏见和不正的学风沉重地打击了民俗学人的学科发展信心；从而使中国民俗学伴随着它的学科对象——备受摧残和冷遇的民俗文化及其遗产，不得不依旧处于缓慢行进的甚至相对静止而寂寞的低温期中，确实难以寻找到真正的复苏与崛起的升温热点。民俗学界同人们都不会忘记，就是在这个低温期间，几乎所有的民俗学世纪老人都相继离去。人们最后告别的是2002年元月仙逝的百岁先师钟敬文，他留下了毕生宝贵的精神遗产，奠定了20世纪中国民俗学建设的根基。他在临走的前几天，吟诵了一首七律，诗中说："历经仄径与危滩，步履蹒跚到百年。曾抱壮心奔国难，犹余微尚恋诗篇。宏思遐想终何补，素食粗衣分自甘。学艺世功都未了，发挥知有后来贤。"[①] 这首百岁绝唱不仅是钟敬文作为学者和诗人的终生感悟，更重要的也是对20世纪末中国民俗学历史境况的深沉感叹。

最值得反思的是，这期间中国社会正在急剧转型，中国民俗文化的传统与现实遭遇了现代化、全球化的凶猛冲击，民俗文化及其整代民俗传人的生存环境受到空前的破坏，民俗文化的原形态发生了剧烈的变化，而处于低温状态的中国民俗学界此刻显得有些迟钝、冷漠，甚至面对社

① 参阅乌丙安著《圣洁时辰零点零一分——沉痛哀悼百岁宗师钟敬文先生逝世》，《西北民族研究》2002年第2期，第14页。

会的剧烈变动漫不经心近似局外的看客，错失了自觉振兴民俗学的良机而少有作为。

二、民俗学热潮期检测

（一）国际非物质文化遗产保护的热传导：就在中国民俗学无可奈何地在低温期缓慢徘徊时，国际上早已经掀起了保护民间文化的新一轮热潮。1989年11月15日在巴黎举行的联合国教科文组织大会第25届会议通过了《保护民间创作建议案》，提出了"民间创作"（或"民间文化"）的概念，启动了民间创作保护工程。强调了民间创作作为文化遗产和现代文化的组成部分所具有的特殊性和重要意义；考虑到民间文化传统形式的极端不稳定性，特别是口头文化的不稳定性和有可能消失的危险，认为各国政府在保护民间文化方面应起决定性作用，并应尽快采取行动，执行保护民间创作的各项规定，以便在其领土上实施该建议所规定的原则和措施。建议认为："民间创作（或传统的民间文化）是指来自某一文化社区的全部创作，这些创作以传统为依据、由某一群体或一些个体所表达，其表达形式包括：语言、口头文学、音乐、舞蹈、游戏、神话、礼仪、风俗习惯、手工艺、建筑术及其他艺术。"许多联合国成员国的民俗学组织和学者个人纷纷被卷入这项专业性很强的民间文化遗产保护工程形成热潮。然而中国的民俗学会或民间文艺协会及其学者成员由于没有成员国本国政府的主导，所以并没有任何回应，因而错过了一次发展学术，使学术升温的机遇。这一错就错失了九年大好时光，而国际上的民间文化保护工程再一次升温，到了一个崭新的高度。

1998年联合国教科文组织公布了《人类口头和非物质遗产代表作条例》（以下简称《条例》），并正式提出了和人类口头并列在一起的"非物质遗产"这个概念，它的另一译名是"无形文化遗产"。联合国教科文组织执委会宣布了对人类口头及非物质遗产代表作的评审鉴别目的：号召各国政府和非政府组织及地方社区采取行动对那些被认为民间集体的保管和记忆的口头及非物质遗产进行鉴别、保护和利用。只有这样，才能保证这些文化特性永存不灭。同时在《条例》中明确重申“人类口头和非物质遗产”（The Oral & Intangible Heritage）的定义就来自1989年《保护民间创作建议案》，是“指来自某一文化社区的全部创作，这些创作以传统为依据、由某一群体或一些个体所表达并被认为符合社区期望的作为其文化和社会特性的表达形式；准则和价值通过模仿或其他方式口头相传。它的形式包括：语言、口头文学、音乐、舞蹈、游戏、竞技、神话、礼仪、风俗习惯、手工艺、建筑术及其他艺术。除此之外，还包括传统形式的传播和信息”。由此可见，“人类口头和非物质遗产”的定义其实就是“原有的民间创作”的定义。随后联合国教科文组织立即启动了各成员国申报世界非物质遗产代表作的活动，使世界性的民俗文化遗产保护工作发展到了一个新阶段。2001年5月，首批人类口头和非物质遗产代表作向全世界公布。在这19个代表作中，有5个戏剧类，我国的“昆曲艺术”名列其中，还有4个音乐、舞蹈类、2个口头遗产类、1个手工艺类、7个民俗类。从比例来看，民俗类（包括民俗文化空间）占有很重要位置。接下来中国的古琴艺术、新疆维吾尔族木卡姆艺术、蒙古族长调艺术相继被列入世界非物质遗产代表作名录。这些代表作公布后在国内外产生了轰动效应。

全球性的保护非物质文化遗产热潮，终于因为中国政府的有效参与，而在中国境内文化界、学术界迅速升温。只不过由于中国政府文化主管部门的传统职能所限，这种升温的热量最初只在传统艺术领域传导，并没有向民俗文化领域延伸和扩展，所以民俗学界的学者们依然平静如常，还没有发现自身的民俗文化研究和外面世界的非物质文化遗产保护工程存在着哪些必然的联系。

（二）国内非物质文化遗产保护的热传导：2003年1月显然是一个非凡的年月，“中国民族民间文化遗产保护工程”正式在全国范围启动。月初就成立了文化部的领导小组，月中就举行了启动工程的工作会议，月末就组建了第一届保护工程国家级专家委员会，在被聘任的27位专家委员中，民俗学专业的教授占三分之一。从此，中国非物质文化遗产保护的文化工程很快就与中国的民俗学发生了密切关联，于是民俗学的研究和应用出现了始料未及的新热潮。与此同时，中国文联民间文艺家协会也启动了民间文化遗产抢救工程，吸引了数以百计的民俗学者参与了民俗民间文化遗产的抢救性普查工作。

2004年以政府为主导的全国性的民族民间文化遗产的保护，已经从两批试点工作向全国推展开去，大型的专业培训班已经在国家级、省级先后举办，数以千计的基层民俗学、民间文艺学专业工作者参加了培训，全国各地高等院校和科研机构的民俗学者承担了普及与提高民俗学知识和方法技能的传授和讲解，同时还有一大批民俗学家被聘为省、市两级专家委员会的咨询委员或评审委员。当年9月以“中国民俗文化的根基及其深刻影响”为题的民俗学专题讲座破天荒地首次进入中央“部级领导干部历史文化讲座”的讲堂，受到政府高层的热烈欢迎和高度评价。[①] 举国上下掀起一股传播民俗文化知识和应用技能的热潮，使民俗学从原来的冷门学科迅速上升到炙手可热的热门学科，使一大批民俗学者不得不暂时离开平静冷清的书斋生活，投身到民间文化保护的热点工程中去做贡献。

2005年是中国民族民间文化保护工程扩大发展和继续提升的关键之年。4月，我国率先签署了联合国教科文组织《保护非物质文化遗产公约》，6月，国务院发布了重要的18号文件，动员全国加强非物质文化遗产保护工作，建立了该项工作的国务院部际联席会议制度，公布了《国家级非物质文化遗产代表作申报评定暂行办法》等，同时召开了里程碑式的全国非物质文化遗产保护工作会议。国家级专家委员会的民俗学专家不仅事先参与了这次会议及一些文件准备的咨询，并应邀出席了会议。6月末7月初，民俗学者积极协助政府实施了第一批国家级非物质文化遗产代表作的申报工作。紧接着全国各地大批民俗学者纷纷应邀投入申报国家级非物质文化遗产代表作的热潮中，进行有效的民俗文化遗产项目的

---

① 参阅《2004部级领导干部历史文化讲座》，北京图书馆出版社2005年7月版，第317—352页。

认定、鉴别、评估和遴选工作，有的甚至深入民俗文化活动现场第一线和各地民俗文化传承人相结合进行采录工作，切实发挥了民俗学理论结合实际的作用。9月以后，又有一批民俗学者从全国各地应邀来到北京，直接参与了对大批量民俗文化类申报项目的专业评审，直到年底完成了第一批国家级遗产代表作的推荐。

2006年，毫无疑问成了中国的非物质文化遗产年。5月末，国务院批准公布了中国第一批国家级非物质文化遗产代表作名录，其中民俗文化类及与其密切相关的其他类别的遗产项目被列入国家保护规划，占有重要位置。6月初，全国上下隆重举办了我国第一个“中国遗产日”活动，影响深远。民俗文化遗产的普查和保护成为全国城乡民众的热门话题，并牵动了大多数基层乡镇百姓的心，这几乎是多年来很少见到的情景。大都市里的许多高等院校、科研机构的民俗学者纷纷参与策划并筹备成立了非物质文化遗产研究中心等专业单位；有的民俗学者甚至以高度的热情宣布准备建立“非物质文化遗产学”的科研计划。

面临2007年计划中的第二批国家级非物质文化遗产代表作的申报，面对已经纵深开展的非物质文化遗产普查工作，中国民俗学和民俗学人将有更大的用武之地。非物质文化遗产保护的高温热传导，已经向原来处于低温状态的中国民俗学导入了相当多的热量。下一步已经热起来的中国民俗学和民俗学人该如何用自身的“消耗功”来实现把热量反过来传导给民俗文化遗产保护事业中，就成了需认真对待的问题。

（三）中国民俗学的热传导：这里指的是因国内外非物质文化遗产保护热而很快热起来的中国民俗学的热，怎样再反过来导入民俗文化遗产保护的实践中去的现实问题。正如本文开始议论思路的时候所提到的，中国和中国民俗学必须依靠自己的人力、财力和强大的科学创新能力、卓绝的实际工作能力作为文化保护工程的“消耗功”来实现，也可以说，要为此而付出巨大的努力和代价。显然，靠以往低温状态下的能量是难以完成导入的。且让我们检测一下。

1. 非物质文化遗产保护是一项动态的文化工程，只要运作得当，就会产生热效应，并有可能激活所有与之相关的处于静态的人文学科，使它们转化为热门学科并得到某些发展和进步。民俗学正属于这种与之密切相关的学科，自然会成为热门学科。

2. “非物质文化遗产”和“民俗文化”并不是同一个概念，也不属于同一个范畴。它们之间也不存在种属关系。由于它们是从“非物质”和“民俗”两个不同的分类角度划分的文化领域，所以彼此的内容和形式多有交叉和重合，可以认为民俗文化的所有表现形式都是非物质的或无形文化形式，而非物质的文化表现形式却大于民俗文化，它同时还涵盖非民俗非民间的其他文化形式。两个领域的文化正因为有了这样的交叉重合的关联，所以非物质文化的遗产保护工程的热潮就必不可避免地激活了民俗学理论与实践的应用功能。

3. 但是，作为一门人文学科，民俗学终究不是非物质文化遗产中民俗文化遗产保护的工程学，它还有与哲学、社会学、历史学、人类学或民族学交叉相关的科学任务，还有本体的或本格的学科自身建设任务。显然，中国民俗学借着非物质文化遗产保护的热潮加快自身的学科建设不仅是十分必要的，而且是当务之急。从这个意义上说，非物质文化遗产保护无论怎样热，也不可能吞没或取代民俗学，而民俗学借此良机自身升温加热才是关键的关键。

4. 就当前的非物质文化遗产热的走势来看，民俗学自身的自觉升温发热（而不是盲目的高温发烧），必将直接促使非物质文化遗产保护工程更加向科学化、高质量的方向发展。为此，目前民俗学升温的切入点，似乎应该加强应用研究，优先结合实际，加强民俗文化遗产保护的科学研究，丰富并完善高水平的“中国应用民俗学”的理论与方法。

5. 由于中国非物质文化遗产保护的热潮来得突然，而中国民俗学与之相应的有关理论和可操作的方法还不够完备或难以适应。所以，最直接的学科任务就是尽快建立一整套的保护民俗文化遗产的应用理论和操作方法，丰富当代民俗学多样化的分支学科建设。

总之，处在当前非物质文化遗产保护热潮中的中国民俗学界，确实已经到了群策群力、振奋精神、高效率、高水平地进行建设适应时代需要的新型民俗学体系的最佳时期，不容错过。

三、关于出路

如果上述思路基本上贴近实际情况的话，那么确定目标并找到恰当的出路就显得十分重要。如今是个提倡创新的时代，但是创新更要贴近实际，否则盲目地创新不会创出有效的成果。全国性的非物质文化遗产普查、抢救和保护，让我们看到了民俗文化现在生存状态的实际情况，在保护工程中已经运用的知识、方法和技能，使我们了解到民俗学自身知识质量、水平以及工具性的操作技能等主观方面的情况。经过近几年主客观两方面的紧密互动，我们不难发现处于主观方面的中国民俗学，自身存在着不小的缺欠。表现在以下几个方面。

（一）对民俗文化的原有底数不清：非物质文化遗产保护的要求指标是首先摸清遗产的地理分布状况，然而中国半个多世纪以来的全国各地民俗文化遗产分布状况是一片空白，从新中国成立以来直到社会转型的今天，中国民俗学从来就没有（也不可能有）建立起一套民俗志书可供非物质文化遗产保护作为依据和参考。近几年，有的新编地方志书里编入了民俗章节，也几乎是从清代以至民国时期地方志中原封不动抄录来的。中国民俗学从来就没有有计划地全面地测查过现当代我国民俗文化的版图，到底原来有多少民俗文化可以作为遗产？没有依据。

（二）对民俗文化的变异动态不明：非物质文化遗产保护的要求指标是必须优先抢救处于濒危状态的遗产；但是，中国民俗学从来没有调查过从新中国成立以来到“文革”时期到底毁坏了多少民俗文化遗产？毁坏的都是什么？改革开放以来随着全球化的冲击又破坏了多少？灭绝了多少？破坏的和灭绝的都是什么遗产？还是没有查过。民间文化的生存状态、濒危状态也没有调查过。对民俗文化嬗变、巨变现象一直缺乏具体了解。

（三）对民俗文化的表现形态不解：非物质文化遗产保护的要求指标是保护好民俗文化遗产项目所有表现形态的原真细节，然而现有的民俗学知识对于各地方各民族遗产项目千姿百态的民俗多样性表现，常常给予笼统的、模糊的、类型化的或概念化的解读分析，对文化形态的重要细节缺乏科学性的关注。所以，多年来的民俗学概论知识都难以解析丰富多彩的民俗形态。

（四）对民俗文化的传承机制不详：非物质文化遗产保护的要求指标是要认真保护民俗文化的传承人及其传承机制，以便保持其传承的可持续发展，并把这看作保护的重中之重。然而传统的民俗学更多关注的是民俗事物和现象，对民俗文化千百年沿袭不断的传承机制和方法手段，却缺乏具体的调查研究。因而面对如何保护艺人、匠人和传人隐蔽的、公开的多种多样的传承形式和行业传承机制，民俗学知识与方法显得相当苍白无力。

（五）对民俗文化的遗产分类不准：非物质文化遗产分类认定按国际标准要求民俗遗产类别和其他类别一律要从它们的文化表现形式上认定；但是，我国传统的民俗学分类基本上是以民俗文化存在的物质与精神的几大范围划分的，具体的民俗几乎都是以民俗内容划分的。因而每当和艺术门类的遗产放在一起从表现形式分类时，就会发生难以认定的困惑。比如，舞龙、舞狮的表现形式分类被艺术门类认定为龙舞、狮舞的舞蹈类；与此不同的是，民俗学从舞龙、舞狮的文化内涵分类认定为民俗社火，而社火的表现形式怎样鉴别却缺乏标准。

从上述五点可以检验现有的民俗学知识与技能和非物质文化遗产工作相适应或相契合的程度，不是很高而是偏低。作为民俗学人，面对现状首先应该着眼于自身民俗学理论与方法的创新，立足于民俗学自身建设的加强才会有出路。否则，如果一味地挑剔遗产保护工作的欠缺，不去做加强民俗学理论与方法的研究和创新，其后果必将失去民俗学理论提升的良机，且对非物质文化遗产保护工作也无益有损。

由于本文的话题是在说非物质文化遗产热潮中的民俗学，所以这里所说的民俗学的出路也正是以围绕着这个主题来探讨的。因为，前面已经提到，民俗学的学科建设任务还有多项，并不只是伴随非物质文化遗产保护工作共同前进的出路；但是，也必须看到非物质文化遗产的保护和研究毕竟是一项长期的文化建设事业，民俗学为此而振兴是适时的和值得的。

最后，本文提出四个民俗学研究课题作为与非物质文化遗产保护工作热点相契合的切入点，相信从这里会传导出民俗学的热潮来。

第一个课题是紧紧围绕着前不久国家具体部署到基层的全国非物质文化遗产普查工作，进行各地区、各民族民俗文化遗产地理分布的调查研究，也包括民俗文化遗产生存环境调查研究和民俗遗产生存状态研究，特别是濒危状态的详尽统计和调查研究。这应当是中国民俗文化主权分布版图的重要调研活动，它和民俗文化濒危状态的调研汇集到一起，将可以被纳入国家文化战略决策所依据的基本国情记忆库中。该项应用研究课题成果对国家的文化发展有着重要价值。

第二个课题是密切结合非物质文化遗产项目表现形式的采录挖掘，进行各种类别民俗文化遗产以个案相连接的文化形态学研究。这种调查研究要运用微观研究的所有方法和技术手段，尽可能从民间传承人那里采集所有非物质遗产代表作的各具特色的文化细节，从而汇聚所有的原真性文化遗产元素，再现民俗遗产清晰的整体形态，而不再是传统的类型化的、形态研究的那种由学者主观做出的归纳和描绘。在这个课题中，要提倡不打折扣地尊重民间传承人的知识和技能。

第三个课题是随着非物质文化遗产保护的实施，对民间传承人的保护，对民间传承机制的保护都已经进入国家和基层保护单位的计划日程；但是，民间传承人的传统传承机制如何保护，必须要做深入的调查研究。据以往的民俗研究习惯，几乎很少有人关注民间古老的文化传承规则原型，特别是那些独具特色的无形的潜规则，都是过去在田野作业中被忽略的。不调查研究民间传承人群体内部的文化传递活动及其规律，保护传承人和他们的传承机制，就是一句没有依据的空话。民间传承学的系统研究，只能在民间传承的生存聚落中调查才有望成功。

第四个课题是结合非物质文化遗产项目的分类工作实践，很有必要对民俗文化的表现形式按照民俗的原型和遵循民间传统的习惯分类法，再做出一套民俗分类来。联合国教科文组织曾经号召各成员国的专家，尽量结合本国实际做出更好的分类，以适应遗产保护的需要。民俗文化的科学分类是一个不小的课题，以前的教科书式的分类，其实只是一种划分范围的凑合归类，方便讲课的需要。我相信随着文化科学不断进步，技术手段日益更新，民俗的科学分类会有一个适应新情况的新系统的。

最后，不能不再强调一句：民俗学的思考是多角度、多侧面和多样化的，民俗学的出路也是多方向和多轨道的甚至是放射性的；因此也不应该把民俗学仅仅捆绑在非物质文化遗产保护工程的机器上运转。但是，无论如何，在这个特定的年代，突然掀起的非物质文化遗产保护热潮始料未及地激活了低温期间的中国民俗学，使它很快地在应用中展示了一种显学的光彩，民俗学因此为之一振并由此而升温，这终究是一件多年不遇的好事。

（原载《河南社会科学》2007年第2期，第1—6页。本文有删节）

21世纪的民俗学开端：与非物质文化遗产的结缘

人世间的任何关系，结合好了是良缘，结合不好是冤家，留下的尽是些说不清道不明的恩恩怨怨！当下，中国民俗学漫不经心地进入了21世纪八年多了，近些年又在不经意间和一个素不相识的“非物质文化遗产”邂逅；于是，一门传统人文学科和一桩新型文化工作由于文化的近亲关系而结缘，很快就一见如故、两厢情愿，结成了密切的亲缘。

有目共睹，经过将近六年的发展，中国的非物质文化遗产保护就已经在全国上下掀起了举世公认的热潮。值得注意的是：这一场紧锣密鼓的日益高涨的文化热力运动，却意外地启动了多年相对冷寂处于低温的中国民俗学。同时使几乎所有的民俗学人都不仅亲眼目睹了这场文化热力运动的进程，而且更重要的是全国各地多数民俗学者还亲身经历并参与了这项文化保护工程的实际工作，做出了颇为可观的成绩。面对这种令人特别关注的文化工程的新动向，应该如何认识和思考？应该采取怎样的应对措施和策略？正是值得21世纪民俗学人认真探讨的实际问题。

1. 非物质文化遗产保护工作选择了民俗文化，但是非物质文化遗产并不等同于民俗文化，民俗文化也不可能取代非物质文化遗产。

打个比方：假定说非物质文化遗产是个拥有千万种货品的大超市，民俗文化遗产在这个超市里只是一部分特色货品的专柜。民俗文化遗产在非物质文化遗产面前，只能由非物质文化遗产保护的规程做选择。

国际组织早在20世纪末发起文化遗产保护工作伊始就已经选择了某些民俗文化遗产作为对象，这可以说是非物质文化遗产保护与民俗学结缘的先天条件。1989年10月17日至11月16日在巴黎举行的联合国教科文组织大会第25届会议上，就出台了《保护民间创作建议案》，其中明确提出："民间创作（或传统的民间文化）是指来自某一文化社区的全部创作，这些创作以传统为依据、由某一群体或一些个体所表达并被认为符合社区期望的作为其文化和社会特性的表达形式，准则和价值通过模仿或其他方式口头相传。它的形式包括：语言、文学、音乐、舞蹈、游戏、神话、礼仪、习惯、手工艺、建筑术及其他艺术。"这个定义很显然包含民俗学对民俗文化传统界定的具体阐释。遗憾的是：该建议案在国际间推行八年多却收效甚微。于是，联合国教科文组织于1998年11月第155届执行局会议上又通过了《宣布人类口头和非物质遗产代表作条例》（以下简称《条例》），从此国际上采用了非物质遗产（Intangible Heritage）这个术语，《条例》再一次明确重申"人类口头和非物质遗产"的定义就是原封不动的一字不差的"民间创作"原来的定义。到此为止，非物质遗产显然和民俗文化是亲缘关系，也可以说是联合国的一项重大的文化保护工作选择了民俗文化中的口头语言和文学、民间音乐、民间舞蹈、民间游戏、口头神话、民俗礼仪、风俗习惯、民族民间手工艺、民间建筑术等作为对象。

接下来，2003年10月17日，联合国教科文组织第32届会议正式通过了《保护非物质文化遗产公约》（以下简称《公约》），2004年8月我国以第六个签约国的快速反应加入了该公约，2005年3月31日我国国务院颁布了《关于加强我国非物质文化遗产保护工作的意见》，同时还制定了相应的保护办法，从此，"非物质文化遗产"这一外来词语和概念正式进入中国官方语言，并迅速被学术界所启用，甚至成为目前中国文化语境中最为流行的时尚新词。

《公约》中的定义是："'非物质文化遗产'指被各社区群体，有时为个人视为其文化遗产组成部分的各种社会实践、观念表述、表现形式、知识、技能及相关的工具、实物、手工艺品和文化场所。”（文化场所或翻译为文化空间）同时明确指出，“非物质文化遗产包括以下方面：口头传统和表现形式，包括作为非物质文化遗产媒介的语言；表演艺术；社会实践、礼仪、节庆活动；有关自然界和宇宙的知识和实践；传统手工艺。”

在这个定义和范围中，尽管民俗学的对象仍然占有很大比重；但是，从中也看得到不属于民俗学对象的其他非民俗文化遗产。

让我们回过头来看非物质文化遗产保护工作进入中国的情况。

中国作为《公约》签约国，立即把非物质文化遗产保护工作放到了国家政府的肩上，执行了政府主导的方针，迅速制定了相应的政策文件。2005年3月26日国务院办公厅颁发了《关于加强我国非物质文化遗产保护工作的意见》，明确提出了“非物质文化遗产是各族人民世代相承、与群众生活密切相关的各种传统文化表现形式和文化空间”这一判断。在同时颁发的《国家级非物质文化遗产代表作申报评定暂行办法》中，具体阐述说：“非物质文化遗产可分为两类：（一）传统的文化表现形式，如民俗活动、表演艺术、传统知识和技能等；（二）文化空间，即定期举行传统文化活动或集中展现传统文化表现形式的场所，兼具空间性和时间性。”同时还根据国际文件确定了我国非物质文化遗产的范围，包括：“（一）口头传统，包括作为文化载体的语言；（二）传统表演艺术；（三）民俗活动、礼仪、节庆；（四）有关自然界和宇宙的民间传统知识和实践；（五）传统手工艺技能；（六）与上述表现形式相关的文化空间。”

在这里，有足够的国际和国家官方的正式文件证明，非物质文化遗产保护工作中确有对民俗文化表现形式及其文化空间的保护。这就表明：民俗学介入非物质文化遗产保护这项工作将是必不可少的。同时也表明：还有其他的文化表现形式和文化空间是和民俗学关系不大的，还需要民俗学以外的其他学科专业介入工作。比如昆曲艺术、古琴艺术等非游艺民俗的传统表演艺术，许多传统工艺美术、中医传统诊疗、中药炮制和多种行业的传统手工技艺等，都不在民俗学学科专业的范围以内。在这里，民俗学人应该有清醒的认识，不能认为多种多样的非物质文化遗产无不打上民俗的烙印，就想着要用泛民俗主义的眼光去包打非物质文化遗产的天下，甚至要用对非物质文化遗产的研究取代民俗学的研究。这显然是不符合客观实际的。

非物质文化遗产保护工作选择了许多种民俗文化表现形式作对象，那是国际组织、国家或政府的一种文化工程目标的需要，对民俗学的应用研究或专业实践当然有一定的积极意义，但是它不可能完全取代民俗学自身学科建设和发展的本体需求。

2. 民俗学研究参与了非物质文化遗产的保护工作，但是民俗文化并不等同于非物质文化遗产，非物质文化遗产也不可能取代民俗文化。

打个比方：假定说民俗学是个大超市，非物质文化遗产保护工作在这个超市里却是一个常设的受政府委托经营热卖品的特殊专柜。非物质文化遗产保护工作在民俗学面前，是不可能完全接受民俗学学术规范的制约的。

民俗学研究在遭遇非物质文化遗产这个全然陌生的概念之前，一直从事着本学科领域的民俗学、民间文艺学理论与实践的工作，这既是民俗学人科学性的本职工作，也是职业性的本色工作。即使是有阶段性的文化工程工作，也都毫无例外的是本学科领域内的本职工作，例如，20世纪80年代的“中国民间文学三套集成”的普查、搜集、整理和编纂工作，几乎牵动了全国上下所有的民间文艺学人就是很好的证明。

接下来，2002年下半年中国民间文艺家协会正式启动了国家社科基金重点文化建设项目“中国民间文化遗产抢救工程”，组建了该工程的全国工作委员会、聘任了59名民俗学、民间文艺学界同人成立了全国专家委员会，冯骥才任主任，刘魁立、乌丙安担任副主任。其间，乌丙安还负责编写了总普查大纲草案、民俗普查大纲、村落民俗普查细纲，参加了村落普查采样小组的现场踏查，编写了榆次区后沟村民俗普查问卷细纲。2003年1月，该工程公布了工程计划大纲、总普查大纲、分类调查提纲、各类调查表格，出版了普查手册及其光盘。开始了以文艺社团协会为单位的全国性民间文化遗产普查工作，预定期限为2003年至2008年年底。

这是民俗学进入21世纪选择的第一项属于本专业学科的文化工程和学术实践，所有的分类体系、普查作业步骤和方法，可以认定基本上是符合民俗文化学科应用实践规范的。

正在此时，2003年1月18日文化部和财政部联合了国家民委、中国文联正式启动了“中国民族民间文化遗产保护工程”，在1月18日文化部启动仪式上，正式颁发聘书给应邀到会的两名民族民间文化遗产保护工程专家（此时还没有成立专家委员会）资华筠、乌丙安。前者来自艺术研究界，后者来自民俗学界，至此民俗学人正式迈入国家政府主导的民族民间文化保护工作。1月24日专家委员会成立，首届专家委员会共有27名成员，有9名来自民俗学、民间文艺学专业，占委员总数的33%；14名来自各个艺术门类专业，占51%；其他4名中，1名民族学者、1名社会学者、1名来自技术科学界、1名文化管理工作领导干部。这个比例表明，民俗学只参与了非物质文化遗产保护的部分工作，而不是全部工作。可以认定：民俗学不可能百分之百地涵盖或包揽所有民族民间文化遗产的保护工作，民俗领域和非物质文化遗产领域的关系是一个不等式。在这个保护工程中，民俗学的参与是必要的和重要的，但不是主要的；是有限的、部分的，而不是无限的和全部的。

民俗学正是在这种分工的条件下参与了民族民间文化遗产保护工程的具体工作，直到2004年以后民族民间文化遗产保护工程全面转入非物质文化遗产保护工作中来，民俗学与其他学科的协调运作比较正常。其中最能说明问题的就是对遗产进行分类指导全面普查的工作。当时制定了遗产调查的分类编码，共16类：

民间文学，民间美术，民间音乐，民间舞蹈，戏曲，曲艺，民间杂技，民间手工技艺，生产商贸习俗，消费习俗，人生礼俗，岁时节令，民间信仰，民间知识，游艺、传统体育与竞技，传统医药。

很显然，非物质文化遗产和民俗文化的分类系统有所交叉但很不相同，这样的分类法是从文化表现形式的遗产项目确认上考虑的。所以，民间文学专业负责第1类；美术专业负责第2类；音乐专业负责第3类；舞蹈专业负责第4类；戏剧专业负责第5类；曲艺专业负责第6类；杂技专业负责第7类；各种科技专业（如锻造、铸造、酿造、建筑、染织、陶瓷等）负责第8类；医药专业负责第16类；民俗专业负责第9、10、11、12、13、14、15类。这是文化保护工作按项目分类的安排方法，和民俗学基本知识体系的分类法并不完全一致。民俗学从来就不是以文化表现形式做项目加以分类的。这足以说明民俗学视野中的非物质文化遗产不等于民俗学专业所面对的民俗文化。

当非物质文化遗产的普查工作同时进入遗产项目申报代表作名录阶段的时候，民俗学所负责的7个分类，由于保护项目工作没有可能再细分为7个专业组进行评审，在工作运行中只能把7类合并成一个大的民俗类，于是从此便形成了民俗一大类和其他9个专业的小类别放到平行的分类地位，造成了民俗学和民间文学分成两家的局面。这在民俗学的分类体系中显然是不伦不类的，但是在非物质文化遗产的工作分类中却是可以成立的，因为它是以遗产的表现形式分项编目的，正像传统医药项目在民俗文化的分类中应当属于民间知识和技能类，但在非物质文化遗产保护工作中传统医药却是和民俗平行的一个较大的类别。在这里民俗学的分类体系无法纳入非物质文化遗产保护工作的分类需要中，相反，工作分类的实用性却可以随意、随机地构成遗产项目的分类。

除了两者分类体系的差异外，还应当注意非物质文化遗产保护工作对民俗文化遗产的评价，和民俗学对民俗文化遗产的评价，显然也是不完全一致的。非物质文化遗产保护从一开始就确立了国家政策性的评价体系，那是一个与民俗学的学术评价不大相同的体系。在国务院办公厅颁发的《国家级非物质文化遗产代表作申报评定暂行办法》中的第六条就有明确规定，原文是：

> 国家级非物质文化遗产代表作的申报项目，应是具有杰出价值的民间传统文化表现形式或文化空间；或在非物质文化遗产中

具有典型意义；或在历史、艺术、民族学、民俗学、社会学、人类学、语言学及文学等方面具有重要价值。具体评审标准如下：

（一）具有展现中华民族文化创造力的杰出价值。

（二）扎根于相关社区的文化传统，世代相传，具有鲜明的地方特色。

（三）具有促进中华民族文化认同、增强社会凝聚力、增进民族团结和社会稳定的作用，是文化交流的重要纽带。

（四）出色地运用传统工艺和技能，体现出高超的水平。

（五）具有见证中华民族活的文化传统的独特价值。

（六）对维系中华民族的文化传承具有重要意义，同时因社会变革或缺乏保护措施而面临消失的危险。

文件中首先提出这些遗产项目所应当具有的杰出价值、典型意义或重要价值中，包括了民俗学的重要价值。这是保护工作的政策指导中明确提出的前提条件。但是，随后提出的六条标准却是所有遗产项目，包括民俗项目必须符合的具体条件。可以解释为：民俗文化遗产项目即使符合了民俗学科的学术价值的标准，也必须符合上述六条标准才可以评定为有杰出价值、有典型意义的项目。于是，在执行六条标准过程中就自然而然地出现这样那样不同的，甚至是完全对立的评定结论。不少有民俗学重要研究价值的、民俗文化史上有典型意义的、特定地域民俗文化有突出代表性的民俗遗产，往往被不成文的“精华与糟粕”的杠杠、“愚昧落后与封建迷信”的框框所裁判，被排除在有杰出价值的遗产项目之外。显然民俗学的学术价值或文化史的价值在这里已经无足轻重了。这是问题的关键所在，这也正是非物质文化遗产保护工作和民俗学研究遭遇冲撞的结节点，两种不完全相同的评价标准，它们各自的评价尺度的伸缩性到底有多么大？能不能统一到一个客观标准上来？很值得深思和辩证。

从这一点出发，可以认定民俗学人参与非物质文化遗产保护工作不等于民俗学本格本体的调查研究工作，前者是有政府指定的工作目标和操作规程的，后者是有学科规范的科学研究宗旨的，任何混同的理解都是不适当的。民俗学参与非物质文化遗产保护工作势必是要执行政府指定的工作目标和操作规程的，对于民俗学人这当然是必要的和重要的，但是它却不是主要的，主要的依然是自身的主业——民俗学的本格研究。

最后还不得不回过头来说：任何形式的对非物质文化遗产保护工作的研究，都不是民俗学自身的学科研究或学术研究，更不应该也不可能用它取代民俗学的研究。即使非物质文化遗产保护是一种具有长远目标的文化工程或工作，也无法取代民俗学作为人文基础学科持久发展的价值和意义。民俗学人理应守土有责！

（原载《河南社会科学》2009年第3期，第1—4页。本文有删节）

中国民俗文化的根基及其深刻影响

《中国民俗文化的根基及其深刻影响》这个题目，我觉得太严肃了，有点板着面孔说话，既不符合民俗文化的大众化特点，也不符合我的性格。我的学术性格是活泼的和通俗的。

其实，我是在给大家讲一个古老而又现代的童话，讲讲故事。实际上文化就像一个故事，这个故事活在我们人间。民俗文化是整个人类的大课题，中国民俗文化更是中国文化的大课题，而中国的文化又影响着世界，影响着人类。现在国际上有很多学者，特别是国外的汉学家几乎都在讲，21世纪的文化将是中国的文化，好像世界上人类的文化正在或即将发生什么变化。

一、中国民俗文化及其特点

（一）什么是民俗文化？

首先说一说我所讲的这个“民俗文化”到底是什么？

大家知道，人类文明是从人类的文化中衍生出来的，也就是说文化中精英的东西才是文明，是优秀的文化在推动人类文明的进步，这就是我们国家所讲到的先进文化。但是我们应该知道，先进文化绝不是平平常常地诞生的，自古以来文化就是鱼龙混杂的，“文明”总是和它的孪生兄弟"野蛮"伴生在一起诞生的。聪明的人类居然发明了战争。当我们歌颂居里夫人时，你哪里知道她发明的是杀人的武器。连居里夫人自己都不能意识到这样残酷的后果。高文明、高科技、高进步往往伴生的是破坏自然生态的野蛮，我们也不能想象把炸弹绑在人身上是什么样的痛苦，但就有人这么做，而且正是一种文化的精神力量在促使他或她，为此而赴汤蹈火，去炸敌对国家的平民。现代文明同时也伴生着现代野蛮。现代战争的野蛮已经使我们很恐怖了，而恐怖战争就更加危害人类。所以当我们探讨文化的时候，应着眼于它的多角度和多侧面。

我今天给大家讲的跟过去一些教授讲的可能有些不一样。我所讲的东西恰恰是另外一面，这个另外一面并不是负面的一面，而是过去人们不大关注的文化层面。这就是我说的民俗文化，或者说是人类文化的根基，是人类最根本的基础文化，日本把它叫作"基盘文化"。我们中国过去往往从文化分层的角度又把它叫作"底层文化"，也就是俗文化，大众文化，它主要是普通老百姓的文化，数以亿计的人就世世代代生活在这种文化氛围之中，我们讲的就是这种文化。这一点，恐怕在座的各位部长、各位领导同志跟我是一样的，其实我们大家都是从这种文化根基中诞生出来的。

人类文化到底怎么来的？这是个重要问题。

大家知道，这些年，我们正在重新学习和研究马列主义。马列主义的各种派别在近现代产生了不少，我国的马列主义学说结合中国的国情和具体实践也在政治、经济等领域有了重大发展。但从哲学层面上来讲，近现代欧洲有一个很有影响的马列主义学派使马列主义哲学特别关注人类日常生活的文化根基，这是一个很大的飞跃，它不只是在政治经济圈里转，而是更深刻地探索着民间日常生活，看看人类对日常生活到底是怎样解读的，所以他们就从哲学的高度解剖了人类文化到底是怎样结构而成的。

国际上文化人类学界给人类的文化下的定义不下七百多种，比较有影响的从大师级学者嘴里说出来的大约就有一百四十多种。各说各的，公说公有理，婆说婆有理，其实简单地说起来就是我在提纲中引用的说法：人类文化主要由“自在的”对象化的三个彼此不能分离的部分组成。那就是：一是使用工具生产的习惯方式和手段；二是社会生活习惯的传承；三是语言习惯交流的活动。这三者结合在一起形成人们一代传一代约定的习惯体系，也就是人类文化。这个哲学上的定义所说的“自在的”，就是自发的、自然而然的意思。这个定义其实正是民俗学给民俗文化下的定义。它是人类“非物质文化”最重要的基础部分，中国民俗文化也不例外，它是我国文化的主要根基。

这第一个使用工具生产的习惯方式和手段，在作为农业文明古国的中国，主要表现在几千年的农耕传统习惯方式上。比如说中国汉族的“二十四节气”农事活动习惯，就是春种、夏锄、秋收、冬藏农耕文化周期的代表。北方的“打春阳气转，雨水沿河边”，“惊蛰乌鸦叫，春分地皮干”，“清明忙种麦，谷雨种大田”等这就是千百年来农民遵守的农耕作业习惯。直到现在老农根本就不看阳历日历，脑子里记着一本活生生的古老的阴历或叫作农历的二十四节气，按照这个来种庄稼。种庄稼的二十四节气在欧洲是绝对行不通的，只适合中国这块土地的生态。大家看，现在秋分过来了，二十四节气里的“秋处露秋寒霜降”，秋分过后，寒露和霜降快来了，几亿农民就要安排这一阶段的农事活动了。这里就有很多各地不同的习惯，把它排到一年四季360天中，让每一天的农事活动习俗，年复一年，周而复始，不用号召，无须动员，自然而然、自在地发展。五千多年的农业大国其实就是这样运转的。同时，还有各民族渔猎生产或畜牧生产的种种风俗习惯在自然地发展。这就是哲学上讲的“自在的”关于生产的民俗文化。

第二个是社会生活习惯的传承。人类的生产习俗，从一开始就伴随着衣、食、住、行、婚、丧、嫁、娶等，这些就是诸位最熟悉的民众的千姿百态的日常生活。

第三个是语言的习惯。人类最突出的一种工具就是语言。我们至今还不知道其他动物会不会有它们自己的文化语言。现在研究灵长目动物的人类学家几乎都在研究猩猩，特别是黑猩猩和大猩猩。这些猩猩和猿人、和后来的智人有些相似，它们有语言符号，但是，它们的信号是怎么发出和交流的？直到今天，研究成果认为它们不可能有文化，只有一种信号。只有简单的符号，表示惊恐，表示高兴，但是猩猩至今还不会表示否定。我们能说不、说NO，但猩猩不会，猩猩不会使用否定的信号。

动物行为学家用现代科技研究给我们民俗文化带来了很多的好的成果。他们的研究告诉我们，人类不要把自己看得太高明，在人类社会有很多是习俗的成分，是民俗文化的元素，实际上却在有些灵长动物中也有。比如非洲平原的狗头狒狒，它们的群体性和人类社会差不多，都是以家族为单位，所以一个狒狒家族在非洲平原上最多能有九十多只在一起生活。它们有领袖，也有妻妾。原始社会人类选择妻妾和争领袖时所使用的方法，跟狒狒没有什么区别。当一个首领开始衰弱的时候，另一个雄性的强者就起来，跟它挑战；就像我们古代的英雄，一个英雄出来，大家看着他很英武，他在打猎时战胜了猛兽，在面对别的异族部落侵略时战胜了敌人，于是就要用比武的办法让前一个首领下来，人们就要拥戴新的强者做首领。狗头狒狒也是这样，大家都在观战。战胜的那个为王，失败的那个退让下来。这时，这个队群的狒狒就拥戴这一个强者。在烈日下强者坐在最佳的阴凉处，大家像参拜一样，都冲它喊叫，像是在三呼“万岁”！然后所有的雌性狒狒都按照长幼一个一个从它面前经过，它要表示亲昵，它特别宠爱哪一个雌性，就留在自己身边，这很像是在选纳后妃。然后带领它的队群，在它所占据的地方走一圈，一边走一边不时地撒尿，如果另一个狒狒队群走到这儿，闻到这些尿味，就不敢侵犯，如果侵犯，就会有一场恶战。这就是边境纠纷。各位听过边疆的专题讲座。我们现在人类不也是这样吗？这个地方没有水，寸草不生，赤地千里，但这是我们的领土，别国休想侵犯。我们有记号，这叫边界。要商谈的话，是另外一回事，这叫文明。动物行为学家告诉我们，人类有领袖欲，有领土欲，其实有些动物也有，人类别把自己看得太高明。

现在回过头来看，人类高明的地方似乎不在于生产，因为所有的动物种群都会打猎觅食，猎豹打猎就很有一套。中国北方的狼在群体行猎的时候，怎样包抄，怎样捕获猎物，都有严格的纪律。许多动物种群里的鸟兽能使用现成的工具获取食物。当科技发展到今天这样的高度时，人类越来越知道自己其实是平庸的动物。人类没有鸟类那样的飞翔能力；人类没有许多哺乳动物那样的奔跑速度；人类的视力远不如鹰；人类的听力远不如马、鹿；人类的嗅觉远不如猫、狗；人类在许多方面真的没有什么特长。很多哺乳动物的幼崽很快就结束了依赖期而独立行动，相反地，人类婴幼儿依赖期最长，需要多少年才能把一个小孩养育到长大成人？所有灵长目动物，包括小猩猩的依赖期都比人类短很多，依赖期长实际上是人类天生的弱点。尽管生物科学已经告诉我们，人类作为一种直立的动物已经很了不起，但这同时也是一个致命的弱点，那就是在脊椎动物中，最脆弱的还是人，因为现在已经测定了只有人类的脊椎支撑力脆弱，人人都有腰酸腿疼和腰肌劳损。事实证明人类在生理机体方面是有缺欠的。

那么，人类最了不起的是什么呢？那就是人类曾经经历了一场有机体的“特化”。为什么进化论在重要的方面被推翻了，是因为进化是极其缓慢的，特化却是一种特殊的突变。人类这个有机体，生理上出现过一次特化，那就是人类大脑的特化，今天的人类都知道怎么去外太空了，却唯独对于人类自己的大脑为什么有如此高超的智能，依然所知甚少。但至少知道了人类的大脑已经特化了，正是这一个重要因素，使人类远远超过了其他动物。人脑特别是中枢神经特化以后，出现了最重要的一个基因，那就是符号思维，大脑能够进行符号思维，能把这些思维用语言代码表达出来。人们看见了花，就给它起了个名字——花。这种花和那种花不同，这叫菊花，那叫牡丹。这种符号在人类大脑里出现了，所以人类开始有了记忆，而且还能够重复表达这些记忆，人类用各种语言记下了所认识的天地宇宙，万事万物，并把自己的生产习惯和生活习惯用口头语言记下来，彼此进行交流，世世代代传承下来，于是出现了文化，创造出原始文化。在原始文化中首先出现了原始的生产生活习俗。

人作为一种动物，生产生活是最基本的东西，就从这里出现了文化。众所周知，马克思主义最基本的理论中，有关于两种生产的理论。这里的两种生产被一些人理解错了，以为两种生产就是物质生产和精神生产。马克思、恩格斯最早研究的两种生产不是这样，而是人类最基本的生产：一种是维持自身生存的生产，主要是食物的生产；另一种是人类自身繁衍的生产，也就是生儿育女、传宗接代的生产。

一是人类要生活生存，必须根据需求，生产吃的东西。你是种庄稼的，我是放牧的，他是打猎的，各种生产手段都是为了先把人养活了。这种生产习惯叫作“产食文化”。所以我们的农业部门、粮食部门、食品工业部门就都很重要。农业社会在吃上显然是先进的，远比游牧社会、采集打猎的部落社会要高明，所以农业国家产生了最早的产食文明。

中国自古以来就是伟大的农业文明国家。这种农业文明首先解决的就是吃。所以在世界上，中国人在吃上是领先的。“食在中国”这是真的。全世界凡有人烟处，都有中国餐馆。吃的文化，吃的习俗，中国人积累了很多很多饮食的知识和技艺。我们不妨一个一个地列举烹调的方法。先说用水煮，用火烤，许多国家都有。但是一说到蒸食的方法，就有很多国家的人不会用这种熟食法。比如蒸馒头、蒸年糕、蒸鸡鸭鱼肉。还有，包括煎、熘、炒、爆、糟、腌、酱、煸、氽、涮、烀、焖、发酵等各种各样的烹饪法，应有尽有。于是，从生产到生活，民俗文化自然而然就诞生了。

第二个生产是人类自身繁衍的生产。中国人之多，不是因为世界上先有中国人，后来别的族群才一点点地诞生的；而是中国人生殖繁衍得多。中国古老的农业文明就记住一点，要想干活吗？这么多的地种不了，生的孩子多了以后就有更多人来种庄稼了。一直到毛主席领导的那个年代还是讲“人多力量大”，农业还是大兵团作战。农业劳动就是这么笨重，多生一个儿子，就多了一个劳动力。戏曲舞台上就是佘太君生有很多儿子，七狼八虎出幽州，最后男人都战死了，只好十二寡妇征西。这就是我们人多力量大的特点。老太君的龙头拐杖啷啷地一拄，请皇帝看看老杨家是怎样出来这么多的忠臣孝子。

在全世界，中国人是最早意识到生育是最重要的，却忽略了生得越多，哪张嘴都是要吃的，结果又回到起点，还要再回去生产。我们发明了山上的梯田，所有能种的田地我们都种上了，还是吃不饱。再加上水灾、旱灾，中国人还是一个饥饿的、多灾多难的民族，所以人们有了对龙王神的信仰，有了对旱魃的敬畏。

在农业生产与生活的长期习惯中，产生了种种战胜灾害的愿望和追求美好生活的向往，于是把这些都用口头语言代代相传下来。这样就有了古代那么多的神话、传说、故事，后来又创造了很多的娱神娱人的歌舞、音乐、戏曲。比如“后羿射日”神话，许多少数民族也在讲，讲本民族古代的大英雄射日的神话，人们就这样几千年、上万年地用口头一点点流传下来，积累到今天。从口头的说一直到唱，积累了那么多口头文学遗产，在世界上也是罕见的。像中国分布在全国各地的地方小戏剧种就至少有三百种。我在《民间小戏论》里，只收集到248种，还应该再收集才知道我们到底有多少家底。

文化就是这样创造出来的，所以生产习惯、生活习惯、语言习惯的产生就是文化的诞生。不像有些国学研究者讲的：文化所以叫文化是因为产生了文化人，产生了精英，才有了文化。我认为这样说不妥，有了精英，只是使某些文化更文明，这是两个概念。文化的产生仍然还是马列主义那个基本原理——历史和文化是由人民群众创造的。

我们不知道大饼是谁最早发明的，也不知道蒸馒头那个蒸法是谁发明的，答案应该是老百姓，是我们的祖先祖辈群体不约而同地发明的，所以才出现了这样一些成语，叫作习以为常、不约而同、约定俗成。你那里叫“爹爹”，我那里叫“大大”，他那里叫“爸爸”，但现在全世界孩子在儿童时期叫爸爸，很多都叫 Papa 或 Daddy，很多都叫母亲“妈妈”、Mama 或 Mummy。语言的一种叫法，很多是雷同的，于是约定而俗成，上面雷同的称谓语就产生了民俗的称谓法。民俗文化中的语言习惯并不仅仅指的是说话，而是语言的产品、精神的产品。发明文字之前，人类全是靠这样用口语一代接一代地往下传。所以代代约定相传的习惯体系，就是人类文化，也就是人类最早的民俗文化。可以简单地说一句：人类的民俗文化和中国人的民俗文化都是与生俱来的。当我们生下来的时候就有，从我们最早的祖先出生以后，只要一动，只要一吃，只要一穿，只要生活，就开始有了文化。中国的神话告诉我们，燧人氏发明了火，有巢氏发明了房屋，那些都是氏族群体的创造，不只是一个人的发明。大家都是像西南少数民族那样用干栏式的木架、构架搭出来的房屋，这就叫作“构木为巢”。中国的干栏式住屋，是世界上重要的一种古老的居住方式，土著原始民族住在楼上，底下有支架，既防止了地面的潮湿，也阻挡了野兽的侵害。所以，人类最早的生活方式就是民俗，就是最早的文化。

民俗文化和我们今天的现代文化并不是两种性质的文化，它们具有同样的一种性质，都是附着在生活上的，中国的民俗文化跟全人类的民俗文化一样都是附着在全民生活上的。衣食住行、婚丧嫁娶，岁时节日，信仰娱乐等，都是文化。今天我们一提到现代文化，那就指的是文明社会的人“自觉的”创造的一整套文化体系和教育体系的制度，它们不属于民俗文化，不是与生俱来的文化习俗，而是后来文明人创造的，或者说是精英文化创造的。但是有一点，无论我们多么现代化，无论我们早晨起来从东城到西城去上班，或者是从西城到东城上班，我们下班都要回到家，回到这个原始时期就有的家族群体。我们的公社化曾经想打碎小家庭，但是家族群体是打不碎的文化根基。人与生俱来的文化基础决定了生活是以家族为最基本的群体，从家族群体再繁衍出来族群社会。由小的族群形成更大的族群，繁衍成为民族，进而成立国家。现代人类应该知道所有现代文化都是建立在民俗文化的根基上，要懂得民俗文化的产生是人类与生俱来的。

要知道原始社会人类的生活条件非常险恶艰苦，各种各样的猛兽猛禽，远比人类强大，人类不得不崇拜它们为神。人类所以崇拜太阳，是因为它对于人类有利。早晨它从东方升起，给人们带来了温暖和光明，晚上，它从西边落下，留下一片阴冷和黑暗，这时人们才知道它的珍贵，企盼它明天再来，所以第二天早晨太阳出来的时候，人们才跪下来迎接它，现在的原始部落还在举行早迎日、晚送日的仪式，这就产生了崇拜和信仰。又比如捕猎一头猛兽，一个人战胜不了它，就要用很多人围猎它，最后牺牲了多少人，终于把它捕获，然后，每个人都分到了它一块肉吃，才感觉它很厉害，吃到它很不容易，于是就得做祈祷，希望它乖乖地被人们捉住，希望它千万不要怪罪人们的捕杀。早年，鄂伦春族在猎熊的时候，要举行祭祀熊神的仪式。取下熊头，扒下熊皮，摆放在凳子上表示供奉熊神，全体跪下，由首领致祈祷词，向熊神表示和解、谢罪。人类最为本质的本性在这里都表现出来。我们不能说他们愚昧，这是在当时特定的生产、生活环境中必然产生的信仰文化。所以列宁在讲到俄罗斯农民的信仰时说："他们在吃母亲奶的时候，就汲取了这个旧制度的原则、习惯、传统和信仰。"

我跟各位一样，对几大宗教都是很尊敬的，宗教教义中那种悲天悯人的精神真的是很好的。但我并不信教，我在探索更深的真理，我们追求共产主义的理想也是一种信仰。在这种信仰里就有人类这种与生俱来的信仰的基因。文化最早的根基不是外在的东西，就是说不是谁给你外加上去的。比如我们今天学一门学问，就是外加的。比如说化学就是外加的，物理是外加的，中国学生还得学英语也是外加上的。而与生俱来的民俗文化可是自然而然就学到手的。孩子们一进入黑夜，没人告诉他，他本能地会觉得恐怖，这时候如果老人们再讲鬼呀、神呀，那他们肯定就会觉得更恐怖了。自然而然地受到了鬼神信仰影响。

特别要注意的就是，当人类处于天灾人祸的危害中，个人掌握不了自己命运的时候，人们的那个信仰基因，那个信仰的文化符号思维就开始萌动，开始寻找一个救命的依托。就像那年南方出现大洪水灾害的时候，一条蛇为了求生，爬到一棵小树上，一个小孩也爬了上去，那么长时间就在那儿趴着。这是求生本能的欲望。在这个时候，信仰才容易产生。所以中国老百姓到这个时候就会说，"老天爷呀"，"天哪！"就像《白毛女》中的杨白劳，被恶霸债主逼得走投无路，一出场就喊："天哪！杀人的老天哪！"比如，踢足球输得很惨，踢出十个球射门，都踢在了门框上，就会说这是运气球，像这些精神层面的东西，和原始的习俗文化一样全都留在我们人类的童年。人们小时候接受的那些风俗，到现在都会常常怀念。

人类社会也是这样，人类的童年积累的古老的文明，在当时看来相当了不起。一个部落首领在那里念念有词："老天呀，要给我们下雨啊！我把我的亲儿子投到河里去了。"全世界都有过这样的用人体做牺牲品的习俗。中国的"河伯娶妻"等故事，都是这么来的。慢慢地，人类发现了不少规律，才逐渐地从信仰里脱胎出来，找到了许多科学的办法，到18世纪以后人类终于走向近现代的科技文明。

（二）中国民俗文化内容极为丰富、形式异常多样。

在这个讲座提纲里给各位列出了民俗文化的许多内容。大体上说，自古以来的民俗文化包括四大类和五十个系列。

1. 物质生产与消费的民俗，又叫作"经济民俗类"。包括生态、采集、狩猎、捕捞、游牧、农耕、工匠、商贸、交通运输、医药和衣、食、住、行等系列。生产主要是产食的农耕生产，再就是工匠生产，要有房屋居住，要有衣服鞋帽穿戴。我们中国56个民族的服装真的是琳琅满目，五彩缤纷，非常好看。汉族的传统服装也很讲究，按季节穿的。每个季节都有不同颜色，佩戴的饰物都是很有特色的。其中有些被许多少数民族继承了，汉族却失传了。

2. 社会群体、聚落生活及人生仪礼的民俗，又称"社会民俗类"。它包括家族亲族、村寨乡里、都市城镇、行帮、交际、两性、产育、婚姻、寿诞、丧葬等系列。

其中包括关于人的自身生产的两性文化。现在民俗文化研究在这一点上还是个禁区。中国的两性文化其实很古老，也并不像我们想象的那样全是封建的。大家知道，孔子时代，仲春时节，令男女相会，"奔者不禁"。《诗经》的时代是很开放的。现代汉语"青春"的"春"字不就是古代"思春"、"闹春"的青年两性文化"春"的民俗含义吗？古代礼教的精英文化也尊重传统民俗，人们划出一个特定的仲春时节，让青年男女用来谈情说爱，谈婚论嫁。一到种庄稼以后，没时间，都得男耕女织做农业。所以仲春时节令男女相会，可以幽会、私会，“奔者不禁”。

祖先要繁衍后代，于是两性民俗文化中出现了人生仪礼的民俗，包括育儿习俗和诞生礼，从婴儿呱呱坠地开始，“三朝”、“满月”、“命名”、“百岁”、“抓周”、“挂锁”等仪礼都要度过。接下来就到了成年礼。汉族的成年礼很可惜失传了，少数民族如今还在过。成年礼的仪式很重要，就是让孩子知道他已经长大成人了。南方有的少数民族习惯是男孩成年礼后，就可以结交女友了，可以和成年人一起参加生产了。女孩也是，成年礼那天，举行穿裙子礼，全村寨人都来参加，就是让大家知道她可以结交男友了，可以准备婚嫁了。

由于人类自身的繁衍，在两性文化的习俗中，还出现了结婚礼、寿诞礼、丧葬礼等人生的通过仪礼，传到现在，婚礼和丧礼变成了人生两大仪礼，俗话叫作“红白大事”。而寿诞礼是诞生礼的回顾。

3. 信仰崇拜民俗和传统节会民俗，由于民间节日、祭日都有信仰民俗意识的遗留，所以把它们统归为信仰民俗类。包括大自然崇拜、动植物崇拜、鬼灵信仰、神灵信仰、祖灵信仰、禁忌、巫卜、传统节日、祭日、庙会等系列。

古代先秦的史家就是当时的巫师，他们记录了很多三皇五帝的神话，就成为史。司马迁把巫师讲的那些古代的口头传说都变成史料或史实记下来，所以我们至今也难以说清楚黄帝到底是部落酋长还是一位大神。黄帝为中央神，黄颜色的帝，黄色代表土。东边叫青帝，青色代表木；西边叫白帝，白色代表金；南边叫赤帝，赤色代表火；北边叫黑帝，黑色代表水。最早夏、商、周时代只有“天”或“皇天”大神，又把“天”称为“帝”或“上帝”，自西汉开始中国就信仰了五帝，没叫上帝，后来有了基督教，才把至上神翻译成“上帝”。过去叫“天帝”，就是民间叫的“老天爷”。信仰五帝标志了中国的信仰是多神的。我们承认黄帝是我们的祖先，那就是中央的帝，金、木、水、火、土五行，中央属土，是以农业为中心的古老王朝的首领。

祈求老天保佑庄稼丰收，希望人们生活过得富裕，那就要举行仪式，逐渐形成观念形态的信仰，所以信仰是与生俱来的，是积累了几千年上万年的信仰，根深蒂固。中国的多神信仰就是这样出现的。在中国，非常突出的就是民间禁忌，现在还是如此。比如有的老人教导小孙子不可以对着太阳撒尿，说那是对太阳不敬，我们七十年前那一代的小孩这样做了是要挨打受骂的！在农村里，女孩做饭烧火，不得正面蹲着往灶口添柴，必须侧身，不可以对火神不敬，认为女孩不吉利，于是女孩在心理上就留下一个观念，女人天生就是不吉利、不干净的。在农村，女孩晾晒裤子时，必须把裤子搭到僻静地方阴干，不得放到明处。免得有男人从女孩子裤子底下走过，冲了鸿运。

这些观念是非常多的，不仅中国人有很多禁忌，非洲土人、澳大利亚土人也有很多，欧洲文明国家的人也很多。现在全世界各民族各地方人们的禁忌习俗都有很多。所以在中国的传统文化艺术里，这些民俗禁忌观念有大量的遗存。

我再插一些小故事，作为花絮吧。雅典奥运会刚刚闭幕，残奥会还在进行中。奥运会是几千年前古希腊的古老习俗。古代希腊的奥林匹克运动会是在英雄的葬礼上举行，英雄战死了，就让希腊武士们，特别是年轻的武士出来做竞技表演，表演投标枪、铁饼、铅球。至今奥林匹克还保留有这些传统项目。新的英雄要通过运动会比赛选拔，再上战场。所以奥运精神里，有一个鼓励打破前人纪录，奖励新的体育明星诞生的传统和宗旨。这次奥运会回到希腊雅典和以前不一样，出现了特别多的历届奥运冠军纷纷落马的现象。希腊人认为这是雅典娜神支持新英雄战胜老英雄的结果，他们说预赛那天，雅典娜神就看中刘翔这个新英雄的实力，所以预赛时，她就出手把约翰逊按倒，让他跟高栏一起趴下。第二天刘翔接受采访时说，最后冲刺，感觉筋疲力尽，不知道自己怎么会那样神勇地冲了过去，而且那次速度最快，遥遥领先。希腊人说那是雅典娜神最后狠狠推了他一下，说："你才是好样的！"还有美国那个神枪手，雅典娜神用手轻轻碰了一下他的手肘。结果把子弹打到别人的靶环上，让中国小将得金牌。希腊人相信这些都是真的。

占卜是民俗文化生活中最普遍流行的信仰形式和手段，《易经》占卜其实是一种平衡心理的学问，平衡帝王、圣贤和平民百姓心理的知识和技能。在古代，许多人都或多或少懂得一点《易经》占卜的知识。懂了《易经》八卦的知识以后，人们遇事心理不平衡时，就能立刻用它作出调整。每个上上吉的卦后面隐藏着一点凶，每个下下凶的卦里面也深藏有一点吉，就像“太极图”似的。一黑、一白，像两条阴阳鱼，那个黑鱼里有一个白眼睛，白鱼里有一个黑眼睛。那两个黑白因子一旦扩大了，最后就使白鱼变黑，黑鱼变白。《易经》占卜就是这样，需要懂得卦爻的辩证关系，要懂得祸福相依、吉凶相伴的道理，不要强求出它的具体答案。走江湖的阴阳先生的算卦是对易经的歪曲解读。魏晋南北朝以后把《易经》占卜给弄成神秘化的一种数术。其实《易经》占卜是根据占卦人此时此刻的时间，或者诞生的时间，推算出来该人以后的运气走势，提供你及早注意调整。所以古代人从来不用《易经》算“死卦”。真正懂《易经》的没有问：“你看我的孩子能不能考上清华、北大？”而是要问：我的孩子怎样才能考上清华、北大？怎样就不能考上？占算出成败吉凶两条道来，你照着调整就行了。它的辩证法就在这里。

4. 民间文学艺术、游艺竞技活动的民俗，又简称“游艺民俗”。包括民间工艺、雕塑、绘画、音乐、歌舞、戏曲、游艺娱乐和竞技体育，还有民间口头遗产的神话、故事、歌谣、史诗、谚语、谜语等系列。所以说民俗文化包罗万象，无处不在，无所不有，最重要的就是它给我们留下了很多的非物质文化的无形资产作为优秀遗产。中国今天已经是《非物质文化遗产公约》的签约国，我们已经启动的民族民间文化保护工程，现在由文化部、财政部也联合签署了文件，各部委都在协调，很多群众团体也都自发参与了这样一个伟大工程。这是史无前例的一个民俗文化大复兴的工程。中国民俗学界也提出，中国民俗文化大复兴的时代来到了，要重新把我国56个民族珍藏多少年多少代的文化瑰宝抢救出来，包括那些曾经被人们看不起的，那些被认为粗俗的文化。从音乐到舞蹈，到戏剧，还有其他各种各样的文化表现形式，一个一个地展示出来。

粗略统计，民俗文化的小类过千，细目过万。形形色色令人眼花缭乱的民俗事象，多如牛毛，不计其数。这是文化领域的基本国情，它在全人类民俗文化的总量中也占有较大的分量。总之，把这说完以后，我们就知道民俗文化是值得我们注意的。而我们过去为什么没有注意它，就是因为民俗文化和现代文化不同，它早已被人们习以为常了，我们之所以没有关注它是因为“不识庐山真面目，只缘身在此山中”。我们就生活在民俗文化之中，不以为然了。

比如我，20世纪50年代中期从北京分配到辽宁教大学，在辽宁已经生活了五十年，对东北二人转早就习以为常了。二人转很通俗，有些很粗俗，但是东北老百姓都喜欢。有的地方小剧团甚至有一些过分轻佻的表演，老百姓虽然也有意见，但还是很喜欢它。所以有句话叫“宁舍一顿饭，不舍二人转”。它是在那种民俗文化环境下土生土长、一点点积累而形成的。二人转拥有它自己的观众群体，东北这几千万人离不开它，它在那里有牢固的民俗文化根基。要了解民俗文化的规律，就要知道民俗文化的根基及其深刻影响。中国的民族民间文化艺术最早都是土生土长，逐渐形成的。今天我们喜欢京剧，是逐渐宫廷化、精英化，是提倡的结果。当年的昆腔也是当地的老百姓喜欢。所以出现了那么多的文化瑰宝。

我希望今天在座的领导同志能在业余时间研究一下民俗，为什么鼓动各位研究民俗呢？因为只有民俗是大家与生俱来的一种文化专业，没有一个中国人不熟悉自己的民俗。我常常把民俗这种文化比喻成如来佛的手心，你就生活在其中，你跳不出去。我们每个人都有自己的个性，你看今天的小孩多么“自我”啊，看看现在那些“新新人类”，蹦来蹦去，像孙悟空那样翻十万八千里的跟头，最后依然在如来佛的手心，还在民俗文化之中。

（三）民俗文化的六个特点。

1. 民俗文化是从远古原始文化传承而来，所以，口传心授的手段，世世代代的传承性，是民俗文化产生发展的最基本的文化传递特点。

2. 在空间上向四面八方不断扩散是民俗文化借助地缘关系移动的传播性特点，民俗文化因此形成了许多同质的和异质的文化圈、文化带的分布空间。中国有56个民族，首先我们的民俗文化是以族群为单位的。当你到了新疆以后，你马上就能感受到维吾尔族民俗，然后到哈萨克自治州，你就感受到哈萨克族民俗。外国人到了中国，不仅能感受到中国的民俗，还能分门别类地感受到傣族、彝族等多民族的民俗。所以一定要有这种民族的族群观念，特别要注意各个族群文化之间的混合。新疆的民族文化不完全是维吾尔族的，也不完全是哈萨克族的，都吸收了汉族和其他民族的文化。

最近流行一种说法，动不动就讲“文化碰撞”或“文化冲撞”。可能在座的同志们也听到一些学者讲这个文化冲撞。我认为他们只看到了文化冲撞，而忽略了“文化邂逅”。两个民族文化接触以后，互相交流，渐渐融合了，你中有我，我中有你，而不是你不要我，我不要你。所以现在出现了文化的极端对立，就成为人类很痛苦的问题，成了人类的灾难。但这种对立不会是永恒的，而是会越来越接近的。现在存在着文化极端，文化极端一旦到了一定程度，就会爆发，就会厮杀，就会酿成战争。欧洲有一本书，名叫《战争民俗学》，剑桥出版的，我们还没有很好地去研究它。自古以来就有从战争角度研究民俗的。战争作为一种民俗来研究，也是可以有所作为的。从古代到现代，民俗文化的族群特性都表现在民族的文化圈里。我们既要注意到文化圈之间的混合和借入，也要注意那些独立文化圈。在贵州，那么多少数民族混合聚集区里面，居然有一部分古代汉族移民在那里，有一个独立的文化圈。那个地方叫作“屯堡”，在那里有任何中原地区都找不到的那么完美的汉族古老习俗，包括穿着打扮和居住。我们要保护不同类型的文化圈，这是人类的历程，人类的脚步。应该让全世界人了解中国各个民族的脚印，中国的优秀民俗文化欢迎各国人来分享。

3. 关于民俗文化的群体性是很重要的，以家族、村镇、部落、社区、民族等群体为单位，不约而同地参与民俗活动，是有普遍意义的群体性特征。特别是在节日民俗、庙会民俗、婚丧寿诞礼仪民俗、集市贸易民俗、集体生产民俗等大规模活动中，这种群体从众聚合的特点十分鲜明。

4. 在社会长期处于缓慢演进的条件下，中国民俗文化总是出现文化保守倾向或缺少变化的稳定性特点。

5. 在社会处于急剧变化的条件下，民俗文化呈现出不可避免的或被动的变异性特点。

6. 民俗文化事象都有独具特色的象征符号体系。符号思维的象征性体系是民俗文化的一个最醒目的特点。特别是通过视觉看到的标记、图形、纹饰、色彩、样式等符号和听觉接收到的各种声响代码，就可以立即了解到它们所象征的民俗信息和内涵。中国民俗的象征符号体系极为突出，甚至在世界上也是独一无二的。当然周边国家曾经受到中国太极、阴阳、五行、八卦等符号的影响，也多有借鉴。

中国的各种吉祥符号，令世人惊叹。比如，庆贺寿诞就画“鹤鹿同春”，画寿星和桃子。画五个蝙蝠围着一个圆形“寿”字符号，就叫“五福捧寿”，对婴儿诞生表示祝贺，就用“文王百子图”或画石榴开裂的“榴开百子图”，表达多子多孙的含意。

基督教里的“十”字符号，不是等边的十字，是一个垂直的长臂符号，就是耶稣被钉在十字架的那个“十”字。早在基督教没有诞生的时候，那个十字符号就已经流传了至少两千年。佛教用的那个“卍”字，也不是从佛教才开始用的，早在公元前三千年就已经出现在古印度艺术品上了。在我的著作《民俗学原理》中，讲到了民俗文化符号极其重要的作用。这些符号原来是普普通通的民俗的，最后都被精英文化的宗教使用了，或被其他政治势力使用了。民俗文化符号的原符号，在中国比较多。比如说箭，最古老的就是行军过程中插一支箭，用来指示方向，或者在平地上摆一支箭指示方向，这就是最古老的民俗符号。

中国古代的民俗符号，包括吉祥符号，也包括中国的五行符号观念，也是独一无二的。最早认识到世界是物质的，就是中国的五行，金、木、水、火、土，认为这就是主要的物质。由此而带来的中国的全部的民俗文化的思考，几乎所有的符号思维活动全用五行统率。音乐的五音，宫、商、角、徵、羽，不同的季节要演奏不同调式的音乐，遵守五行是很严格的，所以五行的五色观就是红、黄、蓝、白、黑。中医的原理也和五行密切相关。西医总说中医医理说不清楚，其实中医自己很清楚。按照中国的医理，人体五脏，心、肝、脾、肺、肾是和五行相对应的，现在西医也开始越来越懂了。在中国，饮食也要分阴阳五行，菜过五味就是酸、甜、苦、辣、咸。

中国人的五色观就是用五行符号分辨颜色的传统视觉民俗观念。第一个重要的颜色就是红色。为什么现代中国选择红色为革命的颜色？在中国，红色自古以来就是正反两义的色彩，古代犯人的罪衣罪裙都是红色。《苏三起解》里，苏三出场就是一身的红色衣裙。红既代表着凶险，但同时也代表火焰，代表流血牺牲。它是两义的，就看你用在哪里。工农革命选择了红旗，标志了革命火焰和革命烈士流血牺牲。并没有离开古代的传统，周代的国色就是红色，周朝统一天下后，第一个大型的史诗性表演，用来歌功颂德的就是《大武》舞。歌功颂德就是歌三公之德，歌颂周文王、周武王、周公旦统一天下的功劳。演出的《大武》就是在这个思想上编排出来的，汇集各地的民间音乐、民族音乐形成一个大的演示，相当于现代的《东方红》史诗。演员全都是拿着红色盾牌、红色矛戟，身穿红色演出服，十分壮观。所以我二十五年前发表《戏曲古源辨》时，对戏曲家就讲："当年，红色的民俗就这样出现了。"

第二个重要的正色就是黄色。我几年前曾经给中宣部写了一封附有八千字论文的信，是经过辽宁省委宣传部转送到中宣部的。论文中我不大同意"扫黄"的提法。中国的词汇很丰富，为什么偏要用一个"黄"字去代表淫秽下流、低级趣味呢？ 19世纪美国的报刊出现以后，在一个杂志期刊里连续发表了名叫"黄色孩童"的色情连环漫画，内容低级下流，遭到社会的激烈谴责，把它叫作"黄色小报"、"黄色漫画"。自此以后，欧美各国人们都开始攻击黄色，这才使黄色贬低。黄色在欧洲也曾经是很盛行的，黄金大厅、黄缎带、黄金饰物都是很高贵的。中国人从古代神话时期就有“女娲抟黄土造人”，知道自己皮肤是黄色的，黄泥做成的黄人就这么出现了。接着就出现了“黄帝”，他是中华民族祖先的首领，“黄”在五行中代表“中央”，代表“土”，也就是代表了农耕民族的根基。所以他也是几千年来受到崇拜的中央天帝神。黄河文化、黄土高原，所有的皇朝宫殿的最高顶盖都是高贵的黄色。一直到清末，功臣得到皇帝赏赐的一件黄马褂，就会热泪盈眶，感念皇帝的恩宠。但现在不一样了，我们采用了19世纪美国的观点去扫“黄”，去攻击黄色。中国古代民俗讲究“讨口彩”，语言就有咒语和吉利话的功能。中国人很相信口彩，要说吉利话。我们现在不停地喊“扫黄”，等于扫了中华民族传统尊贵的黄色文化。

德国一位20世纪30年代著名的民俗学家，令人敬仰的W.爱伯哈德教授，在中国住了多年，出版了一本国际著名的《中国符号词典》，欧美人学中国文化都要读这部词典。词典里面，关于黄的民俗解说是：“与西方思想形成鲜明对比的是，黄色在中国被看作极好的颜色。”而我们现在却采用了西方的观点极力贬低黄色。过去皇朝帝制的户籍是“黄册”，说明黄色还是高贵的，如果从“黄册”除名，这个人被打入另册，就不再是皇帝的子民了。

我觉得2008年北京奥运会，中国应该出现高贵的黄色，这才能代表中国。比如说皇宫里的琉璃瓦全是黄色的。官府或民家要是用黄琉璃瓦上屋顶，是要满门抄斩的。所以，对中国来说，黄色太尊贵了。老一辈革命家用黄色做贬义，只有列宁用过一次，他当时说的就是“黄色工会”，批判那些工贼们投降了资本主义和资本家，就用了“黄色工会”这个词。我希望用什么办法把“扫黄”这个词语改过来。我希望淫秽就是淫秽，封建就是封建，不健康就是不健康，低级趣味就是低级趣味。中国词汇很多，为什么现在用“黄”代表那些词语的含义？黄色代表的是中国传统理念的崇高和尊贵，我们理应为此而骄傲。

二、中国民俗文化在民族文化中的重要位置

（一）世界上任何国家和民族的文化都存在着层次差别，既有上层文化，又有下层文化。中国上下两层文化的分野非常鲜明。上层文化又叫作圣贤文化、精英文化或高雅文化；下层文化又叫作民间文化、大众文化或民俗文化。在中国，上述两层文化，缺一不可。贬低、轻视、忽视民俗文化的观点和做法都是错误的。

（二）民俗文化是在各个民族群体的民众中自然、自在、自发产生的约定俗成而又习以为常的文化。它的创造者、享有者、维护者和传承者是祖祖辈辈占人口绝大多数的平民百姓，源远流长。它不是广大民众生活的外在文化，而是民众日常生活本身，它是自古以来中国人在人生养成中内化了的精神文化，根深蒂固。

（三）中国一直是多民族共生共存的文明古国，55个少数民族的文化始终保持着本民族民俗文化传统的持续发展，和汉族的民俗文化相互交流，创造了绚丽多彩的各民族民俗文化。为此，今天充分评估中国各民族民俗文化的地位和价值，更有现实意义。

三、民俗文化对中国社会发展的深刻影响

（一）中国优秀的民俗文化遗产，内容极其丰富深厚，形式异常多样，在历史上为中华民族的振兴和壮大，发挥了巨大作用，并为我们现代人留下了很多宝贵财富，进而为全人类所共享。我国政府目前正在大力推进的非物质文化遗产保护的巨大文化工程就充分证实了这种深远的影响。

（二）上层文化是在不断汲取民俗文化的精华中发达起来的。民俗礼仪上升为皇家礼法，俗信崇拜上升为庙堂祭祀，民间文学和通俗艺术不断被汲取为高雅艺术样式，使民族文化得到充分发展。民俗文化是精英文化的母胎。古史证明，儒家六经：诗、书、礼、易、乐、春秋源于民间，古典文学的文学体裁形式几乎都来自民间文艺。

孔夫子时代其实挺开明。孔子当时教的课程，包括礼、乐、射、御、书、术，都是非常平民化的。“御”，就是教弟子驾马车，他的学生有好几个赶车的能手。因为有了车，他才能访问各国，这是当时最先进的交通工具。会赶马车才能在战时驾战车作战。“射”，就是学军事射箭的技能，孔夫子那年代就有军训了，青年要学会打仗，要不一旦国家被侵略怎么办？“乐”，就是你得会奏乐，会唱，要学音律，五音不全都不行。“礼”，要懂得各种礼仪、礼节和各种规范的礼貌语言、行为动作。这些都是很平民化的。大多数也是来自民间的知识体系。

（三）中国的民俗文化始终保持着一种多民族多元一体化格局，保持了文化多样性的鲜明特色。符合人类文明发展的前进方向。

（四）民俗文化支配着大多数中国人的世界观、人生观、道德观、价值观。它潜移默化地养育了世世代代数以亿计的中国人，成为民族凝聚的基础。其中俗信观念：是非、真假、善恶、美丑、吉凶、祸福、生死、阴阳等对中国人一直影响深刻（参考本人论文《俗信——支配中国民俗生活的基本观念》）。在天灾人祸面前，民俗文化所显示的“天人合一”观念，深深地打上了因果报应的民间俗信的烙印。凡具有规范模式的民俗文化对大多数人都有程度不等的约束作用；凡具有威慑力的民俗事象，都会显示出对人们民俗心理暗示的作用，甚至产生或强或弱的控制作用。在我国，禁忌习俗和巫卜习俗的功能就长期具有这种对精神上的深层影响。对中国社会的发展产生了正、反两方面交织在一起的极为复杂的作用。

（五）民俗文化在传承中鱼龙混杂、良莠并存，并不都是有益无害的事物和现象，许多已经形成了的恶俗和陋习，形成了某种习惯势力，严重地阻碍了社会的进步，影响了民族素质的全面提高。

四、科学地引导民俗文化发展的几点意见

结合我国的现实情况，最后讲讲如何正确对待中国民俗文化的问题。因为时间有限，我只就下面几个问题说说：

（一）民俗文化中的典范是非物质文化遗产代表中的主体部分，我国在保护这一大部分宝贵遗产方面，还应当再加大力度，特别是在宣传上，应该达到全国上下人人皆知其重要性的最大限度。以便动员全民自觉关心我国非物质遗产的保护。国家和各地方应当尽快把各级民俗博物馆的建设纳入规划，列入日程。

中国的民俗文化丰富多样，我国政府的工作已经在越来越扩大文化的范围。我们也深深感到，政府过去的文化工作领域很窄。其实，我们中国文化非常博大，文化部门要当仁不让地和相关部门相联合，把民俗文化这一大块管起来。

民俗文化保护，现在看来是最辉煌的事业。因为在文化大革命时期，也正是日、韩各国实施保护无形文化遗产的时期。比如说端午节，1967年，我国正是破四旧的时候，韩国宣布："江陵端午祭"为无形文化财产第十三号国宝，给予保护。日本保护下来的也不少。明治维新以后被破坏的江户时代以前的文化艺术都恢复了。让大家知道一个真正的日本，既发现日本很现代，又看到日本也很传统。现在中国也是这样，我们要保护，要继承，保护好音乐舞蹈不用说，还要把更大文化圈里的很多精华保护好。比如庙会，中国的庙会具有中国五千年农耕文化的特点，但是我们从来不把它拿出来作为文化瑰宝。今年河南省就把伏羲太昊陵庙会确定为省重点保护的试点。如果保护得好，也可能成为世界遗产代表作。因为大家知道，世界上民俗文化集中表现的空间有几大场所，其中中国的庙会文化独具特色。国际上圣诞节的准备现在已经开始了，从9月1日起，所有信仰基督教的国家，无论新教旧教，开始在所有的教堂广场设置圣诞市场了，有圣诞老人、圣诞食品和礼品，儿童游乐场等传统的圣诞文化活动开始了，直到度过圣诞节。中国现在也过，圣诞夜人群

满街走，越过越走样。中国人现在不会过自己的民俗节日，也不会过洋节。青年人都去过西方情人节，却对中国最古老、世界上最古老的一个七夕节茫然无知。农历七月七，牛郎星和织女星在银河上鹊桥相会的爱情故事，由于这个节日千百年的承载，成为中国优秀的非物质文化遗产，必须加以保护。这些节日文化遗产，陆续都要进入文化保护的议程。现在八月中秋节到了，从端午节吃完粽子，月饼已经上市。用高价、天价炒作月饼，已经很少有传统的中秋节的文化意识了。人们在议论：完了，再也没有老百姓过的中秋节了。人们吃不上既便宜又好吃的普通月饼了。我们现在把中秋节也过歪了。在中国最讲“团圆”的就是这个节日，应该传到全世界去，应该让所有的国家都会过中秋节，企盼家家团圆，这不是一个文化瑰宝吗?

（二）在现代科学飞跃发展的环境下，对民俗文化的“自在的”发展，应该格外关注和加强研究，不能任其放任自流。社会科学界和文化界以往较普遍地轻视民俗文化的研究，偏爱圣贤文化或高雅文化的探讨，这既是一种学术偏向，也是一种文化偏见。民俗学科的发展建设至今还没有提升到应有的地位。

我觉得政府对这么博大而深厚的民俗文化，常常是放任自流的。甚至有时候嫌弃它。我认为不能嫌弃，就算它混杂着所谓的低俗的东西，也是这个民俗文化根基派生出来的。我刚才说了，最有文化和最为文明的东西，它都伴生着原始性的野蛮。古老的民俗文化从来都伴随着所谓的“愚昧”。

我们刚才讲到的各民族优秀遗产，比如说，维吾尔族的十二木卡姆，十分动人。蒙古族的长调，也很动听。壮族的山歌也很有名。这些无疑都是很精美的艺术。但是在广西，人们把古代民间最了不起的歌手刘三姐供奉为歌仙了。为什么呢?因为她把歌唱得出神入化了，人们就尊敬她，崇拜她。所以中国神与仙的出现，看起来这似乎是一种“愚昧”的形式，但它很像外国人给伟人雕像表示敬仰一样。妈祖原是南宋时期的渔家女，她治病总是舍药救人，可以说她相当于当时的女“雷锋”，最后就被人们敬奉为神，大家就跪下来参拜。中国的民俗方式就是用这种办法。所以我们就注意到无论宗教仪式也好，文化艺术活动也好，我们所要保护的遗产里面几乎都有这种信仰的因素，要特别注意分辨出它的积极因素和消极因素。不要一股脑儿地把它们都看成消极因素，因为那个古老的农耕时代只能这样。

（三）传统民俗文化优秀遗产的知识、技艺应当进入大、中、小学的课堂，全面推行“非物质文化遗产”的正规教育。大学应当设立文化遗产学系或专业，培养这一领域的高级专业人才。

（四）面对民俗文化自发性的传播蔓延特点，建议政府设立整体综合性的移风易俗对策研究机构，而不是条块分割的单项对策研究单位。它是以调查、观测民俗文化的全局动态为对象进行科学决策研究的机构。从业人员必须既掌握民俗文化的基本知识和理论，又有民俗调查作业的实践经验，甚至应当把对民俗文化的关注纳入基本国情、国策的研究范围。

（五）鉴于民俗文化源远流长、根深蒂固的特点，对于那些古老的不能适应时代发展的风俗习惯或民俗观念，对民俗信仰的各种俗信和迷信等历史文化的难点、重点问题，都要细心地做出科学的分辨。

比如，我到贵州山区去，那里的少数民族有几个寨子，树林非常茂密。像我进去大声说话，他们都告诉我，“小声点！不要惊动了寨神！那里有神。”人们无论家里怎么缺柴烧，也决不动这块树林，因为这里有他们信仰的神。另外有一个地方是打柴用的柴林，你可以到那里打柴。所以至今这片森林保护得非常好。中间有一棵最高大的树，是村寨神所在的神树，村民们要到那里去祭拜。假如我们在这个寨子里指责他们迷信，说他们这是一种愚昧。如果我们用现代文明来批判这种原始思维形式，或者说当地的干部强令他们抛弃那种民俗观念，其后果就是这片森林的命运不堪设想，就会“要想富，先砍树”。一种民俗传统信仰的形式一旦渗透在民族群体中，这个民族就用这种信仰形式去进行自然生态的保护，客观上难道不是一种积极因素吗？

老百姓中自古以来就有因果报应的观念在传承，这是几千年来的生活经验所在。善有善报，恶有恶报。如果就简单地说这是迷信，或者强行把他们批判了，让所有的人都去掉这种观念，那就会得到相反的效果，也就是说："好人不长寿，坏人活千年。"这就是这个谚语最后诞生的原因。

所以，我觉得面对着习以为常的祖祖辈辈传下来的那些陈谷子烂芝麻式的文化，要不要重新分辨？我们今天以人为本、以民为本的这样一个思想，我是非常赞成的，就因为我在研究民俗文化。所以我就觉得真的应该细细地分析，不是所有的传统巫术完全是百分之百的装神弄鬼。有些巫术经过调查，在跳神和唱神歌的仪式里，有大量的心理治疗功效。所以迷信这个词，在我国的大词典上解释错了。大家看《辞海》去，《辞海》里迷信的定义是什么？说："像星占、卜筮（就是占卦、卜卦）、命相、阴阳这都是迷信。"但这只是民间信仰的一些形式和手段，并不是"迷信"的概念。各国的词典，包括英文的、德语的、日语的词典，都有一个严格的科学概念——"迷信是蛊惑人心的谬误的信仰"。所以我们有的无神论者偶尔地去占卦，这不是迷信。有的老工人、老干部每当右眼皮一跳动，就找个火柴杆粘到眼皮上，这是因为他们有"左眼跳财，右眼跳祸"的俗信习惯。夜间做梦梦见去世的亲人，第二天就准备去陵墓给亡人烧钱化纸，这是一种俗信，也是一种心愿，是人之常情。

有些祈愿型的禁忌也是好的，迷信这个概念不能乱用，只要没到那种蛊惑人心的谬误的信仰就不能用。我们现在回过头来看，毛主席那么赞赏那些农民运动。但是我们研究民俗文化史的都知道，所有的农民运动都曾经有过蛊惑人心谬误的信仰。陈胜吴广起义、黄巾起义、白莲教、太平天国、义和团等都有，所以靠蛊惑人心的谬误的信仰不可能成功。

中国人的多神信仰是什么状态呢？中国民俗信仰的传承是宁可信万神之能，决不信万能之神。所以要善于去引导。中国人生孩子，要去拜女娲庙、子孙娘娘庙、送子观音庙、奶奶庙，现在香火正旺，因为有"不孝有三，无后为大"的俗信，一对夫妻只生一个，就希望这一个能生一个儿子，也好传宗接代。求子习俗是香火总旺的根源。但是孩子生下以后眼睛患了病，就要去拜眼光娘娘。以后出痘疹，又去拜求痘疹娘娘。中国人就是这样一种信仰。他不信上帝，认为上帝不能管人间那么多具体的困难。很像我们生活中的事务一样，没有房子，要找房产科长，有病，找卫生所医生，是儿科病，就找儿科医生，是内科病，就找内科医生。中国民间信仰是宁可信万神之能的。因此，我计划编写一部“万神谱”，还没编完。中国民间信仰的神号称上万种，加上少数民族的，也有十万了。汉族甚至还有床公床母，还有厕神。

今天，我们怎样才能把这一系列万神之能一点一滴地改变呢？还得解决生活问题。贫穷、落后才会出现愚昧，愚昧反过来又增加了穷困。我曾经有个试点村，宽甸满族自治县有一个村子，那个村书记就是要改变全村面貌，雄心非常大。他很快就在这几个村子实现了煤气化，家家烧上了罐装煤气，不再烟熏火燎了。从此，这个村子没有一家供灶神的。只要家家都煤气化了，灶神也就卖不出去不再印制了。腊月二十三，没有灶神了，就不再祭灶了，只好买些灶糖自己吃。人文关怀恐怕就得从这里做起。一旦我们真的把人们的生活改善了，传统的俗信一点一点就有可能少了。可是还应该知道，全世界并不都是这样。日本的新干线的特快列车，每一节车厢都供有交通安全神。现在美国高速公路有些干线的服务区，增加了新的小教堂，因为车祸太多了。在给车加油的同时，人到教堂里做祷告，祈求开车走到下一个服务区这段路程的绝对安全，美国人把这个叫作“高速公路上的精神加油站”。20世纪末在欧洲开了一次会，预测21世纪全世界在文化上还将有一次大的革命、一个进步。那就是要寻找科学与宗教的结合点。现在我们也提出来宗教与社会主义相适应。解决这个问题有什么好处呢？至少我们在保护文化遗产上就不会走弯路。不会动不动就给一些与信仰文化有关联的遗产项目扣上迷信的帽子。因为民俗文化艺术大多数都有这种信仰的元素。应该正确地、科学地理解历史主义。

文化也有个科学规律，所以我们要想把民俗文化做好，我们现在距离还相当远，比如说我们现在对已经知道的音乐、舞蹈、口头说唱的艺术，都比较容易识别。但是面对一些其他的综合艺术就不容易了，比如皮影戏，从雕刻技艺到演唱、制作等各方面，都是瑰宝。剪纸也同样。但是其中有相当多古老的信仰符号，有很多关于吉凶、祸福、善恶、美丑、正邪、好坏、黑白、阴阳对比的内容常常出现，这就需要正确分辨。即使有一些民间信仰的色彩，也是那个历史时期的文化符号，也不能随便去改动它，因为有些遗产标志着一个时代的历史。应该让后来人认识那个时代的真实状况。现在我们每个人去怀旧，想起童年时候都是老样子，不会用现代去代替它。

我国的旅游部门更应当注意。有的民俗旅游地区编造假民俗，让明眼人看不下去。满族民俗文化村里作了几个图腾柱，其中有一个关公图像的图腾柱，这是胡闹。只有南太平洋一些岛上的土著人才有原始时期的图腾柱，旅游部门要注意，不能因急功近利而造假。一定要符合民俗文化本来的特色，该是什么样就什么样，要尽量保持原汁原味，原汁原味并不一定就说是宣传迷信。萨满跳神时唱的神歌是很美的，它形容那些鸟，形容那些树，细致入微，但它原来是为了达到信仰的目的。今天它的功能失去了，我们就应当把它看作一种文化艺术，它曾经养育了很多代人。

关于前面讲的迷信，我想引用马克思的几句话。我认为我们不要总是记住那一句“宗教是人们的鸦片”。马克思在说这句话的时候，鸦片在欧洲还不是毒品，鸦片只是医药中的麻醉剂。马克思在他讲“宗教是人们的鸦片”之前，还讲过这样几句话:“宗教里的苦难既是现实的苦难的表现，又是对这种苦难的抗议。宗教是被压迫生灵的叹息，是无情世界的感情。”我讲到这里，深有感触。当我们的民众突然遇到灾难，无论天灾人祸，生死未卜，生命遇到极限考验的时候，也就是人们处在无情世界的时候，宗教往往来到人们的跟前。在这个关键时候，无法掌握自己命运的人们，此刻正焦急地等待救助，于是各种宗教就会来到灾民身边。这就是马克思教导我们的“无情世界的感情”。

我觉得作为共产主义的信仰者，在这个时候应该比任何宗教及其信徒和宗教职业者都更加悲天悯人。面对无情世界，我们要第一个去抢救、抢险，这就是我们为什么出现了那么多英雄，那么多可歌可泣的包括孔繁森、任长霞等在内的共产党人。但是也确实有那么些身居要职、手中握有权力的人，远没有做到这一点。所以我觉得如果都能做到这点，那才是终极的共产主义信仰者，甚至几千年后世人还认为共产主义才是最伟大的。所以我常常想马克思教导我们的这些话。

还有，恩格斯在论宗教信仰时也说过："即使是最荒谬的迷信，其根基也是反映人类本质的永恒本性。"本性有一种愿望，有一种要求。我们谈到人类本性的时候，对死的观念远比生的观念更为重要，因为生与死是人类社会最永恒的主题。所以每个人包括共产主义信仰者也都有命运观，人类的命运，同时就有我们的命运，人们可以不信神，但是生死有命，所有的人命运观是无法摆脱的。这就是"人类本质的永恒本性"。

所以，如何面对"无情世界"在我们今天还是个主题。人们面对着无情世界，需要更多的人文关怀。对于头脑中留存有民俗信仰观念的群众，不该怀有鄙视嫌弃的心理，要进行耐心细致的民俗文化科学知识的普及教育和引导，在天灾人祸经常侵害广大民众的现实世界里，在人们还无法掌握自己的命运时，多给予他们人文关怀是非常重要的。这个观念和中国共产党十六大的精神是一致的。要关怀所有的人，包括深受迷信思想影响的众多的人。

北京奥运会就要来到了。我一直思考就是我们的奥运会怎么办？我们的奥运会开幕式和闭幕式将是什么样子？要不要把我们最古老的民俗文化的精华拿上去啊，大概不拿上去是不行的。大家都知道悉尼的教训，我们不会发生。悉尼是土著人已经要造反了，坚决抗议游行，必须把澳大利亚土著的文化作为经典拿上去。我们要不要拿民俗文化？会不会一开始是一条龙在上面，光是一条龙啊。希腊有神话，我们没有吗？我们多庆幸啊，我非常高兴终于我们的探月计划叫了"嫦娥"。当美国探月计划叫"阿波罗"的时候，我就说我们的神话要让世界知道。五千年前我们就在这么讲，三千年前就记录下来。嫦娥可以升到月球上，中国人早就有了登月的梦想。所以我们的八月十五应该有关于嫦娥神话的宣传，关于嫦娥的宣传，不要因为知道月亮是个星球，而忘却了嫦娥奔月。那是优秀的文化，那是美丽的梦想。

说起奥运会来，中国要不要把最古老的神话“夸父逐日”展现在开幕式上？这个神话不只是文献上记载，现在民间还在讲，河南、山西、湖北都还在讲。我们古代祖先有一个巨人，比希腊神话和罗马神话中的巨人还早，这个巨人敢于和太阳竞走。这不是最远古的运动会田径项目吗？据说有几个地方还有竞走的遗迹，他拄着拐杖急走，边走边喝干了几条大河，最后还是渴死途中，他扔掉的那个拐杖，最后化作一片茂密森林。这是多么美丽的神话。以后又出来了“二郎担山赶太阳”的传说，出现了挑担的劳作。中国人的扁担帮挑担负重竞走五千米，我想一定获得第一。这个要做一个竞走项目，远比武术容易进奥林匹克。在奥运会上一定要把中华民族的文化瑰宝展现出来，供全世界欣赏。还应该把“女娲补天”神话推出来。古代的中国人很奇怪，地上的江河水怎么都向东南流？天上的日、月、星、辰为什么都向西北落？最后人们猜想，中国是天塌西北，地陷东南，几千年就讲这个神话。女娲这位最早的母系社会的人祖神，炼五彩石补天。据传说现在河北涉县娲皇山上就有炼五彩石的遗迹。这是多么好的一个艺术形象啊！在开幕式上，一个飞天的女娲神托起放着五彩光芒的石块，把塌陷的天补上。展现了最古老的石器时期的生产，最古老的改天换地理想，多美啊！

关于说普通民众存在迷信的问题，我的考虑是有些自然科学家已经做了很多破除迷信的事情，我也很赞赏、很钦佩。但是我想提出一个破除迷信的建议，应该统筹安排，综合研究。不能单纯从自然科学和科技科学去破除，事实上自然科学和科技科学也不可能完全做到破除。比如说老大娘终于知道了“地球原来是围着太阳转，月亮围着地球转”。但是这个科学知识并没有解决她一生多灾多难的问题，没有解决她拜娘娘庙求孙子的问题。她还得去拜菩萨求孙子，烧香祷告，祈福求吉。这并没解决根本问题。所以必须重视社会科学，必须加强社会科学的研究和应用。社会科学里像民俗学这门科学是薄弱的，大学里这门专业的课程总是被人看不起。民俗改革需要提倡新风。比如说春节要贴春联，红对联，这就要感谢明太祖朱元璋。这个皇上提倡红纸春联，在他之前都是砍桃树做“桃符”，在门两边钉两块桃木，上面画门神、写吉祥文字，每年都是用新桃换旧符。到了明代开国后，选红色为国色，朱元璋提倡用红色的纸写对联换掉桃符贴上。他亲自拟对联，亲自出来查验，从此门两边张贴红纸春联变成一个新习俗。

各国各朝代的王朝政府可以提倡，但是创造者还是老百姓，所以我觉得破除迷信必须一点一滴做细致的工作，而不是讲述大道理，或者采用取缔的简单办法。据我做调查，长征以前，老苏区和老解放区拆掉的寺庙现在都没有恢复；但是，直到今天，就在那些原来的寺庙遗址上，每逢过去祭祀神佛的日子，还有人偷偷地摆放供品。因为人们心中的庙没有拆，灵魂中的神佛没有倒，拆庙也没有用。所以我们要一点一滴去做。像煤气化了，就不再供奉灶神，睡在新型的床垫上，就不再供奉床公床母，在舒适的卫生间使用抽水马桶，总是和信奉厕神紫姑无法联系起来。人们的物质生活最终得到改善，没有了天灾人祸的侵害，民间供奉的众多杂神自然就会被请出神坛。所以民俗的改革家需要在公众人物那里产生，民俗研究家不能起到这个作用，真正的民俗改革家要出现在政府工作人员中，他们将是地地道道的有效的改革家，而不是简单化的改革家，就一声令下：“取缔！”是没有用的。

顺便说一下，今天我为什么特别强调准确把握“迷信”的概念是“蛊惑人心的谬误的信仰”呢？因为只要抓住这一点，作为一个标准尺度，我们就能够把各种各样民间俗信的文化表现形式和迷信形式分辨出来，从大量的鱼龙混杂的民俗文化中挖掘出民族民间文化的瑰宝来。

提问：乌教授，您好！前一段关于端午节，还是有一些争论，对这个事情应该怎么看？我就想问问这方面的情况。

回答：这件事情是从我这儿开始的，但我自己也觉得很无辜。媒体炒作其实和我无关。那时我刚刚参加完文化部的一个试点立项会议，周部长就要到云南开会去了，因为我恰好收到去韩国参加他们的端午节的邀请，我就给部长发了一个特快专递，把关于韩国国宝级遗产“江陵端午祭”准备申报世界非物质文化遗产代表作的信息介绍给了他。我后来去了韩国，把有关的资料都带回来了。

端午节是曾在我们全国遍地开花的一个古老节日。从整体看，我认为它是一个“卫生节”。为什么最早叫端五？端午？又叫端阳？而不叫“屈子节”，也不叫“伍子胥节”，因为它不是对某一个人的纪念日，最早就是一个阴阳交替的节令，是普通的节令。端就是“初”，五月初五的节令，古代“五”和“午”通用，初五是“阳”日，又叫端阳。《周礼》记载，这是个驱邪避灾的节令。按照推算的时辰，这个时间是阴阳交接的时候，是阴气即将要结束，阳气猛然间要上升，这符合中国时令的生态特点，中国端阳节开始，有的地方开始暴热，这时是瘟疫要发生的时候。今年正赶上全世界特别是东亚区闹禽流感，一杀就是几百万只鸡，其实那就是瘟疫。在座的老同志都会记得，我们小时候过端阳节是怎么过的，早晨起来去采艾蒿、采菖蒲，菖蒲的根都要挖掉，回来就插到所有的门上和妇女发辫发髻上，用这些中草药避邪避灾。即使到今天，韩国也还在插菖蒲，到那一天，妇女包括女大学生都要在头上插艾蒿，他们说是当地的习俗。我说我们中国几千年都在佩戴艾蒿。当天中午家家要喝雄黄酒。有的地方喝朱砂酒，把红色药酒给孩子抹到脸上避瘟疫。还有折叠厚纸粽子，缠上五彩线，五彩线是避邪的，挂在肩头垂下来。古代宫廷都要互送这些饰物。

古代契丹人的辽国和女真人的金国，端午节都过得非常好，《二十四史》上都有记载。节日过得非常热闹，辽国届时还会在宫廷里举行打马球比赛。那时的马球完全是现代马球的祖先。要恢复古代马球的话，中国堪称一绝。清代端午节既打马球，也举行射柳大赛。一直到晚清光绪年间还在这样过。中国的端午节日活动很丰富。我们提出来要抢救、保护和恢复节日传统。其实各地民间都还在做，还在恢复。应当过一个真正的有文化内涵的端午节。

最近，有些同志说，现在所有传统节日都变成吃的节日了，元宵节就是吃元宵，端午节就是吃粽子，中秋节就是吃月饼，春节就是吃饺子。谁还吃？其实，我们的节日本来有着丰富的内容，不比圣诞节、复活节差，只是因为没有保护好，没有认真传承下来。

端午纪念屈原是后来文人大加宣传的结果。从来没有普天下的屈原，只有楚国当地的风俗才纪念。在吴国的地方都是纪念伍子胥。长江下游还有纪念孝女曹娥的。所以说原来这是个农时节令。我们有了这个节日，以后大家注意防瘟疫，就能和传统节日结合起来。就可以年年作好预防瘟疫的蔓延传播。前些时候有人就提出来，韩国的端午和中国不一样，他们是端午祭，我们是端午节。这种意见很无知。在韩文和日文中“祭”的原意就是“节日”。关键不在“祭”和“节”的差别上，在汉字文化圈里这个节日叫“端午”都一样。在韩国已经有了一千多年的传承，在中国两千五百年前就在过。这是文化共有共享的文化传播现象。

物质文化遗产就是独有的这一个，世界上别的地方没有，再复制也是假的。我们这里要造一个阿富汗的巴米扬大佛，那就是假的。金字塔就是埃及的。长城就是中国的。可是，非物质文化遗产是可以传播的，你有，我有，他也有。文化圈不是行政区划圈，不是国界，不是上次讲过的疆域能拦住的。文化是要越境跨国传播的，文化是要共享、共存、共荣、共有的。有些文化表现形式、表演形式几千年来在汉字文化圈里传播很广。日本、韩国、越南、新加坡都保存了很多，有些几乎就是中国古代原汁原味的文化。相对来说，我国濒危或失传的文化艺术太多了！当务之急是我们要加快做好我们的非物质文化保护工作。把我们最好的遗产保存下来。至于申报遗产只是一个形式。我们只要把各地端午节的民俗文化保护好，就可以供世界各国的人前来观光和参与分享。可以到湖北、湖南看纪念屈原赛龙舟；到浙江、江苏这一带看纪念伍子胥；可以到辽宁医巫闾山附近，看古代辽国契丹人怎样过端午节；到东北满族之乡看满族怎样过端午节。节日文化应该是这样，多元化、多样化、多样性。但是，如果保护不好的话，将来，我们的节日文化真的失传了，而邻近的国家保护得很好，那就很遗憾了。

现在中秋节我们也要保护和利用，这是对的，但是千万不要把中秋节变成一种简单的政治利用。一到中秋节，就只讲海峡两岸共赏月。这大概不符合全国人民和全世界华人家家户户都团圆的团圆本意。利用是对的，但应该适当，更不能这样片面利用。这个应该讲中国的团圆的文化内涵，群体的团圆，亲属的团圆，朋友的团圆，扩大到民族的团圆，进而扩大到世界和平的大团圆。我想在伊拉克作战的美国大兵，如果让他们过一个团圆节或一个月饼节，他们一定也觉得很好，多好的文化意义。我认为中国许多节日都具有人类共通性。现在中国大学生过情人节的兴趣已经不那么浓了。现在又开始过起了西方鬼节——美国的万圣节，装扮成各种怪模怪样的骷髅恶鬼形象，狂跳狂欢。我们当然不能过多地责难青少年的文化选择，因为近年来，我们既没有保护好本国本民族的传统民间节日，同时也很少全面客观地介绍西方的节日文化，并作出分析。更没有做好民俗文化节日丰富多彩活动的全面传播和广泛深入的传承，甚至在很大程度上对民族民间传统的文化表示不感兴趣或嫌弃。

最近几年我们在进行人类非物质文化遗产保护中，有一个重要的口号，那就是强烈呼吁唤起“世界文化记忆”。我认为我们有些地方的行政首长在现代化的迅猛进程中，患了一种“文化失忆症”，开始对民族民间的文化漠然处之。我觉得这也是“文革”带来的深重的后遗症，什么都砸烂，现在看来，应该认真反思。

（原载《2004部级领导干部历史文化讲座》，
北京图书馆出版社2005年7月版，第317—352页。本文有删节）

中国民俗文物学的创新与开拓

——评《中国民俗文物概论》

正当2007年年底，中国文化界上上下下热情关注全国非物质文化遗产保护工作取得特大丰收，共同展望2008年再创辉煌的欢乐时刻，一部密切关联着我国文化遗产保护的创新著作《中国民俗文物概论》“俏”然问世了！我之所以没有用悄然形容这部书未经时下流行的隆重推出的炒作就出现在书市上，而是用了“俏”然一词形容它，那是因为它的蓦然出版犹如一朵鲜红的早春木棉花抢先开放在文化书林的残冬花枝上，使民俗文化、民俗文物界读者为之眼前一亮，感受到一种报春的文化清新和芳香!

一、在民俗文物学学科建设中的全新立意

这部学术著作的理论创新特色，首先表现在学科建设的全新立意上。本书作者徐艺乙教授在开宗明义第一章之前，就单刀直入地对中国民俗学和文物学两大学科以往发展中的弊病，进行了无私无畏的科学透视和解剖，从而把中国民俗文物学的建设提升到高新的起点。他对当下文物学的研究在本书“引言”的开始就一针见血地指出：“长期以来，在传统的

物质文化研究中，关于民俗文物的研究的确是有其名而无其实的。”“中国内地仅有的两本关于文物学的专著中，对民俗文物和民俗类的文物，只是在讨论文物之分类法时指出大概，并未列专门章节进行讨论。”他还尖锐地指出：“尤其是文物学的研究方面，也存在着一些问题，就其倾向而言，大致有如下几个方面：重视了古代的，而忽视了近代、现代的；重视了中原地区的，而忽视了边远地区的；重视了汉族的，而忽视了少数民族的；重视了经济价值高的，而忽视了经济价值低的；重视了王公贵族的，而忽视了民族民间的……反映了文物学科理论研究和实践的发展之不平衡。”他用一句话概括说：“民俗文物研究的学科建设近百年来并未获得相应的发展。”他对中国民俗学的研究在“引言”中坦率地指出：“由于受国外民俗学理论的影响和自身认识上的偏差，在半个多世纪的历史进程中，中国的民俗学虽然取得了长足的发展，但民俗文物的研究和学科建设却一直停滞不前，处于从属于民俗学和文物学的微弱地位。”“传统的民俗学认为，‘引起民俗学家注意的，不是耕犁的形状，而是耕田者推犁入土时所举行的仪式；不是渔网和鱼叉的构造，而是渔夫入海时所遵守的禁忌；不是桥梁或房屋的建筑术，而是施工时的祭祀以及建筑物使用者的社会生活。’长期以来，这样的观点曾左右着中国民俗学的理论研究的方向。”他还遗憾地指出，从20世纪60年代开始，国外民俗学已经扭转方向，把民俗文物纳入民俗研究的范围，对此，中国民俗学界仍然没有任何改进的反响。他还用令人吃惊的负面事例论证了民俗文物研究的滞后“弱化了社会对民俗文化保护的意识，带来的损失是不可估量的”。可想而知，作者一直以来对文物学、民俗学严重忽视民俗文物研究的透析、解剖，绝不是一时之见和一己之言，而是作者作为兼备文物学、民俗学和工艺美术三栖学术身份的学者的客观论断和负责任的科学反思。这些新鲜而又充满活力的学科建设意见，代表着学术发展前进的方向，展示了作者建构民俗文物学的睿智和胆识，十分难得！[①]

为此，他旗帜鲜明地提出了建设民俗文物学的新颖主张："构建完善独立的民俗文物学科，并通过实践总结出行之有效的理论，便成为民间文化和文物工作者在近期内的重要任务。"面对这个重要任务，作者提出了四点论证：1.构建独立体系的民俗文物学科，要充分关注学科对象的"物质"特性，从而广泛汲取多学科的研究成果。这原本是作者1998年就发表的重要论断，在本书中他再一次作了深入的阐述。2.众多不同背景的研究者在不断更新和拓展的现代化意义中不断升华了对民俗文物的认识，取得了多方面、多视角的成就，对构建民俗文物研究理论大有好处。3.民俗文物研究在文化传统积累的基础上，要与时俱进为新时代的新创造提供智慧和经验，并通过事实证明它们具有现代世界性意义。为此学科建设需要开阔视野，广泛关注历史、考古、艺术、科学、技术等方面的学术动态，有助于学科理论的深入。4.民俗文物研究随着中国政府主导并实施推动文化遗产保护工作的全面开展，学科建设将会在有利的政治、政策环境下规范工作，将会使独立的民俗文物学科建成。

作者在书中阐述的这些创新的主张，毫无疑问正是构建中国民俗文物学科的纲领性见解和理直气壮的宣言。它既不是什么忧心忡忡的呼吁，也不是信誓旦旦的呐喊，而是实实在在的以学科建设为己任的创意策划，以身体力行为职责的科学实践，它在本书的"引言"中是这样说的，他在本书正文的所有章节的理论阐述中也是这样做的。只要沿着这部新作的逻辑结构顺序和论述方式认真细致地读下去，读者就不难发现作者一连串的民俗文物学的开拓性见解，都在有序地围绕着本学科的本体、对象及其基本特性一一展开，使读者可以清晰地把握到作者对中国民俗文物学本格的论证解析脉络。

---

① 本段落中的所有引文均引自徐艺乙著《中国民俗文物概论》，上海文化出版社2008年12月版，第3页。

二、在民俗文物学学科建设中理论与实践的创新与开拓

本书结构的设计，就其表面形式来说，和传统人文学科概论编写体例没有多大的出入，应该说是概论类书籍的规范格式。然而，就其内容的组织结构安排来说，本书的编排有作者的新颖独到之处。本书采取了花开两朵各论一枝的上下两编的对等平行论析方式，用来讨论民俗文物学本学科独特的基本理论与实践。按说，本书上编所论述的四章十三节，包括民俗文物的定义、范围、基本特征、发展源流及分类等该学科的基本内容，在传统因循下来的概论编写惯例中，已经基本上完成了“概论”的讨论任务。即使有一些人文学科的应用性较强，也往往在上述章节外增加一两章方法论的解说，或调查作业的一些附录，就足以达成“概论”规模了。但是，本书作者却把本来可以作为一本概论的章节放到了本书的上半部分，却把本学科的应用理论和作业技术规范的研究放到了本书的下半部分，清晰地论述了民俗文物工作的历史经验，民俗文物的调查与政绩，民俗文物的认定与鉴定，民俗文物的保管与展示等重要内容。并使这个下编以比上编多60页篇幅的分量，显示了该下编在民俗文物学科中独具的特殊性和重要性，从而使这部民俗文物学的著作具备了学科理论与实践全方位的视野，构成了一部全新的开拓型的专业学科论著。作者在编写体例上的创新和开拓，充分证明了他对民俗文物学的学科性质和任务有着足够的胸有成竹的科学估量。

基于上述对本书作者在概论的逻辑构思中所展现的创新和开拓的认识，作为读者，我们再认真看看作者到底是怎样进行民俗文物学理论与实践的全面分析论证的。

（一）对民俗文物基本概念的论证提出了创新的概括和解读。作者对民俗文物概念认识的切入点，并没有像通常概论读本那样借助旁征博引大量古今中外繁复艰涩的定义做出认定或界定，因为作者明确地指出，民俗文物这个概念在现有的文字资料中几乎找不到现成的解答。尽管作者也引证了《中国大百科全书》“文物”条中的一段说明，但是那段说明并不是严

格的、准确的科学定义。因此，作者只能是直截了当地从眼前的日常民俗生活器具谈起，从人们生活中造物、用物的过程中谈到民俗的文物优化、固化的发展形成。这显然是一种原创式的定义法，这种方法需要作者从民俗文物遗存的由来与发展中认真调查研究做出科学的解析和概括。这是一种对原理的探究和求证，来不得半点的推测或臆断。作者还从“民俗”与“文物”两个专业名词的嫁接中，找到了民俗的内涵外延与文物定义的密切结合点，进而为民俗文物一词确定了一个明确的含义：“民俗文物，是一个国家或一个民族中广大民众所创造、享用和传承的民间生活文化中的物质文化遗存和精神文化的物化遗存。”[①] 这个被作者整合出来的“民俗文物”的定义，显然是周全的、切合实际的，因此也是科学准确的。从民俗学的角度理解，这个定义显然使民俗文物的“民俗文化的物化遗存”概念十分清晰了，这也正是多年以来中国民俗学特别模糊和弱化的部分领域，也是民俗学多年以来田野调查最为忽略的重要环节，从文物学角度理解，这个定义显然提高了民俗文物的价值，纠正了多年以来那种过分重视文物古董较高经济价值，轻视民俗文物为一文不值的文物学病态；这个定义恰好也找出了多年以来中国民俗博物馆建设在当今世界上严重滞后的关键所在。因此，这个定义的确立，无论是对于中国民俗学还是中国文物学的学术反思和学科再完善，都有着直接的积极意义和科学导向作用。

与此同时，作者还把民俗文物的概念和当下十分流行的相关学术名词进行科学内涵的比对，进一步为民俗文物的理论与实践找到了属于本学科领域的坐标和位置，找到了和历史文物、民族文物、民间美术、民间工艺美术以及非物质文化遗产的千丝万缕的密切关系，探寻了它们彼此之间的异同，使民俗文物的特征醒目地突出出来。其中，作者的精到之处不少，例如剖析民俗文物与历史文物的异同时，不仅强调了它们同样都具有鲜明的“历史性”特征，还特别指出民俗文物还具有明显的“现在性”，他认为多数民俗文物仍然在民众的社会生活中发挥着作用，而进入历史博物馆的考古发掘的历

① 徐艺乙著《中国民俗文物概论》，上海文化出版社 2008 年 12 月版，第 4 页。

史文物显然不再具备这种“现在性”而远离民众的现实生活。这些民俗文物理论研究的深广开拓，对于民俗文物学科的建设当然具有巨大的现实意义。作者针对多年来面对民俗文物不公正的政治化氛围以及种种偏见所作的严肃批评，同样展示了作者建立和开拓民俗文物学的新鲜活力。

（二）对民俗文物基本特征的研究和论断，同样展现了作者对民俗文物学科的创新和开拓。本书作者概括了四个基本特征，学界的专业读者也许会直觉地以为集体性、娱教性、区域性、延续性是很容易从字面上去通俗易懂地理解它们的内涵。但是当我们展开图文并茂的篇页细细阅读这一章的内容时，就会马上发现作者是选取了比较刁钻的角度进行特征论述的。他对集体性特征的阐述，从一开始就跳出我国传统民俗学探讨民俗集体性特征的窠臼，不去大谈特谈什么民俗是集体创造、集体流传、集体保存和集体所有的文化事象等，而是先声夺人地强调指出：“多个个体的聚合形成了集体，集体性则为多个个性的求同存异。因此，集体和个体是不能决然分开的。使用‘集体性’一词来表述用品、起居等的民俗文物的某个特征，并不是要排斥劳动者个体的创造。‘集体性’只是一个抽象的概念，就民间物质文化而言，其实质是成千上万劳动者个体的长年累月的创造的质和量的总和。”① 这种对于集体性特征的解析，充分证明了作者准确地把握了民俗文物创造的本质特征，从而阐发出来的集体性内涵所包容的与个体个性的辩证逻辑关系，这对于集体性特征的探讨自然就更接近民俗文物的实际，而不是民俗文化研究中常有的有关集体性特征的空谈。尤其是他对于民俗文物“约定俗成”的功能和审美标准的深层次的集体性特征表现，发表了新颖而深刻独到的见解更是难得。他对于娱教性特征的解析也自有新意。他把民众造物劳动的欢乐与造物中的美化和深刻象征寓意的教化，三位一体地结合起来阐释造物者在创造并使用民俗文物中的功能性特征，从而把民众的精神力量物化到整个大众社会生活中，作者对这个特征的分析与概括显然也具有民俗文物学理论开拓性意义。至

① 徐艺乙著《中国民俗文物概论》，上海文化出版社 2008 年 12 月版，第 4 页。

于区域性特征的论述和延续性特征的讨论，两者相辅相成，前者瞄准了民俗文物在特定的文化地理空间限定中的闭锁型特点，阐发了民俗的地方性约定，形成了“十里不同风，百里不同俗”的特色和民俗文物的就地取材、土产造物的生态环境特色；后者抓住了民俗文物在特定的文化历史时间限定中的延续性特点，解析了民俗生活世代沿袭的需求，形成了民俗文化记忆的传承特色，以及使日常用具、道具、玩具等民俗文物的祖辈传留或反复制造得以延续的特色。这四个基本特征的论述，在以往的相关学科的理论研讨中似乎极少涉及，这应当被认定为创新和开拓之作。话说回来，即使过去有所涉及此学科的论著再多，它们也没有本书论证分析得如此透辟和切中要害，也很少有本书如此举证确凿精当且富于说服力。

（三）创造性地论证并梳理出中国民俗文物发展的源流。一个学科对象的发展史历来是该学科概论中的重要组成部分，民俗学概论类书籍当然有民俗文化由来与发展的历史叙述的章节，本书也毫无例外地撰写了这个重要的章节。但是许多传统的人文学科早在大半个世纪之前就有了这类现成的系统史料记载，既可以借鉴，又可以借用；而民俗文物学的民俗文物发展史，到目前为止应该说是一片空白，作者既无法借鉴，更无处借用，只有白手起家创新开拓，从人类开天辟地的造物开始谈起，理出一条中国人巧夺天工、造福人民的造物和用物历史。作者的创造性劳动在这里做出了充分的展示。他在本书的“引言”中就明确提出：“我们在进行民俗文物暨民间物质文化研究的同时，还应该注意到历史、考古、艺术、科学、技术等方面的学术动态和成果，这将有助于我们对问题的深入。”[1] 他所撰写的“民俗文物发展之源流”这一章，正是他这一主张的最佳体现。他精选了考古发掘的许多确凿证据，证实了旧石器时代到新石器时代的原始造物的源头，证实了此后制陶器、制青铜器的发展。同时深入古代文献的经、史、子、集的细部，查证了从夏、商、周（春秋战国时期）经过秦汉、魏晋南北朝、隋唐、南北宋（辽、金）、元、明、清，直

---

① 徐艺乙著《中国民俗文物概论》，上海文化出版社 2008 年 12 月版，第 41 页。

到1840年西方生产机械进入中国时的民俗文物发展史迹。为此，作者涉猎了《诗经》的《国风》、《小雅》，寻找可信的物证；查阅了《左传》、《史记》、《汉书》、《后汉书》、《新唐书》、《宋史》等史书的志、传；对证了《庄子》、《韩非子》、《墨子》、《孟子》、《管子》、《列子》等诸子百家的记述；引证了与本学科史密切相关的《周礼》的《考工记》、《吕氏春秋》、《说文解字》、《风俗通》、《齐民要术》、《陶纪略》、《天工开物》等大量的专集文典，这是作者对一部民俗文物史的百工巡礼、物象探微和甄审钩沉。如果没有厚实的民俗史学、文物史学、科技史学和工艺美术史学的功力，很难创造性地撰写并梳理出这章中国民俗文物发展的源流来。

（四）民俗文物分类体系的创新。学科概论中的学科分类是建立学科体系的重要组成部分，它既是重点又是难点，因为世界上的事物异常复杂，尽管物以类聚的原则是对的，但是分类的标准却是多种多样的，难以简单划分的，民俗文物存在于纷纭繁杂的民众生活中，对它的分类尤其如此。作为新兴学科出现的民俗文物学，并没有现成的为民俗文物可以借用套用的分类办法，而是亟须创造一整套适合民俗文物自身的科学分类方法。本书作者责无旁贷，自然挑起了这个重担。因为本学科处于初创阶段，并不是当下就可以立即把分类体系做完，当务之急需要首先找准本学科的分类原则。所以，作者把这一章叫作《民俗文物的分类问题》，以便明确本学科的分类应当首先解决一些有关分类的问题。于是作者花费了更多的笔墨先提出了一般分类的中外历史经验和国际通行的分类法。接下来作者又列举了和民俗文物相关的学科专业的分类法以便借鉴参考，诸如民俗学的分类，民间文学中的民间故事分类，民间美术的几种分类，文物学中的几种文物分类等，都有重要的参考价值。对此，作者分析了当前民俗文物分类的丰富性、复杂性和困难程度，指明了民俗文物分类的关键，最后提出了新的切实可行的民俗文物多层级分类法原则和方案。他认为"作为一个正在建设中的学科，民俗文物暨民间物质文化的分类，在目前尚不可能具备像动物界或植物界那样的既体现着分类、又体现着划分的界、门、纲、目、科、属、种的科学系统，但建立一个结构合理、条理分明、层次清晰的分类系统，无疑是人们所希望的”[①]。在这里鲜明地表明了作者创建本学科分类系统的积极态度。他针对民俗文物的全部对象概括说：“在社会生活中大致有着生产、生活、祭祀和游艺等方面的用途，据此便可以分列出生产工具、生活用具、祭祀用品和游艺道具等大类。”[②]针对其丰富性和复杂性，“可以考虑将其逐级分为多种类别，即在大类之下按其行业的形态进行第二层的分类，例如在‘生产工具’类别之下，可以列出农具、猎具、渔具、纺织工具、印染工具等等；在第二级的类别之下，按其名称进行第三层的分类。例如在‘纺织工具’的类别之下，可以列出纺车、线车、织机、木梭等；在第三级的类别之下再按其产地或其他因素进行第四层的分类；例如在‘织机’类别之下，可以列出南京云锦织机、崇明土布织机、贵州侗族织机等”[③]。最后作者推出了他创制的民俗文物暨民间物质文化的分类层级梯次，“第一层级：功能形态特征分类（六大类）；第二层级：功能形态特征次分类；第三层级：品名（用途、材料、技术）；第四层级：地域（民族）。”[④]这正是作者在民俗文物学建立中的重大创新成果，它的出现必将为该学科的未来发展开拓出一望无边的学术视野和千姿百态的科学领域。

（五）民俗文物学方法论及其科学作业实践的创新与开拓。这是本书作者在一本概论中独具特色的大手笔、大制作，如果没有丰富厚实的民俗文物工作实践，是万万不可能撰写出占有全书下编244页共分四章的篇幅来。作者用如此规模的浓墨重彩解读民俗文物学的所有调查研究工作的作业规程和方法，标志了该学科的性质和任务决定了它本身绝不是一门形而上学的只属于认识论范畴的学问，而是一门既有专业理论体系的引领和统率，又有十分广泛应用价值的工作实践层面的应用学科。它的全部作业体系其实是属于实践论范畴的学问。把该学科的工作实践突出

①② 徐艺乙著《中国民俗文物概论》，上海文化出版社 2008 年 12 月版，第 8 页。

③ 同上书，第 164 页。

④ 同上书，第 164—165 页。

出来的本身就是一种创新和开拓。

众所周知，民俗学的田野调查长期以来不大关注民俗文物，只采录民俗事象，这是一种不大规范的作业法；文物学的调查作业长期以来很少关注民俗文物，只热衷于收集历史文物的值钱古董，也不是名副其实的作业法。本书详尽地解析了民俗文物的调查、征集、认定、鉴定、保管和展示等系列方法和规范的程序，已经构成了系统完整的方法论体系，这在一个新兴学科的初建阶段，当然是一种实实在在的创新和突破性的开拓。读者只要看过了本书下编第六章、第七章和第八章共三章的分析解说，就会感受到一个民俗文物工作实践的清晰到不能再清晰的作业线路图仿佛呈现在面前。这里有怎样做民俗文物的调查准备，人员怎样组织配备，调查方法和要点，怎样计划征集文物，怎样做文物甄选和现场处理，民俗文物怎样认定，怎样进行价值鉴定，怎样保护，怎样管理，怎样陈列、展览和展示等，叙述得细致入微，面面俱到。可以说，民俗文物概论体系中民俗文物工作方法及作业实践的规范指导所占的比重，充分标志了该学科的应用性质和实践特色。这将决定民俗文物学的学科定位及其发展前景和更广泛的社会影响与认同。

总之，作为民俗学人，我读了这部民俗文物学的创新之作，确实耳目为之一新，精神为之一振。学习收获自不必说，只就人文学科蓬勃发展的当下形势而言，本书的问世，必将产生深远的积极影响，为中国民俗文物学的建立奠定坚实的根基。正如我在本文开始时的比喻，它犹如一朵鲜红的早春木棉花抢先开放在文化书林的残冬花枝上，使民俗文化、民俗文物界读者为之眼前一亮，感受到一种报春的文化清新和芳香！

春来了！我建议民俗文化学的青年学子和辛勤工作在非物质文化遗产保护工作第一线的朋友们，都能人手一册，读一读这本创新的好书——《中国民俗文物概论》，和我分享这报春的文化清新和芳香！

2008年2月11日戊子年正月初五

（原载《民俗研究》2008年第1期，第257—265页。本文有删节）

附　录

中国民间文化遗产总普查大纲（草案）

一、指导思想（一个重要思想，两个基本观念）

（一）在“十六大”文件精神中把先进生产力与先进文化结合起来，充分体现了建设高度物质文明和建设高度精神文明的全面结合的思想。使党的各项工作努力符合先进生产力和先进文化的发展规律。中国民族民间文化总普查的重大课题及其工作，正是在上述文件精神指导下确立并有效推行的发展先进文化及建设现代高度精神文明的伟大工程。为此，努力以“十六大”精神为指导，确定总体思路、目标、任务、计划和实施方案，并把讲话精神贯串工作全程。

（二）中国民族民间文化总普查工作应站在全球化时代的前列，与时俱进，努力遵循全人类民俗文化的一般法则，与国际接轨，借鉴国际民俗文化财产保护的先进经验，紧密结合中国民俗文化的实际，充分利用以往普查民间文艺集成的成功经验，力求运用现代民俗科学的基本理论、方法和技术手段，有领导、有组织、有计划、有步骤地进行工作。

（三）鉴于我国现代化进程中传统民族民间文化遗产——包括物质的和非物质的、有形的和无形的文化财产遭遇空前破坏，面对许多珍贵的民间文化濒临灭绝的现状，总普查应树立积极抢救、大力保护的观念。

参与总普查的工作人员应具有危机感、使命感和高度责任感。

二、工作原则（五项基本原则）

（一）坚持把总普查工作纳入党政工作规划统一实施的原则，是确保民族民间文化总普查顺利完成的基本原则。力争把总普查工作列入国家总体规划中，纳入党政议事日程。

（二）坚持领导、专家、群众三结合的工作原则，即党政机关各级（省、市、县、乡各级）主管领导、民族民间文化专业机构和社团的专家与各族各地民族民间文化传承人群体相结合的原则，是确保总普查工作有效进行的决定性保证。

（三）坚持科学普查的真实、客观的原则，即尊重普查对象原形态、原汁原味的客观原则，严防伪造民间文化事象或人为地擅自篡改使民族民间文化事象掺杂使假。同时，在总普查工作中尊重专家对民族民间文化调研工作进行的指导，保证总普查尽可能达到预定的科学质量要求。

（四）坚持全面普查与重点调查相结合的原则，即在全面普查各民族、各地方的各种口头和非物质文化事象的前提下，重点调查该民族、该地方的有突出特色、有代表性的典型事象或有代表性的民间文化传人。

（五）坚持抢救优先的原则，对于濒危的文化事象采取优先立项建档、实施急救方案的办法。

三、组织机构（三位一体）

（一）各级领导机构。建议中央宣传部或国务院、文化部成立“中国民族民间文化总普查工作委员会”（简称“中民总普查工委”）的临时领导机构，以政府为主导，选调有较大影响、较高水平的专业领导干部和专家，作为部分成员参加该机构，统一领导工作。各省、直辖市、自治区及以下市、县、乡逐级成立总普查领导小组或办公室，主管总普查工作的推行，各省专业社团的专家参加在内。各级普查机构下设资料库、数据库、档案库之类的管理部门，负责普查成果（包括以前已经出版的文字资料、声像资料、实物资料等）的整理、收藏和管理工作。

（二）各级普查组织。建立各级总普查专业工作队，工作队分别受各级总普查领导机构统一指挥，具体分工负责实施普查业务工作，使用现代科技手段和调研采录方法结合，进行现场普查的实地操作。

（三）全国和各省成立两级专家指导组，聘任高水平的国家级、省级专家担任指导组成员，负责指导、督办、检查、咨询、验收等专业技术工作。专家指导组由中央总普查工委和省级总普查工委分级领导，统一调派。

四、工作内容（十项主要内容）

（一）起草并部署全国总普查的各种有关文件，包括总普查工作细则、操作规程、技术指标等具体指导性文件及相关图表等。

（二）分期分级建立总普查领导机构、职能部门、专家指导组、普查工作队等组织。

（三）举办相应的民俗总普查学术研讨会，分普查前期、普查中期、普查后期、总普查结束及有关专项专题的研讨会等。

（四）举办各级总普查工作人员培训班，首先举办全国总普查研讨班，进行专业理论与方法的统一认识，进行总普查工作动员及各项普查技术标准和操作规程的全面培训等。

（五）实地参加基层普查工作，首先在各省重点地区对重点民族的典型民间文化事象进行排查，做好试点工作。

（六）及时掌握普查动向，及时向各种媒体传播普查动态，及时总结和交流普查经验，办好总普查简报或通讯，办好总普查工作网站或网页。

（七）建立激励机制，对工作成效好的地区、部门、个人（工作人员或民俗传人）及时做好奖励工作；对工作消极无所作为的地区、部门和负责人给予相应的敦促、批评和处理。依法追究以现代化开发为借口破坏民俗文物行为的责任。

（八）做好对已出版的资料的文本普查、编目、检索等工作。

（九）统筹协调普查成果的文字材料、图片资料、声像资料、民俗实物的管理、存档等事项。

（十）在做好所有普查资料产权认定的法律工作基础上，进行并完成中国民族民间文化总普查资料的最后编辑出版工作。同时做好民俗实物、民俗文物的收集、征集、收藏工作，为中国民俗博物馆的建立作准备。

五、成果形式（七大重要成果）

（一）依据中国民俗分类及各种专项普查大纲的目录，公开出版多项民俗系列、多种专题的音像出版物。例如，《中国婚礼民俗音像大全》包括以民族族别分类的 ×× 族婚礼系列，或以民俗事象单元分类的中国婚宴系列、中国媒妁系列、中国拜堂系列、中国婚礼服饰系列等。

（二）依据中国民俗志常规编写大纲的基本体例，公开出版多卷本文字加图片、表格的分省、分县民俗志式的资料全集。

（三）同时把普查中收集到的所有相关材料都汇编成册，正式出版多卷集的《中国民族民间文化普查资料集成》。

（四）同时把普查中发表的和未发表的有关普查的研究论文、相关报告、工作经验等资料，汇集成册，正式出版《中国民族民间文化普查研究集成》多卷本。

（五）正式出版系列专题民俗《图录》、《图谱》等大型图册。

（六）所有成果的出版形式都以中国总普查机构的名义拥有知识产权（版权），所有有关成果的市场运作，专利权属于中国民俗总普查机构。

（七）举行总普查成果专项评奖活动。

六、工作步骤（三大阶段，用时约3年半—4年半）

（一）第一阶段

1. 筹备阶段：准备各项有关文件、报告、普查规划、实施计划等。召开总普查专家论证会。进行普查踩点采样试点工作。建立相关的临时筹备组织机构，选聘筹备工作人员。准备总普查工作动员大会的召开，准备举办首届全国总普查研讨班的讲习、培训、试点普查工作及各省、直辖市、自治区的总普查研讨班或培训班的讲习、试点普查工作。力争做好总普查简报或通信的编印工作，准备建立总普查网站、网页的工作等（约4—6个月）。

2. 动员、培训、试点阶段：召开全国总普查动员大会，总普查工作研讨班开班，进行研讨班学员试点普查工作，研讨班结业，省级总普查工作研讨班开班、结业（约3—5个月）。

（二）第二阶段

1. 各省级总普查试点工作正式展开（约3—5个月）。

2. 召开全国总普查第一阶段经验交流会，总结经验、教训，部署总普查工作全面展开。省、市、县、乡普查工作全面铺开，将工作的重点放在省辖市以下县乡，积极推广各省基层普查的经验，出版典型调查报告或资料汇编。召开第二阶段经验交流会暨优秀成绩表彰大会，奖励一批优秀普查工作者（约18—20个月）。

（三）第三阶段

1. 在各地陆续完成部分普查成果的过程中，尽可能地进行分批分期验收成果的工作（约9—11个月）。验收程序及标准等细则另行拟定。

2. 准备并召开第三阶段中期总普查学术研讨会，对总普查工作中的学术问题进行分析和梳理，就其中的重大问题或课题进行有价值的讨论。出版相关的论文集。（在验收工作的中期进行）

3. 基本上收尾，准备总结工作（包括最后评奖工作）。召开最后一次经验总结大会暨表奖先进大会。最后落实总普查成果转化的各项工作，包括多种文图音像的编纂、出版、制作等事宜（约5—7个月）。

七、工作要求（八项要求）

（一）总普查是一项系统性极强的工程，全盘工作要求在统一领导下做到制度化、科学化、有序化，努力做到有条不紊，环环相扣，扎扎实实，做细做透。严防大轰大嗡、图形式、走过场和华而不实的做法。

（二）总普查是一项组织性极强的工程，组织工作必须严密，责任和权限必须分明，上下一体，协调一致，分工合作。

（三）总普查是一项专业性、科学性极强的工作，要求充分尊重民族民间文化专家在业务上的指导意见，重大疑难问题充分协商讨论解决。特别是对胡编乱造的伪民俗要加强甄别鉴定和严格考证的工作，必要时进行专家“会诊”做出决定。

（四）总普查是一项群众性极强的工作，要求纪律严明，管理制度到位，除一般工作纪律、生活纪律要求严格自觉遵守外，普查作业纪律应当更加严格要求（普查作业纪律另有细则）。

（五）总普查是一项地方性极强的工作，要求各级专业普查工作队与当地各级政府部门协调好关系，依靠他们做好工作。

（六）总普查是一项紧迫性的工作，特别是对濒危民俗项目的普查，要求集中优势人力高效率地完成。

（七）总普查是一项政策性极强的工作，要求严格遵照国家各项有关政策和法规进行普查作业，不得违规违法作业。

（八）总普查是一项基础性极强的文化建设工程，不可以急功近利和急于求成，不可能立竿见影地产出经济效益，必须保证各级政府责任部门给予足够的资金投入，才有可能保质保量地完成任务。必须防止急于开发和利用民俗来赚钱的做法干扰普查工作的正常进行。

2002年10月1日

（撰写人：乌丙安）

农耕村落民俗普查提纲（草案）

（共20个项目、约150个选用题目，可自行分解细化出800—1000个小问题）

【重要提示】本提纲草案项目中的题目基本上适用于中原、华北、东北及部分西北汉族农耕村落的普查，对汉族其他类型的村落普查和少数民族村寨聚落的普查具有参考价值。

1. 生态：

是山村吗？/是平原村吗？/全年二十四节气气候如何？/雨雪旱涝怎样？/野生动物情况怎样？/森林植被情况如何？/有什么矿藏吗？/村前后靠近河川吗？/这一切对本村有什么影响？

2. 农耕：

主要种些什么庄稼？/春耕、夏锄、秋收、冬藏都用什么传统技术方法？（包括拜春、试犁、施肥、平田整地、扶耧点种、压土保墒、锄地间苗、护青驱害、摘棉割麦、取穗摊场、扬场扇麦、粮囤窖藏等所有工序细节）/都用过什么仪式和方式？/现在每道工序还用哪些种农具？/哪些农具已经不用了？原物还在吗？/各种农具都是哪儿制造的？本村谁造的？/二十四节气、数伏、数九农事上都有什么说道？/有外出做农活打短工的吗？（如麦客之类）/有打猎的抓野物的和捕捞的吗？用什么猎具？/有饲养各种家畜家禽和养殖水产物的吗？用什么器具？/有采山菜野果的吗？

用什么工具？/有植树造林的吗？/有种果木的吗？使什么用具？/有专门种菜的菜农吗？/有花农吗？/有采矿（挖煤）的吗？

3. 工匠：

有什么工匠行当？（木匠、泥瓦匠、铁匠、石匠、皮匠、镟匠、锁匠、钉锅匠、锔缸匠、磨刀匠、井匠、绳匠、编匠、鞋匠、毡匠、画匠、裱糊匠、泥塑匠、窑工、矿工等）有什么特别工匠？（包括劁猪的、骟马的、配种的匠人）/村里有哪些手工作坊？（油坊、酒坊、醋坊、染坊、纸坊、粉坊、豆腐坊等）/有哪些工匠传人？/作坊用的传统工具器械现在还有吗？/是外村镇的流动工匠吗？/是专职工匠还是农兼工匠？/工匠技艺的师徒传承如何？/工匠手艺有什么制造成物？都能找到吗？/外出打工的农民都从事什么工种？/外出打工的情况如何？其原因和结果如何？

4. 交易：

本村和邻村有什么样的集市贸易？/传统赶集日及其沿革如何？/村中有什么小商贩和小货铺？/小贩有什么市声（吆喝声）吗？/买卖有什么招幌吗？/有半农半商的人家吗？/有做大买卖的业户吗？/有外出长途贩运的行商吗？/外地商贩进村收货、卖货、换货吗？/村里人进城买货卖货的情况如何？

5. 交通：

村里道路、桥梁情况如何？/本村通向外村城镇的道路如何？/村里有哪些运载车辆和牲畜用作交通工具？/本村是否有靠近大道的货栈、旅店？/村里的物产经常都运往何处？/村民到外地都住什么旅店？/旧时车辆和马具绳套还有吗？

6. 信贷：

村里相互借贷的方式有哪些？/借贷的契约怎样做？/高利贷的隐蔽活动如何？/进城镇储蓄、贷款的情况如何？/有无进城典当抵押借钱的做法？

7. 服饰：

男女老幼日常穿着打扮情况如何？（包括男女发式、化妆、常服和劳作服、内衣和外衣）/礼仪节日服装和装束如何？（包括衣服、鞋帽在质料、色彩、工艺等方面与常服的差别)/衣服鞋帽的家庭裁缝制作情况如何?(包括小儿虎头帽、兜肚、围嘴、护襟、马甲等的制作及妇女刺绣等)/村里专业裁缝情况如何?/老式穿戴衣服、鞋、袜、帽、巾还有吗?(如马褂、坎肩、裹肚、月华裙、百褶裙、弹墨裙、膝裤、绣花围裙、瓢帽、头帕、勒勒箍帽、毡帽、弓鞋、绣花鞋等)

8.饮食:

村里日常早、午、晚三餐食俗如何?(包括主食副食搭配、米食面食搭配、干稀搭配及用餐时间等习俗)/节日和祭日、忌日的饮宴习俗情况如何?/宴席的规模和菜肴名称、数量如何?/村里饮宴会餐操持方式和过程情况如何?/本村饮食有何特殊风味?/本村饮食用料和当地土特产的关系如何?/制作食品的技术和工具都有些什么?(蒸食、煮食、煎、烤、炸食、腌菜、干菜等的制作及其用具如饸饹床、漏瓢、拨面刀之类)

9.居住:

民居房屋建筑风格如何?/建房有什么仪式和风俗?(破土打夯、上梁起墙、钉椽盖顶都有仪式)安置什么镇宅物?/打墙建屋都用什么工具?/住新房、迁新居有什么习俗?/本村家户、宅院有几种格局和样式?/庭院建筑物有多少功能?/室内各种家具和器皿的陈设是什么样式和有什么装饰?/居民在室内外有什么起居习俗?(包括不同辈分亲属的居室分配、寝卧规矩和方式等)

10.家族:

村中亲族、家族、宗族是什么状况?/是杂姓村吗?各姓氏群体的比例各占多少?/是以某一姓氏为主体杂居极少其他姓氏的村落吗?/是单一宗族村吗?/村内各姓氏中有什么血亲和姻亲关系?/家族内有什么忌日、祭日和家庆日?/家族宗族内有什么家法家规?/分家有什么惯制吗?/有无家谱?

11.村社:

本村组织内有什么习俗惯制?/村民中有什么协力俗制?(包括红白大事、建房劳作等协同出劳力等事)/有无各类村规民约?/村内社火赛会有什么组织？/有无同业行会组织？/有无结义拜把子习俗？/有无村仇械斗纠纷？

12. 岁时：

传统民间大节日（春节、元宵节、清明节、端午节、中秋节）有什么当地特殊习俗？/另有哪些村里隆重的节日？（如正月二十五添仓日、二月二龙抬头、三月三、四月八、六月六、七月七、七月十五鬼节、九月九、十月一送寒衣、腊八、腊月二十三等节日）/有哪些全村性的祭祀活动（如祭龙王及当地村社神等）？

13. 诞生：

生小孩的三朝、满月、百日、周岁有哪些习俗礼仪？/小儿取名有什么说道？/产妇、产房有何禁忌习俗？

14. 成年：

青少年男女有什么成年仪式习俗？/本村有北方通行的12岁过大生日开锁仪式吗？

15. 结婚：

本村通行什么样的议婚、定婚、成婚惯习和仪式程序？/有什么陪嫁和定亲礼金的习俗吗？/送亲迎亲、婚礼拜堂、婚宴、洞房花烛都有哪些习俗规范和禁忌？/有哪些婚姻类型？（包括自愿婚、包办婚、童养婚、表亲婚、招赘婚、买卖婚及为死人做冥婚等各种类型）/有哪些离婚、再婚和说媒议婚等习俗？/村内有哪些婚俗文物可以做证？（包括男女婚礼新装、过礼的礼盒、拜匣、陪嫁礼单、合婚的婚书、结婚证书、婚礼宴席菜单、宾客随礼礼单、喜帐、喜帘、盖头等遗物）

16. 拜寿：

通行哪些办寿习俗和拜寿礼仪？/有哪些拜寿、贺寿的传统贺礼实物？/每逢本命年寿诞有扎红、穿红的习俗吗？

17. 丧葬：

本村通行哪种葬式？/采用哪些丧葬习俗程序？（包括初丧、穿寿衣、净尸整容、停尸、报丧、入殓、设灵堂、挂孝、守灵、祭灵、招魂、打墓穴、火化、土葬、出殡、送葬、下葬、回灵等）/有哪些葬后祭奠亡人的仪式？（如烧七或做七、过七、烧周年、守孝等）/有主持操办丧葬事宜的民俗传人吗？/祖坟茔地有什么葬式？/有什么上坟祭奠祖先习俗？/有哪些合葬、迁坟习俗或禁忌？

18.信仰：

村里通行供哪些神灵？有神像吗？/有村庙吗？家有神马神龛吗？（山神、土地、关公、财神、门神、灶神、二郎神、姜太公、福、禄、寿、喜诸神及其他）/各行各业供有哪些行业神和祖师爷？/各家供奉祖先吗？（家庙、宗祠、祖宗牌位、祖宗龛等）/有哪些祭祀活动？谁主持？谁参加？有什么供品？/信哪些精灵？（狐、黄鼬、蛇等）/信哪些鬼怪？有哪些驱鬼的做法？/有阴阳先生和巫女神汉吗？他们都怎样做巫行术？/村民都有哪些禁忌习俗？/村民有哪些看相、算命、求签、看风水的习俗？常用哪些看相算卦的书？/村内外有庙会吗？上庙会的人有多少？/有哪些烧香拜神（佛）许愿还愿的习俗？上庙会带什么香纸、供品和钱物？

19.医药：

村民有病时会找土法治病的村医（或巫医）吗？巫医常用什么方法治病？/村里流行什么土方偏方？/村里常用当地哪些土产的草药？/有病找西医还是找中医？

20.游艺：

小孩经常做什么游戏玩耍？（室内、户外、场院、野外）/村民自制的大小玩具有哪些？/大人常做什么游戏和比赛的娱乐活动？（传统的棋牌或武术杂技等体育活动）/有哪些鼓乐、歌舞、社火活动？是怎样组织开展的？（如各路秧歌、各路锣鼓、各路花灯、旺火、架火、车船轿舞等）/有哪些小戏在流传？（如各路秧歌戏、道情、花鼓、弦腔、高调、落子等）/有哪些表演艺人、传人？/有哪些乐器和服装、道具？/村里流行哪些山曲小调？过去有小唱本吗？有歌手吗？/有什么说书、讲笑话、说故事的活动？有说故事能手吗？

（撰写人：乌丙安）

中国民俗普查分类大纲（要目草案）

第一部分　中国民俗分类原则

1. 以中国多民族民俗为基本依据进行尽可能全面概括的原则。

2. 以中国多样的生态环境、多样的地方民俗特色为依据进行尽可能全面涵盖的原则。

3. 以中国民俗事象在生活实践中的主要性质、特色、功能和形态为依据进行相对侧重的分类原则，即当某一民俗事象在多种民俗活动项目中存在时，以其本质特征的从属关系相对归类。（如婚宴归入婚俗不归入食俗，节日食品归入节俗不归入食俗，招魂归入丧葬不归入信仰等）

4. 民俗类别名称尽可能使用民俗教材、研究著作中较为通用的名词界定，并尽可能与国际标定的常用概念术语保持相近、相同的原则。（如"物质文化"与"非物质文化"两大分类的联合国分类标准）

5. 做到尽可能使分类兼顾学术性和实用性的原则。

第二部分　中国民俗分类

（2大类、5项、26种、约100小类、约2000细目）

1. 物质生产民俗

（1）生态民俗

①气象生态民俗

②山川生态民俗

③动物生态民俗

④植物生态民俗

（2）农业民俗

①农具制造民俗

②农事管理民俗

③农作技法民俗

④农耕礼仪民俗

⑤农耕节气民俗

（3）狩猎民俗

①狩猎组织民俗

②狩猎技术民俗

③狩猎规约民俗

④猎物处置民俗

（4）畜牧民俗

①草原游牧民俗

②动物养殖民俗

（5）渔业民俗

①捕捞组织民俗

②捕捞技术民俗

③捕捞仪式民俗

④渔船作业民俗

（6）矿业民俗

①五金采矿民俗

②采石挖煤民俗

（7）林业民俗

①林木采伐民俗

②林木搬运民俗

③护林规约民俗

（8）采集民俗

①采山菜野果民俗

②采中草药民俗

（9）工匠民俗

①工匠行当民俗

②技艺传承民俗

（10）交易民俗

①集市贸易民俗

②行商贩卖民俗

③坐商店铺民俗

④水陆商旅民俗

（11）交通民俗

①道路桥梁民俗

②运载工具民俗

③驿站码头民俗

④旅店货栈民俗

（12）信贷民俗

①钱庄行业民俗

②典当行业民俗

2. 物质消费民俗

（1）服饰民俗

①衣着类别民俗

②修饰装束民俗

③服饰礼仪民俗

（2）饮食民俗

①日常食制食俗

②节日祭日食俗

③调制烹饪食俗

④特色风味食俗

（3）居住民俗

①房屋建筑民俗

②宅院格局民俗

③室内陈设民俗

3.社会组织民俗

（1）家族宗族民俗

①家族亲族常俗

②宗族群体俗制

（2）村社群体民俗

①村寨组织俗制

②村民协力俗制

③村规民约俗制

④社火赛会俗制

（3）城镇群体民俗

①街区组织俗制

②地缘组织俗制

（4）帮会组织民俗

①同业行会民俗

②结义结社民俗

③会道门民俗

4.社会生活民俗

（1）岁时节会民俗

①民间节日习俗

②民间庙会习俗

（2）人生仪礼民俗

①诞生礼俗

②成年礼俗

③结婚礼俗

④丧葬礼俗

⑤日常礼俗

5. 精神生活民俗

（1）信仰习俗

①灵魂崇拜民俗

②神灵崇拜民俗

③祖先崇拜民俗

④巫术信仰民俗

⑤庙会活动民俗

（2）民间知识、手工技艺

①民间算术

②民间农耕知识

③民间手工技艺制作

（3）民间医药

①民间医疗习俗

②民间用药习俗

（4）民间游乐

①民间游戏习俗

②民间竞技习俗

（5）民间艺术

①民间工艺美术

②民间音乐

③民间舞蹈

④民间戏曲

（6）民间口头文艺（从略）

（7）民间语言习俗（从略）

（撰写人：乌丙安）

后沟村民俗普查提纲细目（普查采样预案）

（该村隶属山西省晋中市榆次区东赵乡）

【重要提示】后沟村民俗普查是民间文化遗产抢救工程中村落普查采样的典型个案之一。本提纲草案项目中设定的提纲细目基本上适用于中原、华北、东北及西北汉族地区农耕村落普查工作的参考；对东南、中南、西南各地区汉族稻作农耕村落的民俗普查也有相应参考价值；对汉族渔村、畜牧村、狩猎村等其他类型的村落普查和少数民族村寨聚落的普查也有一些参照价值。

1.生态：

本村是什么山村？/是黄土高原山村吗？/是黄土丘陵村吗？/是土石山村吗？/本村在县、乡的什么位置？/村外有什么河流？/村境内有什么河流过？/村落占地有多少？/耕地有多少？/村民聚落占地多少？/林果木占地多少？/村民聚落点的海拔高度分别是多少？/聚落点内有多少沟壑峡谷？怎样分布？/全年二十四节气气候如何？/雨雪旱涝的正常年景和遭灾年景怎样？/野生动物情况怎样？/森林植被情况如何？有价值的古树、大树、树种、花草种有哪些？/有什么矿藏吗？/这一切对本村有什么影响？/古村境内有哪些自然风水说法和遗迹？

2.农耕：

主要种些什么庄稼？/本村古老传统是以种植五谷杂粮（特别是谷子、

黍子、糜子、荞麦、杂豆之类）为主吗？/种植薯类、油料和经济作物吗？/春耕开始有哪些农活？/打春备耕都准备哪些农具？/试犁、施肥、平田整地、扶耧点种、压土保墒所有工序都是怎样进行的？/本村耕地土质适合种什么？/以种麦为主吗？为什么很少种小麦？/夏天锄地间苗、保苗都有哪些农活？使用哪些农具？/护青驱害都有哪些做法？/秋收都有哪些农活？割庄稼、取谷穗都用什么工具？/打场、摊场、扬场、扇谷、囤粮等所有工序细节都用什么传统技术方法？/收粮入仓都用过什么仪式和方式？/男人和女人参加农活有什么不同的分工？/男孩和女孩参加哪些农活？/一年四季中每道细小的农事工序会用哪些种农具和用具？/哪些农具还在用？哪些已经不再用了？/各种用具原物都在哪里存放？/大型木器具、石器具都放置或丢弃在哪里？/各种农具都是哪儿制造的？/二十四节令各节气、数伏、数九在农事上都有什么说道？/有外出做农活打短工的吗？/村里都饲养哪种家畜、家禽？/大牲畜（骡、马、驴、牛）都做哪些畜力使用？/养羊为什么成了全村畜牧的主业？/怎样饲养和放牧羊群？/有打猎的抓野物的和捕捞的吗？用什么猎具？/有采山菜野果的吗？到哪些地方去采？采什么？用什么工具？/各家都种植果木吗？/有什么特产水果和名产水果？/培植果树和采摘水果都使什么用具？/有植树造林的吗？/有专门种菜的菜农吗？/各家种植什么蔬菜？是自家食用还是外卖，还是从外买进？/有花农吗？/各家院内外还种花草吗？

3. 工匠：

有什么工匠行当？（木匠、泥瓦匠、铁匠、石匠、皮匠、镟匠、锁匠、钉锅匠、锔缸匠、磨刀匠、井匠、绳匠、编匠、鞋匠、毡匠、画匠、裱糊匠、泥塑匠、窑工等）/村里各家存有各种工匠使用的工具吗？有哪些工具？/本村的庙宇和住房是本村工匠建造的吗？/本村房屋的砖瓦都是当地砖瓦窑烧的吗？/如果不是，是从哪里运来的？/村里各家的农具和用具都是村里的工匠制作的吗？/有什么特别工匠？（包括劁猪的、骟马的、配种的手艺人）使用什么工具和器械？/村里过去和现在有哪些手工业作坊？（油坊、酒坊、醋坊、染坊、纸坊、粉坊、豆腐坊等）/各种缸房的酿酒师傅、榨油师傅、淋醋师傅、豆腐匠、粉匠、染匠都是本村的还是外地雇来的？/现在有哪些工匠传人？/各种缸坊的遗址以及使用的传统设备、工具、器械现在还有吗？/外村镇的流动工匠经常进村做活计吗？/本村有农民兼会多种工匠手艺吗？/工匠手艺的师徒怎样传承？/工匠手艺有什么制造成物？都能找到吗？/外出打工的农民都从事什么工种？/外出打工有什么原因？有学手艺的吗？

4.交易：

本村和邻村有什么样的集市贸易？/传统赶集日有什么沿革？/集市上都买卖什么生产生活物品？/买卖大小牲畜怎样进行？/本村的交易场所在哪里？/都有什么小摊贩和小货铺？/小商贩、小货郎使用什么用具？/小贩有什么市声（吆喝声、敲击声）吗？/买卖有什么招幌吗？/村里经商户都有什么字号命名？/有半农半商的人家吗？/有做大买卖的业户吗？/有外出长途贩运的行商吗？/外地商贩进村收货、卖货、换货吗？/村里人进城买货、卖货的情况怎样？

5.交通：

村里通行的上下道路是什么样的？/土道或是石板路吗？/上下山路能行车吗？/有什么桥梁吗？/本村通向外村城镇的道路如何？/村里人外出有哪些老式运载车辆和牲畜用作交通工具？/本村有靠近大道的货栈、旅店吗？/村里日常的搬运都用什么工具？/村民到外地都住什么旅店？/老式车辆和马具绳套还有吗？

6.借贷：

村里相互借贷的方式有哪些？/借贷的契约怎样做？/还有人保留着老式样的借据契约吗？/高利贷有哪些隐蔽活动方式？/有进城镇储蓄、贷款的情况吗？/有进城典当抵押借钱的做法吗？/有人保存早年当铺的当票吗？

7.服饰：

男女老幼日常是怎样穿着打扮的？（包括男女发式、女人化妆、常服和劳作服、内衣和外衣）/春、夏、秋、冬四季的单、夹、棉、皮衣服鞋帽都有哪些？有什么特点？/干农活、放牲口、做家务的劳作衣服鞋帽都有哪些？/有哪些礼仪节日服装和装束？（包括衣服、鞋帽在质料、色彩、工艺等方面与常服的差别）/衣服鞋帽的家庭手工裁缝怎样制作？（包括小儿虎头帽、兜肚、围嘴、护襟、马甲等的制作）/妇女绣花有哪些手艺？（如衣服领、袖、襟、下摆、裤脚、裙边的多种花边，背心、坎肩、童帽、女鞋上的花鸟虫鱼刺绣等）/村里有专业裁缝吗？/近百年来老式穿戴衣服、鞋、袜、帽、巾还有吗？（如马褂、坎肩、裹肚、月华裙、百褶裙、弹墨裙、膝裤、绣花围裙、瓢帽、头帕、勒勒箍帽、毡帽、弓鞋、绣花鞋等）

8.饮食：

村里日常是三餐食制吗？有季节性两餐的习俗吗？/不同季节和农忙农闲都吃什么饭菜？/早午晚三餐常吃什么喝什么？（包括主食副食搭配、米食面食搭配、干稀搭配及用餐时间等习俗）/节日、祭日和忌日有哪些饮宴习俗？/宴席规模大小？吃哪些菜肴？数量多少？/村里饮宴、会餐怎样操持？有什么方式？/本村有什么特殊风味饮食？（如莜面栲栳栳、荞面圪饨儿、羊肉臊子、炒灌肠、羊杂汤、疤饼、饸饹等）/本村饮食用料和当地土特产有什么关系？/制作食品的技术、方法都有哪些？（蒸、煮、煎、烤、炸、烙、腌菜、干菜等的制作技法）/制作食品的大小工具都有些什么？如石磨、石碾、铁鏊子、饸饹床、漏瓢、炒瓢、铲锹、切面刀、对把拨面刀、削面刀、菜刀、锥窝、杵子、砸瓯、擦擦之类）

9.居住：

村庄居室建筑有什么特点？/是土窑洞吗？是砖石接口子窑吗？是砖石旋窑吗？/民居房屋建筑有什么样式和风格？/建筑物有什么木雕、砖雕、石雕和彩绘之类的装饰艺术？/建房有什么仪式和风俗？破土打夯、上梁起墙、钉椽盖顶都有什么仪式？/早年盖房讲究什么风水？放置什么镇宅物？/打墙建屋都用什么工具？（如木夯、夯杵、夯槌、镢、锹等）/住新房、迁新居有什么习俗？/本村家户、宅院有几种格局？（院墙、院门、门楼、照壁、三合院、四合院、二进院、三进院等）/庭院建筑物有多少功能？/室内各种家具和器皿的陈设是什么样式？

有什么装饰？/居民在室内外有什么起居习俗？（包括不同辈分亲属的居室分配、寝卧规矩和方式等）/居家用的各种老式用具和器皿都有哪些？现在还用吗？

10.家族：

村中现有75户村民的亲族、家族、宗族是什么状况？/是杂姓村吗？各姓氏群体的比例各占多少？/是以某一姓氏为主体，散居极少数其他姓氏的村落吗？/哪几个家族在村里是多少代的老户、大户？他们在本村发展史上有很大影响吗？/老户有家族谱书、谱牒、谱表吗？/村中的大户过去受过皇朝的诰封吗？有哪些文书或匾额做证？/过去经商的大户或做官的世家留下了哪些遗迹或遗物？/村内各姓氏中有什么血亲和姻亲关系？/家族内有什么忌日、祭日和家庆日？/家族宗族内有什么家法家规？/分家有什么惯制吗？/本村住户和外地哪些亲属保持密切来往？/外地亲友有来本村串门子的习惯吗？

11.村社：

古代建村有勒石刻碑记载村史的遗留吗？/本村组织内有什么习俗惯制？/村民中有什么协力俗制？/村里农耕实行“打变工互助”的传统习俗吗？/使用大牲畜有“伙家”的互助习俗吗？/村组织参与婚丧红白大事的操办有哪些惯例？/村里集体修桥、补路或参与建房劳作都有哪些老规矩？/对村民生产生活管理有哪些传统村规民约？（如对防火、防盗、减灾、救灾、禁赌、提倡节俭、调解纠纷、制裁惯例等）/全村的水源（水井、水库）管理习俗有哪些？/村内有排除洪水通道设施吗？/村集体产业如庙产、场院、村林的传统管理有哪些？/村里设有义田、义仓、义宅吗？/村内社火赛会有什么组织？有“闹社会”的“纠首”或“社首”操办吗？/有无同业行会组织？/早年村里有过帮会活动吗？/有无结义拜把子习俗？/有无村仇械斗纠纷？

12.岁时：

过春节（过大年）都有哪些习俗活动？/准备过年是从“过腊八”开始吗？/本村做腊八粥的习俗和祭祀仪式有哪些？/“过小年”祭灶神有

哪些活动？有什么特殊饮食？/有“扫年”或“扫尘”的习俗活动吗？/有各种“备年货”（买年货、做年食）的习俗吗？/“大年三十”的祭祖、接神、辞岁、守岁、吃年夜饭等都有什么习俗？/拜年活动是怎样做的？/从大年初一到初五都有什么活动？/初七“人日节”有什么礼仪？/元宵节怎么过？吃什么节日食品？村里的社火有闹元宵的活动吗？/添仓节（正月二十小添仓、正月二十五大添仓）举行什么仪式和活动？/二月二“龙抬头”做哪些“引龙”的行事？/清明节祭祖扫墓怎样做？/端午节怎么过？有带香包、插艾蒿、喝雄黄酒、吃粽子的习俗吗？/六月六“晒衣节”（或叫“虫王节”）怎样过？做哪些事情？/七月七“乞巧节”有哪些习俗活动？有“乞巧”、做“巧食”的行事吗？/七月十五旧时“鬼节”的上坟有哪些行事？/中秋节“拜月”有什么当地特殊习俗？节日饮食有哪些？/九九重阳节怎样做登高、饮酒、避邪的活动？/十月一“寒衣节”有哪些传统做法和仪式？/村里还过哪些特别的当地节日？

13. 诞生：

产妇“添喜”分娩时有什么习俗惯例？/产房设施有什么禁忌习俗？/新生儿“落草”时是怎样处理的？/婴儿诞生后怎样进行“报喜”？/生小孩后有哪些“忌门”习俗？/生小孩的三朝（洗三）仪式怎么做？都有什么器具？哪些亲友都送什么礼物？/产妇“下奶”有什么习俗？/产妇“下炕”有什么习俗/小儿满月都怎么过？亲友都送什么礼？有“剃头”和“出行”风俗吗？/小孩百日（过百岁）举行什么礼仪？有挂“套颈馍”、“长命锁”的习俗吗？/产妇有回娘家“离窝”的老规矩吗？/小孩周岁(过一生日）有哪些习俗礼仪？亲友送什么礼物？/有吃“百家饭”穿“百家衣”的习俗吗？/大户人家小儿周岁有庆贺社火活动吗？/小儿取名有什么说道？由谁来取名？常用的奶名和大名都有哪些叫法？

14. 成年：

青少年男女有什么成年仪式习俗？/本村有北方通行的12岁过大生日开锁仪式的古俗成年礼吗？/由什么人主持仪式？进行什么占卜吗？/举办大型还愿或庆贺活动吗？

15. 结婚：

本村有哪些婚姻类型？（包括自愿婚、包办婚、童养婚、表亲婚、招赘婚、买卖婚及为死人做冥婚等各种类型）/ 本村通行什么样的议婚习俗？/ 有“媒人提亲”、“开八字”和“相亲”等程序吗？/ 定婚时“换龙凤帖”、“过大礼”吗？/ 定亲举行什么礼仪？吃“定亲饭”吗？/ 有什么陪嫁和定亲礼金的习俗吗？/ 男方送给女方什么聘礼？/ 定亲后有择吉日习俗吗？/ 结婚迎亲惯习有哪些？（男方布置喜棚、喜堂、洞房，装扮新郎，接待道喜亲友，组织迎亲队伍，迎娶，女方新娘上妆，接待娶亲队伍，组织送亲队伍等）/ 婚礼仪式程序有哪些？（新人入门，撒谷豆，拜花堂，坐帐、入洞房，闹洞房，听房等）/ 送亲迎亲、婚礼拜堂、婚宴、洞房花烛都有哪些习俗规范和禁忌？/ 新婚期间有“见大小”和“拜村子”等习俗吗？/ 婚后新媳妇有回娘家风俗吗？/ 有哪些离婚、再婚和说媒议婚等习俗？/ 村内有哪些婚俗文物可以做证？（包括男女婚礼新装、过礼的礼盒、拜匣、陪嫁礼单、合婚的庚帖、结婚证书、婚礼宴席菜单、宾客随礼礼单、喜帐、喜帘、盖头等遗物）

16. 拜寿：

通行哪些办寿习俗和拜寿礼仪？/ 有专门操办拜寿的传人吗？/ 寿堂是怎样布置的？/ 摆什么寿宴？/ 亲友都有哪些拜寿、贺寿的传统贺礼实物？（如寿桃、寿面、寿联、寿幛、寿屏等）/ 每逢本命年寿诞有扎红、穿红的习俗吗？/ 给老人过寿时有为老人做“寿材”做“寿衣”的习俗吗？

17. 丧葬：

本村通行哪种葬式？是土葬吗？/ 初丧的穿寿衣、净尸整容、停丧都有哪些习俗？/ 有挂“孝门纸”的习俗吗？/ 怎样向亲友报丧？/ 择坟穴有什么做法？/ 怎样进行停丧小殓的烧纸摆供祭灵？/ 入殓（大殓入棺）仪式怎样进行？/ 棺木的制作、彩绘和民俗装饰都有哪些？/ 设灵堂和举行“吊孝”是怎样进行的？有几种做法？/ 孝子挂孝、守灵、祭灵的风俗有哪些？/ 出殡大葬礼仪的送葬、下葬、回灵等一系列详细过程都有哪些？/ 出殡的司仪有哪些说道？/ 送葬途中亲友是怎样设路祭的？/ 灵柩出村后有什么规矩？/灵柩入墓穴后进行哪些仪式？/有哪些葬后的祭奠亡人仪式？（如烧七或做七、过七、烧周年、守孝等）/有主持操办丧葬事宜的民俗传人吗？/祖坟茔地有什么葬式？/有什么上坟祭奠祖先的习俗？/有哪些合葬、迁坟的习俗禁忌？/冥婚男女双方合葬仪式怎样进行？

18. 信仰：

村里有哪些寺庙？/供哪些神灵？（如观音菩萨、文昌帝君、真武大帝、关帝、魁星等）有神像吗？/各家院里屋里都供奉哪些神仙？/有神牌、神龛吗？是木雕、砖雕的吗？（天地爷、土地爷、山神、财神、门神、灶神、二郎神、姜太公、福、禄、寿、喜诸神及其他）/各行各业供有哪些行业神和祖师爷？/各家供奉祖先吗？（家庙、宗祠、祖宗牌位、祖宗龛等）/有哪些祭祀活动？谁主持？谁参加？有什么供品？/信哪些精灵？（狐、黄鼬、蛇等）/信哪些鬼怪？有哪些驱邪的做法？/有阴阳先生和巫女神汉吗？他们都怎样做巫行术？/村民都有哪些禁忌习俗？/村民有哪些看相、算命、求签、看风水的习俗？常用哪些看相算卦的书？/村内外有庙会吗？（如二月初三文昌庙会、二月十九观音庙会、二月二十六真武大帝诞辰、五月十三祭关帝、七月初七魁星诞辰等）/上庙会的人有多少？/有哪些烧香拜神（佛）许愿还愿的习俗？为求什么事，许什么愿？/庙会上唱还愿戏吗？有什么仪式？/上庙会带香纸、供品和钱物吗？/四月初八有祭祀"佛诞日"的习俗吗？/天旱有祭龙王习俗吗？/有供奉"二十八宿"各路星君的吗？/有供奉其他当地神灵的吗？

19. 医药：

村里过去和现在流行什么疾病？/常见的小病都有哪些？/村民有病找土法治病的村医吗？/有巫医吗？常用什么方法治病？/村里流行什么土方、偏方？/村里常用当地哪些土产的草药？/村民有专门在山野采草药的吗？/有病找西医还是找中医？

20. 游艺：

小孩经常做什么游戏玩耍？（室内、户外、场院、野外）/村民自制的大小玩具有哪些？/大人常做什么游戏和比赛的娱乐活动？/有哪些传统的棋牌或武术等体育活动？/有哪些秧歌活动？（如地秧歌、过街秧歌、踩圈秧歌、踢鼓秧歌、汕头秧歌等）/有哪些锣鼓活动？（如花鼓、花敲鼓、威风锣鼓、转身鼓、金鼓乐等）/有哪些花灯舞？（如花篮跑灯、七巧灯、顶灯、瓦瓮灯、转灯、九连灯、灯官等）/有哪些“旺火”、“架火”活动？怎样垒旺火？怎样吊挂支架和燃放烟火花炮？/其他社火活动还有哪些？（如小车舞、跑旱船、悬空椅、背棍、杠箱等）/社火是怎样组织开展的？有哪些表演艺人、传人？/村里的戏台有多少年唱过戏的历史？/过去有哪些剧种的哪些戏班在这个戏台上唱过哪些戏目？/村民中有哪些小戏在流传？（如各路秧歌戏、道情、花鼓、弦腔、高调、落子、梆子等）/有哪些表演艺人在这个戏台上演唱过？/有哪些乐器和服装、道具？/村里流行哪些山曲小调？/过去有小唱本吗？有歌手吗？/村民中有哪些民间乐器？/有什么说书、讲笑话、说故事的活动？有说故事能手吗？/都流传哪些传说故事？

村落民俗综合普查简表（样表）

村名：后沟村　　**区划隶属：**山西省晋中市榆次区东赵乡
普查日期：2002年11月1—5日

序号	项目	普查重点内容	有形实物	摄像	照片
01	生态	黄土丘陵高地，几处沟壑，散见槐、杨、柏、椿、柳、梨、枣等树木，水源地。	古柏、古椿、古槐、古枣树计58棵。 粮谷，犁、耧、耙、耢等7种。	1	12
02	农耕	种植杂粮、谷、黍、糜、荞麦、杂豆，老式农具、耕作法、畜力，养羊业，梨、枣名产。	镰、锨、镢、叉等65件农具。	2	45
03	工匠	木匠、泥瓦匠、石匠、绳匠、窑工，油坊、酒坊、各种缸坊、醋坊及粉坊、豆腐坊等。	工匠用工具9种，遗址4处，用具3种。	2	23
04	交易	集市、摊贩、店铺、商号（祥记晋商字号）。	古店铺1座，晋商院1座，小摊贩3个。	1	14

（续表）

序号	项目	普查重点内容	有形实物	摄像	照片
05	交通	桥梁、道路、老式车辆、车马绳套。	桥、片石山路、车辆车马具。	1	12
06	信贷	借贷、钱庄、抵押、当铺和典当。	老式借据、契约、当票。		3
07	服饰	四季衣服鞋帽、装束打扮、节日盛装、手工裁缝、艺术风格、绣花技法特色。	衣、鞋、帽16件，虎头帽、兜肚、马甲、鞋垫等绣品8件。	2	15
08	饮食	日常饮食、风味食品、菜肴、制作技法、用具和工具、炊具、器皿。	缸、锅、鏊、刀、铲、瓢、勺等18件，饸饹床、糕甑等3件。	2	32
09	居住	多种窑洞、几进院落，砖雕、木雕、彩绘、建房工具和技法，室内陈设格局，家族起居习惯。	窑洞、房屋32处，木、砖雕46种，木夯、夯杵等7件。	3	84
10	家族	75户村民姓氏、家族谱系、家谱、诰封、亲族关系、张姓大户家族的近百年史。	家族彩绘谱表1件、古诰封匾额2件、12寸老照片1幅。	1	45
11	村社	村协力组织、村规民约、古村门、古水井、古泄洪水道、古村庙民碑、村场院、村义地。	“龙池”井1个，古石碣民碑5个，天门洞1个，古排水网道1套。	1	19
12	岁时	腊八、祭灶、春节、元宵节、清明节、端午节、乞巧节、中元节、中秋节、重阳节、寒衣节等。	节日食品32种，面花40种。	3	75
13	诞生	产房禁忌、洗三礼仪、满月礼仪、过百岁仪式、过周岁活动、取名、百家衣、百家饭。	百家衣1件。	1	35
14	成年	当地12岁过大生日开锁礼仪相关还愿活动。	铜钱挂锁3件。	1	8
15	结婚	提亲、相亲、定亲、聘礼、迎亲送亲、拜花堂、婚宴、入洞房、闹房听房、各种婚型。	老式婚书、龙凤帖各2件。	2	62
16	拜寿	寿堂、寿宴、寿桃、寿面、寿联、寿幛、寿屏。	寿桃面花5件、寿幛1件。	1	12

（续表）

序号	项目	. 普查重点内容	有形实物	摄像	照片
17	丧葬	土葬、初丧、停丧小殓、挂孝、守灵祭灵、入殓、打墓穴、出殡、路祭、下葬、烧七、烧周年。	寿衣3件、孝门纸1件。	2	45
18	信仰	寺庙、神像、宅院神龛、庙会、祭祀、禁忌、算命、古真武庙、文昌阁、魁星阁遗址。	观音堂、关帝庙、菩萨殿各1座，宅院砖雕神龛56座。	2	46
19	医药	村医、巫医、土法偏方、土产草药。	采药工具2件、山草药8种。	10	
20	游艺	小孩大人娱乐、竞赛活动，山曲、故事活动，秧歌花灯社火，各路小戏，戏台唱戏活动。	古戏台1座、民间乐器6种、儿童玩具5种。	3	56

后 记

这本文集是从我近十年陆续写下来的文稿中选辑而成的，共有36篇。它们主要包括从2003年年初到2005年3月我参加中国民族民间文化遗产保护工程期间，和此后直到2009年年底参加国家非物质文化遗产保护工作期间写下的文稿。同时，为了把我参加文化遗产抢救的连续性作业记录下来，我还选出了从2000年至2002年年底参加中国民间文艺家协会发起的中国民间文化遗产抢救工程筹备工作中写下的部分文字资料，作为附录供读者参阅。

本书的内容大致分为以下几个方面：一是对联合国提出的非物质文化遗产概念的界定和解读，对国际性非物质文化遗产保护工作的由来和发展的全面介绍。二是对保护非物质文化遗产重大项目进行的呼吁，或提出的重要建议案。三是对重要的典型个案保护项目进行分析认定、价值评估和文化内涵解析。四是对非物质文化遗产项目实施保护的操作规程、作业方法等做出的解说和辅导，包括保护工作的原则与做法、普查工作方法、项目申报和管理、传承人和传承机制的保护办法、申报文本各栏目填写要领等。五是结合我的民俗学专业，论证非物质文化遗产保护工作和民俗学专业研究的关系，因为民俗学界的同人们对这两者的关系一直存在着不小的争议。所有这些内容，几乎涵盖了我从参加非物质文化遗产保护工作以来直到现在，对这项工作的主要认知、体验和实践。

至于本书的结构，由于不是在一个学术研究课题下建构起来的论述体系，所以实在难以形成统一体例。事实上这些文稿的撰写都有不同的客观要求，选择表述文体和篇幅大小几乎都有不同的约定性。例如，新闻媒体邀约的短评短论稿有《今年春来早》、《烟花爆竹的文化震撼》、《非物质文化遗产项目代表性传承人保护的突破性进展》；学术刊物邀约的学术论文有《非物质文化遗产保护：由来与发展》、《思路与出路：保护非物质文化遗产热潮中的中国民俗学》、《21 世纪的民俗学开端：与非物质文化遗产的结缘》、《非物质文化遗产文化空间保护中文化圈理论与方法的应用》；在非物质文化遗产保护专题论坛发表的文稿有《遵循文化多样性法则保护少数民族文化艺术遗产》、《闽南文化生态保护区初步考察认定的几点意见》、《非物质文化遗产保护的界定与生产性方式保护的管理》。还有分别在三届全国妈祖文化论坛上发表的关于妈祖祭典遗产项目的三篇论文；有关保护孟姜女传说的、保护木版年画的、保护塑像艺术的、保护春节、端午节和中秋节的论文；在国家级或省级举办的非物质文化遗产保护工作培训班上的讲稿有《非物质文化遗产保护的科学管理及操作规程》、《非物质文化遗产的保护工作规程》、《撰写非物质文化遗产项目申报文本的要领》等；还包括给政府主管部门提交的建议案，给相关领导干部进行历史文化讲座的录音记录稿。所有上述文稿都有不同特点，就必然造成了文体、风格、表述方式和篇幅大小的差异。

鉴于以上种种情况，在本书即将出版之际，我只能说，对于大多数读者，它只是一本“杂俎”型的普通读物；对于非物质文化遗产保护工作者，它是一本实用的辅助参考书；对于学术界同人，它还算不上是一本严格的学术论著。因此，我期待着来自多方的批评和指正。

此刻，我愿告诉本书读者，迄今在我 81 年的人生旅程中，已经走过 57 年不平坦的学术道路，其中大约有近三十年的时间是在抢救、保护民间文化遗产的忙碌而艰难的工作中度过的，令人感慨万千。尤其是在最近这 10 年里，我努力跨入了保护非物质文化遗产的重要路段，学到了过去从未学到的许多新的知识和技能，做到了以往想做而又难以做到的振兴民俗文化事业的实际工作，从而也给我带来了前所未有的健康和快乐，使我更加坚定了信心，在当下非物质文化遗产保护工作深入开展的进程中迈出更加有力的步伐。

最后，我衷心感谢王文章先生对出版这部文集给予我的大力支持和热情鼓励；同时也感谢张庆善先生、徐涟女士对出版这部书给予我的关心和帮助；并且对他们和非物质遗产保护战线上的同事们平时对我的关心、照顾和鼓舞，表示深深的谢意！

2010年5月21日　小满